U0458858

亨利·詹姆斯小说系列

李和庆 吴建国 主编

# 美国人

# The American

〔美〕亨利·詹姆斯 著

穆从军 译

人民文学出版社
PEOPLE'S LITERATURE PUBLISHING HOUSE

Henry James
**The American**

---



**图书在版编目(CIP)数据**

美国人/(美)亨利·詹姆斯著;穆从军译. —北京:人民文学出版社,2020(2022.3 重印)
(亨利·詹姆斯小说系列)
ISBN 978-7-02-014872-1

Ⅰ.①美… Ⅱ.①亨… ②穆… Ⅲ.①长篇小说-美国-近代 Ⅳ.①I712.44

中国版本图书馆 CIP 数据核字(2019)第 015918 号

责任编辑 **朱卫净 邱小群 刘佳俊**
封面设计 **钱 珺**

出版发行 **人民文学出版社**
社 址 **北京市朝内大街 166 号**
邮政编码 **100705**

印 制 **上海盛通时代印刷有限公司**
经 销 **全国新华书店等**

开 本 **890 毫米×1240 毫米 1/32**
印 张 **12**
字 数 **301 千字**
版 次 **2020 年 9 月北京第 1 版**
印 次 **2022 年 3 月第 3 次印刷**

书 号 **978-7-02-014872-1**
定 价 **75.00 元**

如有印装质量问题,请与本社图书销售中心调换。电话:010 - 65233595

# 序　一

◎李维屏

亨利·詹姆斯（Henry James，1843—1916）是现代英美文坛巨匠，西方现代主义文学运动的先驱。这位出生在美国而长期生活在英国的小说家不仅是英美文学从十九世纪现实主义向二十世纪现代主义转折时期一位继往开来的关键人物，而且也是大西洋两岸文化的解释者。自二十世纪八十年代以来，詹姆斯的小说创作和批评理论引起了我国学者的高度关注，相关研究成果层出不穷。他那形式完美、风格典雅的作品备受中国广大读者的青睐。近日得知吴建国教授与李和庆教授主编的“亨利·詹姆斯小说系列”即将由著名的人民文学出版社出版，我感到由衷的高兴，便欣然命笔，为选集作序。

亨利·詹姆斯是少数几位在英美两国文坛都拥有举足轻重地位的文学大师之一。今天，国内外学者似乎获得了这样一个共识，即詹姆斯的小说创作代表了十九世纪末开始流行于欧美文坛的一种充满自信、高度自觉并以追求文学革新为宗旨的现代艺术观。如果我们今天仅仅将詹姆斯看作现代心理小说的杰出代表或现代小说理论的创始人，这显然是远远不够的。如果我们将他的艺术主张放到宏观的西方文学革新的大背景中加以考量，将他的小说创作同一百多年前那场声势浩大的现代主义运动互相联系，那么我们不难发现，詹姆斯的创作成就、现代小说理论体系以及他在早期现代主义运动中的引领作用，完全奠定了他在现代世界文坛的重要地位。正如与他同时代的著名小说家约瑟夫·康拉德所说：“凭借其作品和力量，詹姆斯是一位艺术的英雄。”著名诗人 T.S. 艾略特也曾感慨地说过：“随着福楼拜和詹姆斯的出现，（传统）小说已经宣告结束。”我以为，詹姆斯小说的一个最重要的特征也许是他的国际视野。他所追求的国际视野不仅体现了他早期现代主义思想的开拓性，而且也成为第一次世界大战前后一批自我流放的现代主义者追踪国际文化和艺术前沿的风向标。君不见，詹姆斯创建的遐迩闻名的“国际主题”(the international theme) 在大力倡导文化交流、文明互鉴、探索“人类命运共同体”的今天依然具有重要的启示作用。

“亨利·詹姆斯小说系列”分别收录了詹姆斯的六部长篇小说、四部中篇小说和两部共由十八个高质量的故事组成的短篇小说集。《一位女士的画像》《华盛顿广场》《鸽翼》《金钵记》《专使》和《美国人》等长篇小说不仅代表了詹姆斯创作的最高成就，而且早已步入了世界经典英语小说的行列。《螺丝在拧紧》《黛西·米勒》《伦敦围城》和《在笼中》等中篇小说以精湛的技巧和敏锐的目光观察了那个时代的生活，而詹姆斯的短篇小说则像一个个小小的摄像头对准各种不同的场合，生动记录了欧美社会种种世态炎凉、文化冲突以及现代人的精神困惑。毋庸置疑，这套詹姆斯小说选集的作品是经编选者认真思考后精心选取的。

“亨利·詹姆斯小说系列”的出版为我国的读者提供了一个全面了解詹姆斯的创作实践、品味其小说艺术和领略其语言风格的契机。我相信，这套选集的问世不仅会进一步提升詹姆斯在我国广大读者中的知名度，而且会对国内詹姆斯研究的发展产生积极的影响。

2018 年 1 月于上海外国语大学

# 开创心理现实主义小说先河的文学艺术大师

## ——“亨利·詹姆斯小说系列”序二

◎吴建国

### 一 引 言

“我们在黑暗中奋力拼搏——我们竭尽全力——我们倾情奉献。我们的怀疑就是我们的激情，而我们的激情则是我们的使命。剩下的就是对艺术的痴迷。”亨利·詹姆斯短篇小说《中年岁月》里那位小说家在弥留之际的这句肺腑之言，也是亨利·詹姆斯本人的座右铭。

詹姆斯的创作凝结着厚重的历史理性、人文精神和诗学意义，他的主题涵盖大西洋两岸的人们在社会、历史、文化、伦理、婚姻乃至意识形态等诸多方面的交互影响和碰撞，即所谓“国际题材”。他殚精竭虑地探索的问题是：什么是真实的生活，什么是理想的生活，更为重要的是，如何在艺术上再现这种生活。他强调人性、人情、人道，以及人的感性、灵性、诗性对人类生存的重要意义。在刻画人物的内心世界和社交活动时，常运用边界模糊甚至互为悖反的动机和印象展现人物的精神风貌，通过“由内向外”的描写反映变幻莫测、充满变数的大千世界和人的生存价值。他的叙事艺术和语言风格独树一帜，笔意奇崛，遣词谋篇精微细腻，具有高度的实验性，对人物、情节和场景的描摹颇具印象派绘画的特性，甚而有艰涩难解、曲高和寡之嫌。他是欧美现实主义向现代主义创作转型时期重要的小说家和批评家，是美国现代小说和小说理论的奠基人，是开创二十世纪西方心理现实主义小说先河的文学艺术大师。他曾三度（一九一一年、一九一二年、一九一六年）获诺贝尔文学奖提名，并于一九一六年获得英王乔治五世授予的功绩勋章。他卷帙浩繁的著作、博大精深的创作思想和追求艺术真理的革新精神，对二十世纪崛起的西方现代派乃至后现代派文学具有深远的影响。

## 二　亨利·詹姆斯小传

亨利·詹姆斯于一八四三年四月十五日出生在纽约市华盛顿广场具有爱尔兰和苏格兰血统的名门世家。他的祖父威廉·詹姆斯（William James，1771—1832）于美国独立战争之后不久从爱尔兰移民美国，凭借自己的努力成为纽约州奥尔巴尼市赫赫有名的银行家和投资家。他的父亲老亨利·詹姆斯（Henry James Sr.，1811—1882）继承了其父的巨额遗产，是一位富有睿智、性情豁达的哲学家、神学家和作家，是美国超验主义哲学家兼诗人拉尔夫·爱默生（Ralph Waldo Emerson，1803—1882）和哲学家兼诗人和散文家亨利·梭罗（Henry David Thoreau，1817—1862）等大文豪的知心好友。他的母亲玛丽·沃尔什（Mary Robertson Walsh，1810—1882）出身于纽约上流社会的富裕人家。他的哥哥威廉·詹姆斯（William James，1842—1910）是美国著名心理学家、教育家和实用主义哲学的创始人，是二十世纪初最具影响力的哲学家和“美国心理学之父”。他的妹妹艾丽斯·詹姆斯（Alice James，1848—1892）是日记作家，以其发表的众多日记而闻名遐迩。

由于老亨利·詹姆斯信奉“斯威登堡学说”[①]，认为传统教育模式不利于个性发展，应当让子女得到世界性教育，亨利·詹姆斯幼年时的教育主要是在父母和家庭教师的指导下进行的，后来又经常跟随父母往返于欧美两地，偶尔就读于奥尔巴尼、伦敦、巴黎、日内瓦、布洛涅、波恩、纽波特、罗德岛等地的学校，并在父亲的带领下面见过

① 斯威登堡学说（Swedenborgianism），瑞典科学家和神学家伊曼纽尔·斯威登堡（Emanuel Swedenborg，1688—1772）所倡导的新的宗教思潮，认为每一个人都必须在不断悔过自新的过程中积极地彼此相互合作，从而获得个人生活和精神的升华。

狄更斯和萨克雷等英国大作家。詹姆斯自幼便受到欧洲人文思想和文化环境的熏陶，且博闻强识，尤其注重吸收科学和哲学理念，这使他从小就立下了要从事文学创作的远大志向。在一八五五年至一八六〇年举家旅欧期间，他们在法国逗留时间最长，詹姆斯得以迅速掌握了法语。詹姆斯早年说英语时略有口吃，但法语却说得非常流利，从此不再结巴。

一八六〇年，他们从欧洲返回美国，居住在纽波特。詹姆斯开始接触法国文学，系统阅读了大量法国文学作品。他尤其喜爱巴尔扎克，称巴尔扎克为“最伟大的文学大师”。巴尔扎克的小说艺术对他后来的创作影响甚大。一八六一年秋，詹姆斯在一场救火事件中腰部受伤，未能服兵役参加美国南北战争。这次腰伤落下的后遗症在他一生中仍时有发作，使他怀疑自己从此丧失了性功能，因而终身未娶。一八六二年，他考入哈佛大学法学院。但他对法学不感兴趣，一年后便离开了哈佛大学，继续追求他所钟情的文学事业。此时，他与威廉·豪威尔斯（William Dean Howells，1837—1920）、查尔斯·诺顿（Charles Eliot Norton，1827—1908）、安妮·菲尔兹（Annie Adams Fields，1834—1915）等美国文学评论家和作家交往甚密。在他们的鼓励和引导下，詹姆斯于一八六三年开始撰写短篇小说和文学评论，作品大都发表在《大西洋月刊》《北美评论》《国家》《银河》等大型文学刊物上。

他的第一部长篇小说《看护》（*Watch and Ward*）于一八七一年开始在《大西洋月刊》连载，经过他重新修润后，于一八七八年正式出版。这部小说描写主人公罗杰·劳伦斯如何收养幼女诺拉，将她抚养成人，最后娶她为妻的艳情故事：罗杰是波士顿有闲阶层的富豪，诺拉的父亲兰伯特因生活所迫，曾向他借钱以解燃眉之急，却遭到了他冷漠的拒绝。兰伯特在隔壁房间自杀身亡，罗杰深感懊悔，收养了他的女儿诺拉。诺拉时年十二岁，体质羸弱，模样也很难看。在罗杰的悉心照料下，诺拉很快成长起来。罗杰想把她抚养成人后让她做自己的新娘。岂料，诺拉出落成如花似玉的美少女后，却被另外两个男人疯狂追求：一个是风流成性、心怀叵测的乔治·芬顿，另一个是罗杰的表弟、虚伪的牧师休伯特·劳伦斯。涉世未深的诺拉经历了一系列富有浪漫色彩的冒险之后，终于上当受骗，落入芬顿设下的圈套，在纽约身陷囹圄。罗杰在危急关头挺身而出，挽救了诺拉，两人终成眷属。

《看护》展现了詹姆斯早期朴直率性的写作风格和他对言情小说的喜爱。这部小说的情节看似错综复杂、扑朔迷离，但对诺拉由丑小鸭成长为美天鹅的发展过程写得过于平铺直叙，对卑鄙下流的恶棍芬顿的刻画显然囿于俗套，故事的叙事进程也平淡无奇，甚至不乏隐晦的色情描写，皆大欢喜的结局也缺乏应有的审美张力。詹姆斯一八八三年在选编他的作品选集时，不愿把《看护》收录其中。但小说却把艳若天仙的美少女诺拉刻画得栩栩如生、魅力四射，令人赏心悦目，对纽约社会底层生活场景的描摹也入木三分，显示出作者对社会和伦理问题细致入微的关注。小说的语言也优美流畅、睿智幽默，富有诗情画意，深得读者喜爱。《看护》预示着一位文学大师即将横空出世。

由于发现美国太讲究物质利益，缺乏文化底蕴，不利于艺术创新，詹姆斯于一八六九年离开美国，开始了他人生第一次在海外自我流放的生活。在一八六九年至一八七〇年间的十四个月里，他游历了伦敦、巴黎、罗马等欧洲大都市。一八六九年侨居在伦敦时，他结识了约翰·拉斯金、狄更斯、马修·阿诺德、威廉·莫里斯、乔治·爱略特等英国著名作家和文学评论家，与他们过从甚密。此外，他还与麦克米伦等出版机构建立了长期的合作关系，由出版商先预付稿酬分期连载他的作品，而后再结集成书出版。鉴于这些分期连载的小说主要面向英国中产阶级的女性读者，出版商希望他创作出适合年轻女性阅读口味的作品。尽管必须满足编辑部提出的种种苛求，但他在创作中仍坚持严肃的主题和审美标准。此时的詹姆斯虽然蛰居在伦敦的出租屋里，却有机会接触政界和文化界的名流雅士，常去藏书量丰富的俱乐部与朋友们交谈。在此期间，他结交了亨利·亚当斯（Henry

Brooks Adams，1838—1918）、查尔斯·盖斯凯尔（Charles George Milnes Gaskell，1842—1919）等欧美学者和政要。在遍访欧洲各大都市期间，他对罗马尤为喜爱，想在罗马做一名自食其力的自由作家，后来成了《纽约先驱报》驻巴黎的特约记者。由于事业不顺等原因，他于一八七〇年回到纽约市，但不久后又重新返回伦敦。一八七四年至一八七五年间，他发表了《大西洋两岸随笔》（*Transatlantic Sketches*，1875）、《狂热的朝香者和其他故事》（*A Passionate Pilgrim and Other Tales*，1875）、长篇小说《罗德里克·赫德森》（*Roderick Hudson*，1875），以及若干中短篇小说。在这一阶段，他的作品具有美国小说家纳撒尼尔·霍桑的遗响。

《罗德里克·赫德森》写成于詹姆斯侨居罗马的那段日子里。詹姆斯自认为这才是他真正意义上的第一部长篇小说。这是一部心理成长小说（Bildungsroman），描写血气方刚、才华横溢、豪情满怀的美国马萨诸塞州年轻的法学生、雕塑爱好者罗德里克·赫德森如何在意大利迷失在各种情感纠葛、物欲诱惑，以及理性与现实的矛盾和冲突之中，渐渐走向成熟，后又死于非命的故事。小说以罗马为背景，以生动的笔触描写了这座名人荟萃的艺术大都会的社会风貌、文化气息、人情世故和美不胜收的雕塑艺术馆，鞭辟入里地揭示了欧美两地价值观的冲突，探讨了金钱与艺术、爱情和精神追求之间的关系。小说中所塑造的欧洲最美丽的姑娘克里斯蒂娜·莱特，后来又再次成为他的长篇小说《卡萨玛西玛王妃》（*The Princess Casamassima*，1886）中的女主人公。

一八七五年秋，詹姆斯离开伦敦前往巴黎，居住在位于塞纳河左岸的拉丁区。在此期间，他结识了福楼拜、屠格涅夫、莫泊桑、左拉、都德等大作家，与他们结下了深厚的友谊。在巴黎生活了一年之后，他于一八七六年再次返回伦敦。在此后的四十年里，除了偶尔返回美国和出访欧洲外，他大都生活在英国。他勤于思索，对文学艺术已有自己独到的见解，且潜心于笔耕，保持着旺盛的创作势头，写出了长篇小说《美国人》（*The American*，1877）、《欧洲人》（*The

*Europeans*，1878），评论集《论法国诗人和小说家》（*French Poets and Novelists*，1878）、《论霍桑》（*Hawthorne*，1879），以及《国际插曲》（*An International Episode*，1878）等一系列中短篇小说。一八七八年出版的中篇小说《黛西·米勒》（*Daisy Miller*）奠定了他在文学界的崇高声望。这部小说之所以在大西洋两岸引起巨大轰动，主要是因为小说所着力刻画的女主人公的行为举止和个性特征已经大大超出当时欧美两地传统的社会准则和伦理规范。他的第一部重要长篇代表作《一位女士的画像》（*The Portrait of a Lady*，1881）也创作于这一时期。

一八七七年，他首次参观了好友盖斯凯尔的家园、英国什罗普郡的文洛克寺。这座始建于公元七世纪的古寺历尽沧桑的雄姿及其周围的广袤原野激发了他的创作灵感，寺内神秘的浪漫气氛和寺院后宁静修远的湖泊，成了他日后所创作的哥特式小说《螺丝在拧紧》（*The Turn of the Screw*，1898）的基本背景和素材。在这一时期，詹姆斯仍遵循法国现实主义小说家，尤其是左拉的创作思想和叙事风格。霍桑对他的影响已日渐减弱，取而代之的是乔治·爱略特和屠格涅夫。他自己的创作思想和艺术风格业已日渐成熟。一八七九年至一八八二年间，詹姆斯相继发表了长篇小说《一位女士的画像》、《华盛顿广场》（*Washington Square*，1880）和《信心》（*Confidence*，1880），游记《所到各地图景》（*Portraits of Places*，1883），以及《伦敦围城》（*The Siege of London*，1883）等中短篇小说，这些作品大多为“国际题材”小说。

一八八二年至一八八三年间，詹姆斯遭受了数次痛失亲朋好友的打击：他母亲于一八八二年病逝，他父亲也于数月后离世。他们家族的老友和常客、著名思想家和文学家拉尔夫·爱默生也于一八八二年逝世。他的良师益友屠格涅夫于一八八三年与世长辞。

一八八四年春，詹姆斯再次离开伦敦前往巴黎，常与左拉、都德等作家在一起切磋交谈，并结识了法国著名自然主义小说家龚古尔兄弟。詹姆斯似乎暂时放下了“美国与欧洲神话”，开始潜心研究法国现实主义和自然主义文学，发表了他的文学评论集《论小说的艺术》（*The Art of Fiction*，1884）。一八八六年，他出版了描写波士顿女权主义运动的长篇小说《波士顿人》(*The Bostonians*)和以伦敦无政府主义者的革命故事为题材的长篇小说《卡萨玛西玛王妃》。这两部社会小说融合了法国自然主义文学的思想倾向和叙事方法，但当时的评论界和图书市场对这两部作品的接受状况并不令人满意。在这一时期，詹姆斯不仅博览群书，而且结交了欧美文坛诸多卓有建树的文学艺术家，不少人成了他的知心好友，如英国小说家兼诗人罗伯特·史蒂文森（Robert Louis Stevenson，1850—1894）、旅欧美国画家约翰·萨金特（John Singer Sargent，1856—1925）、旅欧美国女小说家兼诗人康斯坦斯·伍尔森（Constance Fenimore Woolson，1840—1894）、英国诗人兼文学评论家埃德蒙·高斯（Sir Edmund Gosse，1849—1928）、法国漫画家兼作家乔治·杜·莫里哀（George du Maurier，1834—1896）、法国小说家兼文学评论家保罗·布尔热（Paul Bourget，1852—1935）等人，并与美国女作家伊迪丝·华顿（Edith Wharton，1862—1937）保持着长期的友谊，还发表了文学评论集《一组不完整的画像》(*Partial Portrait*，1888)。

一八八九年冬，詹姆斯开始着手翻译都德的著名三部曲《达拉斯贡的达达兰历险记》(*Les Aventures prodigieuses de Tartarin de Tarascon*，1872)中的第三部《达拉斯贡港》(*Port Tarascon*)[①]。这部译著于一八九〇年开始在《哈泼斯》连载，被英国《旁观者周刊》誉为“精品译作”，并由桑普森出版公司于一八九一年在伦敦出版。十九世纪八十至九十年代末，詹姆斯曾数次跨过英吉利海峡，在法国、德国、奥地利、瑞士等欧洲国家搜集创作素材。一八八七年，他在意大利居住了很长一段时间。他的著名中篇小说《反射器》(*The Reverberator*，1888)和《阿斯彭文稿》(*The Aspern Papers*，1888)即写成于这一年。

除上述作品外，詹姆斯在这一时期发表的主要作品还有：短篇

---

① 这部小说主要描写达拉斯贡人被取消宗教团体所激怒，决定到澳大利亚建立一个以达拉斯贡命名的移民区，却遇到了一连串的困难和阻挠。小说中所塑造的主人公达达兰是一个虚荣心很强、爱好吹牛的庸人，是对无能而又好大喜功的法国社会风气的辛辣讽刺。

小说集《三城记》(*Tales of Three Cities*，1884)，中篇小说《大师的教诲》(*The Lesson of the Master*，1888)，短篇小说集《伦敦生活及其他故事》(*A London Life and Other Tales*，1889)，长篇小说《悲惨的缪斯》(*The Tragic Muse*，1890)，短篇小说《学生》(*The Pupil*，1891)，短篇小说集《活生生的东西及其他故事》(*The Real Thing and Other Tales*，1893)，短篇小说集《结局》(*Terminations*，1895)，短篇小说《地毯上的图案》(*The Figure in the Carpet*，1896)、《尴尬》(*Embarrassment*，1896)，长篇小说《波英顿的珍藏品》(*The Spoils of Poynton*，1897)、《梅芝知道的东西》(*What Maisie Knew*，1897) 等。尽管詹姆斯在这一时期仍遵循以左拉为代表的法国自然主义文学流派的表现手法，但他更关注社会和政治问题，作品的基调和主题思想更接近都德的小说。他的创作在这一时期的突出特点是：中短篇小说较多，而且在多方面、多维度进行实验，他认为这种叙事方法更适合于传达他的艺术观。但这些作品当时并没有得到评论界的好评，销路也不佳。于是，他开始尝试剧本创作。一八九〇年至一八九五年间，他一连写出了《盖伊·多米维尔》(*Guy Domville*) 等七个剧本，上演了两部，但都不太成功。这使他从此对剧本写作心灰意冷。然而戏剧实践却为他后来的小说创作提供了戏剧表现手法、场景布设安排以及书写人物对话的技巧。

一八九七年至一九一四年，詹姆斯从伦敦搬迁至英国东南部萨塞克斯郡风景秀丽的海滨小镇莱伊（Rye），居住在他自己出资购置的古色古香的兰姆别墅[①]，在这里潜心创作，写出了他构思精巧、极具艺术张力的名篇《螺丝在拧紧》和中篇小说《在笼中》(*In the Cage*，1898)。一八九九年至一九〇一年间，他出版了长篇小说《左右为难的时代》(*The Awkward Age*，1899)、《圣泉》(*The Sacred Fount*，1901) 和短篇小说集《软边》(*The Soft Side*，1900)。一九〇二年至一九〇四年间，他连续发表了三部具有开创意义的心理分析小说：

---

① 如今，这座别墅已归英国国家信托基金会管辖，成为英国“作家博物馆”。

《鸽翼》(*The Wings of the Dove*，1902)、《专使》(*The Ambassadors*，1903)和《金钵记》(*The Golden Bowl*，1904)，以及若干中短篇小说，如《丛林猛兽》(*The Beast in the Jungle*，1903)，短篇小说集《更好的一类》(*The Better Sort*，1903)等。

一九〇四年，詹姆斯应邀回到美国，在全美各高校讲授巴尔扎克等法国作家及其作品，并在《北美评论》《哈泼斯》《双周书评》等文学刊物发表了一系列文学评论和杂文。他的《美国景象》(*The American Scene*)于一九〇五年至一九〇六年陆续在《北美评论》等杂志连载了十章，并于一九〇七年结集成书出版。《美国景象》真实记录了他一九〇四年至一九〇五年在美国的观感，严厉抨击了他亲眼所见的处于世纪之交的美国狂热的物质至上主义、世风日下的伦理价值体系和名不副实的社会结构，以及种族和政治等问题，引发了广泛的批评和争议。他在这本书中所论及的美国移民政策、环境保护、经济发展、种族与地区冲突等热点话题，至今仍有可资借鉴的现实意义。一九〇六年至一九一〇年间，他的游记《意大利时光》(*Italian Hours*，1909)、长篇小说《呐喊》(*Outcry*，1910)以及若干中短篇小说也相继发表在《北美评论》等文学刊物上。此外，他还亲自编辑出版了"纽约版"二十四卷本《亨利·詹姆斯作品选集》。他为书中的几乎每一篇(部)作品都撰写了序言，追溯了每一部小说从酝酿到完成的过程，并对小说的写法进行了严肃的探讨。这些序言既是他的"审美回忆"，也是富有真知灼见的理论阐述。一九一〇年，他哥哥威廉·詹姆斯去世，他回国吊唁，但不久后再次返回英国。由于他在小说创作理论和实践上所取得的突出成就，哈佛大学于一九一一年授予了他荣誉学位，牛津大学于一九一二年授予了他荣誉文学博士称号。自一九一三年开始，他撰写了三部自传:《童年及其他》(*A Small Boy and Others*，1913)、《作为儿子和兄弟的札记》(*Notes of a Son and Brother*，1914)和《中年岁月》(*The Middle Years*，1917)[①]。

---

① 这部未完成自传与亨利·詹姆斯发表于1893年的短篇小说《中年岁月》同名，在他去世一年后出版。

一九一四年第一次世界大战爆发后，詹姆斯做了大量宣传鼓动工作支持这场战争。由于不满美国政府的中立态度，他于一九一五年愤然加入了英国国籍。一九一六年，英王乔治五世亲自授予他功绩勋章。由于过度劳累，健康每况愈下，数月后突发中风，后来又感染了肺炎，詹姆斯于一九一六年二月二十八日在伦敦切尔西区溘然长逝，享年七十三岁。按照他的遗嘱，他的骨灰被安葬在美国马萨诸塞州的剑桥公墓，墓碑上铭刻着“亨利·詹姆斯：小说家、英美两国公民、大西洋两岸整整一代人的诠释者”。一九七六年，英国政府在伦敦威斯敏斯特教堂的“诗人墓园”为他设立了一块纪念碑，以缅怀他的丰功伟绩。

## 三　屹立在欧美文学之巅的经典小说家

詹姆斯辛勤耕耘五十余载，发表了二十二部长篇小说、一百一十二篇中短篇小说、十二个剧本，以及多篇（部）文学评论和游记等作品。他的小说大多先行刊载在欧美重要文学刊物上，经他亲自修润后，再正式结集成书。他精通小说艺术，笔调幽默风趣，人物塑造独具匠心，心理描写精微细腻，作品中蕴含着深厚的历史理性和人文情怀，是欧美现代文学史上最伟大的小说家之一。我们精心选取翻译的这六部长篇小说、四部中篇小说和两辑短篇小说，是詹姆斯在他漫长、多产的文学生涯中不同时期所创作的最具代表性的优秀作品，希望我国读者对这位多才多艺的文学巨匠有更深入、更全面的认识和了解。

### （一）长篇小说

《**美国人**》是詹姆斯第一部成功反映“国际题材”的长篇小说，描写英俊潇洒、襟怀坦荡、不善交际的美国富豪克里斯托弗·纽曼平生第一次游历巴黎时亲身经历的种种奇遇和变故。小说以纽曼对出身高贵、年轻漂亮的寡妇克莱尔·德·辛特雷夫人由一见钟情到热烈追求，到勉强订婚，直至幻想破灭、孑然一身返回美国的过程为主线，深刻揭示了封闭保守、尔虞我诈、人心险恶的欧洲与朝气蓬勃、乐观向上、勇于开拓创新的美国之间的差异和冲突。纽曼在亲眼见证了欧洲文明灿烂美好的一面和阴暗丑陋的一面之后，终于明白，欧洲并不是他所期望的理想之地。

《美国人》是一部融合了喜剧和言情剧元素的现实主义小说。作者以优美鲜活的笔调和起伏跌宕的情节将巴黎的生活图景和世相百态淋漓尽致地展露在读者眼前。故事虽然以恋爱和婚姻为主线，但作者并没有刻意渲染两情相悦的性爱这一主题。纽曼看中克莱尔，只是因为她端庄贤淑，非常适合做他这样事业有成的富豪的配偶。至于克莱尔与她第一任丈夫（比她年长很多）之间究竟发生过什么，读者并不知情，作者也未过多描写她对纽曼的恋情。小说中唯有见钱眼开的诺埃米小姐是性感迷人的女性，但作者对她的描写也较含蓄，且多为负面。即使按维多利亚时代的伦理准则来看，詹姆斯在性爱问题上如此矜持的态度也令人困惑不解。美国公共电视网一九九八年再次将《美国人》改编拍摄为电视剧时，在剧情中添加了纽曼与诺埃米、瓦伦汀与诺埃米的性爱场面。

詹姆斯创作这部小说的初衷原本是为了回应法国剧作家小仲马的《外乡人》①，旨在告诉读者：美国人虽然天真无知，但在道德情操方面远高于阴险奸诈的欧洲人。小说中所塑造的主人公纽曼是一位充满自信、勇于担当、三十岁出头的美国人，他的诚实品格和乐观精神代表着充满活力、蓬勃向上的美国形象，因而深受历代美国读者的青睐。纽曼与克莱尔的弟弟瓦伦汀·德·贝乐嘉之间的友谊描写得尤为真挚感人，作者对巴黎上流社会生活方式的描摹也栩栩如生，令人回味无穷。在当今语境下读来，《美国人》依然散发着清新的艺术魅力，比詹姆斯的后期作品更易接受。

**《一位女士的画像》**是詹姆斯早期创作中最具代表意义的经典之作，描写年轻漂亮、活泼开朗、充满幻想的美国姑娘伊莎贝尔如何面

① 小仲马剧作《外乡人》（*L'Étrangère*，1876）中所展现的美国人大多为缺少教养、粗野无礼、声名狼藉的莽汉。

对一系列人生和命运的抉择，最终受骗上当，沦为老谋深算的奸宄之徒的牺牲品的悲情罗曼史。伊莎贝尔在父亲亡故后，被姨妈接到了伦敦，并继承了一大笔遗产。她先后拒绝了美国富豪卡斯帕·古德伍德和英国勋爵沃伯顿的求婚，却偏偏看中了侨居意大利的美国“艺术鉴赏家”吉尔伯特·奥斯蒙德，不顾亲友的告诫和反对，一意孤行地嫁给了他。但婚后不久，她便发现，丈夫竟然是个自私、贪财、好色、心胸狭窄的猥琐小人，“就像花丛中隐藏起来的毒蛇”，奥斯蒙德与她结婚只是为了得到她所继承的七万英镑的遗产。她继而又发现，他们这桩婚姻的牵线人梅尔夫人原来是奥斯蒙德的情妇，还生了一个女儿（潘茜），而且梅尔夫人和奥斯蒙德正在密谋策划利用伊莎贝尔把潘茜嫁给沃伯顿。伊莎贝尔阻止了他们的阴谋。她本可逃出陷阱，因为沃伯顿和古德伍德仍深爱着她，但她还是强忍内心的痛苦，对外人隐瞒了自己不幸的婚姻，毅然返回了罗马。

《一位女士的画像》展现的依然是詹姆斯历来所关注的欧美两地的文化差异和冲突，并深刻探究了自由、责任、爱恋、背叛等伦理问题。天真无邪、向往自由和高雅生活的伊莎贝尔尽管继承了一大笔遗产，却没能躲过工于心计的奥斯蒙德和梅尔夫人设下的圈套，最终失去了自由，“被碾碎在世俗的机器里”①。故事的结尾尤为引人深思：伊莎贝尔在得知真相后仍毅然返回罗马的举动，究竟是为了信守婚姻的诺言而做出的高尚的自我牺牲，还是为了兑现她对潘茜所作的承诺，要拯救她所疼爱的这个继女脱离苦海，然后再与奥斯蒙德离婚？这个悬念给读者留下了无限的思索空间。

在这部小说中，詹姆斯将心理分析推向了新的高度。他将大量笔墨倾注在人物的内心世界，着重描写人物的理想、愿望、思绪、动机、欲望和冲动，人物的行为则是这些思想和意识活动的结果和外化，人与人之间的关系和故事情节的发展变化也是通过这一中心人物的思维活动表现出来的。读者只有在伊莎贝尔彻底认清她丈夫的本质

---

① 董衡巽：《美国文学简史》，北京：人民文学出版社，2003 年，第 141 页。

后，才对奥斯蒙德和梅尔夫人的真实面目有了全面的了解，而伊莎贝尔也在层层递进的内省和反思中获得了对周围世界的感知，在心理和性格上逐渐走向了成熟。詹姆斯对人物内心世界的探索（尤其在第四十二章中）采用的是理性的内心独白，既没有突兀的变化，也没有时空倒错，不同于后来的意识流写法。此外，他善用精湛的比喻来描绘人物的心理，这些比喻十分贴切，具有艺术形象的完整性，而且与故事情节密切联系，优美流畅的语言和对欧洲风情的生动描写也使经受过詹姆斯冗长文体考验的读者格外喜爱这部小说。如果说詹姆斯是心理现实主义小说的创始人，那么《一位女士的画像》则是心理现实主义小说的典范。

《**华盛顿广场**》主要讲述的是憨厚、温柔的女儿凯瑟琳与她那才气横溢、感情冷漠的父亲斯洛珀医生之间的分歧和冲突。小说以第三人称全知叙事视角审视了凯瑟琳的一生。凯瑟琳是一个相貌平平、才智一般、纯洁可爱的姑娘，始终生活在与她最亲近的人的利己之心的团团包围之中：她的恋人莫里斯·汤森德只觊觎她的万贯家财；她的姑妈只会爱管闲事地乱点鸳鸯谱；她的守护神父亲则用讽刺挖苦和神机妙算来回报女儿对他的热爱和钦佩之情。故事以凯瑟琳出人意表地断然将莫里斯拒之门外而告终。

《华盛顿广场》是一部结构紧凑的悲喜剧。故事最辛辣的讽刺是英明干练、功成名就的斯洛珀医生对莫里斯的准确评判，以及他为保护涉世未深的爱女而阻挠这桩婚事所采取的严厉措施。倘若斯洛珀看不透莫里斯是个游手好闲的恶棍，他骗财骗色的行为未免会落于俗套。斯洛珀虽然头脑敏锐，智略非凡，但自从他那美丽聪慧的妻子去世后，他就变成了一个冷漠无情、清心寡欲的人。凯瑟琳终于渐渐成熟起来，能实事求是地看待自己的处境：从她自己的角度来看，在她的人生经历中，重要的事实是莫里斯·汤森德玩弄了她的爱情，还有她的父亲隔断了她爱情的源泉。没有什么能够改变这些事实，它们永远都在那儿，就像她的姓名、年龄和平淡无奇的容貌一样。没有什么能够消除错误或者治愈莫里斯给她造成的创伤，也没有什么能够使她重新找回年轻时代对父亲怀有的情感。她虽不及父亲那样出色，但她学会了擦亮眼睛看世界。

《华盛顿广场》张弛有度的叙事技巧、晓畅优雅的语言风格、对四个主要人物形象鲜明的刻画，历来深受读者喜爱，甚至连围绕着“遗嘱”而展开的老套、简单的故事情节都盎然有趣，耐人寻味。凯瑟琳由百依百顺成长为具有独立精神和智慧的女性的过程，是这部小说的一大亮点，赢得了评论家和读者的普遍赞誉。尽管詹姆斯自己对这部小说不太满意，没有将它编入“纽约版”《选集》，但它一直是詹姆斯最脍炙人口的佳作之一，曾多次被改编拍摄成舞台剧、电影和电视剧。

《**鸽翼**》描写的是一场畸形的三角恋爱。女主人公米莉・西雅尔是一位清纯美丽的美国姑娘，是庞大家族巨额财产的唯一继承人，因身患不治之症来欧洲求医和散心。英国记者默顿・丹什和凯特・克罗伊是一对郎才女貌、倾心相爱的英国情侣。因苦于没钱而不能成婚，凯特竟策划并唆使默顿去追求米莉，以图在她死后继承遗产。米莉在得知他们的阴谋后在意大利凄凉去世，但她在临终前还是原谅了他们，把全部财产给了默顿。事实上，默顿在米莉高尚品质的感化下已逐渐悔悟，虽然继承了米莉的遗产，却无法再与凯特共同生活下去。这部扣人心弦的小说揭示了人在面对爱情与金钱、真诚与背叛、生与死等伦理问题时所经受的严峻考验和他们最后的抉择。

《鸽翼》是詹姆斯后期作品中最受欢迎的经典之一。小说通过对人的内心世界深入细致的剖析，尤其是米莉对围绕在她身边的各色人物所具有的感化力，将男女主人公塑造得活灵活现、真实可感，令人不得不紧张地关注他们各自的命运和归属。米莉丰富细腻的心理活动，很像多愁善感的林黛玉，米莉客死他乡的场景与林黛玉魂归离恨天的情景也颇为相像，凯特也颇似工于心计的薛宝钗。据说连素来不太喜欢詹姆斯作品的英国名作家弗吉尼亚・伍尔夫也对这部小说十分青睐，一口气读完了《鸽翼》，并因此大病一场①。美国“现代文

① 刘海平、王守仁：《新编美国文学史》(第二卷)，上海：上海外语教育出版社，2002 年，第 84 页。

库”于一九九八年将《鸽翼》列为“二十世纪百部最佳英语小说”第二十六位。

《**金钵记**》是詹姆斯后期作品中最受评论界关注的“三部曲”之一。小说以伦敦为背景，描写一对美国父女与他们各自的欧洲配偶之间错乱的人伦关系，全面透彻地审视了婚姻、通奸等伦理问题。故事中这位腰缠万贯、中年丧偶的美国金融家和艺术品收藏家亚当·魏维尔和他的独生女玛吉都具有十分高尚的道德情操，而且心地纯洁，处事谨慎。他们在欧洲分别结婚后，却发现继母夏洛特和女婿阿梅里戈（破落的意大利王子）之间早就存在不正常的关系。父女两人不露痕迹地解决了这个矛盾：亚当把妻子带回美国；阿梅里戈发现自己的妻子具有这么多的美德，从此对她相敬如宾。小说高度戏剧化地再现了婚姻生活中令人难以承受的各种重压和冲突，颂扬了这对父女在自我牺牲中所表现出的哀婉动人的单纯和忠诚。

《金钵记》的篇名取自《圣经·旧约全书·传道书》第十二章：

银链折断，**金罐**破裂，瓶子在泉水旁损坏，水轮在井口破烂，尘土仍归于地，灵仍归于赐灵的上帝。传道者说，虚空的虚空，凡事都是虚空。[①]

从广义上说，《金钵记》是一部教育小说：玛吉由幼稚纯真的少女逐渐成长为精明强干的女性，并以巧妙的手段解决了一场随时有可能爆发的婚姻危机，因为她已清醒地认识到自己不能再依赖父亲，而应承担起成年人应尽的职责；阿梅里戈虽然是一个见风使舵、道德败坏的欧洲破落贵族，但他由于玛吉忍辱负重地及时挽救了他们的婚姻而对妻子敬重有加；亚当尽管蒙在鼓里，但他对女儿的计策心领神会，表现得非常明智；夏洛特原为玛吉的闺蜜，是一个美丽迷人、自作聪明的女性，但她最终却不再泰然自若，反而变得利令智昏。詹姆斯对这四个人物特色鲜明的刻画，尤其对玛吉和阿梅里戈意识活动深刻、精湛的描述和分析，赋予了这部小说以强烈的艺术感染力和对幽闭恐怖症的特殊感受。故事中的许多场景和人物对话均显示出詹姆斯

---

① 《圣经·旧约全书·传道书》第 12 章第 6—8 节。

最成熟的叙事艺术，能给读者带来情感冲击力和美学享受。美国“现代文库”于一九九八年将《金钵记》列为“二十世纪百部最佳英语小说”第三十二位。

《专使》是一部颇有黑色幽默意味的喜剧，是詹姆斯后期重要代表作之一，描写主人公兰伯特·斯特雷特奉其未婚妻纽瑟姆夫人之命，前往巴黎去规劝她“误入歧途”的儿子查德回美国继承家业的过程。斯特雷特来到欧洲，完全被“旧世界”的文化魅力所打动，继而发现查德与其情人玛丽亚的交往并不像他母亲所说的那样有伤风化，查德在这位法国女人的影响下，已由粗鲁的少年成长为举止儒雅、文质彬彬的青年。这位“专使”非但没有劝说查德回国，反而谆谆嘱咐他“不要错过机会”，继续在法国“尽情地生活下去”。这与斯特雷特所肩负的使命和查德母亲的愿望恰恰相反，于是，她又增派了几个专使来到巴黎，其中一个是能够吸引查德的美少女，第二批专使似乎能完成这一使命。最后，斯特雷特只身返回了美国。

如果说《鸽翼》和《金钵记》颂扬的是美国人的单纯、真诚和慷慨大度，表现了美国人的道德情操远胜于欧洲人的世故奸诈，那么《专使》的主题则相反，表现的是具有深厚文化素养的欧洲人远胜于庸俗、急功近利、物质利益至上的美国人。詹姆斯在“纽约版”前言中称《专使》是他“从各方面讲都最完美的作品”，这不仅就主题思想而言。这部小说始终贯彻了詹姆斯著名的“视角”（Point of View）论，以斯特雷特的“视角”展开，以这位“专使”为“意识中心”，其他人物的性格特征和故事的发展进程都通过他的视野呈现出来，作者则隐身在幕后，读者的了解和感悟跟随着这个中心人物的了解和感悟。这种写法突破了传统小说的“全知叙事视角”，对二十世纪的小说创作产生了很大影响。《专使》也突出表现了詹姆斯的文体特色：句子结构形式多样，比喻和象征俯拾皆是，人物的对话富有戏剧意味，但詹姆斯在力求精细、准确地反映内心深处的思想感情的同时，文句也越写越冗长，附属的从句和插入的片语芜杂曲折，读者须细细品味，方可厘清来龙去脉，揣摩出蕴藏在字里行间的悬念和韵味。《专使》自出版以来，一直深受评论家的广泛关注。美国“现代文库”于一九九八年将这部小说列为“二十世纪百部最佳英语小说”第二十七位。

### （二）中篇小说

《**黛西·米勒**》是詹姆斯的成名作，描写清纯漂亮、活泼可爱的美国姑娘黛西·米勒在欧洲游历、最终客死他乡的遭遇。黛西天真烂漫、热情开朗，然而她不拘礼节、落落大方地出入于社交场合和与男性交往的方式，却为欧洲上流社会和长期侨居欧洲的美国人所不能接受，认为她“艳俗”“轻浮”，“天生是个俗物”。但故事的叙述者、爱慕黛西并准备向她求婚的旅欧美国青年温特伯恩却对“公众舆论”不以为然。黛西死后，温特伯恩参加了她的葬礼，并了解到黛西虽然与“不三不四”的意大利人来往，但她本质上是一个纯洁无瑕、心地善良的好姑娘。小说真实展现了欧洲风尚与美国习俗之间的矛盾冲突，鞭辟入里地揭露了任何传统文化中都司空见惯的种种偏见，并力图对所谓的品德教养做出公正的评判。

《黛西·米勒》既可视为对一个怀春少女的心理描写，又可视为对社会传统观念的深入分析，不谙世故的黛西其实就是“社会舆论”的牺牲品。小说将美国人的天真烂漫与欧洲人的老于世故进行了对比，以严肃的笔调审视了欧美两地的社会习俗。小说优美流畅的语言代表着詹姆斯早期的文体特色，男女主人公的名字也具有象征意义：黛西（Daisy）原意为“雏菊”，象征“漂亮姑娘”，故事中的黛西也宛如迎风绽放的鲜花，无拘无束，洋溢着青春的气息，而温特伯恩（Winterbourne）的原意是“间歇河，冬季多雨时节才有水流而夏季干涸的小溪”。鲜花到了冬季便香消陨灭，黛西后来果然在温特伯恩与焦瓦内利正面交锋之后不久在罗马死于恶性疟疾。詹姆斯虽然一生未婚，却很擅长写女性，对女主人公的形象和心理的描写非常娴熟。这部小说一出版便赢得了空前广泛的赞誉，成为后来各类小说选集的首选作品之一，并多次被改编拍摄为电影、广播剧、电视剧和音乐剧。

《**伦敦围城**》描写一位向往欧洲文明的美国佳丽试图通过婚姻跻身于英国上流社会的坎坷经历。故事的女主角南希·黑德韦是个野心勃勃、意志坚定、行事果敢的女子，尽管有过多次结婚、离婚的辛酸史，但她依然风姿绰约，性感迷人，是“得克萨斯州的大美人”。她竭力掩盖自己不堪回首的往事，施展各种手段向英国贵族阶层发起了一次次进攻，终于俘获了涉世未深的英国贵族青年亚瑟·德梅斯内的爱情。德梅斯内的母亲始终怀疑这个未来的儿媳是个“不正经的女人”，千方百计地想查清她的身世和来历。然而知道内幕的人只有南希的美国朋友利特尔莫尔，但他对此讳莫如深，没有泄露她不光彩的隐私。南希向来对人生的各种机缘持非常现实的态度，而且一旦认准目标就勇往直前。她深知亚瑟是她跻身欧洲上流社会的最后机会，便处心积虑地实施着她的既定计划。亚瑟终于正式与她订婚，两人即将走向婚姻的殿堂。

《伦敦围城》是詹姆斯早期作品中优秀的中篇小说之一。作者以幽默的笔调讽刺了英国上流社会的生活方式和浮华之风，展现了思想开放的美国人与封建保守的英国人之间的道德和文化冲突。故事画龙点睛的一大看点是：尽管利特尔莫尔自始至终都在维护南希的名声，对她的罗曼史一直守口如瓶，但他最终还是出人意料地向德梅斯内夫人透露了实情。他这样做只是想给傲慢、势利的英国贵族阶层一记具有爱国情怀的沉重打击，但他并没有明说，也非心怀歹意，他只是告诉德梅斯内夫人，即使她知道了真相，也于事无补。

《**在笼中**》是一篇构思奇崛的中篇小说，故事的女主人公是一个不具姓名的英国姑娘，在伦敦闹市区的一家邮政分局担任报务员。她的工作地点虽为“囚笼”般的发报室，但她常常可以从顾客交给她发报的措辞隐晦的电文中破译出他们不可告人的隐私，窥看到上流社会各种鲜为人知的风流韵事。久而久之，这位聪慧机敏、感情细腻、记忆力超强、想象力丰富的报务员终于发现了一些她本不该知道的秘密，并身不由己地“卷入”了别人的爱情风波。她最终同意嫁给她那个出身于平民阶层的未婚夫马奇先生，是她对自己亲身体验过的那些非同寻常的事件深刻反省的结果。

《在笼中》所塑造的这位女主人公堪称詹姆斯式的艺术家的翻版：她能从顾客简短含蓄的电文里捕捉到常人难以察觉的蛛丝马迹，从中推断出他们私生活的具体细节，并以此为线索，勾勒出一个个错综复杂、内容完整的故事，这与詹姆斯常根据他从现实生活中捕捉到的最幽微的启发和联想创作出鲜活有趣的小说的本领颇为相似。这篇故事的主题并不在表现阶级冲突，而在于女主人公终于认识到，上流社会的青年男女也都是活生生的人，并不像她在廉价小说中所看到的那么美好。作者通过对这位不具姓名的报务员细致入微、真实可感的描绘，准确传神地再现了一个劳动阶层女性的形象，并对她寄予了深厚的同情，赢得了读者和评论家们的普遍赞誉。《在笼中》的叙述手法与《螺丝在拧紧》有异曲同工之妙，但对女主人公的塑造更立足于现实生活。

《**螺丝在拧紧**》是一篇悬念迭起、令人毛骨悚然的哥特式小说。故事的主体是一个不知姓名的年轻家庭女教师生前遗留的手稿，由一个不具姓名的叙述者听朋友讲述这份手稿引入正题。这位家庭女教师在其手稿中记述了自己如何在一幢鬼影幢幢的乡村庄园与一对恶鬼周旋的恐怖经历。她受聘来到碧庐庄园照料迈尔斯和芙洛拉这两个小学童，却看到两个幽灵时常出没于这幢充满神秘气氛的古庄园。她怀疑这对幽灵就是奸情败露、已经死去的男仆昆特和前任家庭女教师杰塞尔的亡魂，意在腐蚀、毒害这两个天真无邪的孩童。随着怀疑的加深，她继而又发现两个幼童似乎与这对恶鬼有相互串通的迹象，她自己也撞见过这两个恶鬼，这使她越发相信，事情已经到了危急关头。但女童芙洛拉却矢口否认见过女鬼杰塞尔，而且显然已精神失常，只好被送往她在伦敦的叔叔家去。家庭女教师为了护佑男童迈尔斯在与男鬼昆特交锋时，却发现这孩子已经死在了她的怀里。

《螺丝在拧紧》是詹姆斯最著名的一部哥特式小说或志怪故事。在这部小说中，詹姆斯再次对他笔下女主人公的心理和意识活动进行了深入细腻的探究，家庭女教师所看到的鬼魂其实是她在意乱情迷之中所产生的一系列幻象，并试图把这些幻觉强加给她周围的人。詹姆斯素来对志怪小说情有独钟，但他并不喜欢传统文学作品中囿于俗套的鬼怪形象。他描写的鬼魂往往是对日常现实生活中奇异诡谲的现象的延伸，具有强大的艺术张力，能够使读者有身临其境之感，甚至能左右读者的心灵。在叙事手法上，詹姆斯突破传统写法，采用了一个“不可靠叙事者”，拉近了作者、作品和读者三者之间的距离，书中所留有的许多空白可让读者根据其自身的人生经历和阅读体验去填补，因而故事可以有不同的解释。这也是这部小说自出版以来一直备受各派评论家争议的原因之一。

### （三）短篇小说

詹姆斯认为中短篇小说是一种“无比优美”的文学样式。能否把多元繁博的创作思想和内容纳入这种少而精的叙事类型，简约凝练地再现出人类千姿百态的生活场面和深藏若虚而又波澜壮阔的内心世界，无疑是对作家诗学功力的一种考量或挑战。詹姆斯在他漫长的文学生涯中一直都在孜孜以求地探索中短篇小说的写作技艺，他的艺术造诣和所取得的成就几乎达到了前无古人的高度，并对后来的作家产生了深远的影响。此外，他的中短篇小说往往也是对他的长篇小说的印证或补充，大都先行发表在欧美大型纯文学刊物上，再经他反复修润、编辑后，才汇集成册出版。

我们选译的这十八篇短篇小说均为詹姆斯在不同时期所创作的具有代表性的名篇佳作。就故事性而言，这些短篇小说有的以情节取胜，有的则以描写人物的心理和意识活动见长；在主题思想上，这些篇目有的歌颂圣洁的爱情和人性的美德，有的描写美国人与欧洲人在文化修养和价值取向上的巨大差异，有的讽刺和批判欧洲上流社会的世俗偏见和势利奸诈；有的揭示成人世界的罪恶对纯真烂漫的儿童产生的不良影响或摧残，有的反映作家或艺术家的孤独以及他们执着追求艺术真理的献身精神，有的刻画受过高等教育而富有情操的主人公在左右为难的困境中表现出的虚弱和无能为力，有的描写理想与现实、物质与精神之间难能取舍的困惑；在艺术表现手法上，这些作品有的洗练明快、雅驯幽默，有的笔锋犀利或刚柔并济，有的则细腻含蓄、用典玄奥、繁芜复杂，甚而有偏离语言规范之嫌。这些短篇小说与他的长篇小说交相辉映，体现了詹姆斯的创作题材和叙事风格的多样性、实验性和现代性，表现了他对社会生活和时代特征的整体性透视与评价，每一个具体场景的展现都确切灵动地反映了他对人的本性和生存环境的洞察力和他所寄予的关怀，能使读者获得启迪和美的享受。

## 四 亨利·詹姆斯批评接受史简述

毫无疑问，亨利·詹姆斯是欧美现代作家群体中写作生涯最长、著述最丰厚也最具影响力的一位文学巨匠。但长期以来，他的作品及其影响主要在受过良好教育、趣味高雅的读者和评论家范围内，不如马克·吐温那样雅俗共赏。学术界对他也各执其说，莫衷一是。

詹姆斯去世后，美国有些左翼批评家对他的创作活动颇有诟病，尤其不赞成他晚期作品中的思想倾向，认为他的小说是美国垄断资产阶级的精神产物，他的创作素材主要取自他所熟悉的上层社会，他的作品大多描写的是新兴的美国富豪及其子女在欧洲受熏陶的过程。美国传记作家兼文学批评家布鲁克斯在赞许詹姆斯的艺术成就的同时，也对他长期侨居欧洲、最终加入英国国籍的做法大为不满，认为他的后期作品佶屈聱牙、左支右绌，是由于他长期脱离美国本土所致[①]。但美国文学评论家豪威尔斯则认为詹姆斯是“新现实主义文学流派的杰出代表……他在小说艺术上与狄更斯和萨克雷为代表的英国浪漫传统分道扬镳，创立了他自己独具一格的样式”[②]。英国文学批评家利维斯极为赞赏詹姆斯的《一位女士的画像》和《波士顿人》，并称赞他是

---

① Van Wyck Brooks：*The Pilgrimage of Henry James*，New York：E.P.Dutton & Company，1925，p.vii.

② Paul Lauter：*A Companion to American Literature and Culture*，MA：Wiley-Blackwell，2010，p.364.

"举世公认、成就卓著的小说家"[①]。詹姆斯独特的语言风格，尤其是他后期繁缛隐晦、欲说还休的叙事话语，历来是评论家们众说纷纭的话题。例如，英国小说家 E.M. 福斯特就极不赞成詹姆斯在作品中对性爱和其他颇有争议的问题过于谨慎的处理方法，对他后期过分倚重长句和大量使用拉丁语派生词的做法也不以为然[②]。王尔德、伍尔夫、哈代、H.G. 威尔斯、毛姆等英国作家也都批评过他空泛而又细腻的心理描写和艰涩难懂的文风，甚至连他的红颜知己伊迪丝·华顿也认为他的作品中有不少片段令人不堪卒读[③]，但斯泰因、庞德、海明威、菲茨杰拉德等美国作家却对他称赞有加。美国文学评论家埃德蒙·威尔逊认为："倘若我们撇开题材和体裁的迥然不同，把詹姆斯同十七世纪的戏剧家们相比，我们就能更好地欣赏他的作品，他的文学观和表现形式与拉辛、莫里哀，甚至莎士比亚是相通的。"[④]英国小说家康拉德则盛赞他是"描写优美、富有良知的史学家"[⑤]。

英国当代著名语言学家利奇和肖特以詹姆斯的短篇小说《学生》为例，深入讨论了他的作品的思想性和文体艺术特色，发现"詹姆斯更关注人的生存价值和相互关系……似乎更愿意使用非常正式、从拉丁语派生出来的语汇……詹姆斯的句法是奇特的，同时也是有意义的，需要联系作者对心理现实主义的关注加以评估。作者试图捕捉'丰富、复杂的心理时刻及其伴随条件'……詹姆斯对不定式从句的使用尤其引人瞩目……由于不定式从句的所指往往不是事实，所以詹姆斯更多地用来编制心绪之网的，并不是已知的事实，而是可能性和假设"[⑥]。他们对詹姆斯文体风格的精湛分析同样也适用于评析他的其他作品。

---

① Frank Raymond Leavis：*The Great Tradition*，New York：New York University Press，1969，p.155.

② E.M.Forster：*Aspects of the Novel*，London：Penguin Books，1980，pp.153—163.

③ Edith Wharton：*The Writing of Fiction*，New York：Scribner's，1998，pp.90—91.

④ Lewis Dabney，ed. *The Portable Edmund Wilson*，London：Penguin Books，1983，pp.128—129.

⑤ 《中国大百科全书·外国文学》第二卷，北京：中国大百科全书出版社，1982 年，第 1241 页。

⑥ Geoffrey N.Leech and Michael H.Short：《小说文体论：英语小说的语言学入门》(*Style in Fiction：A Linguistic Introduction to English Fictional Prose*)，北京：外语教学与研究出版社，2001 年，第 97—111 页。

事实上，自美国“第二次文艺复兴”，尤其是“新批评”流派出现后，评论界已开始重新认识詹姆斯，给予了他很高的评价，尊奉他为“作家中的作家”，是心理现实主义小说大师，是过渡到现代主义文学的一座桥梁。就思想性而言，詹姆斯在创作中的价值取向始终是颂扬人的善良与宽容，始终把优美而淳厚的道德品质和自由精神置于物质利益甚至文化教养之上。从艺术创作角度说，他一反当时盛行的粉饰和美化生活的浪漫小说，把人性的优劣和善恶作为对比，探索人的心理活动的复杂性。他的作品反映了具有深厚文化教养的知识分子的人文主义倾向，而不是人们所熟悉的对劳苦大众的人道主义同情。他的语言风格与他所要表现的内容、与他本人的思想境界和审美取向也是一致的，他力求以这种方式精微、准确、恰如其分地揭示和反映人的心灵深处最真实的思想和情感。如今，人们对这位文学大师的研究兴趣仍在与日俱增。

## 五　继往开来的一代宗师

亨利·詹姆斯的创作上承欧美现实主义、自然主义和超验主义，下启欧美现代主义，是现代文学史上继往开来的一代宗师。他不仅精通小说艺术，而且致力于小说艺术的革新。他创造性地拓展了传统小说的表现形式，使小说叙事实现了由“物理境”（Physical Situation）向“心理场”（Psychological Field）的转入，成功开辟了小说创作的新天地，同时也在现代小说的叙事方法和语言风格上烙上了他独特的印记。他破解了旅欧美国人的神话，并以工细的笔触将这种神话具象化地再现在他众多的“国际小说”中。他通过对人的内心世界和意识活动的深湛分析和描摹，为读者创造了一个心理现实与客观现实交互映射的艺术世界。

詹姆斯不仅是一位卓越的小说家和语言艺术家，也是一位富有真知灼见的文学批评家。他强调文学创作要坚持真善美的统一。他主张作家在表现他们对历史和现实的看法时应当享有最大限度的自由。他认为小说文本首先必须贴近现实，真实再现读者能够心领神会的生活内容。在他看来，优秀的小说不仅应当展现（而不是讲述）动态的社会风貌和生活场景，更重要的是，应当鲜活有趣、引人入胜，能使读者获得具有美学意义的阅读快感。他倡导作家应当运用艺术化的语言去挖掘人的心理和道德本性中最深层的东西。他认为一部作品的优劣与否，完全取决于作者的优劣与否。他在《论小说的艺术》等一系列专论中提出的很多富有创造性的观点丰富和发展了欧美文学创作和文学批评，具有重要的理论意义和深远影响。他率先提出并运用在自己的创作实践中的“意识中心”论、“叙事视角”、“全知视角”、“不可靠叙事者”等文学批评术语，已成为当代叙事学的组成部分。我们在当今文化语境下重读詹姆斯的作品，更能深切体味到这位文学大师的创作观、人文情怀、审美取向、伦理精神，以及他独特的语言艺术的魅力，并能从中参悟人生，鉴往知来。

2019 年 2 月 15 日

# 翻译底本说明

长篇小说《美国人》于一八七六年六月至一八七七年五月间以连载形式首次发表于美国《大西洋月刊》(*Atlantic Monthly*)。一八七七年五月，美国出版商詹姆斯·R.奥斯古德（James R.Osgood）出版本小说单行本，该版本随后以盗版形式流入英国市场。迟至一八七九年三月，英国麦克米伦出版公司（Macmillan）才在伦敦推出了该小说的正式英国版版本。一九〇七年，亨利·詹姆斯对这部小说进行了全面修订，并将其收入由他本人亲自编订的二十四卷本小说作品集（即“纽约版”）中出版。“美国文库”版亨利·詹姆斯的全集在收录本小说时采用了一八七七年美国单行本版本，本译本系从“美国文库”版译出。

# 第一章

那是一八六八年五月一个阳光明媚的日子，在卢浮宫卡雷画廊中央，有位绅士舒适地倚坐在一张硕大的圆形沙发上。然而，令人遗憾的是，沙发前那宽大的搁脚凳已被撤掉，这就苦了那些走得腿酸脚疼的艺术爱好者了。不过，此时那位绅士正自泰然自若，坐在了画廊最舒适柔软的位置，头倚靠在沙发背上，双腿伸展，惬意地欣赏着牟利罗[①]创作的那幅漂亮的月光圣母画像[②]。他的帽子扔在身边，旁边放着一本红色封面的旅游指南和一只双筒望远镜。五月的天开始热起来了，他走得浑身是汗，坐在沙发上不停地用手帕擦拭着额头，显得有几分疲惫。不过，从外表来看，他并不是一个轻易疲劳的人。他细高个儿，肌肉强健，充满活力，一副常见的“硬汉”形象。然而，今天他实在是太累了，使尽了浑身解数才不至于让自己在卢浮宫的徐步参观中累垮掉。他参观完了贝德克尔[③]出品的印制精美的旅游指南中所有打星号的画作，注意力开始无法集中，眼冒金星，头晕脑涨地坐了下来。他不仅看完了所有的画作，而且还过目了无数精心打扮的年轻女性不断递过来的所有名画的描摹本。在法国，这些女性的所作所为是为了传播大师的杰作。不过，说实话，相较于原作，他更欣赏描摹本。论外表，显而易见他是一个精明强干的人。事实上，他经常整夜坐着整理一沓账单直到公鸡叫鸣也不打一个哈欠。刚刚看过的拉斐尔[④]、提香[⑤]和鲁本斯[⑥]的画作让他耳目一新，人生第一次觉得无比震

---

① 牟利罗（Bartolomé Esteban Murillo，1617—1682），十七世纪巴洛克时期西班牙画家。

② 此处指牟利罗 1655 年创作的《圣母纯洁受胎》(*The Immaculate Conception*)，描绘“圣母身披阳光，脚踩月光，头戴十二颗星星做成的皇冠”。

③ 卡尔·贝德克尔（Karl Baedeker，1801—1859），十九世纪德国出版商，他出版发行了一系列旅游指南手册。

④ 拉斐尔（Raffaello Santi，1483—1520），意大利著名画家，文艺复兴后三杰之一。他的性情平和、文雅，创作了大量的圣母像，他的作品充分体现了安宁、协调、和谐、对称以及完美和恬静的秩序。

⑤ 提香（Tiziano Vecelli，1488—1576），意大利文艺复兴后期威尼斯画派的代表画家。

⑥ 鲁本斯（Peter Paul Rubens，1577—1640），佛兰德斯画家，巴洛克画派早期的代表人物。

撼，似乎都不敢相信自己的眼睛了。

旁人不难判断这位尚不十分成熟的名画鉴赏家来自哪里，事实上，人们也许已经感受到了他的幽默气质，那正是完美体现他国籍的理想方式。他是一位典型的美国人，不仅如此，他的外表也是气质出众，健康而富有活力，虽不曾刻意保持身形健硕，但与生俱来的身体素质却是让人一眼难忘。如果他是一个肌肉强健的基督徒，那应该是上帝的恩赐。如果需要步行去一个稍远的地点，他便步行过去，但从不自知这是一种“锻炼”。他不知道什么冷水浴或者体操棒的使用原理，从不划桨，也不打猎，更不击剑，他没有时间搞这些娱乐活动，他不知道骑马有利于缓解某些消化不良的疾病。他本质上是一个性格稳健的人；但是，在参观卢浮宫的前一天夜里，在“英国咖啡馆”[①]吃晚饭时，有人告诉他来巴黎不看卢浮宫等于没有来过。于是，他兴奋得整夜只眯了一小会儿，恨不得立马就去卢浮宫。他通常做事的态度都是一副松松垮垮、满不在乎的样子，但一旦受到某种激发，就会立刻振作起来，像是一名冲锋陷阵的战士。他从不吸烟，有人信誓旦旦地对他讲，抽雪茄对健康非常有利，诸如此类的说法不一而足。他也愿意相信这样的说法，可他对烟草还是就像对时髦的顺势疗法[②]一样一概没有兴趣。他的头形非常漂亮，前后匀称有型，浓密的棕发直而干爽。褐色的皮肤，挺拔的鼻梁，冷灰色的双眸清澈明亮，嘴唇上方蓄着茂密的小胡子，其余地方都刮得干干净净。他下巴扁平，脖子健壮结实，是典型的美国人特征；但是，仅凭外貌特征判断一个人的国籍还远远不够，我们的朋友在这方面最能说明问题。大家一直以为善于区分国籍的观察者或许能够做出精确判断，但是要让他们具体描述，他们就不知所以了。许多美国人的特点，看起来捉摸不定，但并不是空洞无物；表面上很单调，却并不简单，他们总是一副心无所属的样子，对生活中的任何机会都抱持热情接受的态度，有一种命运在

---

① 英国咖啡馆（Café Anglais），是贝德克尔《旅游指南》中最高级别餐馆之一，位于意大利大道，距纽曼府邸不远。

② 顺势疗法（homoeopathy），一种替代疗法，十九世纪在美国富人中非常流行。

握的霸气。我们这位朋友的故事都是通过眼睛来讲述的，那是一双令人难以置信地糅合了天真与经验的眼睛。他的眼中充满矛盾，虽然不是爱情故事中男主人公那发亮的眼睛，但您从中几乎可以找到任何您想要的东西：拘谨而友善，坦诚而持重，精明却易轻信，积极乐观却又疑神疑鬼，自信却稍显害羞，绝顶聪明，极富幽默感，让步妥协之中略带挑衅，保守之中让人安心。他的小胡子，面颊上两道浅浅的皱纹，露在外面的衬衣领子，天蓝色的领结，着装甚是醒目，在人群中一眼就可以看出来。这个时候走近他，或许不是最佳时机；他坐在那里绝不是为了让人为他画像。相反，他在那里无精打采，对于美学问题迷惑不解（我们刚刚发现），他为自己混淆艺术家的优点及其作品的优点而感到羞愧难当（他很欣赏那位留着男孩发型的年轻女士画的眯着眼睛的圣母像，因为他认为那位年轻女士自己就很不一般）。他平易近人，行事果断，身体健康，诙谐幽默，事业有成，似乎一切成竹在胸；不难看出，他是一个讲求实际的人，但在此刻，他遐思无限，浮想联翩，整个人心潮澎湃。

那位身材娇小的年轻女士一边临摹名作，一边不时地瞟一眼她的仰慕者，以示回应。似乎在她看来，美术创作需要伴随肢体的表演，因此，她时而立身环抱双臂，头从一侧偏向另一侧；时而手抚下巴，脸上露出淡淡的微笑；时而眉头紧蹙，叹息一声，跺一跺脚；时而抚弄零乱的秀发，拨一拨头花。她做着这些动作的同时，还不时环顾四周，目光在那位绅士的身上逗留时间最长。突然，那位绅士起身戴上帽子，向她走来。他在她的画作前看了一会儿，而她却假装完全没有意识到他的存在。他突然问道："多少钱？"[①] 这是他所知道的法语词汇中最能表达他此刻想法的一个词，他还向女士伸出一根手指，示意自己的意思。

女士盯着绅士，噘着小嘴，耸了耸肩，放下调色板和画笔，两手使劲儿揉搓着。

---

① 原文为法语：Combien。

"多少钱?"我们那位朋友用英语问道，"多少钱?"

"先生想买这幅画?"年轻女士用法语问。

"嗯，画很漂亮，棒极了，多少钱?[①]"美国人重复道。

"先生喜欢我这幅涂鸦?不过，它的主题确实很美。"女士回道。

"圣母像，是的;我虽不是天主教徒，但我很想买它。多少钱?写在这儿。"他从上衣口袋里掏出一支铅笔，指着参观指南的空白页对她说。她望着他，用铅笔摩挲着下巴。"这幅画不卖吗?"他问道。她还在一边思索着什么，一边看着他，尽管她希望在这位主顾面前上演欲擒故纵的古老把戏，但她的眼神却差点儿让人心生疑窦。他还以为自己冒犯了她，而她却只是努力让自己看起来无动于衷，试试自己到底可以坚持多久。"我没有做错什么吧?我冒犯[②]到您吗?没有吧?"他继续问道，"您一点儿英语都不会吗?"

年轻女士的即时表演功夫堪称一流。她用自己那双含情脉脉会说话的眼睛盯着他，问他会不会讲法语，然后简短地说:"给我![③]"接过打开的指南，她用那只特别干净的小手在空白页上角写下了一串数字。然后把指南递回去，重新拿起了自己的调色板。

他看见那数字是"两千法郎"，一时竟无言以对。接下来的场面就是他望着那幅画，而女士则在自己的画上开始认真地修修补补。"这只是一幅描摹品，是不是要价太高了?"他终于问道，"太贵了吧?[④]"

年轻女士抬起头，从头到脚打量了他一番，突然给出了一个非常机灵的回复:"没错，价格确实高。但是，我的描摹作品质量上乘，值那个价。"

我们这位绅士对法语一窍不通，但我说过他很聪明，现在就是证明这一点的时候了。出于本能，他听懂了女士说的话，对她的坦诚甚

---

① 原文为法语：Splendide，Combien。
② 原文为法语：pas insulté。
③ 原文为法语：Donnez。
④ 原文为法语：Pas beaucoup。

是赞许。这真是一个集美貌、智慧和美德于一身的女士啊！“不过，您得把这幅画画完，”他指着画中人物尚未完成的手说道，“画完，您懂的。”

“那是自然，马上就要圆满完成了，我要让它成为最完美的画！”那位女士大声说道；为了证实自己的承诺，她还给圣母像的脸颊添加了玫瑰色红晕。

可这时美国人却皱起了眉头。“唉，太红了，太红了！”他竟然也参与到了创作中来，并且指着牟利罗的画说，“她的面色没有那么浓的。”

“您的意思是淡一些？哦，会淡的，先生；会像塞夫勒饼干颜色一样的淡。我会把颜色调淡的，我清楚自己的绘画之道。我把画给您送到哪儿？能留下您的地址吗？”

“我的地址？噢，好的！”那位绅士从皮夹子里抽出一张名片，并在上面写了点什么。他犹豫了一下，说道：“如果画作完成后我不喜欢，您知道的，我可以不买。”

年轻的女士似乎看透了他的心思。“噢，我相信您不是那种反复无常的人。”说着她露出了顽皮的微笑。

“反复无常？”听到这个词，绅士哈哈大笑，“哦，不，我才不是反复无常的人呢。我这个人很讲信用，言必行，行必果。您懂吗？[①]”

“您言行一致，我完全理解，这是一种难得的美德。为了回报您的美德，我们会在第一时间把画给您送达；下周，画一干，就给您送去，我先收下您的名片。”她接过名片，看到上面写着他的名字：“克里斯托弗 · 纽曼”，然后她想大声念出来，却因为自己糟糕的口音而忍俊不禁：“你们英国人的名字太古怪了。”

“古怪？”纽曼先生说着也笑了，“您听说过克里斯托弗 · 哥伦布吗？”

---

① 原文为法语：Comprenez。

“当然听说过[①]，他发现了美洲大陆，是一个非常伟大的人。他是您的守护神吗？”

“我的守护神？”

“就是基督教历法中，您的守护神。”[②]

“哦，没错，我父母在我出生时就是因为他才给我取了这个名字。”

“您是美国人？”

“您没有看出来吗？”他问道。

“您的意思是要把我这幅涂鸦带到美国去？”她边解释边打着手势。

“对，我想要买很多画，很多，很多[③]。”克里斯托弗·纽曼说。

“您能买我的画，我深感荣幸，”年轻女士回应道，“我相信您的品位。”

“不过，您得给我一张您的名片，”纽曼说，“您的名片，您懂的。”

年轻女士的表情一下子严肃起来，说道：“我父亲会等着您。”

但这次纽曼先生却没有猜对她的意思，只是重复道：“您的名片，您的地址。”

“我的地址？”年轻女士反问道，然后耸了耸肩说，“我可以给您，美国人！这是我第一次把名片给一位先生。”说着从口袋里掏出一只油光锃亮的钱夹，从中取出一张光滑的小名片，递给了她的主顾。名片用铅笔工整地写着：“诺埃米·尼奥什小姐”，上面还画了许多装饰图案。虽然法国人姓名对纽曼来说一样看起来很古怪，但他并没像诺埃米那样，而是非常庄重地读着那串名字。

“正好，我爸来了，他要接我回家，”诺埃米小姐说道，“他会讲英语，可以和您谈谈。”说着，她转身向一个身材矮小的老先生迎去。

---

① 原文为法语：Bien sûr。

② 在基督教历法中，在圣人祭日出生的小孩，就以圣人之名命名小孩，同时圣人成为他的守护神。

③ 原文为法语：beaucoup，beaucoup。

只见那老人拖着脚步踱来，正在透过镜架打量着纽曼。

尼奥什先生戴着一头光亮的假发，那不是自然毛发的颜色。假发衬着他那张温和而又无精打采的苍白小脸，比挂在理发店橱窗里的正品要生动多了。他虽衣着破旧，却十分在意自己的形象，总要显出一副温文尔雅的样子。他的小外套做工粗糙，材质粗劣，满是小绒球。手套打了补丁，靴子明显几经擦拭，漂亮的帽子早已褪色，这一切都说明这是一个“没落”的人，虽然昔日的辉煌已不复存在，但他仍然放不下挑剔讲究的习惯。此外，尼奥什先生已经失去了生活的勇气。逆境不仅击垮了他，而且也吓坏了他，看得出来他凡事小心翼翼，希冀平安地了却余生，生怕节外生枝。假如这位奇怪的先生对他女儿说了什么不该说的话，他会用沙哑的声音乞求他，以示友善，凡事忍为上策；不过，同时他承认，他也会冒昧要求对方也同样给予这种特别的友好。

“这位先生买了我的画，”诺埃米小姐说道，“我画好后，您就乘马车给他送去吧。”

“乘马车！”尼奥什先生叫了起来。他一时愣住了，茫然不知所措，仿佛看见太阳从西边升起。

“您是这位年轻女士的父亲吧？”纽曼问道，“她说您会讲英语。”

“讲英语——没错，”老先生慢慢揉着自己的手说道，“我会乘马车把画给您送过去。”

“说点儿什么吧，”他女儿大声说道，“感谢之类的话，不过，不必过分。”

“感谢，我的女儿，是要感谢，”尼奥什不解地问，“卖了多少钱？”

“两千法郎！”诺埃米小姐说，“不要大惊小怪，否则，他会反悔的。”

“两千法郎！”老人大叫道，开始在身上摸自己的鼻烟盒。他上下打量着纽曼，然后看了看自己的女儿，又看着那幅画。“小心，别把画弄坏了！”他大声喊道，一副郑重其事的样子。

“我们得回家了，”诺埃米小姐说，“今天的工作棒极了，小心拿画！”她开始收拾作画工具。

“我该怎么感谢您呢？”尼奥什先生说，“我的英语水平有限，不足以表达我的感激之情。”

“我也希望自己会讲法语，”纽曼温和地说，“您的女儿非常聪明。”

“噢，先生！”尼奥什的眼睛透过镜架看过来。突然，只见他悲从中来，眼里噙着泪水说：“她上过学——特别高级[①]的那种。什么都学过，蜡笔画课程每节十法郎，油画课程每节十二法郎。我那时没有什么钱。现在她可是一个艺术家了，不是吗？”

“我能理解成您曾遭遇过什么挫折吗？”纽曼问。

“挫折？哦，先生，那是人生的大不幸——太可怕了。”

“是生意不成功？”

“非常不成功，先生。”

“哦，不要怕，您会东山再起的。”纽曼鼓励道。

老人的头耷拉在一侧，表情痛苦地望着他，仿佛正在经历人生无情的戏谑。

“他说了什么？”诺埃米小姐问道。

尼奥什吸了一下鼻烟。“他说我会再次发财。”

“也许他会帮您，还说了什么？”

“他说你很聪明。”

“这倒很有可能，您相信他说的话吗，爸爸？”

“女儿，有什么不可信的？他买你的画就是证据啊！”老人的目光充满敬意地盯着画架上那幅放肆的涂鸦之作。

“问他想不想学法语？”

“学法语？”

“上课。”

---

① 原文为法语：très-supérieure。

“上课，跟谁上？跟你？”

“跟您！”

“跟我，孩子？我怎么教他啊？”

“不要争了[①]，快点儿问他！”诺埃米小姐用轻柔的声音斩钉截铁地说。

尼奥什先生吃惊地站在那里，但在女儿的目光下，他鼓起了勇气，尽量笑得不那么难看，照着女儿教的问道：“您愿意学习我们优美的语言吗？”他恳求的声音里还带着颤音。

“学法语？”纽曼睁大眼睛反问。

尼奥什先生的双手十指拧在一起，慢慢抬起肩膀。“就是聊天啊！”

“聊天，没错！”诺埃米小姐听到了他爸爸讲的这个词，小声说道，“就是上流社会的那种聊天。”

“在法国，聊天非常流行，您知道的，”尼奥什先生试探着说，“这真是一项天才的发明。”

“但是，那对我不是太难了吗？”纽曼不假思索地问道。

“不会的，像先生这样富有才情之士，通达各种形式的美，一点儿也不难。”说话时，尼奥什先生意味深长地扫了一眼女儿描摹的圣母像。

“难以想象我们可以用法语交谈！”纽曼笑着说道，“不过，我想，一个人知道得越多，就会讲得越好。”

“您说到点子上了，的确是这样。”

“我觉得在巴黎四处闲逛对我了解法语大有裨益。”

“那么，您一定有许多想说的事情——很难表达的事情！”

“所有我想说的东西，我都觉得很难表达。不过，您是在教语言课吗？”

可怜的尼奥什先生很是尴尬；他更加心虚地笑道：“我不是那种

---

① 原文为法语：Pas de raisons。

正式的老师。”他坦白承认。然后，他又对女儿说：“我还是无法跟他说我是个老师。”

诺埃米小姐回应道：“告诉他这是一个很难得的机会，一个做世界人[①]的机会，一位绅士和另一位绅士交谈的机会！想想您曾经做过的工作！”

“可我从来没有当过语言老师啊！以前没做过，现在更没有做过！如果他问起课程的价格呢？”

“他不会问的。”诺埃米小姐答道。

“我能问他喜欢什么吗？”

“绝不要问！这问题糟透了。”

“要是他问起来呢？”

诺埃米小姐已经戴上了软帽，正在系缎带。她把缎带抚平，向前伸出柔软的小巧下巴，快速地说道：“十法郎。”

“噢！我的女儿啊！我可不敢这么做！”

“有什么不敢的！课程结束前他是不会问的。上完课，我再把账单给他。”

尼奥什先生再次转向生性轻信的纽曼，他搓着双手，似乎还是一副歉疚的神色，这已经成了他身上鲜明的特点。纽曼没有想到要求对方保证教会自己会话技能；他似乎理所当然地认为尼奥什先生熟知自己的母语，而且，看到尼奥什先生可怜兮兮的恳求，让他不明所以地联想到所有教授语言的老年外国人。纽曼从未思考过语言学习的过程。他印象中觉得，要在巴黎这座光怪陆离的城市建立起与他熟悉的英语单词的神秘关联对他而言异常复杂，差不多得全凭自己付出九牛二虎之力。他问老人：“您是怎么学习英语的？”

“我年轻的时候，当时生意还没有失败，噢，那时的我头脑清醒，才思敏捷。我父亲是位商人[②]，他把我派到英国的一家会计师事务所干

---

① 原文为法语：homme du monde。

② 原文为法语：commerçant。

了一年，我自然而然学会了英语，但是现在我已经忘得差不多了。”

“一个月内我能学多少法语？”

“他说什么？”诺埃米小姐问道。

尼奥什先生做了解释。

“他会把法语说得像天使一样好！”诺埃米小姐说。

然而，尼奥什先生天性诚实，这也是他在生意上难有成就的原因。“好吧①，先生！”他答道，“我会尽力教您！”在女儿的示意下，他慢慢清醒过来，说：“纽曼先生，我会在您的府邸等您。”

“噢，好的，我愿意学习法语，”纽曼继续说道，就如深信不疑的普罗大众一样，“我要是早点儿考虑这个问题就好了！我还以为这不可能呢！既然您能学会我们的语言，为什么我就学不会你们的语言呢？”他坦率而友善的笑容已经证明他上了钩。“只是您知道的，聊天时，您得说些好玩的东西！”

“那是自然，先生；我恐怕不是您的对手！”尼奥什先生说着，伸出双手，“您会觉得又好玩，又有所学！一举两得！”

“噢，不！”纽曼严肃地回应道，“您得展现您的智慧和活力，这是我们协议的一部分。”

尼奥什先生鞠了个躬，一只手按在胸前说：“好吧，先生。您已经让我充满了活力。”

“来的时候带着我的画，我会付给您钱。下次我们就谈论这个话题，那一定是个好玩的话题！”

诺埃米小姐已经收拾好了她的画具，并把那幅宝贵的圣母像交给了父亲保管。她的父亲拿着画，离开身体一定距离，表示出了对画的敬重，他向后走去，渐渐消失在人群中。年轻的女士披上围巾，像个十足的巴黎女郎，她带着女郎那种迷人的微笑，告别了自己的主顾。

---

① 原文为法语：Dame。

# 第二章

纽曼悠然踱回先前坐过的沙发，坐在了另一侧，望着保罗·委罗内塞[①]画的那幅著名的《迦拿婚宴》[②]出神。尽管有些疲惫，纽曼却发现那幅画非常有趣，他的眼前似乎出现了幻觉，那正是他心中能够想象的豪华盛宴。画的左下角坐着一位年轻的女士，金发披肩，头戴黄金首饰。她的身子微微前倾，脸上露着迷人的微笑，聆听着邻座客人的诉说。纽曼在人群中揣度着画中的女士，钦羡不已。他发现她也不乏专情的临摹者，一位蓄着短发的男青年正在临画描摹。突然，他有一种试试做"收藏家"的狂热冲动，他已经迈出了第一步，为什么不可以继续呢？就在二十分钟前，他买下了人生中的第一幅画，此时他已经想到艺术赞助也是一项不错的事业。他越想越有劲，几乎立刻就要奔过去向那位年轻人再次"询价"了。显然，他觉得有几个理由可以让自己与那位青年建立某种关系，当然，建立关系的逻辑链似乎并不十分完美。他清楚诺埃米小姐的要价太高，他并没有为此对她不满，但是，他决定付给男青年的钱一定要不少于她。然而，就在这个时候，一位绅士的出现引起了他的注意，他的手里既没有拿导览图也没有拿望远镜，举止异乎寻常。他的手里拿着一把白色的遮阳伞，伞布内里衬着蓝色丝绸。他漫步来到委罗内塞的那幅画前，茫然地看着，可是因为站得太近，他只看到画布的纹理。就在纽曼对面，那位绅士停了下来，转过身子。这时，已经观察了好一会儿的纽曼终于打消疑云，看清了对方，于是从座位腾地站了起来，大步迈过去，伸出

---

① 委罗内塞（Paolo Veronese，1528—1588），意大利著名画家。本名保罗·卡拉里，因出生地维罗纳而获得"委罗内塞"的绰号，并以此而闻名。他是提香的学生，与提香和丁托列托组成了文艺复兴晚期威尼斯画派中的"三杰"。

② 这幅画是委罗内塞为意大利圣乔尔乔·马乔里修道院创作的大型装饰画，画的内容取自《圣经》故事，讲的是耶稣和圣马利亚以及使徒们在约旦河畔的迦拿遇到一户人家正在举办婚宴，主人邀请他们一起参加，婚宴上大家饮酒欢庆，后来酒喝光了，耶稣将坛中的水变成了葡萄酒，大家又继续喝酒欢乐。

一只手抓住了那位带伞的绅士，对方狐疑地看着他，小心翼翼地伸出一只手。只见那人心宽体胖，面色红润，蓄着漂亮的褐色胡须，精心从中间分开，向两侧梳去。他的脸上看不出有很强烈的表情变化，但看起来是一个很容易相处的人。没人知道纽曼当时是怎么揣摩那张脸的，但是，他发现自己那伸手一抓却没有产生预想的回应。

“噢，瞧！瞧！”他边说边笑，“不要说我手里没有白色遮阳伞，你就不认得我了！”

他的声音勾起了对方的记忆，那位绅士张大了嘴，也笑了起来：“啊，是纽曼，你把我吓到了！我说，谁能想到在这儿碰到你？你变化还挺大的。”

“你没变！”纽曼说。

“嗨，只是没有越变越糟而已。什么时候来巴黎的？”

“三天前。”

“为什么没有通知我？”

“我也不知道你在巴黎啊。”

“我在巴黎已经六年了。”

“我们分别也有八九年了。”

“差不多吧，那时我们都还很年轻。”

“那是在圣路易斯，当时还在打仗，你在当兵。”

“不对，当兵的不是我，是你。”

“我想应该是我。”

“你没事吧？一切还好？”

“我安然无恙，一切还算满意。好像那些都是很久以前的事了。”

“你来欧洲多久了？”

“十七天。”

“第一次来欧洲吗？”

“是的，差不多是那样。”

“发财了吧？”

纽曼沉默了一小会儿，然后带着静谧的微笑答道：“是的。”

“所以就到巴黎消费来了？”

“哦，看吧。本地人都带着那些遮阳伞？”

“是这样的，伞非常棒！这里的人都很会享受。”

“你在哪里买的伞？”

“到处都有，随地可见。”

“好吧，特里斯特拉姆，很高兴在这里遇见了你，想必你对巴黎已经轻车熟路了，还望在游览方面多多指点。”

特里斯特拉姆先生并不自谦，喜形于色地说道：“没问题，我想比我更熟悉巴黎的人应该不多吧，有什么问题就问我。”

“可惜的是，几分钟前你不在这儿。我刚刚买了一幅画，要是你在，兴许可以帮我把把关。”

“你买了一幅画？”特里斯特拉姆先生说着，茫然地环顾四周墙壁，“是真的吗？那些画可以买卖？”

“我的意思是买了一幅描摹画。”

“噢，明白了，”特里斯特拉姆先生一边说着，一边对着提香和凡·戴克[①]的画作点头，“我想，墙壁上的那些画应该是真迹。”

“希望如此，”纽曼嚷道，“我可不想要赝品的赝品。”

“哦，”特里斯特拉姆先生神秘兮兮地说道，“那可没人说得清楚。您知道，他们模仿得太逼真了！就像用假宝石做的珠宝。如果去皇宫酒店[②]，你会看到橱窗里的一半展品都是仿制品。你知道，法律要求给仿制品贴上标签，可谁又分得清呢？”特里斯特拉姆先生脸上露出无奈的表情，继续说道，“说实话，我对绘画的了解不多，我都是让妻子去处理的。”

“啊，你有妻子了？”

“我没有对你提起过吗？她是一位非常不错的女人，你一定要认

---

① 凡·戴克（Sir Anthony van Dyck，1599—1641），佛兰德斯画家，英国首席宫廷画家。他最著名的画作是查尔斯一世的肖像画。他还画了圣经和神话题材，在水彩和蚀刻领域也有着重要创新。

② 皇宫酒店（Palais Royal），一家集商店、餐饮和公共娱乐设施为一体的酒店，位于卢浮宫不远的里沃利街。

识她。我们就住在耶拿大街[①]。”

“那就是说，你现在已经安居乐业了，有了固定的家、孩子和一切。”

“是的，有一栋不错的房子和几个小孩。”

“喂，”纽曼伸了伸胳膊，赞叹道，“你太让人羡慕了！”

“噢，不，千万别！”特里斯特拉姆先生回道，并用遮阳伞轻轻捅了下纽曼。

“对不起，我就是羡慕你！”

“唉，等你……等你……你就不会羡慕我了。”

“你肯定不是想说等我看到你的成就？”

“朋友，我意思是说等你熟悉巴黎以后，你也会自作主张、成家立业，不必羡慕我了。”

“噢，我一生都在自作主张，走南闯北，早已厌倦了。”

“那么，试试巴黎怎么样。你今年多大了？”

“三十六岁。”

“正当年[②]，这儿的人都这么说的。”

“什么意思？”

“意思是一个人不该在最好的年龄阶段拒绝尝试。”

“是吗？我已经做了安排，准备去上法语课。”

“哦，你大可不必，法语听听就会了，我就没有上过任何语言课程。”

“那你法语讲得一定和英语一样好吧？”

“更好！”特里斯特拉姆先生含糊其词地答道，“法语是一门非常棒的语言，你可以用它讲各种有意思的事情。”

“但我想，”纽曼满脸真诚地说道，“你一定是凭着聪明才很快入门的。”

---

① 耶拿大街（Avenue d'Iéna），从特洛卡德罗花园到凯旋门的那条街道。

② 原文为法语：C'est le bel âge。

“并非如此，那正是法语的妙处。”

两个朋友就那样靠着保护画的围栏边，一直站在相遇的地方，你一言我一语，说个不停。最后，还是特里斯特拉姆先生说太累了，要找个地方坐一坐。纽曼极力建议去他刚才坐过的那个大沙发，于是二人准备过去坐下来。“这个地方真是太棒了！”纽曼动情地说。

“是的，太棒啦！真是世界上最美妙的地方！”突然，特里斯特拉姆先生看看四周，犹豫了一下，“这个地方大概不许抽烟吧。”

纽曼吃惊地看着对方：“抽烟？我的确不知道，你应该比我更清楚这儿的规定。”

“我？我以前从来没有来过这儿。”

“从来没有！六年里面一次都没有？”

“我记得我们初来巴黎时，妻子曾拽着我来过这儿一次，但后来我再也没有来过了。”

“可你刚才还说你对巴黎非常熟悉！”

“这个地方并不是我所说的巴黎！”特里斯特拉姆先生大声狡辩道，“走吧，我们到皇宫酒店那边去抽支烟。”

“我不抽烟。”纽曼说道。

“那么就去喝一杯吧。”

特里斯特拉姆先生在前面带路，他们穿过卢浮宫一间间富丽堂皇的画廊，走下阶梯，沿着凉爽阴暗的雕塑艺术馆，来到外面宽阔巨大的庭院。纽曼边走边四处观望，不过他并没有发表评论，直到最后走出去时，他才对他的朋友说：“要是我是你的话，可能我起码一周得来这儿一次。”

“噢，不会的，你肯定不会！”特里斯特拉姆先生说，“你会那样想，但你不会那样做。你腾不出来时间，你会总是想着要去，但你从不会去。在巴黎，有比来这儿更有趣的消遣。意大利才是欣赏绘画艺术的地方，等你到了那儿，你就明白了。你一定得去，在那里只能欣赏名画，什么别的事也不能做。那真是一个差劲儿的国家，连一支像样的雪茄都没有。今天也不知道怎么了，我鬼使神差地走进了这个地方。平时我都是在这附近闲逛，经过时偶尔也会看上两眼，有时会想我得进去看看究竟。可是今天要不是在这里看到你，我倒会有一种上当的感觉。等等，我可不关心什么名画，我更钟爱现实！”特里斯特拉姆先生斩钉截铁地抛弃了难得的附庸风雅的幸运机遇，而这可能正是那些遭遇过量“文化”折磨之人所羡慕他的地方。

两人沿着里沃利街一直走到皇宫酒店，他们在延伸至庞大露天方庭的咖啡店靠门处找了张桌子坐下来。这地方到处都是人，喷泉池的流水汩汩作响，乐队正在演奏，所有的菩提树下都摆放着一排一排的椅子，戴着白色帽子的漂亮妈妈们坐在椅子上给婴儿哺乳，整个是一派悠闲、祥和、欢乐的场景。纽曼觉得这就是最典型的巴黎市井生活。

“好吧，”他们品尝了点心饮料之后，特里斯特拉姆先生开始发问，“现在说说你自己吧，你是怎么想的？有什么计划？你从哪里来？下一步准备去哪里？首先，你现在住在什么地方？”

“我住在巴黎大酒店[①]。”纽曼回道。

特里斯特拉姆先生的胖脸皱了皱，说：“那地方不好！得换地方。”

“换地方？”纽曼问道，“为什么？那是我住过的最好的酒店。”

“你要的不是‘好’酒店，而是小而安静、环境优雅的住处，服务员随叫随到，人人都认得你。”

“那地方就是你说的那样啊，我还没有摁铃，他们就不停地跑来问我是否有什么需求，”纽曼说，“他们见了我总是鞠躬，毕恭毕敬。”

“那是因为你总是给他们小费的缘故吧？那风气可不好。”

“总是？根本不是那么回事。昨天一个服务生给我拿了点儿东西，然后就像乞丐一样站在那里走来走去，于是我就递给他一把椅子，问他是否愿意坐一坐。那样不好吗？”

“非常不好！”

---

① 巴黎大酒店（the Grand Hotel），贝德克尔《旅游指南》中最高级别酒店中最大的酒店。

“可他马上就出去了。总之，那地方让我觉得挺有意思。如果住处让我觉得无聊，环境再优雅也没用。昨天晚上我就坐在大酒店的院子里，看着人来人往，熙熙攘攘，直到凌晨两点钟。”

“你太容易满足了，不过，只要你自己高兴，那样也无可厚非，毕竟是你自己的选择。你挣了不少钱吧？”

“我挣的钱够花了。”

“能说这种话的人，真的很幸福！够花是什么意思？”

“就是足够让我休息一段时间，忘却烦恼，看看周围，看看世界，好好放松一下，整理整理思路。要是运气不错的话，就找个妻子结婚。”纽曼说话很慢，声音有些干，时不时地停顿一下。这是他说话的习惯方式，不过，我这里只是摘其谈话要点记录而已。

“天啊！多好的计划！”特里斯特拉姆先生喊道，“当然啦，你说的东西都很花钱，特别是妻子，除非你妻子有钱，就像我一样。那么，具体内容呢？怎么去实现？”

纽曼把帽子从前额朝后推了推，双臂合抱，伸了伸腿。他欣赏着音乐，环顾熙熙攘攘的人流，望着水花四溅的喷泉，看着妈妈们和婴儿。最后，他终于答道：“我曾经干过。”

特里斯特拉姆盯着他看了好一会儿，想揣度出朋友的葫芦里到底卖的是什么药，最后目光停在那张陷入沉思的脸上。“你干了什么？”他问道。

“噢，干了好几件事。”

“你大概是个喜欢动脑筋的家伙，嗯？”

纽曼继续看着妈妈们和婴儿，那是一幅多么古老而又淳朴的田园生活景象啊。“是啊，”他终于开口道，“我想我应该算是吧。”接着，他简要讲述了自己和特里斯特拉姆先生分手后的经历，并且回答了对方的提问。那是一个纯粹的西部探险故事，其中的具体情节没有必要在此一一向大家讲述。纽曼在战争中活了下来，被提升为准将，这是一份无可替代的荣耀，同时也增添了责任。虽然纽曼战时表现出色，但从内心来讲，他并不喜欢打仗。军中的四年生活让他感到愤怒而又痛苦，浪费了他宝贵的生命、时间、金钱、才智以及初心，他转而以极大的热情和能量追求和平。无论戴上还是摘去肩章，他依然身无分文，唯一能掌控的资本就是自己顽强的决心和对目的手段的鲜活敏感。对他而言，努力和行动如同呼吸，正常人从不会踏上西部那充满变数的土地。而且，他的经历与能力相得益彰。十四岁的时候，为生活所迫，他稚嫩的肩膀不得不扛起责任，为了一顿晚餐而走上街头。虽然他当晚并没有吃上晚餐，但却挣来了第二天的晚饭。从那以后，无论什么时候他一无所获，那只是因为他用手头的钱干了别的事，也就是让他感到更加快乐的事情或者获利更加丰厚的事情。他充分发挥自己的聪明才智，开始做很多事情，用更专业的术语来说，他一直在干事业。他富有冒险精神，甚至胆大妄为。他熟悉痛苦的失败和辉煌的成功，但他生来就是一个实验家，哪怕再大的生活压力，他总能找到其中的乐趣，即使穿着中世纪和尚的麻布衬衫，他也不觉得有什么烦恼。有段时间，无情的失败似乎跟他如影随形，厄运成了他的枕边客，事事难遂心愿，点石不但没有成金，反而成了灰。在这种不幸执拗地达到顶峰时，他只有一个清晰的想法，那就是世事当中的超自然力量，似乎生命当中有一种东西比他自己的意志还要强大。那个神秘的东西只可能是魔鬼，因此，他的心中对这个蛮横的力量充满了强烈的仇恨。他清楚是什么彻底耗尽了他的存款，让他挣不到一分钱，让他在陌生的城市身无分文，独自伫立黄昏街头。正是在这种情况下，他来到了旧金山，开启了后来的幸运之旅。他没有像费城的富兰克林博士那样嚼着廉价面包沿街前行[①]，那只是因为他连廉价面包都没有。在他最黑暗的日子里，他只有一个简单实用的信念，用他的话说就是坚持到底的欲望。他最终做到了，事业渐入佳境，挣到了一大笔钱。必须赤裸裸地承认，纽曼生命中的唯一目标一度就是赚钱，对他而言，这世界上最重要的事不过就是从恶劣的机遇之中获取财富，越多

---

① 本杰明·富兰克林曾在他的自传中写到他刚到费城时的窘境，自己身无分文，咬着廉价面包经过未来妻子的家门口。

越好。这个理念完全充斥了他的大脑，满足了他的想象力。至于钱的用途，人的生命在个人成功注入黄金雨[①]之后该如何度过，在三十五岁之前，他连想都没想过。生命对他来说就是一场开放的游戏，他玩的就是高风险。终于，他成功了，赢得了一个又一个的胜利，那么，现在他拿着这些财富干什么呢？他迟早要面临这个问题，而答案就在我们的故事之中。不过，他隐隐约约已经有一种感觉，答案比他目前的价值观所能想象的可能性还要多，而就在他和朋友在巴黎这个美好的角落懒洋洋打发时间时，这种感觉似乎慢慢地、令人愉快地强烈起来。

“不过，我得承认，”他继续说道，“在这里我觉得自己一点儿也不聪明，我的聪明才智似乎毫无用处，我就像小孩一样单纯，随便一个小孩就可以把我哄走。”

“噢，那就让我来做那个小孩吧，”特里斯特拉姆先生高兴地说，“让我带着你，请相信我。”

“我以前只知道拼命工作，”他继续说道，“却不知道享受人生。这次我出国就是来享受的，但我怀疑自己都不知道该如何享受。”

“哦，那很容易学啦。”

“好吧，兴许我可以学学，但如果是靠死记硬背，我恐怕永远做不到。我意志坚强，但天分可能不在死记硬背上。我天生不是一个会享受的人，只能以你为榜样了。”

“你说得没错，”特里斯特拉姆先生说，“我想我生来就会享受生活，就像卢浮宫里那些不朽的画作一样正宗。”

“还有，”纽曼补充道，“我可不想一边工作一边玩乐，或者反之。我想要不紧不慢、好好地放松半年，就像现在这样坐在树下，听着音乐。最重要的是，听一些好音乐。”

“音乐和绘画！天啊，多么高雅的品位！你就是我妻子所说的那种‘文化人’，我可做不到。不过，我们可以为你找到比坐在树下听

① 古希腊神话中阿耳戈斯王的女儿达娜伊被父亲囚禁在塔中，宙斯化作黄金雨与之会面。

音乐更好的事情去做。首先，你得来参加俱乐部。”

“什么俱乐部？”

“西方俱乐部，你会在那儿看到很多美国人，都是一些精英。你一定会玩纸牌吧？”

“噢，我说，”纽曼用力大声叫道，“你该不会是要把我困在俱乐部，让我整天黏在纸牌桌上吧！我可不是为了这个来巴黎的。”

“啊呀，你不就是为这个来的嘛！我记得你在圣路易斯时很喜欢打牌，那时你总是赢我。”

“我这次是来欧洲旅游的，尽我所能找寻它最好的一面，想要见识所有伟大的东西，干一件聪明人干的事。”

“聪明人？天啊！那么，你认为我是一个傻瓜蛋咯？”

纽曼侧身坐着，手肘枕着椅背，头倚靠在手掌上，一动不动地盯着特里斯特拉姆先生看了会儿，脸上挂着了无生趣却谨小慎微、有点神秘莫测但又完全友善的微笑。“把我引见给你的妻子！”他终于说道。

特里斯特拉姆先生的身子在椅中打了个激灵：“说实话，我不愿意给你介绍。这会让她瞧不起我的，你也会鄙视我！”

“伙计，我没有鄙视你啊！我不会鄙视任何人或任何事。我不是那种傲慢的人，我向你保证，我是一个没有傲气的人。这就是为什么我愿意向聪明人学习的原因。”

“好吧，近墨者黑，近朱者赤。正如巴黎人常说的，虽然我不是玫瑰，但我是玫瑰的邻居。我还是可以向你介绍一些聪明人的，你知道帕卡德将军吗？哈奇？还有凯蒂·厄普约翰小姐？”

“我愿意结识这些人，拓展社交圈。”

特里斯特拉姆先生似乎有些不耐烦，狐疑满腹，瞥了纽曼一眼，然后问道：“你到底想干什么？你是要写小说吗？”

纽曼捻着嘴角的胡须，沉默了一小会儿，最后回道：“几个月前的一天，我碰到了一件怪事。我当时因为一桩重要生意来到纽约，说来话长，总之就是为在股市方面使用手段占领上风，击败对方。对方曾在生意上让我吃过苍蝇，对此我一直耿耿于怀，怒火中烧，发誓如果有机会，也给他点儿颜色看看，用比喻说法就是让他也把鼻子气歪。那笔生意的成败风险约为六万美金，如果我使绊，那对他会是一个沉重的打击，他真的不值得尊重。于是，我跳进一辆马车，开始忙了起来。正是在这辆不朽的、有历史意义的马车里，我提到的那件怪事发生了。这辆马车和其他马车并没有什么不同，只是稍稍脏些，褐色坐垫上面有一根满是油污的绳子，好像这辆马车在爱尔兰式葬礼上使用过无数次。我常在夜间旅行，虽然这次我很兴奋，但我还是忍不住想睡觉，很可能我打了个盹。无论如何，我突然从睡梦中或者冥想中醒了过来，产生了这个世界上最特殊的感觉，那就是对我将要做的事情的极度厌恶。这个想法的产生就像这样！”他弹了下手指，“就像开始疼痛的旧伤口突然发作一样，我说不清是什么意思，只是感到厌恶整个这件事情，想金盆洗手不干了。当时的想法就是损失六万美金，让整个事件自然发展，随波逐流，再也不想听到它，似乎这个想法就是世界上最甜蜜的东西。所有这一切的发生都不受我个人意志控制，我坐在一旁观看，如同欣赏一出舞台剧，我能感受到整个事件就在我的内心发生。有些事情虽然在我们内心发生，但我们知之甚少，不过，你可能还得依赖这种感觉。”

“天啊！你说得我毛骨悚然！”特里斯特拉姆先生叫道，“就在你坐在马车里，看着你所说的戏剧表演时，有个人登门入室掠走了你的六万美金？”

“我不知道，希望如此，无耻的恶魔！我至今也没搞明白。我们把车停在了华尔街我准备去的那栋大楼前面，但我仍坐在车厢里不动，最后赶车人爬下座位，看他的马车是否已经变成了灵车。我就像一具僵尸一样无法移动，出了什么问题？你会说，我瞬间成了白痴。我想要离开的是华尔街，于是我让赶车人驱车前往布鲁克林渡口，过河而去。过完河，我又让他把我拉到乡下。因为我最初告诉他的是把我送到市中心，而这时却恰恰相反，我想他大概会以为我疯了。也许我原来就有点儿不正常，但在这种情况下，我仍然处于疯癫状态。整个上午，我一直望着长岛上的第一茬绿叶。生意让我感到厌恶，我想抛弃一切，立即停止任何生意。我有了足够多的钱，或者说我本该拥有的东西我却没有。我似乎觉得自己的旧皮囊下出现了一个新人，渴望一个新的世界。如果你急切希望得到一样东西，你就应该去实现它。我压根儿不明白这到底是怎么一回事，我就这样信马由缰，任其驰去。退出生意场之后，我就乘船来到了欧洲，这就是我现在坐在这儿的前因后果。"

"你应该把那驾马车带回去。"特里斯特拉姆先生说，"让它随便走，这极不安全。你真的卖掉股份，退出生意了？"

"我转手给了一位朋友。如果我还愿意继续干，我可以重操旧业。我敢说一年后经营必将逆转，钟摆又会回来。我会乘着贡多拉小船或骑着单峰骆驼，四处周游，我会突然之间想要离家出走。但眼下我是完全自由的，我甚至考虑不再接收任何商务邮件。"

"噢，*那真是帝王的任性*[①]！"特里斯特拉姆先生说，"那我就退出吧，像我这样的穷鬼是没法帮你过上这样高贵的闲适生活的，你应该想办法挤入王公贵族的行列。"

纽曼看了他一会儿，然后不急不躁微笑着问道："那怎么才能挤入呢？"

"好！我喜欢你的风格！"特里斯特拉姆大声说道，"说明你够真诚。"

"我当然很真诚，我不是说过我想要最好的生活吗？我清楚最好的东西不是用钱就可以买得到的，但我想钱的作用应该很大。还有，为了得到最好的东西，我愿意不厌其烦。"

"你在这方面一点儿也不自卑，嗯？"

"对的，我不知自卑为何物，我想要得到人们能够获得的最大享受，人、地方、艺术、自然，包括一切！我想拜访最高的山峰、最蓝的湖泊、最美的绘画、最漂亮的教堂、最有名的男人和最美艳的

---

① 原文为法语：caprice de prince。

女士。”

“那么就在巴黎住下来吧。虽然就我所知，这儿没有什么山脉，唯一的湖泊是在布洛涅森林公园[①]，但湖水却并不那么蓝。但是，在这儿，你要的其他东西都有：大量画作和教堂，无数名人和少量漂亮女人。”

“可夏天就要来了，这个季节我无法在巴黎生活。”

“喔，夏天可以去特鲁维尔[②]呀。”

“那是什么地方？”

“那是法国的新港[③]，多数美国人都去那里。”

“那里离阿尔卑斯山很近吗？”

“从那里到阿尔卑斯山的距离就跟从美国新港去落基山脉的距离差不多吧。”

“噢，我想去看勃朗峰，”纽曼说，“还有阿姆斯特丹、莱茵河，好多的地方！特别是威尼斯，我对去威尼斯旅游非常憧憬。”

“啊，”特里斯特拉姆先生站了起来，“我想我还是先把你介绍给我妻子吧！”

---

① 布洛涅森林公园（Bois du Boulogne），可以媲美纽约中央公园的巴黎公园，位于塞纳河右岸、凯旋门西侧，有很多人工湖。

② 特鲁维尔（Trouville），法国海滨城市，距巴黎约十八公里。

③ 新港（Newport），位于美国罗德岛海岸，是美国富豪的度假胜地。

# 第三章

翌日，特里斯特拉姆先生在家里隆重举行了纽曼和他妻子的见面仪式，纽曼如约来到他家共进晚餐。特里斯特拉姆一家住在凯旋门附近，那里宽阔的街面设计出自拜伦·豪斯曼男爵[①]之手，一律白粉敷墙，装饰浮华。特里斯特拉姆的家里充斥着现代家用，主人不失时机地向客人介绍他们那些主要的家用宝贝，各式各样的燃气灯，还有火炉等。“想家的时候，”他说，“你就来我们这儿，不用打招呼，我们会让你有宾至如归的感觉，瞧瞧这个做饭的大炉子，还有……”

“还有，你很快就会忘掉思乡之苦的。”特里斯特拉姆太太说道。

特里斯特拉姆先生感到很惊愕，他妻子说话的语气常常让他摸不着头脑，他这辈子也没能搞清她那样说话是在开玩笑还是在讲真话，而事实是在多数情况下，特里斯特拉姆太太往往是语带讥讽。她的爱好在很多方面都与自己的丈夫格格不入，不过，她常常不得不做出让步，当然，我们得承认她的让步并不总是和风细雨般的。有一天，她突发奇想，要做一件非常正面有意义的事情，同时也是一件有些刺激疯狂的事情。于是，夫妻二人在这个含混不清的计划上发生了分歧。可是特里斯特拉姆太太想要做的事，是绝不会提前告诉你的，她会用分期付款的方式收买你的良知，一步一步达到她的目的。

这里我们得赶快补上一条，以免产生误解。特里斯特拉姆太太那小小的特别计划并不一定需要另一个异性的帮助就能实现，她不愿通过调情来赢得异性的支持，从而损伤自己的颜面。她这样做有多方面的原因，首先她相貌平平，对自己的外表不抱任何幻想。她曾精准地测量过自己的身段，甚至发丝的宽度，她知道自己身上什么最好、什

---

① 拜伦·豪斯曼男爵（Baron Haussmann，1809—1891），法国城市规划师，在十九世纪因重整巴黎市容而闻名。

么最差，她欣然接纳自己。说实话，她并不是没有挣扎过。年轻的时候，她曾经面对着梳妆镜无数次伤心落泪，眼睛都哭肿了。后来她从绝望和虚荣中走出来，坦然自嘲是最不幸的女人，为的就是让自己不再纠结（因为日常交往中他人出于礼貌的赞美不可避免），从而更加自信。自从来到欧洲生活，她开始从哲学的角度看待这个问题。她的观察力在这里得到了很好的历练，直觉告诉她女人的首要职责不是漂亮，而是让人开心，她见过太多并不漂亮却让人如沐春风的女人，开始觉得找到了自己的使命。她曾听一位热心的音乐家对一位愚笨的演员不耐烦地说，好嗓音真的会干扰唱好歌；对她而言也许是一样的道理，漂亮脸蛋儿会对优雅举止的学习造成干扰。于是，特里斯特拉姆太太力求自己做到和蔼可亲、一丝不苟，她对这方面的倾心投入，已经到了令人动容的地步。她取得了怎样的成功，我不能说，但不幸的是，她突然半途而废了，理由是希望得到亲朋好友的鼓励。不过，我倾向认为她在这方面缺乏天分，否则，她追捧追捧新理念本身也无伤大雅。就这样她的新理念只好夭折，重又回到了熟悉而和谐的盥洗室，高高兴兴地致力于精致的着装打扮。她生活在自己并非真的那么讨厌的巴黎，因为只有在这儿一个人才能精准地找到适合自己的东西。要是出了巴黎，穿戴那时髦的十颗纽扣长手套参加晚宴一定会遇上麻烦。如果你看到她抱怨这个适于居住的城市，问她宁愿选择在哪儿生活时，她的答案常常出人意料。她会说是哥本哈根或者巴塞罗那，其实她在欧洲旅游时，只不过在那些城市待了几天而已。总之，她衣着俗丽，并不漂亮的小脸上透着狡黠，和她有了接触之后，你会发现她绝对是一个有趣的女人。她天性害羞，如果生下来就是一个美人，害羞的性格会仍然伴随着她（并不是自负而矫饰）。而现在，她的身上交织着羞怯和纠缠不休两种性格；她有时在朋友面前显得极其矜持，而在陌生人面前又显得异常的豪爽。她瞧不起自己的丈夫，因为当时她完全可以不嫁给他，所以她非常鄙视他。她曾经爱过一个聪明人，然而他却怠慢了她。于是反思之后，她嫁给了一个傻子，就是希望这一不得已的做法让人们知道她并不在意对方的智商，让男人在自我感觉良好的时候以为她很在乎他。正如我前面所说，她显然是那种躁动不安、永不满足、耽于幻想却缺乏恒心的亚健康人，无论好事还是坏事，她总是开个头，就不见下文了。不过，从道德方面而言，她身上常常会迸发出圣洁的火花。

无论如何，纽曼都是喜欢同女性交往的，但现在他已经用完了追求女性的本能，也失去了这习以为常的兴趣，于是他就想办法努力做些补救。他对特里斯特拉姆太太表示了极大的兴趣，对此对方也给予了慷慨回报，他们的第一次会面就在特里斯特拉姆太太的客厅里度过了好几个小时。两三次谈话之后，他们成了相互信任的朋友。纽曼对待女性的方式比较特别，需要对方很细心才能发现他对她们的赞美。他不会表现出一般意义上的殷勤，没有恭维之词，也没有小恩小惠，更不会巧舌如簧。跟男士相处时，他喜欢开玩笑，而在和更温柔的异性在一起时，他却总是显得不苟言笑。他并不是害羞，有人会因为害羞而局促不安，他不是。他的严肃、专注、温顺，经常性的沉默，都是为了表示出某种对女性的尊重。这种感情没有什么好解释的，它甚至都不是多么高贵的情感。他压根儿就没有想过什么女性“地位”，无论是同情或者相反，他对穿裙子的总统形象都还很陌生（对女权运动更是一无所知）。他的态度只不过是他好脾气的表现而已，是他自发而真诚的民主理念的一部分，那就是每个人都有享受生活的权利。如果邋遢的乞丐有权吃睡、选举和领取薪水，那比乞丐弱势、身体本身就具有吸引力的女性从感情上来说自然应该由公帑供养，纽曼十分愿意为此按比承担大量赋税。另外，很多有关女性的常见惯例在他看来都是那么新鲜，似乎他闻所未闻！他惊叹她们的敏感、细腻、睿智和评判性的措辞，他觉得她们似乎把生活总是安排得那么井井有条。如果说我们这部作品真是要基于某个信仰，或至少要有一个理想，那纽曼获得的深刻感悟就是笼统接受对光芒四射的女性的不可更改的信赖。

他花了很多时间倾听特里斯特拉姆太太的建议，这里得说明纽曼从来没有征询过这些建议，因为他根本就问不出问题，压根儿就没有觉得有什么难题，所以对解决难题的办法也就没有兴趣。他身处的复杂的巴黎世界似乎非常简单，它的场面宏大，令人称奇，但这并没有激发他的想象力和好奇心。他把双手插在口袋里，心平气和地观望着，生怕错过任何一个瞬间，严密注视着一切，差不多到了“忘我”的境地。特里斯特拉姆太太的“建议”是其中的一部分，因为她讲了大量八卦，娱乐的成分更多。他喜欢听她谈论她自己，这似乎是她优秀的坦诚个性的一部分，但纽曼离开之后就会忘记她说了什么，并从不采纳她提的任何建议。而对于特里斯特拉姆太太，她几乎把纽曼据为己有，他是她几个月里面可以想到的最有趣的人物。她期待和他做点什么，但不清楚做什么。他身上的优点太多：腰缠万贯，身体健硕，和蔼可亲，乐于助人，这一切都让她痴迷不已。她眼下唯一能做的就是喜欢他，她说他“西化得可怕”，可是“可怕”二字听起来却不那么真诚。她带着他四处向别人引见，差不多有五十人之多，并非常满意自己的征服能力。纽曼是逢请必到，到处握手致意，似乎既不感到兴高采烈，也没有惊慌失措。特里斯特拉姆先生埋怨妻子做得有点过火了，搞得他和纽曼说上五分钟话的时间都没有了，要是他早知道事情会发展到现在这个地步，他打死也不会把朋友带到耶拿大街的。这两个男人以前并不怎么亲密，但纽曼记得的是他以前的印象，现在他发现了特里斯特拉姆先生的秘密，他的太太从来没有对他吐露真情，公正地说，她认为自己的丈夫是一个堕落不堪的人。他二十五岁的时候曾是一个相当不错的人，当然，他现在也还是，不过，对于他这个年龄段的人，人们总是有更多的期待。有人说他善于社交，但这只不过就像浸水的海绵会膨胀一样，是一件非常自然的事，并不是什么高水平的能力。他喜欢八卦，讲些流言蜚语，总是拿他年迈母亲的名声开玩笑，以博一笑。纽曼对过去的记忆恋恋不舍，但他不由自主地觉得眼前的特里斯特拉姆先生在他心中的分量已经变得很轻。他对特里斯特拉姆先生唯一的期待就是去他家打牌、参加俱乐部，认识各色行为放荡的女人，到处握手，品尝松露酒和香槟酒，在一群美国人当中惹点麻烦添点乱子。特里斯特拉姆先生懒惰无耻，无精打采，放纵肉欲，势利谄媚，更让纽曼愤愤不平的是他对美国的含沙射影、指桑骂槐，纽曼就不明白美国到底哪里对他不好了。其实，纽曼对于爱国从来没有什么很清晰的认识，但看到特里斯特拉姆先生在提到美国时，从鼻孔里哼出的粗俗的不屑，让他大为不快，他终于忍不住爆发了，郑重声明美国是世界上最伟大的国家，整个欧洲都比不上它，说美国坏话的美国人应该被抓回去，强行让他生活在波士顿。（纽曼说出这种话时说明事态已经非常严重了。）特里斯特拉姆先生见状就不再吭声了，他并没有因此心生任何怨恨之意，还继续邀请纽曼来西方俱乐部消遣度夜。

纽曼在耶拿大街吃过几次饭，特里斯特拉姆先生总是把聚餐的时间一拖再拖，对此，特里斯特拉姆太太表示强烈抗议，说她丈夫是在煞费心机地惹她不开心。

“噢，不，亲爱的，我可不敢，”他回道，“我知道如果我这样做，您一定会恨死我了。”

纽曼很反感看到夫妻这样相处，他相信其中的一方一定很不幸福，他知道那肯定不是特里斯特拉姆先生。特里斯特拉姆太太的房间窗前有一个阳台，六月的夜晚，她喜欢坐在阳台乘凉，纽曼曾经坦率地说他宁愿待在阳台而不是客厅。阳台上摆放着一盆盆散发着沁人心脾香气的植物，站在那里，在夏日的星光下，可以看见外面宽阔的街道，以及凯旋门上隐约呈现的英雄群雕。有时纽曼会答应特里斯特拉姆先生去西方俱乐部待上半小时，有时他会忘掉。特里斯特拉姆太太问过他很多关于他本人的问题，但纽曼对这个话题非常冷淡，他并非故意这样，当他觉得她是真的感兴趣时，也会试着滔滔不绝地说上一些。他给她讲自己做过的很多事情，穿插一些西部生活轶事逗她开心。特里斯特拉姆太太生在费城，加上八年的巴黎生活，她已把自己看作是了无生气的东海岸人。不过，纽曼的故事主人公常常是别人，他并不总是夸耀自己，很少提及自己的感情生活。而特里斯特拉姆太太特别想知道他是否真正投入地恋爱过，而纽曼总是含糊其词，这让她大为不满，最后她就直接开问了。纽曼犹豫了一下，终于说出“没有”。特里斯特拉姆太太立即说她很高兴听到这个答案，因为这恰恰印证了她对他的私下判断：他是一个没有感情的人。

“真的吗？”他非常严肃地问道，“你这样看我？你怎么判断一个人没有感情？”

“我看不出，”特里斯特拉姆太太说，“你是单纯？还是深沉？”

“我很深沉，这是事实。”

“我相信，如果我告诉你，从你的某种神情判断你没有感情，你肯定会相信我。”

“某种神情？”纽曼说，“试试看。”

“你会相信我，但你不会在意。”特里斯特拉姆太太说。

“你完全错了，我当然非常在意，不过，我不太相信你。事实是我从来没有时间去谈什么感受，我都是不得不去做，然后让自己感受。”

“我能想象你有时可能会付出了极大的努力。”

“是的，这点没错。”

“人在暴怒的时候是不会高兴的。”

“我从来不会暴怒。”

“那么就是在生气或者不高兴的时候。”

“我从不生气，有过不高兴，但那已是很久以前的事了，我都差不多忘了。”

“我不相信，”特里斯特拉姆太太说，“你从来没有生气过。人有时应该生气，总是耐住性子，并不能说明你有多好，也不见得说明你有多坏。”

“五年里面我也许就发过一次脾气。”

“那现在是该你发脾气的时候了，”特里斯特拉姆太太说，“我认识你的半年之内，希望看到你暴怒一次。”

“你的意思是故意让我暴怒？”

“那也没什么，你对待事情的态度太冷淡，这让我很恼火。你太幸福了，拥有世界上最称心如意的东西，那就是能够明确自己想要得到何种快乐，然后就用钱买下。没有对手和你竞争，你的对手都完蛋了。”

“好吧，我想我还算幸福。”纽曼凝神思考着说。

“你的成功让人嫉恨。”

“我的生意在铜矿业方面比较成功，”纽曼说，“在铁路方面只能还算一般，在石油方面则是彻底失败了。”

“我讨厌知道美国人是如何赚钱的，现在世界就在你面前，你只需要去享受就行了。”

“噢，我想我是很有钱，”纽曼说，“只是我已厌倦这样赚钱的方式，此外，还有其他一些毛病，比如说我缺乏知识。”

“大家不会在这方面苛求你，”特里斯特拉姆太太回应道，过了一会儿又说，“还有，你是有知识的啊！”

“好吧，我的意思是，无论有知识与否，我想过得快乐，”纽曼说，“我觉得自己缺乏教养，甚至没有上过什么学，对历史、艺术、外语或任何有学问的东西一无所知。可我毕竟不是个傻子，我保证这次来欧洲就是要多多了解它，我感到自己的心中有一股冲动。”过了会儿，他又补充道，“我无法解释——那是一种强烈的渴望，想要伸出手去拽进来的感觉。”

“好哇！”特里斯特拉姆太太说，“太好了，你就是伟大的西部蛮夷分子，带着纯真和力量迈步向前，仔细打量这个可怜的没落的旧世界，然后猛扑过去。”

“噢，算了吧，”纽曼说，“我可不是什么蛮夷分子，我和他们正好相反，我见过蛮夷，知道他们是什么样的人。”

“我不是说你是印第安科曼奇族酋长，或者你头上插着羽毛，身上披着毛毯，内涵完全不一样。”

“我是一个文明人，”纽曼说，“这点我得坚持。如果你不相信，我可以证明给你看。”

特里斯特拉姆太太沉默了一小会儿，最后说：“我会给你机会证明的，我要让你在一个特别困难的环境下行事。”

“那就请便吧。”纽曼说。

“你还蛮自负的嘛！”对方又回道。

“哦，”纽曼说，“我这点儿自信还是有的。”

“希望我可以有机会测试一下，给我点儿时间，我会办到的。”接着，特里斯特拉姆太太沉默了一会儿，好像正在努力把誓言记下来。看起来当晚她并没有办成这件事，但当纽曼起身告辞时，她像往常一样，语气突然由尖酸刻薄转向有些怯怯的认同。“说实话，”她说，“纽曼先生，我相信你。你高看了我的爱国心。”

“你的爱国心？”纽曼疑惑地问道。

“就算是吧，说来话长，大概你无法理解。另外，你就把它看作——真的，就算是我的声明吧。不过，这和你个人没有任何关系，是你所代表的精神。幸运的是，你对此并不完全了解，否则，你会更加自负。”

纽曼站在那里一脸愕然，不明白自己到底代表了一种什么精神。

“请谅解我那些多管闲事的唠叨，忘掉我的建议吧。告诉你怎么做事，我真是太愚蠢了。如果你遇事迟疑，就按你思考的最佳方案行动，你会处理得很好的。如果遇到困境，就自己决断吧。”

“我会记住你告诉我的一切，”纽曼说，“这儿有太多的形式和礼仪……”

“当然，那些形式和礼仪都是我自己的理解。”

“喔，可我还是想要遵从，”纽曼说，“难道我做得没有别人好吗？但这些难不倒我，你不必说我可以违反，我是不会接受的。”

“我并不是那个意思。我的意思是说，你可以以你自己的方式行事，解决你自己的问题，斩断或解开戈尔迪之结①，由你自己选择。”

“噢，我肯定不会把它搞砸的。”纽曼说。

---

① 古希腊传说，农民戈尔迪因神示赶牛车进城，被弗瑞吉亚（Phrygia）人拥戴为王。为感谢神恩，他把牛车存放神殿，献给众神，并用极其复杂的结子把牛轭牢牢地系在牛车上，这就是所谓的戈尔迪之结（the Gordian knot）。神示说：谁能解开此结，谁就可以统治东方。但许多人都试过了，无人能解开这个结。亚历山大大帝将结子劈成两半，于是统治了亚洲。

纽曼再次到耶拿大街吃晚饭是一个礼拜天，那天特里斯特拉姆先生没有提议打牌，于是三个人就来到阳台聊天，他们谈了很多，突然，特里斯特拉姆太太对纽曼说，他应该娶个妻子了。

“听听，她真大胆！”特里斯特拉姆先生说，他每到礼拜天晚上说话就比较尖刻。

“我想你总不会决心单身吧？”特里斯特拉姆太太继续说道。

“但愿不会！”纽曼大声说，“我现在在认真地解决这个问题。”

“很容易，”特里斯特拉姆先生说，“容易得要命！”

“喔，那么，我想你不会是要等到五十岁再解决吧。”

“恰恰相反，我正在加紧办。”

“这种事不能只是想，你是希望女士主动来向你求婚吗？”

“不，我愿意求婚，我一直在想这个问题。”

“那么给我们说说你的想法吧。”

“唉，”纽曼慢慢说道，“我很想结婚。”

“你是想等到六十岁再娶吧。”特里斯特拉姆先生说道。

“你叹气是什么意思？”

“什么意思都有吧，我这个人很难满足。”

“你得记住，正如法谚所说，天下最漂亮的姑娘也只能给她所拥有的东西，没有十全十美的事情。”

“既然你们问我，”纽曼说，“坦白说，我实在太想结婚了，首先是年龄的原因，我都快要四十岁了。其次，我觉得孤单无聊、六亲无靠。可是我在二十岁时没有抓紧完成这项任务，如果现在结婚，我得睁大双眼，非常小心。我想把事办得漂亮些，不仅不想出差错，而且还想大获成功。我想选个意中人，我的妻子一定得是个杰出的女人。”

“你这就说到点子上了[①]！”特里斯特拉姆太太大声叫道。

“噢，这个问题我已经想了很久了。”

“也许你想多了，最好的做法就是直接去恋爱。”

---

① 原文为法语：Voilà ce qui s'appelle parler。

“如果找到让我满意的女士，我肯定给她百分之百的爱，我妻子会觉得非常幸福。”

“你真是太棒了！杰出的女性有机会了。”

“这不公平吧，”纽曼回道，“你鼓励我讲出来，让我卸下所有防备，现在你又嘲笑我。”

“我向你保证，”特里斯特拉姆太太说，“我是认真的，为了证明这一点，我就来给你提门亲事，正如这儿的人所说：‘您愿意我来给您做媒吗？’”

“给我找个妻子？”

“已经找到了，我来把你们撮合在一起。”

“噢，算了吧，”特里斯特拉姆先生说，“我们这里不是婚姻办事处，他会以为你要收取手续费呢。”

“把我介绍给能引起我注意的女士吧，”纽曼说，“我马上就娶了她。”

“你说这话语气怪怪的，我不明白你是什么意思，没想到你如此冷血，精于算计。”

纽曼沉默了一会儿。“好吧，”他终于说，“我想要一个完美的女人，这点我要坚持，这是唯一犒劳我自己的东西，我就是这个意思。这些年来我做牛做马还能是为了别的什么吗？我成功了，成功后要干什么呢？我想的是，一切要完美，一定要有一个漂亮的女人就像纪念碑雕塑一样守候在身旁，她心地善良，美丽大方，聪明睿智。我可以给予妻子很多，所以我也不怕自己对她的要求很高。女人想要的一切她都会拥有，我甚至不反感她对我太好，她可以比我能理解的更聪明更有智慧，唯一的就是要让我高兴。一句话，我想要拥有市场上最好的货物。”

“您为什么不一开始就把这些讲出来呢？”特里斯特拉姆先生问道，“我还一直在努力让你喜欢我呢。”

“这太有趣了，”特里斯特拉姆太太说，“我喜欢知道自己想要什么的男人。”

“我清楚自己的想法已经很久了，”纽曼继续道，“我很早就坚信美妻是世上最值得拥有的，其他都等而下之，打败命运的最大胜利就是拥有美妻。我这里说的美，不仅包括外表美，还有心灵美、举止美。这是每一个男人的权利，如果他愿意，他就可以抱得美人归。他不必刻意天生具有某种能力，是男人就行，然后就是使用自己的意志和智慧，努力尝试。”

“这让我听起来你的婚姻是一件相当虚荣的事。”

“喔，可以肯定的是，”纽曼说，“我的妻子受到人们的关注和爱慕，我会非常高兴。”

“这样的话，”特里斯特拉姆太太大声道，“追求她的人一定趋之若鹜了！”

“可我才是最爱慕她的人。”

“我明白了，你的品位真是高不可攀啊。”

纽曼犹豫了下，然后说：“老实说，我认为是这样的。”

“我想你大概已经在身边寻觅很久了吧。”

“很久了，视机缘而定。”

“你没有找到任何让你满意的人？”

“没有，”纽曼颇不情愿地说，“我不得不诚实地讲，没有遇到一个真正让我满意的女人。”

“你让我想起法国浪漫派诗歌运动中的两个人物：罗拉和福尔图尼奥，对这些贪得无厌的绅士而言，世上没有一样东西是完美的。不过，看到你很诚实，我愿意帮你。”

“亲爱的，你究竟要把谁介绍给他？”特里斯特拉姆先生大声道，“我们有幸认识很多漂亮姑娘，但杰出的女士并不那么常见。”

“你排斥外国人吗？”特里斯特拉姆太太继续问纽曼，而纽曼此时正斜靠在椅子上，脚放在阳台栏杆上，两手插在口袋里，双眼望着天上的星星。

“千万不要介绍爱尔兰人。”特里斯特拉姆先生说。

纽曼沉思了一会儿，最后说：“不会，身为一个外国人，我是没有偏见的。”

“朋友，你太缺乏戒心了啊！”特里斯特拉姆先生大声喊道，“你不知道这些外国女人是多么的糟糕，尤其是那些杰出女性，你怎么会喜欢一个腰带上系着匕首的漂亮的彻尔克斯女人[①]呢？”

纽曼用力拍了拍膝盖，十分肯定地说：“如果日本女人让我开心，我就娶了她。”

“我们最好把范围限定在欧洲，”特里斯特拉姆太太说，“这样，唯一要做的事是选择配得上你的品位的女人？”

“她要给你介绍一个不受赏识的家庭女教师了！”特里斯特拉姆先生小声嘀咕道。

“当然啦，我不否认，在所有条件相同的情况下，我还是宁愿找一个本国女人，大家讲相同的语言，交流方便多了。但是，我并不排斥外国人。此外，我也喜欢在欧洲找妻子的想法，这扩大了选择的范围，挑选的数量越多，就能选到更加优秀的人。”

“你说起话来就像是萨丹纳帕路斯[②]！”特里斯特拉姆先生惊叹道。

“你说的一切就是找到合适的人，”特里斯特拉姆太太说，“碰巧我朋友当中就有一位世上最可爱的女人，她的可爱加一分则多，减一分却少。我不是说她有多迷人，或者多么值得尊敬，或者多么漂亮，我只想说她是世上最可爱的女人。”

“啊呀！”特里斯特拉姆先生大声道，“你从来没有跟我提起过这样一个人呀，你对我有戒心？”

“你见过她，”他妻子回道，“就是克莱尔，只不过你没有察觉到她的优点罢了。”

“哦，是克莱尔？那我放弃了。”

---

① 高加索地区的彻尔克斯人，肤色较浅，常把女儿卖给土耳其人作妾。十九世纪因勇敢反抗俄国统治而闻名。拜伦的《唐璜》对此有描写。

② 萨丹纳帕路斯（Sardanapalus），人物来自拜伦 1821 年的戏剧《萨丹纳帕路斯》（*Sardanapalus*），描绘了亚述最后一位国王自杀前的场景：被围困的国王要求他所有的财产，包括嫔妃和家畜，都为他殉葬。

“你这位朋友想要结婚吗？”纽曼问道。

“绝对不想，所以要你去转变她的思想，可能不容易。她曾经有过一个丈夫，她对他的评价不高。”

“喔，那么说她是个寡妇？”纽曼说。

“你介意吗？她十八岁时依照法国风俗，因父母之命嫁给了一个讨厌的老头儿，但几年后那老头儿就很知趣地归天了，现在她才二十五岁。”

“那她是法国人？”

“她父亲是法国人，母亲是英国人。她真的更像英国人，英语讲得和你我一样好，甚至更好。按这里人的说法，她算是人尖儿。她父母双方的家庭都是少有的历史悠久的家庭，母亲是一位英国天主教伯爵的女儿，父亲已经过世。自从守寡后，她就和母亲还有一位已婚哥哥住在一起。她还有一位年轻的弟弟，我觉得她那位弟弟比较野。他们在大学路有一处旧官邸，但没什么钱，为了节约，他们一大家人都住在一起。我还是姑娘的时候，随父亲来到欧洲，我被送进这里的一座修道院接受教育，这对我来说是一件很荒唐的事，但有个好处就是我认识了克莱尔·德·贝乐嘉。她比我小，但是我们成了非常信得过的朋友。我非常喜欢她，她也尽可能回报了我付出的情感。她父母对她管得很严，她什么也不能干，等到我离开修道院后，她就和我失去了联系。我和她不是一个*社会阶层*[①]的人，现在也不是，不过，我们有时也会碰面。她那个阶层的人都很厉害，高高在上，家族历史源远流长，和古老的*王公贵族*[②]都沾亲带故。你知道什么是正统王朝派和教皇绝对权力派[③]吗？下午五点钟去德·辛特雷夫人（即克莱尔·德·贝乐嘉）的客厅你就会见到那些遗老遗少了。我说去，并不是人人可以去的，只有那些名门望族之后才可以进得去。”

---

① 原文为法语：monde。

② 原文为法语：noblesse。

③ 1830 年法国发生七月革命，查理十世被迫逊位。正统王朝派继续支持波旁王朝神权，教皇绝对权力派在罗马天主教教堂事件中支持教皇对各国政府的最高统治权。这两派一起构成了十九世纪法国政治的极右势力。

“这就是你建议我要娶的女士？”纽曼问道，“一个我甚至无法接近的女士？”

“可你刚才还说不畏任何艰险呢。”

纽曼摸着胡须，望着特里斯特拉姆太太，过了会儿问道：“她漂亮吗？”

“不漂亮。”

“噢，那没用——”

“她不漂亮，但很美，两者是有差别的。漂亮的人面容姣好没有瑕疵，美丽的人尽管脸有瑕疵，却平添魅力。”

“我想起德·辛特雷夫人来了，”特里斯特拉姆先生说，“她相貌平平，男人一般不会再看她第二眼。”

“我丈夫说得很准确，他是不会再来看她第二眼的。”特里斯特拉姆太太回应道。

“她心地善良、聪明睿智吗？”纽曼问道。

“她在这方面堪称完美！除此之外，我无可多言了。当着一个就要去了解她的人面前赞美她，说得过细并没有什么好处，我不想夸大其辞，我只是推荐她。在我所认识的女人中，她可以说是鹤立鸡群，独一无二。”

“那我倒要会会她。”纽曼直接说。

“我来试着安排下吧，唯一的办法就是邀请她来赴宴。我以前从没有邀请过她，我不知道她会不会来。她的那位侯爵夫人老母亲，管家管得很严，不允许她女儿有任何未经她认可的朋友，只同意她在贵族朋友圈交往。不过，我可以问问她。”

正在这时，特里斯特拉姆太太的话被打断了，一个仆人来到阳台通报说有客人在客厅等候。于是，女主人就去招呼客人了，这时，特里斯特拉姆先生走了过来。

“老弟，不要卷进去了，”他说着，喷了最后一口雪茄烟，“到末了是竹篮打水一场空。”

纽曼斜视了他一眼，满脸疑惑地问：“你听到的情况不一样，嗯？”

“简单说，德·辛特雷夫人就是一个不错的白皮肤木偶人，傲慢寡言。”

“啊，她很傲慢吗？”

“她看着你，就像你不存在一样，一脸漠然。”

“那她是很傲慢。”

“傲慢？她的傲慢和我的谦逊是成正比的。”

“而且不好看？”

特里斯特拉姆先生耸了耸肩说：“她的那种好看不是一般人能理解的。对不起，我得去招呼我的朋友们了。”

纽曼过了一会儿才去客厅，他在那儿待的时间也不长，一直沉默不语地坐着，听一位女士讲话。他一到客厅里，特里斯特拉姆太太便立即将这位女士介绍给了他，那女士一直说个不停，声音特别高，纽曼凝神地听着。过了一会儿，他就去向特里斯特拉姆太太道别了。

“那位女士叫什么名字？”他问。

“朵拉·芬奇小姐，你觉得她怎样？”

“太吵了。”

“大家都说她很聪明！当然啦，你这个人太挑剔。”特里斯特拉姆太太说。

纽曼站了一会儿，有些犹豫，最后终于说：“不要忘了你的那位朋友，那个叫什么名字的夫人？就是那个傲慢的美人。请她吃饭的时候，一定要叫上我。”说完，就离开了。

几天后，他又回到特里斯特拉姆家。那是一个下午，特里斯特拉姆太太和一位客人正站在客厅，那是一位年轻漂亮的女士，一袭白色着装，显然她正要准备离开。看到纽曼走近，特里斯特拉姆太太朝他使了一个最明显不过的眼色，纽曼一时不解其意。

“他是我们的一个好朋友，”特里斯特拉姆太太转向客人说，“是克里斯托弗·纽曼先生，我曾向他提起过您，他特别希望认识您。如果您答应一起来吃晚饭，我就可以给他这个机会。”

那位女士面带微笑转向纽曼，他并没有觉得尴尬，下意识里表现得沉着淡定[①]。不过，当他得知这位就是傲慢冷艳的德·辛特雷夫人，特里斯特拉姆太太口中世上最可爱的女人，承诺介绍给他的完美尤物、最理想的婚配人选时，他本能地想表现得风趣幽默，让自己全神贯注起来，努力让自己的脸显得修长而阳光，眼睛明亮而温和。

“我很乐意赴会，”德·辛特雷夫人说，“但不凑巧，我已经告诉特里斯特拉姆太太了，周一我要去乡下。”

纽曼庄重地鞠了一躬，然后说：“那太遗憾了。”

“巴黎越来越热了。”德·辛特雷夫人补充道，接着又拉起特里斯特拉姆太太的手道别。

特里斯特拉姆太太似乎做出了一个突然而大胆的决定，就像其他做这种决定的女人一样，她的脸上堆满了笑容。“我想要让纽曼先生认识您。”她说着，头偏向一侧，看着德·辛特雷夫人的软帽缎带。

纽曼的直觉告诫他，此时最好不要讲话，他表情严肃地默默站在一旁。特里斯特拉姆太太决心逼迫德·辛特雷夫人对纽曼讲一句鼓励的话，而不仅仅是敷衍搪塞的礼貌客套，哪怕只是出于宅心仁厚，那也是良好的开端。德·辛特雷夫人是她最亲爱的克莱尔，是她最崇拜的人。可德·辛特雷夫人发现的确无法赴宴，这次她不得不礼貌地回敬特里斯特拉姆太太。

“能够认识纽曼，真是三生有幸。”她说这句话的时候是望着特里斯特拉姆太太的。

“真是太好了，”后者赶快说，“您能说这样的话！”

“非常感谢您！”纽曼说，“特里斯特拉姆太太比我自己更会表达我的想法。”

德·辛特雷夫人又看着纽曼，眼里同样闪烁着温柔明亮的光。“您会在巴黎久留吗？”她问道。

“我们会留住他的。”特里斯特拉姆太太说。

“可您也正在留我呢！”德·辛特雷夫人摇着她朋友的手说。

---

① 原文为法语：sang-froid。

“只是多待会儿而已。”特里斯特拉姆太太说。

德·辛特雷夫人再次看着纽曼，这次没有微笑，她的眼睛多停留了会儿。“您愿意来我家看看吗？”她问道。

特里斯特拉姆太太亲吻德·辛特雷夫人，纽曼表示了谢意，于是夫人便转身离开了，女主人把她送到门口，只留下纽曼一个人。特里斯特拉姆太太很快就回来了，搓着手说：“真幸运，她谢绝了我的邀请，而你却在最后三分钟成功让她邀请你去她府上拜访。”

“多亏了你，”纽曼说，“其实你不必那样逼她。”

特里斯特拉姆太太盯着他问：“你是什么意思？”

“我觉得她并没有多么傲慢，相反我觉得她有些害羞。”

“你真有观察力，那你觉得她长得怎样？”

“还不错！”纽曼说。

“我想也是！你自然是要去拜访她了。”

“明天就去！”纽曼大声说道。

“别，不要明天去，等一天，礼拜天去，她星期一离开巴黎。如果你见不上她，至少也是一个开始。”说完，她把德·辛特雷夫人家的地址给了他。

夏日的午后，纽曼步行跨越塞纳河桥，穿过灰色静寂的圣日耳曼市郊街道，那里的房屋外观就像东方土耳其王宫的白色围墙，让人感到冷漠无情，暗示出对隐私的重视。纽曼认为富人这样的生活方式非常奇怪，他理想的宏伟壮观是辉煌的外墙光芒四射，海纳百川，热情好客。他按地址来到一座房屋前面，那房子有一扇黑色的落满灰尘的油漆大门，他摁了门铃，门就开了。走进宽大的铺着碎石的庭院，只见三面都是紧闭的窗户，门口朝着大街，其下有三级台阶，上面有一个锡制的天篷。整个地方显得很阴凉，让纽曼有到了修道院的感觉。女侍也无法告诉他德·辛特雷夫人是否会客，他表示愿意在门口等待。纽曼穿过庭院，看到一位没有戴帽子的绅士坐在门廊的阶梯上逗弄一只漂亮的猎犬。看到纽曼走近，那位绅士站了起来，将手放在门铃上，微笑着用英语说他恐怕纽曼得等很长时间了。仆人们四散着站在一旁，他一直摁着门铃，不知道里面的人究竟在做什么。那位绅士很年轻，英语讲得很流利，笑容可掬，纽曼对他说自己想见德·辛特雷夫人。

“我想，”年轻人说，“我姐姐可以见客，进来吧。您如果把名片给我，我可以拿给她。”

纽曼此行略带着一种情绪，我不是说挑衅的情绪，或者那种攻击性的或者抵御性的情绪，尽管这会很有必要，但我觉得是那种反思性的却又轻松的怀疑情绪。站在门廊时，他从口袋里取出一张卡片，在他名字的下方写着“旧金山”三个字。他把名片递给年轻人，小心翼翼地看着他。只在眼神交流瞬间，他感觉到特别放心，他喜欢年轻人的那张脸，它太像德·辛特雷夫人的脸了。显然这位年轻人是德·辛特雷夫人的弟弟。与此同时，年轻人也迅速打量了一下纽曼，拿着名片准备进屋，这时门口出现了另一位身着晚礼服的男人，年龄略长，仪表堂堂。他仔细打量着纽曼，纽曼也看着对方。“德·辛特雷夫人的客人。”年轻人这样介绍来访客人。那位年长的男人接过名片，扫了一眼，又从头到脚打量着纽曼，稍作迟疑，然后严肃而又彬彬有礼地说：“辛特雷夫人出去了。”

年轻人做了一个手势，然后转向纽曼说：“先生，抱歉了。”

纽曼友善地点了点头，表示并不怪他，就转身离开。走到门卫室，他停了下来，看到那两位男士还站在走廊里。

“带狗的那位绅士是谁？”他向那位再次出现的老太太问道，他已经开始学习法语了，所以用法语交流也越来越流畅了。

“那是伯爵先生。”

“那另一位呢？”

“是侯爵先生。”

“侯爵？”纽曼用英语说，所幸的是老太太不懂英语，“喔，那他不是管家了！”

# 第四章

一天凌晨，纽曼还没来得及穿戴整齐，一个小老头儿被带进了他的房间，后面跟着一位身穿大褂的年轻人，手里捧着一幅装裱精美的画。纽曼最近忙着其他的事，已经忘掉了尼奥什先生和他那位优秀的女儿，但眼前的一切又勾起了他的记忆。

“先生，您大概对我很失望吧，”老人说着，嘴上不停地道歉和致意，“让您等了这么久，您兴许要怪我不守信用，做事有头无尾了。但是，我终于还是做到了！瞧这幅漂亮的《圣母像》。伙计，把画放在椅子上，找个光线好的角度，让这位先生好好欣赏一下。”尼奥什先生一边对年轻人说着，一边帮他一起调放那件艺术品的位置。

画布上的清漆有一英寸厚，画框至少有一英尺宽，做工精美。画面在晨曦中闪耀璀璨，纽曼看在眼里，喜在心头，似乎觉得这是一件非常划算的买卖，一下子体会到拥有它的富足感。纽曼心满意足地看着那幅画，继续整理着衣衫。尼奥什先生支走了随从，微笑地搓着手来到纽曼面前。

“画工堪称精美[①]，”他轻轻嘟囔着，“瞧瞧那些不可思议的笔法，您也许能感觉得出来。我们经过大街上时，这幅画吸引了大量围观人群，然后是一波又一波的赞叹。由此可见这幅画的技艺之高，我这样说并不是因为它是我女儿的杰作，而是一个高品位的人对另外一个人的评价。我不得不说您买到了一件精品，打造精品是相当艰难的，这样的作品可没有人舍得出售。只可惜我们没有办法留住它、享有它！我真可以说，先生，”尼奥什先生无力而谄媚地笑着说，“我真可以说，您太让人羡慕了！”过了一会儿他又补充道，“您瞧，我们自作主张给您做了个画框，这也稍稍增加了这件作品的价值，也免去了像您

① 原文为法语：finesse。

这么精细的人在店铺为此讨价还价的烦恼。”

尼奥什先生啰啰唆唆说了很多，我在不改变原意的前提下做了精简。显而易见，他对英语颇有研究，口音混杂着奇怪的伦敦腔[①]，但因为长期不用，他的英语已经变得生涩起来，常常词不达意，让人摸不着头脑。所以，在讲话过程中，他要穿插大量的法语做解释，并用自己的方式将那些法语词汇英语化，用到的一些法语成语他也是囫囵吞枣地直译成英语。他以最谦卑的方式来表达自己的想法，结果是没有人能听得懂他说了些什么，所以，我不揣浅陋对他说的话做了筛选整理。纽曼听得似懂非懂，但他觉得很有趣，那个老头儿一本正经地自说自话，让他本能地想要与之平等对话。纽曼天性善良，深知贫穷对人的致命打击，他常常为此感到烦恼，那几乎是唯一让他觉得烦恼的事。他有时会产生一种冲动，想要用自己的财富像海绵一样抹去贫富差别。可诺埃米小姐的父亲此时显然已经完全不管不顾了，他一门心思地渴望牢牢抓住这个意想不到的机遇。

“那么，那个画框我应该付您多少钱呢？”纽曼问道。

“一共三千法郎。”老人说着，脸上露出谄媚的微笑，两手握在一起，一副天生的可怜兮兮的样子。

“可以开个收据吗？”

“我带了一份，”尼奥什先生说，“我自说自话草拟了收据，怕的就是先生正好想要它。”他从自己的小笔记本中撕下一页纸，递给对方。只见那份文书誊写工整，语言措辞经过精心斟酌，十分缜密。

纽曼把钱递了过去，尼奥什先生小心翼翼地一个金币一个金币地数过之后，然后将它们放入旧皮钱包中。

“您女儿最近怎么样？”纽曼问道，“她给我留下了很深的印象。”

“印象？先生，您真是太好了！您欣赏她的美貌吗？”

“当然啦，她很美。”

“哎呀，是的，她的确很美！”

---

① 指伦敦东区工人阶层的口音特色。

“美对她有什么不好吗？”

尼奥什先生的眼睛紧紧盯着地毯，摇了摇头，然后又抬头望着纽曼，瞳孔似乎一下子放大明亮了起来。“先生是知道巴黎的情况的，女孩漂亮但是没有钱，拿不出嫁妆，再美也无济于事。”

“哦，可您女儿的情况则不同，她现在有钱了。”

“您说得也对，这半年里，我们算是有钱的人了。然而，我倒希望自己的女儿长相平平，那样我可以睡个安稳觉了，反正都一样。”

“您是担心年轻男人？”

“年轻的、年老的都担心！”

“她应该找个丈夫。”

“唉，先生，找丈夫没有那么简单，她丈夫得接受她的现状——我给不了她嫁妆，还要对她好，可年轻男人却不会这么想。”

“哦，”纽曼说，“她的才华本身就是嫁妆啊。”

“唉，先生，才华也要先兑现啊！”尼奥什先生轻轻拍了拍钱包，然后收了起来，“这样的生意也不是每天都有的。”

“唉，这儿的年轻男子也太悭吝了，”纽曼说，“我只能这么说，他们应该付给您女儿钱，而不是反过来要钱。”

“先生，您的想法很高尚，可那又会怎么样呢？这个国家的人可不这么想，我们结婚都是这么办的。”

“您女儿结婚需要多少嫁妆？”

尼奥什先生惊疑地望着纽曼，似乎在等待对方接下来还会讲出什么话来，但很快他镇定了下来，胡乱地回道他认识一个不错的年轻人，在一家保险公司工作，他要的嫁妆是一万五千法郎。

“让您女儿为我画六幅画，她就可以得到她的嫁妆了。”

“六幅画——她的嫁妆！先生您不是开玩笑吧？”

“如果她能在卢浮宫临摹六到八幅画，都像这幅《圣母像》一样好，我每幅画都可以付她三千法郎。”纽曼说。

可怜的尼奥什先生竟一时说不出话来，他既吃惊又感激。他抓住纽曼的手，紧紧握住，眼里泛着泪光注视着他。“和这幅画一样漂亮？

不，再画的话，一定要比这幅漂亮千倍，更加高贵华丽。嗨，先生，要是我自己会画就好了，可以搭个手。我要怎么感谢您才好呢？您就等着吧[①]。”他拍了拍前额，努力想着什么。

“嗨，您无需感谢了。”纽曼说。

“啊，想起来了，先生！”他大叫道，“为了表示我的感激之情，我可以无偿地以谈话的方式教您法语。”

“教我法语？我都快忘记这茬了。听您讲英语，”纽曼笑着补充道，“就已经差不多是在学法语了。”

“啊，我当然不够格教英语，”尼奥什先生说，“不过，我的口才还是不错的，愿意为您效劳。”

“既然您在这儿，那么，”纽曼说，“我们现在就开始吧，机会难得，我去煮杯咖啡。您每天早上九点半过来，我们一起喝咖啡。”

“先生，您还邀我喝咖啡？”尼奥什先生大叫道，“讲真话，我的好运[②]来临了。”

“来吧，”纽曼说，“我们现在就开始，这杯咖啡正热，法语怎么说？”

自那以后的三个星期，尼奥什先生颇受尊敬的身影每天都出现在纽曼的家中，两人在香味浓郁的咖啡热气中互致敬意，你问我答。我不清楚我们的这位朋友到底学了多少法语，但正如他本人所说，即使这种学习对他没有什么好处，但也根本不会对他产生什么坏处。他在不知不觉中打发了时间，很满意这种不太正常的社交活动，尽管谈话很多都不合语法规范，却总能进行得有滋有味，即便在他很忙的时候，他也常常穿着西部年轻人的服装，在晨曦中坐在围墙边就像天性幽默的流浪汉和前途未卜的淘金者一样和客人谈东论西。无论走到什么地方，他都要和当地人交流，他相信出国旅游最好的事情就是深入了解那个国家国民的生活，这是他从实践中总结出来的真理。尼奥

---

① 原文为法语：Voyons。
② 原文为法语：beaux jours。

什先生就是一个地地道道的法国人，尽管他的生活也许并不特别值得深入了解，但他毕竟是独特的巴黎文明中真真切切的不可分割的一分子，更不用说他还给我们的主人公带来了那么多的欢乐。纽曼本来就爱刨根问底，讲求实效，尼奥什先生激发了他内心更多的奇思妙想。纽曼喜欢统计学，对任何事都要一探究竟，在谈话中他很高兴了解不同的税种，各种利润的获取，什么样的商业习惯更好，人生的这场战斗如何进行，等等。尼奥什先生作为一个沦落潦倒的金融家，对上述所讨论的问题非常熟悉。他用拇指和食指捏着一小撮干鼻烟，非常自豪地用尽可能简洁的术语系统传授了自己知道的信息。作为法国人，尼奥什先生除了很喜欢纽曼的金币以外，还喜欢侃大山，即使家道中落，他依然不失文雅。而且，作为法国人，他对事情的描述非常清晰。同样作为法国人，如果遇到知识不足，他会用最方便最巧妙的假说搪塞过去。这位身材矮小干瘪的金融家非常高兴回答问题，他把零碎的信息通过简约的方式加工整理，随时在他那本油污的小笔记本上记下可能让他那位慷慨的朋友感兴趣的事件。他在码头上的书报亭阅读旧历书，开始频繁光顾另一家咖啡屋[①]，因为那里有更多的报纸，虽然餐后咖啡[②]要多花一个便士，但他可以在被人们揉得皱皱巴巴的报纸上看到逸闻趣事，以及离经叛道、纯属巧合的故事。第二天早上，他会很认真地讲述一个五岁小孩不久之前死于波尔多，说那个小孩的脑袋重达六十盎司[③]，和拿破仑或华盛顿的脑袋一样重！或者说克利希街[④]杀猪匠[⑤]的太太在一堆旧衬裙当中找到了五年前丢失的三百六十法郎。他吐字清晰，声音洪亮。纽曼告诉他，他讲话的方式比纽曼从别人口中听到的含混不清的讲话要好很多。听到这样的评价，尼奥什先生说话发音愈发清晰有力，他主动提出朗读拉马丁[⑥]的诗抄，并申

---

① 原文为法语：café。

② 原文为法语：demitasse。

③ 盎司（ounce），1 盎司等于 28.35 克。

④ 克利希街（the Rue de Clichy），巴黎北城工人居住区。

⑤ 原文为法语：charcutière。

⑥ 拉马丁（Alphonse Marie Louis de Lamartine，1790—1869），法国重要的浪漫派诗人。

明虽然根据自己浅薄的理解会尽力挖掘诗意，但要真正地了解法国诗歌，还是应该去法兰西剧院[①]。

纽曼对法国人的节俭很感兴趣，对巴黎人的节约羡慕有加。他自己在经济方面的天分完全可以让他处理更大规模的生意，为了运作得心应手，他急需那种大危机感和大成就感。在通过铜板积累形成的巨大财富面前，在劳动和利润具体分工的过程中，他获得了慷慨的礼遇。他询问尼奥什先生关于他自己的生活方式，对他技巧性很强的节俭生活的叙述混合着朋友间的同情和尊重。这位值得尊敬的老人告诉他，有一段时间，他和女儿每日[②]靠着十五苏[③]就舒适地度过去了。最近，他成功地躲过财政危机，预算也稍稍多元化了。但是，他们还得一枚一枚铜板数着度日，尼奥什先生说着叹了一口气，暗示诺埃米小姐并不热衷如愿配合他这样的安排。

“可您会怎么办呢？”他富有哲理性地问道，“年轻漂亮的女孩儿总是需要时髦的服装手套；她总不能穿着破旧的衣服置身于华丽的卢浮宫吧。”

“但您女儿赚的钱可以足够用于置衣装扮啊。”纽曼说。

尼奥什先生目光闪烁地看着纽曼，他希望能说自己女儿的天赋需要有人欣赏，她那些骗人的涂鸦需要市场，但这样说似乎玷污了眼前这位出手阔绰的陌生人的信任，因为正是这个人不带一丝怀疑地让他有了平等交际的权利。他想了个折中的办法，于是说，尽管看到诺埃米小姐仿制大师画的人显然都很欣赏她的画，但是，因为考虑到她是求学于那些名家作品，所以仿制品的价格总是让买家望而却步。“可怜的小家伙！”尼奥什先生感叹道，“可惜了她那么完美的作品！要是画得不好反而对她更为有利。”

“可如果诺埃米小姐愿意献身于艺术，”纽曼再次评说道，“您为什么会有前几天讲到的那些担心呢？”

---

① 原文为法语：Théâtre Français。毗邻皇宫酒店，演员以完美的发音而著称。

② 原文为法语：per diem。

③ 苏（sou），昔日法国的一种辅助货币，20 苏为 1 法郎。

尼奥什先生沉思良久，他的观点的确有前后不一致的地方，上下逻辑无法自圆其说。虽然他并不想因噎废食，破坏纽曼对自己的善意信任，但他还是有股强烈的冲动想把自己所有的烦恼讲出来。“噢，她是位艺术家，尊敬的先生，这点毫无疑问，”他表示道，“但实话实说吧，她也是一个不加掩饰的打情骂俏的老手[①]，原谅我这样说，”过了会儿，他补充道，一脸难过的样子，摇了摇头，“那就是真实的她，她的母亲以前也这样！”

“您对您妻子不满？”纽曼问道。

尼奥什先生突然头朝后猛烈地扭动了几下：“她是我的炼狱，先生！”

“她欺骗了您？”

“就在我的眼皮底下，经年累月。我太笨了，受不了她那巨大的诱惑，但最终我彻底看穿了她。我一生当中只有一次心生恐惧，我很清楚，就是在那一刻！不过，我不愿意去想那件事。我爱过她，我无法告诉您我有多爱她。她曾经是个坏女人。”

“她不在了？”

“她死有余辜。”

“那么，她对您女儿的影响，”纽曼鼓励性地说道，“不足为虑咯。”

“她对女儿的关心还不如她的鞋子多！不过，诺埃米不需要任何影响，她自学成才，她比我的个性还要强硬。”

“她不听您的话，嗯？”

“她不用听话，先生，因为我压根儿就不对她提任何要求。提要求有什么用呢？反而徒增她的烦恼，让她产生逆反情绪[②]。她很聪明，跟她母亲一样，不会在这上面浪费时间的。她小的时候，我感觉是很幸福的，或者假设我曾经幸福过，她跟随多位一流的老师学习绘画，

① 原文为法语：franche coquette。
② 原文为法语：coup de tête。

他们都告诉我她极富绘画天分，听到这些夸赞我当然很高兴，每次聚会我都带上她的画册，让周围的同伴欣赏。我记得有次一位女士以为我在卖画，这让我心生芥蒂。没有人知道未来会发生什么！不久，我的倒霉日子降临了，我和我们家那位尼奥什太太吵翻了，诺埃米就再也没上那二十法郎的绘画课了。渐渐地诺埃米也长大了，她得干点儿事来养活我们，她想到最方便的莫过于拿起她的调色板和绘画笔。我们的四邻[①]友好地提了一些不太切合实际的想法，他们建议她去做女帽工、到店里打工，或者如果她更有出息些，去找个地方做女伴儿[②]。她的确去找了做女伴儿的活儿，有位老太太给她写了信，请她去见面谈谈。那位老太太很喜欢她，包吃包住，一年六百法郎。可诺埃米发现她整天只是在躺椅中度日，只有两位客人：一位是不苟言笑的听人忏悔的神父；还有一位就是她的侄子，他已是知天命之年，鼻梁骨折断了，是个政府公务员，年俸两千法郎。于是，诺埃米放弃了做女伴儿的工作，带上绘画的工具和新衣服，在卢浮宫支起了自己的画架。过去的两年里，她就是在那儿度过的，我不能说她的工作让我们有多富裕，但诺埃米对我讲，罗马不是一天建成的，她正在不断进步，我只好顺其自然。事实上，在她的天分不受影响的情况下，我相信她是不会埋没自己的。她喜欢看世界，也喜欢自己被世界看到。她说她自己无法在黑暗中工作，这一点就像她的外表一样非常自然。我唯一忍不住担忧、焦虑、想知道的是，在熙熙攘攘的人流中，日复一日，她独自一人到底会碰到什么。我不能总是陪在她的身边，早晨我送她去卢浮宫，下午去接她，中间的时间她不让我出现，说那样会令她紧张。而我整天都在为她感到紧张！噢，万一出了什么事！”尼奥什先生大声说道，两只手紧紧攥成了拳头，头又不祥地向后猛烈扭动着。

“噢，我想不会有事的。”纽曼说。

“我相信自己的家教！”老头儿也认真地说。

---

① 原文为法语：quartier。
② 原文为法语：dame de compagnie。

“噢，我们会嫁掉她的，”纽曼说，“那正是您刻意为她安排的。明天我去卢浮宫看看她，挑几幅画，让她为我描摹。”

第二天早晨，尼奥什先生给纽曼捎来了他女儿的口信，她表示接受他安排的宏大任务，愿意成为他最忠实的仆人，承诺投入最大的热忱，并对不能亲自登门致谢表示歉意。纽曼又提起有意去卢浮宫见诺埃米小姐的事，但尼奥什先生看上去很忙，连预算的事也没顾得上谈。他手上捏了很多鼻烟，眼睛不时地斜瞄向这位可靠的学生。最后，要走的时候，他站了一会儿，用白棉布手帕擦拭着帽子，小小的死鱼眼睛奇怪地盯着纽曼。

“有什么事吗？”我们的主人公问道。

“请原谅一个父亲对女儿的牵挂之心！”尼奥什先生说，“您的一言一行让我绝对信任您，但我还是忍不住要给您提个醒，毕竟您是一个男人，年轻而且单身，所以，我恳请您尊重诺埃米小姐的纯真！”

纽曼心里还在想会是什么事呢，听到这里他哈哈大笑起来。他差点儿想对尼奥什先生说，他自己可能显得更天真吧，但他还是忍住了没说，满口答应要尊重诺埃米小姐。纽曼看到诺埃米小姐时，她正坐在卡雷画廊里的大沙发上等他。她没有穿工作服，而是戴着帽子和手套，手上拿着一把遮阳伞，这些都是这种场合必备的物件，以展现出不会出错的品位。她看起来落落大方，没有了年轻人的那种清新活泼，她向纽曼行了屈膝礼，表示了最高的敬意，用简短但高雅华丽的语言对纽曼的慷慨表示了感激之情。看到眼前这样迷人的年轻姑娘频频向他致谢，纽曼心里有些恼火自己，想到这样一个人间尤物仅仅为了他的钱，就对自己如此毕恭毕敬，语带谄媚，他就觉着浑身不自在。他努力用自己能讲得出来的法语向对方说明，他做的这个事不值一提，她愿意为他临摹名画是他的荣幸。

“只要您高兴，那么，”诺埃米小姐说：“我们去看看那些画。”

他们在画廊里慢慢地转着选画，然后又去了其他的画室，溜达了将近半个小时。诺埃米小姐显然很享受这样的漫步，无意结束与这位相貌堂堂的恩主在公共场合交谈的意思。纽曼能感受到她的春风得意，他们第一次见面她对他父亲讲话时那种轻薄傲慢的口气不见了，取而代之的是轻声细语。

“您想要哪种画？”她问道，“世俗的？还是宗教的？”

“哦，每种来几幅，”纽曼说，“不过，我想选些明亮欢快的画。”

“欢快的画？在这个庄严的老卢浮宫里没有什么太欢快的画，不过，我们可以找找看。您今天讲的法语很地道，我父亲创造了奇迹。”

“噢，我是个差生，”纽曼说，“年龄太大，学不好语言。”

“太大？简直胡说[①]！”诺埃米小姐嚷嚷道，伴随着爽朗的笑声，“您还很年轻。您觉得我父亲那个人怎么样？”

“他是个不错的年长绅士，从不嘲笑我的错误。”

“我爸爸很有教养[②]，”诺埃米小姐说，“老实可靠，为人特别正派，您绝对可以信赖他。”

“您总是服从他的命令吗？”纽曼问道。

“服从他？”

“做他让您做的事？”

年轻的姑娘停下来看着他，双颊泛红，那双会说话的眼睛凸显了她的完美，眼神中流露出一丝放肆。“您为什么问这个问题？”她问道。

“因为我想知道。”

“您认为我是一个坏女孩吗？”说着，她脸上露出一种奇怪的微笑。

纽曼看了她一会儿，发现她确实很美，但他并没有为之倾倒。他想起了可怜的尼奥什先生对他女儿“纯真”的关切。当他的眼神与诺埃米小姐的眼神相遇时，他又笑了出来。她的那张脸是年轻和成熟的奇怪混合体，在她率真的表情下，满脸疑惑的微笑似乎包藏着大量模糊的意图。她的美当然足以让她父亲不安，但就她的纯真来说，纽曼

---

① 原文为法语：Quelle folie。

② 原文为法语：comme il faut。

当场就确定她从来不曾与纯真分离，因为她从来就没有纯真过。十岁起她就一直观察着这个世界，只有聪明绝顶的人才能了解她内心的秘密。长期以来，她每天早上在卢浮宫不仅学习画圣母像和圣约翰像，还对身边来来往往的各式人群的特性保持关注，她早已形成了自己的看法。似乎在纽曼看来，尼奥什先生在某种意义上可以尽管放心，他女儿可能会做一些大胆出格的事，但她绝不会做任何愚蠢的事。纽曼从容不迫地微笑着，说话慢条斯理，不急不躁，不紧不慢。现在，他问自己那姑娘那样看着他是什么意思，他猜可能她想让他收回她是坏女孩的评判。

"噢，不，"他终于说道，"我那样评判您太不礼貌了，我不了解您。"

"可我父亲已经向您抱怨过我。"诺埃米小姐说。

"他说您有点儿轻佻。"

"他不应该对绅士讲这些的！可您并不相信他的话，是吗？"

"是的，"纽曼认真地说，"我不相信。"

她再次看着他，微笑着耸了耸肩，然后指向一小幅意大利画，那是描写圣·凯瑟琳[①]结婚场面的画。"您觉得那幅画怎样？"她问道。

"我不太喜欢，"纽曼说，"那个身着黄裙的女士并不漂亮。"

"啊，您真是一个大行家。"诺埃米小姐喃喃道。

"在绘画方面？哦，不，我对绘画了解很少。"

"那就是在漂亮女性方面了解得多？"

"这方面也好不到哪里去。"

"那您看那幅画怎么样？"年轻姑娘指着一幅华丽的意大利女士肖像画问道，"我可以为您临摹一幅，尺寸会略小一些。"

"尺寸小些？为什么不和原版画一样大呢？"

诺埃米小姐瞥了一眼那幅光彩夺目的威尼斯女士肖像画，摇了摇

---

① 圣·凯瑟琳（Sainte Catherine of Alexandria，287—305），著名圣女、哲学家、讲道者，出身亚历山大贵族，才貌双全，学识渊博。劝众信奉圣教，后被判斩刑而死。

头说："我不喜欢那位女士，她看起来很傻。"

"我很喜欢她，"纽曼说，"就这么定了，我就要那幅了，和原版一样大，要把她画得和原版人物一样傻。"

姑娘再次定睛看着他，脸上显出嘲弄的微笑。"要让她看起来傻，对我来说当然很容易！"她说。

"您什么意思？"纽曼一脸狐疑地问。

她又耸了耸肩："真的，您想要那幅肖像画——金色的头发，紫色的绸缎衣服，珍珠项链，两只粗壮的手臂？"

"所有的一切，一模一样。"

"没有别的什么了？"

"哦，可以加点其他的东西，但首先得像原版画。"

诺埃米小姐转过身走到画廊的另一侧，站在那儿茫然地看着那幅画，过了一会儿她最终走回来说："用这种价格订画真是很潇洒，和原版画一样大小的威尼斯女肖像画！您真的很慷慨大方[①]，这就是您在欧洲旅游的方式吗？"

"是的，我准备这样做。"纽曼说。

"下订单，购买，花钱？"

"我当然要花些钱。"

"您能这样做真是太幸福了，您是完全的自由身吗？"

"自由身指什么？"

"没有什么来烦您，比如家庭、妻子和未婚妻[②]？"

"是的，我还算是自由。"

"您真幸福。"诺埃米小姐认真地说。

"这点我承认[③]！"纽曼用法语说道，表明自己法语学习进展已远胜之前。

"那您会在巴黎待多长时间？"姑娘继续问道。

---

① 原文为法语：en prince。
② 原文为法语：fiancée。
③ 原文为法语：Je le veux bien。

“再待几天就走了。”

“为什么要走呢？”

“天气越来越热了，我得去瑞士。”

“去瑞士？那是一个漂亮的国家。我要带上我的新遮阳伞去看它！湖泊、山脉、浪漫的山谷和冰封的山尖！噢，祝贺您！而我却要整个夏季坐在这里，涂鸦您要的画。”

“哦，别着急，”纽曼说，“什么时候方便什么时候画。”

他们朝前走了走，看了十几幅其他的画。纽曼挑出自己喜欢的画，诺埃米小姐总是会给予批评，然后建议一些别的东西。接着，她突然转移了话题，开始谈论一些个人问题。

“那天在卡雷画廊是什么原因让您过来跟我说话的？”她突然问道。

“我很欣赏您的绘画。”

“但是您犹豫了很长一段时间。”

“哦，我向来做事不紧不慢。”纽曼说。

“是的，我发现您在看我，但我怎么也没想到您会对我讲话，我做梦也想不到会和您今天在这儿漫步，真是太神奇了。”

“这很自然啊。”纽曼评论道。

“噢，请原谅，对我却不自然。虽然您觉得我有些轻佻，但我以前从没和绅士在公众场合散步。我父亲同意我们见面，他是怎么想的呢？”

“他很后悔他的不公正抱怨。”纽曼答道。

诺埃米小姐不说话了，最后她找了个地方坐下来。“好吧，那么，五幅画确定了，”她说，“这五幅画我可以临摹得鲜艳漂亮，我们还剩下一幅需要选择。难道您不喜欢鲁本斯大师的画作吗？比如那幅描写玛丽·德·麦迪奇婚礼场面的画，瞧瞧，那多漂亮啊。”

“噢，是的，我喜欢，”纽曼说，“这幅画也请临摹一幅。”

“临摹一幅，好的！”诺埃米小姐笑道。她看着他，坐了一会儿，然后突然站了起来，走到他跟前，双手合掌放在面前。“我看不懂您，”

她微笑着说，“我不明白一个人怎么如此不懂行情。”

“噢，我的确不了解这行。”纽曼说着，双手插在口袋里。

“太好笑了！我其实不会画画。”

“您不会？”

“我只会照猫画虎，连直线都画不好。在那天您买我的画之前，我一幅画都没有卖出去过。”她在说出这一令人吃惊的信息时，脸上依然带着微笑。

纽曼哈哈大笑起来。“为什么告诉我这个？”他问道。

“因为看到聪明人犯错，我于心不忍。我的画太难看了。”

“您说我买的那幅？”

“那幅画更糟糕。”

“好吧，”纽曼说，“我还是喜欢它！”

她不解地看着他。“您这样讲是一番好意，”她答道，“可我有义务提醒您不要进一步犯错，您知道，您下的订单不可能完成。您了解我吗？那些活要十个人才能完成。您选了卢浮宫里最难画的六幅画，希望我马上开工，就好像我坐下来给一打手帕镶边那样简单。我是想看看您接下来还有什么别的花样。”

纽曼有些迷惘地看着眼前这个姑娘，尽管他被指犯了可笑的错误，但他绝不是个傻子，他强烈怀疑诺埃米小姐突然的坦诚本质上只不过是直白地指出他的错误而已，她是在和他开玩笑，并不仅仅是可怜他的审美低能。她期待赢得什么呢？回报固然是高，可风险也很大，奖赏一定得相当吧。但即使承认有重奖，纽曼也不得不钦佩诺埃米小姐的冒险精神，无论她有什么目的，她现在正在扔掉一笔非常可观的金钱。

“您在开玩笑吗？”他说，“或者您是认真的？”

“噢，当然是认真的！”诺埃米小姐嚷道，但脸上仍然保持着奇特的微笑。

“我对绘画知之甚少，或者说根本不知道名画是如何绘制的。如果您说您无法完成所有的临摹作品，您肯定确实无法完成，那就完成多少算多少吧。”

“画出的作品会非常糟糕。”诺埃米小姐说。

“喔，”纽曼笑着说，“如果您决定画得很糟，那画出的作品自然会糟糕，可画得糟，您为什么还要继续画呢？”

“其他事我都不会干，我没有真正的天分。”

“那您就是在欺骗您父亲了。”

年轻的姑娘稍作犹豫后说：“他心知肚明。”

“不对，”纽曼立即表明，“我敢肯定他非常信任您。”

“他是担心我。我画得糟，但我依然继续画，如您所说，是因为我想学习，总之，我喜欢画画。而且，我喜欢待在这里，我每天来这儿，总好过坐在公寓楼上又黑又潮的小屋里，或者隔着柜台销售纽扣和胸衣。”

“自然是这儿有趣多了，”纽曼说，“但对一个可怜的姑娘来说，难道这种消遣不会太昂贵吗？”

“唉，我知道我错了，毫无疑问，”诺埃米小姐说，“但是，要我和其他姑娘一样，整天待在小黑屋里，不见天日，缝缝补补挣钱度日，我还不如跳塞纳河算了。”

“您不必那样，”纽曼回道，“您父亲告诉您我的提议了吗？”

“您的提议？”

“他希望您嫁人，我告诉他我愿意给您一个机会挣取您的嫁妆[①]。”

“他都告诉我了，您从我刚才说的话中也能听得出来！可您为什么对我的婚姻如此感兴趣呢？”

“我的兴趣源自您的父亲，我依然坚持我的提议，尽您所能去画吧，您画的东西我都会买。”

她站在那里，望着地面，沉思了一会儿，最后抬起头问道：“一万二千法郎能找到一个什么样的丈夫？”

“您父亲告诉我他认识一些很好的男青年。”

---

① 原文为法语：dot。

“都是杂货商、杀猪匠和小侍者[①]之流！如果我找不到好的对象，我宁愿不嫁。”

“我建议您不要太挑剔，”纽曼说，“这是我能给您的唯一建议。”

“我也很恼火自己刚才说的话！”那姑娘大声说道，“这样说对我没有任何益处，可我总是忍不住。”

“您期望这样说对您有什么好处呢？”

“我仅仅是忍不住。”

纽曼看了她一会儿。“好吧，您的画可能确实不太好，”他说，“但对我来说，您太聪明，我理解不了您，再见！”说着，他伸出了自己的手。

她没有任何回应，不作道别，转身坐在了旁边的一张凳子上，一只手抓住画作前的围栏，头斜靠在自己的手背上。纽曼站了一会儿，然后抬脚离开了。他其实已经比他承认的更加理解诺埃米小姐了，这一不平常的一幕恰恰印证了他父亲的看法：她是一个货真价实的卖弄风情的女子。

---

① 原文为法语：maîtres de cafés。

# 第五章

纽曼把自己拜访德·辛特雷夫人无果的消息告诉了特里斯特拉姆太太，她劝他不要气馁，先在夏天去完成“欧洲旅游”计划，秋天回到巴黎，冬天就可以舒适地安顿下来。“和德·辛特雷夫人的关系可以继续，”她说，“她不是个一两天就可以搞定的女人。”纽曼没有明确表态是否还返回巴黎，他甚至谈及罗马和尼罗河，对德·辛特雷夫人的寡居状态并没有表现出多么特别的兴趣。他一反平日表现出的坦诚，也许这就是爱情初期阶段的特征，神秘不可言说。然而，事实是那明亮而又温柔的双眸散发出的深情已经深深地印入了他的脑海，他不会轻言放弃，定会再次探寻那眼神里的奥秘。他和特里斯特拉姆太太谈了很多其他事情，有重要的，也有不太重要的，随兴所至，但在与德·辛特雷夫人的关系问题上他却三缄其口。他和尼奥什先生客气道别，让他宽心，说自己和诺埃米小姐再见面时，那位身着蓝袍的圣母本人也可能会来到现场。老人抚弄着胸前的口袋，内心狂喜，那个最倒霉的背运也许就要被驱散弥尽了。接着，纽曼按照往日悠闲散漫的节奏、既定的方向和强度开启了旅行。人人都在赶时间，但没有人可以在短时间内获得更多的东西。纽曼注重实用的本能在他的旅行中给了他极大的帮助，他用占卦的方式在陌生的城市中开路，一旦他真地投入关注，他的记忆力好得惊人，他用自己一窍不通的外语和别人交流，却能完全搞明白他希望查明的某一个事实。他对了解事实真相的胃口大得惊人，记录的很多事实对于普通感性的旅游者来说乏味无聊，一点也不浪漫，但仔细检查他记录的清单就可以发现他在想象力方面确实存在短板。在他离开巴黎后的第一站——迷人的布鲁塞尔市，他问了很多关于有轨电车的问题，对见到这一熟悉的美国文明象征表示满意。但是，他也为城市旅馆漂亮的哥特式塔楼而震惊，并且开始考虑是否可能在旧金山也建造同样的塔楼。他在楼前川流不息的广场上冒着被车轮碾压的极大风险站了半个小时，听一位掉了牙齿的老导游用支离破碎的英语含糊不清地讲述着艾格蒙特和霍恩[1]的动人历史，他把这些绅士的名字记在一封旧信的背面，这样做的理由只有他自己知道。

刚离开巴黎时，他的好奇心并不强烈。在香榭丽舍大街和巴黎歌剧院，他期待的似乎也不过是被动消遣，正如他曾对特里斯特拉姆先生说过的那样，虽然他想看看那既富神秘色彩又令人愉快的最好的东西，但他并没有有意识地去进行一场盛大旅行，也没有深究这些旅途时光到底有多大程度让他感到快乐。他相信欧洲是为他而存在的，而他则可以超脱这种存在。他说过想要提升自己的思想，但当他理智地反躬自省时，却感觉到了某种难堪，某种难为情，也许那只是一种虚假的难为情。不管是在这方面还是在任何其他方面，纽曼都没有太高的责任感，他的首要信念就是人的一生要从容度过，要把荣耀做成顺理成章的事。按他的理解，世界就是一个大集市，人们在其中闲逛，然后购得大量物品，而不要承受超量的社会压力，把购物当成迫不得已的事情。对于一些令人不快的想法，他既不喜欢，在道德上也表示怀疑；被迫按一定标准生活，既让人感到不舒服，也有那么点儿可鄙。标准应该是对那种愉快成功的理想追求，这种成功可以让一个人在获取的同时也能给予。具体来说，不要去考虑什么标准，既不要不思进取、胆怯不前，也不要急功近利、喋喋不休，全面把握所谓的"愉快"体验就是纽曼最明确的生活目标。他总是讨厌急急忙忙赶火车，但他总是能赶上；所以那种对"教养"的过分担忧似乎只会是在火车站愚蠢的磨蹭，这种现象特别多地发生在女性、外国人和不切实际的人身上。所有这些表明，一旦纽曼加入旅人的行列，他对旅行的享受堪比最热情的外行[2]。毕竟，一个人的理论知识无足轻重，关键是他的感受。我们的朋友很聪明，那是无可抑制的智慧。他在比利时、

---

① 两位伯爵因反抗西班牙宗教法庭于 1568 年在荷兰被处死，后来在约翰·莫特利（John Lothrop Motley）写作的《荷兰共和国的崛起》中被刻画为亲美爱国者。

② 原文为法语：dilettante。

荷兰、莱茵兰、瑞士和意大利北部一路闲逛，不做任何计划，但却看尽了一切风光，导游[①]都称他是位优秀的游客。他总是那么和蔼可亲，因为他喜欢站在酒店的前厅和门廊附近，而不像欧洲长途旅行的绅士那样给人以离群索居的印象。每次出门游览，参观教堂、博物馆和罗马废墟，他做的第一件事就是从头到尾默默检查行装之后，坐在一张小桌旁要一些饮料喝。这个时候导游通常都对他敬而远之，否则，我敢断定纽曼会邀导游坐下来也喝上一杯，然后诚实地告诉他那个教堂或博物馆是否真的值得一看。最后，他会站起身，伸伸自己的大长腿，示意导游，看看手表，然后盯着对方问："几点了？去那儿有多远？"不管对方怎么回答，虽然他看上去有些犹豫，但他从不反驳。他登上敞篷马车，让导游坐在自己身边回答问题，命令赶车的人快马加鞭（他对慢速行驶特别反感），只见一路滚滚红尘，直奔他朝圣的目标而去。如果游览的目的地令人失望，教堂一派萧条，或者废墟是一堆垃圾，他从不出声或责怪导游。对于名川胜地和无名小景他一视同仁，让导游把自己记得的东西都讲出来，他则在一旁洗耳恭听，并且询问附近还有没有别的可看的地方，然后又一阵轰轰隆隆驱车返回。可怕的是他对建筑优劣的敏感性非常差，有时会看到他站在次品面前久久地凝视，让人匪夷所思。他既在宏伟壮观的教堂中也在丑陋不堪的教堂间流连忘返，他的整个旅行就是消磨时光。但有时，对于那些没有想象力的人来说，也无需任何想象，纽曼常常独自在陌生的城市中游荡，有时来到孤寂而又萧条的教堂前，或者过去某个时期的政务官塑像前，他会感觉到一种奇特的内心震颤，那不是兴奋或迷惘的感觉，而是一种宁静的、深不可测的享受感。

在荷兰，他偶遇一美国小伙，他们结伴而行了一段时间。他们的性格迥然而异，却能互补短长，至少有几个星期能结伴同行，这似乎是一件令人愉快的事。小伙名叫巴布科克，是年轻的唯一神教派[②]神

---

① 原文为法语：valets de place。

② 唯一神教派（Unitarian），否认三位一体和基督的神性的基督教派别。

父，瘦矮个，着装整洁，外表一看就是个十分坦诚的人。他出生在麻省的多切斯特，在波士顿一个郊区负责会众的祷告工作。他的消化功能不好，主要饮食是格雷汉氏面包和玉米粥，来到欧洲大陆后，他发现自己钟爱的珍馐佳肴在这儿固定菜单固定价格[①]的饮食体系下并不流行，这让他的旅行似乎注定烦恼不断。他在巴黎一个自称美国办事处的机构买了一袋熬粥用的玉米糁儿，还搞了一份纽约插图报纸，所到之处都带着它。每到一处旅馆，在非正常用餐时间，他都以最大的淡定和坚韧小心翼翼求人为他煮玉米粥，然后吃掉。纽曼在做生意期间曾在巴布科克先生的出生地多切斯特待过一个上午，因为不可言说的理由，那次经历在他脑海中总是呈现出一幅滑稽的景象。因为时间太长，笑话似乎已记不太清、说不明白，只留下模糊的印象，就是因为这个印象，于是纽曼常常把巴布科克称作“多切斯特”。两个旅伴很快变得亲密无间，但如果不是因为出门在外，这两位性格如此反差的人极有可能老死不相往来。他们的确处处不同，纽曼从不多想，坦然接受现实环境；而巴布科克常常暗自思量，事实上，他晚上常常很早就回到了自己的房间，显然就是为了一丝不苟、不偏不倚地考虑他和纽曼的关系问题去了。因为纽曼的生活方式与他迥然不同，他不确定和我们的主人公建立联系对他将会有什么益处。纽曼非常优秀，为人慷慨；巴布科克先生有时心里想他的确是一位卓越的人才，让人不可能不喜欢他，但是，试着影响他，让他的生活节奏加快、责任感增强，难道这些不是他想要的吗？他热爱所有的事物，接受一切，在任何事情上都能找到乐趣，不抱成见，低调做事。这位年轻人认为纽曼身上有个非常严重并且自己也尽力避免的毛病，就是他所说“道德感”的缺失。可怜的巴布科克先生非常喜欢绘画和教堂，箱子里携带着詹姆森太太的作品[②]，他以审美分析为乐，对所看到的一切都有非常独到的见解。但在灵魂深处，他憎恶欧洲，对纽曼表现出来的崇拜

① 原文为法语：table d’hôte。

② 指詹姆森（Anna Brownell Jameson，1794—1860）的《神圣的传说艺术》系列作品，主要探讨基督教艺术和历史的关系问题。

欧洲的理智殷勤心生气恼，并提出抗议。我恐怕巴布科克先生的这种道德不满[①]实在深不可测，非我所能理解。他对欧洲人的秉性表示怀疑，难以忍受欧洲的气候，讨厌欧洲人的用餐时间，对他而言，欧洲人的生活似乎没有原则，糜烂不堪。然而，他对美却有着非常细腻的感受，而美却常常与上面提到的令人不悦的东西形影不离，反正，他希望自己保持客观公正的立场，加之他对“教养”极端地投入，所以他也不能断定欧洲全然是坏的。但他认为欧洲的确糟糕，这位饮食不规律但又特别讲究饮食的先生和纽曼的争执点在于他对坏缺乏洞察，这点令人十分遗憾。他本人对世界上任一角落的坏事物真正是一无所知，基本上处于受人呵护的婴幼儿阶段，他对邪恶最真切的认知是他发现自己一个在巴黎学建筑的同学与一个无意婚嫁的年轻女人发生了私情。巴布科克把这件事告诉了纽曼，而纽曼则用了贬抑之词评价那位姑娘，第二天，他就去质问纽曼用那样的词语说他同学的情人是否合适，纽曼望着他，笑了起来。“表达那个意思有很多词汇，”他说，“您可以自由选择！”

“噢，我的意思是，”巴布科克说，“站在不同的角度，她也许不会被这样看待吧？难道您不认为她真的期望他娶她吗？”

“那我就不得而知了，”纽曼说，“很有可能她是那样想的，我确信她是一位出色的女人。”然后他又开始笑了起来。

“我也不是这个意思，”巴布科克说，“我只是担心我昨天似乎没有想到这点——没有认真考虑，好吧，我想我会就这一点给珀西瓦尔写封信的。”

于是，他给珀西瓦尔去了信，而对方则以真正粗鲁无礼的方式回复了他。他经过反复思考，认为纽曼说巴黎那位姑娘“出色”太过随意，思考问题简单草率。纽曼对事件的判断之简短常常令他吃惊，使他心慌意乱。但他行事的方式是，批评一个人，不会一直揪着不放，或者在出现令人不安的征兆时，他就宣布对方为自己最好的伙伴，似

① 原文为法语：malaise。

乎犯不着让一个良知受到适当训练的人生气。不过，可怜的巴布科克还是很喜欢纽曼的，即使他有时感到难以理解对方，甚而为此痛苦，他仍记得这不是他放弃和纽曼做朋友的理由。歌德曾建议要从最广泛的层面来看待人性，巴布科克先生深表赞同。他常常试图在半个小时左右的谈话中向纽曼灌输一点儿他自己的精神食粮，但纽曼散漫的性格却并不接受这种强硬灌输。纽曼的思想容不下道德说教，就像筛子装不了水。他非常赞赏道德原则，但认为强势的老好人巴布科克原则太多，他全盘接受这位容易激动的同伴给他的忠告，然后再统统放在一个他认为比较安全的地方，但可怜的巴布科克后来一点儿也没看到纽曼在日常生活中使用他的任何忠告。

他们一起穿越德国，进入瑞士，用了三四个星期时间艰难爬过阿尔卑斯山口，然后在蔚蓝的湖泊上悠然泛舟。最后，他们跨过瑞士阿尔卑斯山的辛普隆关隘，直达威尼斯。巴布科克先生变得忧虑起来，甚至有些易怒，他似乎喜怒无常，心不在焉，心事重重，计划混乱，一会儿说要做这件事，过一会儿又说要做另外一件事。纽曼的生活倒没什么变化，他到处结交朋友，从容参观博物馆和教堂，在圣马可广场流连忘返，买了很多质量低劣的绘画作品，两个星期里尽情地享受了威尼斯的风光。一天晚上，他回到宾馆，发现巴布科克在旁边的一个小花园里等着他。看到他后，巴布科克快步走上前来，情绪十分低落，他伸出手，认真地说恐怕他们得分别了。纽曼大吃一惊，随即表示了歉意，并问为什么他要离开自己。“不要担心我厌烦你。”他说。

“你不是厌烦我？”巴布科克问道，清澈的灰色眼睛紧紧盯住纽曼。

“我干吗要厌烦你？你是一位有胆识的小伙子。而且，我对任何东西都不会厌烦。”

“可我们相互并不理解对方。”年轻的神父说。

“难道我不理解你吗？”纽曼大声道，“为什么？我希望我是理解你的，但哪怕我不理解你，又有什么关系呢？”

“我理解不了你。”巴布科克说着，坐下来，头枕在手上，忧伤地望着眼前这位深不可测的朋友。

“噢，天哪，可我并不在意！”纽曼笑着高声说道。

“但我感到十分苦恼，我一直处于心神不宁的状态，烦躁不安，做不了任何事，我觉得这对我来说并不好。”

“你多虑了，这才是你问题的症结所在。”纽曼说。

“当然啦，对你来说，似乎是这样，你认为我举轻若重，而我则认为你举重若轻，我们总是意见不一致。”

“可我们一直都相处得很好啊。”

“不，我不这样认为，”巴布科克摇了摇头说，“我感到非常不自在，一个月前我就应该离开你了。”

“啊，太可怕了！接下来任何事我都同意你的意见！”纽曼喊道。

巴布科克先生将头埋在双手之间，好一会儿不吭声。最终，他抬起头说道：“我想你并不欣赏我的立场，我试图在每一件事上追求真相，可你太过分了。在我看来，你太感情用事、不切实际，过分热情却又毫无节制。我觉得好像我应该独自一人再重新走一遍我们走过的地方，我担心我犯了太多的错误。”

“唉，你不必讲这么多理由，”纽曼说，“你只不过是厌倦了与我同行，你有权利做出选择。”

“不，不，我并不是讨厌你！”为烦恼所困扰的年轻神父叫道，“说讨厌是大错特错。”

“好吧，我放弃了！”纽曼笑着说，“当然再也不会继续犯错了，你只管走你的阳关道，我会想你的，但是，你已经看到我交朋友很容易，而你会孤身一人。高兴时就给我写封信，我随时恭候。”

“我想我会回到米兰，我恐怕对卢伊尼①有些不公。”

“可怜的卢伊尼！”纽曼说。

---

① 即伯纳迪诺·卢伊尼（Bernardino Luini，1480—1532），与达·芬奇同时期的重要画家，绘画题材以宗教为主。

“我的意思是我恐怕高估了他，我认为他不是一流画家。”

“卢伊尼？”纽曼惊诧道，“为什么？他的画是那么令人赏心悦目，让人难忘！他的天才画作就像是一位美妇人，令人一见倾心。”

巴布科克先生皱眉蹙额，需要说明的是，他的这副表情在纽曼看来是一种特别隐晦的逃避争执的方式，但在米兰时他曾是那样地倾心于那位画家。“瞧，你又来了，”巴布科克先生说，“好吧，我们还是分开吧。”翌日，巴布科克先生原路返回，意在削弱自己对那位伟大的伦巴德艺术家的印象。

几天后，纽曼收到了前旅伴的来信，全信内容如下：

亲爱的纽曼先生：我想一周前我在威尼斯的行为可能会让你觉得怪异和可憎，我想要解释一下我的态度，正如我当时所说，我认为你并不理解我的态度。我很早就在心里想我们应该分开旅行了，这一步真的并不像表面上看起来那么突兀。首先，你清楚，我在欧洲的这次旅行受到会众的资助，他们好心让我休假，目的是给我一次机会来到旧世界用自然和艺术的宝藏丰富我的思想。因此，我觉得我应该充分利用好这个时机，我的责任心很强，而你似乎只关注享乐消遣，你的耽于享乐，我承认我无法效仿。我觉得好像我必须给出一些结论，把我的看法集中在某些点上。在我看来，艺术和生活都是非常严肃的事情，我们在欧洲旅行要铭记艺术是极其严肃的。你似乎认为及时行乐是你追求的终极目标；当然，你比我更加懂得享乐。而且，你对享乐的那种无所顾忌地投入，我得说，有时似乎于我而言到了几乎只管自己不顾他人的地步，我可以这么说吗？总之，你的行事方式是我不能苟同的，我们继续一起结伴旅行是很不明智的。还有，请让我再补充一点，我清楚对于你的行为方式有很多值得讨论的地方，我能感受到这种行为方式在你的社交圈有着强大的吸引力。就这一点来说我早就应该离开你了，但我当时感到困惑不解，我希望我没有做错什么，我觉得自己应该弥补那些浪费了的大量时间。请把我的话当真，我向上帝保证，我并非故意惹你生气。我个人对你非常敬重，希望有一天我能找到你我之间的平衡点，我们将再次相见。希望你继续享受你的旅行，但要记住生活和艺术都是非常严肃的。请相信我是你最忠实的朋友和祈愿者。

本杰明·巴布科克

另：我被卢伊尼弄糊涂了。

读完信，纽曼的内心五味杂陈，他既感到欣喜又感到惊惧。首先，巴布科克先生敏感的道德心似乎于他而言是彻头彻尾的笑话，看起来他返回米兰只是让他陷入了更深的泥潭，那正是他迂腐的回报，极其可笑的公正。接着，纽曼陷入了深思，这些东西是多么的神秘，也许他自己确实是邪恶的、不值一提的人，一个只顾自己不管他人的人，可能看待艺术珍宝和生活权益的方式非常低俗和不道德。可纽曼的确非常鄙视不道德的行为，那一夜，他在温暖的亚得里亚海岸坐了整整半小时，仰望光芒四射的星空，感到一阵自责和沮丧。他不知该如何回复巴布科克的来信，他个性宽容，不会去介意年轻神父那种一本正经的规劝；他的幽默感根深蒂固，让他也不会把那些说辞当作一回事。他没有做任何回复，但是，一两天后他在一家古玩店看到一只好玩的象牙小雕塑，于是就买下来寄给了巴布科克，也没有留下任何只言片语。那只雕塑刻画的是一个衣衫褴褛的憔悴的苦行僧，双手合十跪坐，拉长脸，一副闷闷不乐的样子。塑像雕刻得精美绝伦，透过僧袍的破洞，你立马可见挂在僧人腰间肥嫩的阉鸡。纽曼意在何指？雕塑象征什么？是把巴布科克比作僧人？乍看巴布科克做人那么“高调”，但细想恐怕他也不比那位僧人所为之事好到哪里去吧？难以想象纽曼的目的是去嘲弄巴布科克的禁欲思想，那这可是真正具有讽刺性的打击了。总之，他给前旅伴送去了一件非常有意义的小礼物。

纽曼离开威尼斯之后，穿过提洛尔前往维也纳，然后折回，向西穿越德国南部。秋天之时，他来到巴登巴登[①]盘桓了数个星期。巴登巴登景色迷人，他也不着急离开，此外，他还在四处观望，以确定冬天干什么。他的夏季过得丰富多彩，现在，他坐在淌过巴登花床的涓涓细流旁的大树下，慢慢地来回打量着眼前的河流。他游览了很多景点，做了很多事情，享受了很多风光，观察了很多事物，觉得自己成长了，但同时也觉得自己更年轻了。他想起了巴布科克先生以及他希望形成的一些看法，他也想到这位朋友曾劝告他培养同样值得尊重的品性，但自己并未从中有所收获，难道他不可以把那些看法一起忘掉吗？巴登巴登是他迄今到过的最美的地方，在星光闪耀的夜色下演奏管弦乐曲毫无疑问是一个美好的习俗，这就是他的看法！他继而想到自己当时离开美国出国旅行是多么地明智，外面的世界太好玩了！他学到了太多的东西，虽然他说不出具体是什么，但他已将它们收入囊中。他做了自己想做的事情，看到了美好的东西，他的思想获得了一次“升华”的机会。的确，这次看世界让他心情十分舒畅，他愿意再多看一会儿。尽管他已三十六岁，但他未来的岁月仍然很漫长，他不必现在就开始给自己的生命进行倒计时。那么，接下来他应该去哪里呢？我曾说过他一直都没忘记在特里斯特拉姆太太客厅看到的那位女士的眼睛，四个月过去了，他还是无法忘怀。在这期间，他看了并且是有意识地看了许多其他人的眼睛，然而，现在他唯一想到的一双眼睛就是德·辛特雷夫人的眼睛。如果他想要看更多的世界，他能在德·辛特雷夫人的眼睛里看到吗？他想在那里看到的当然是这个世界或下一个世界。在这些胡思乱想当中，他有时想到了自己过去的生活，在那些漫长的岁月里（开始得如此之早），他的头脑里只有事业，别的什么也没有。现在，那些日子好像已经变得十分遥远，几乎有隔世之感，因为他目前对待生活完全是一种休假的态度。他曾告诉特里斯特拉姆先生，钟摆正在往回摆，而且看起来还没有终止。在他

① 巴登巴登（Baden-Baden），德国小镇，位于黑森林西北部的边缘上。德语里“巴登”是沐浴或游泳的意思。该城沿着山谷蜿蜒伸展，背靠青山，面临秀水，景色妩媚多姿。

看来，在别的地方结束的“事业”在不同时间有着不同的含义。无数遗忘的情节一个接一个成群结队返回他的记忆，有些让他感到沾沾自喜，有些他则尽力回避。那都是些过去的努力，过去的辉煌，过去的聪明和机智轶事。望着那一幕又一幕，毫无疑问他为其中的一些情节感到自豪，他佩服自己就好像看着的是另外一个人。事实上，做大事的许多素质都体现其中：决断、决心、勇气和敏捷，还有明亮的眼睛和强硬的手腕。也有一些成就他羞于提及，那样就扯得太远了，纽曼对那些乱七八糟的事没有兴致。他很幸运天生就对迷人的诱惑有着直接非理性的抗拒，自然认为缺乏诚信的人都是不可谅解的。纽曼只需一眼就可以分辨忠奸，他始终对欺诈之徒深恶痛绝。尽管如此，他的一些记忆似乎此时还是蒙上了一层不光彩和卑鄙的面纱，他突然觉得如果他从没有做过任何丑陋的事情，那从另外一个角度来说，他也就从未做过任何美好的事情。多年来他曾经不懈地努力增加财富，现在他置身事外，似乎挣钱的生意已经变得那么地无聊和无趣。一个人只有在挣得盆满钵满之后才会鄙夷捞钱，因此，纽曼应该早些时候就开始潜移默化地教导劝解他人要更加关注道德。对这一点的回应是，如果他愿意，他可能已经又因此发了一笔财，我们得说他并不是百分之百地追求训诫他人。这样的想法又回到纽曼的身上，这是因为他整个暑假所看到的是一个非常富裕和美丽的世界，而这个世界并不完全是由尖刻的铁路工人和股票经纪人创造的。

在滞留巴登巴登期间，他收到了特里斯特拉姆太太的一封来信，指责他没有给耶拿大街的朋友们传递过任何音信，并在信中请求他一定要告知她，没有任何在外地过冬的可恶计划，而是应该立即理智地回到世界上最舒适的城市中去。纽曼的回信如下：

> 我想你了解我是一个疏于写信的人，也不期望我给你写点什么。我一生当中纯粹为了友谊而写的信件大概不超过二十封，在美国我全部都是通过电报进行通信联系的。这是一封纯友谊信函，你算是拿到了一件稀罕玩意儿，希望你会珍惜它。你想要知

道这三个月里所有发生在我身上的事，我想告诉你的最好方式可能是把我在空白处用铅笔做满记号的六本导游册寄给你。只要你看到每一处涂鸦，或画叉，或写有“漂亮!”“太对了!”“太瘦!”，你就会知道我在那里感受到的各种各样心情。那上面记录了我离开你们之后的踪迹，比利时、荷兰、瑞士、德国和意大利，我穿越了所有这些国家，我想我对这些国家有了更深的理解。我应该比任何人都更加了解圣母像和教堂尖塔，我看到了很多美好的东西，也许这个冬天我们可以坐在火炉边来谈论它们。你瞧，我并不完全抗拒巴黎，本来我还有各种各样的计划和设想，可你的来信把它们大多数都吹散了。法谚道：**“越吃越想吃”**[①]，我发现自己看的世界越多，就越是想看更多，既然我现在人在旅途，为什么不趁势快马加鞭走完旅程呢？有时我想到了远东，那些东方城市的名字我可以脱口而出：大马士革、巴格达、麦地那和麦加。上个月我和一位已经分手的神父同行了一周，他告诉我在欧洲之外还有那么多伟大的东西值得一看，仅在欧洲虚掷光阴是一件十分可惜的事。我确实想继续我的探索之旅，但我更想先去巴黎大学路一探究竟，你有那位美丽的女士的消息吗？如果你能让她承诺我下次拜访她的时候她在家，我就立即回到巴黎。那一晚我对你讲过，我比任何时候都还理智，我需要一位贤妻。这个夏天我一直在留意遇到的所有漂亮姑娘，但是没有一个能引起我的注意，哪怕连类似注意的都没有。如果有我刚才提到的那位女士陪在身边，我应该会比现在不止千倍地享受所有这一切。最接近她的是一位来自波士顿的唯一神教派神父，因为我们性格不合，不久他就要求离开我了。他说我思想低俗，没有道义，一心只“为了艺术而艺术”，诸如此类，让我甚是伤心，毕竟他是那样一位温和善良的小伙子。不久，我又遇到一位英国人，很快我们成了朋友，起初似乎还不错，他很聪明，给伦敦的报纸写专栏，对巴

---

① 原文为法语：L’appétit vient en mangeant。

黎的了解不亚于特里斯特拉姆先生。我们一起玩了一个星期，但很快他就厌弃我了，他友善地告诫我，我太正直，严厉得像个卫道士，他说我会受到良心的谴责，评判事物就像是一个卫理公会教徒，谈论事情就像是一个老处女。这让我相当困扰，我应该相信哪一个批评者呢？不过，我并没有为之烦恼，很快我得出了结论：他们俩人都是白痴。不管怎样，有一件事任何人都不得口出狂言、虚张声势说我是错的，那就是我对你的忠诚。

克里斯托弗·纽曼

# 第六章

秋天还未结束，纽曼放弃了去大马士革、巴格达的打算，回到巴黎。汤姆·特里斯特拉姆根据自己发明的社会阶层分类标准，专门把纽曼安排在了一个精心挑选的房间会客。纽曼知道后，公开声明自己不够资格，请求特里斯特拉姆先生不要给自己太大的压力。“我不清楚我还有社会地位，”纽曼说，“假如我有，我一点儿也不晓得是什么地位。有了社会地位，就可以认识两三千人并邀他们一起吃饭吗？我认识你和你妻子，还有春天时给我上法语课的小老头儿尼奥什先生，我能邀请你们所有人共进晚餐吗？如果能行，你明天必须到场。”

“你请也行，”特里斯特拉姆太太说，“去年我把我认识的所有人都给你介绍过了。”

“没错，我差点儿忘了，不过，我原以为你是故意让我忘记的。”纽曼说着，语气带有惯常的那种审慎，旁边的人也听不出他是有意装出一副傻乎乎的样子，还是对别人说过的话没什么兴趣，“你对我讲过，那些人你一个都不喜欢。”

“啊，你还能记起我说过的话，这至少让我有些慰藉，但是在将来，”特里斯特拉姆太太说，“祈请你忘掉所有邪恶的东西，只记住美好的事物。这样很容易做到，可以减轻你的记忆压力。但是，我提前警告你，如果你信任我丈夫替你做出的安排，那将是一件非常可怕的事。”

“亲爱的，你说可怕？”特里斯特拉姆先生大叫道。

“我今天不想讲你那些恶行，否则，我说的话会更难听。”

“纽曼，你觉得她想说什么？”特里斯特拉姆先生问道，“如果她真说，会说什么呢？她会用两三种语言喋喋不休地讲一些令人不开心的事情，她在这方面有很高的智商，完胜于我。我这辈子只会用英语吵架，实在把我逼疯了，我只得使用母语，毕竟我用它用得最溜。”

纽曼说自己也不懂桌椅板凳之类的家居陈设，他愿意像租房那样无条件接受特里斯特拉姆先生安排的一切。他的话部分反映了事实，还有部分反映了他的宽容。他知道四处打探看房，让人家开窗，用拐棍捅沙发，和房东太太闲扯，询问上下住户情况等，对特里斯特拉姆先生来说就像玩儿似的。他觉察到凡事按他自己的意愿安排，他那位古道热肠的朋友的热情就有些消退。况且，纽曼也品不出家私装饰的优劣，对舒适感或便利感也没有很强烈的欲求。他虽然欣赏奢华宏伟，但那些粗俗的发明也能让他感到满意。他分不清硬椅和软椅，天生喜欢站着，省去了那些后天发明的设施。他对舒适的理解是住很大的房屋，而且有很多间，房间里放着许多获批专利的机械装置，其中有一半他连使用的机会都没有。他希望自己的寓所宽敞明亮，曾说喜欢在房间里也戴着帽子。至于其他，任何不带偏见的人只要说“还不错”，他就满意了。特里斯特拉姆先生给他找的正是这样一套寓所，它位于豪斯曼大道[①]，地处一楼，有好几个房间，从地板到天花板都镀了一英尺厚的金粉，帷帘用的都是浅色调的绸缎，各处都陈设着镜子和时钟。纽曼觉得整套公寓棒极了，发自内心地感谢特里斯特拉姆先生，并立即搬了进去，可他不事整理，行李箱就在会客厅里摆放了三个月。

一天，特里斯特拉姆太太告诉纽曼，她那个漂亮朋友德·辛特雷夫人从乡下回来了。三天前，她因为请教蕾丝织补问题，绕了几条街去找一位听说手艺很好却默默无名的织补匠时，碰巧遇到德·辛特雷夫人从圣苏尔皮斯教堂[②]出来。

“你注意到她的眼睛有什么变化吗？”纽曼问道。

“她的眼睛哭红了，这么说你应该满意吧！”特里斯特拉姆太太说，“她是去忏悔的。”

“你讲得不对吧？”纽曼说，“她有什么罪好忏悔的。”

---

① 豪斯曼大道（the Boulevard Haussmann），豪斯曼男爵设计，从歌剧院后面意大利大道向西延伸至凯旋门。

② 圣苏尔皮斯教堂（the Church of St.Sulpice），位于塞纳河左岸，距离大学路八个街区。建于路易十四统治时期，是一座特别富裕重要的教堂。

“不是为犯罪而忏悔，是因为痛苦而忏悔。”

“你怎么知道的？”

“她要我去看她，我今天上午去了。”

“她因为什么而痛苦？”

“我没问，她是一个谨言慎行的人，但我猜她一定是为她那邪恶的母亲和大魔头哥哥而痛苦，他们老是烦她。但我能谅解那两个人，因为我和你说过，德·辛特雷夫人是个圣徒，只有他们的烦扰才能显现她的圣徒特质，使她更加完美。”

“你的解释对她是个宽慰，希望不要让她母亲知道。为什么她要让他们这么折磨她呢？难道她不能自己主宰自己？”

“法律上讲，当然可以，但就道德而言，却不可以。在法国，无论你母亲对你提出什么要求，你都不能说半个‘不’字。她可能是这个世界上最糟糕的女人，让你生活在痛苦之中，但她毕竟是你的母亲[①]，你无权指责她，只有简单地服从。这种情况也有它好的一面，所以德·辛特雷夫人就低了头，收起了她的羽翼，夹着尾巴做人。”

“难道她也不能让他的哥哥离她远一点吗？”

“他们说她的哥哥是家长[②]，是族长。对那些人来说，家庭是一切，你的所作所为不是为了你的个人快乐，而是要有利于家庭。”

“我想知道我的家庭想要我干什么！”特里斯特拉姆先生大声嚷道。

“但愿你有家庭！”他的妻子回道。

“可他们究竟想要从那位可怜的女士那里得到什么呢？”纽曼问。

“让她再嫁一次，他们家不宽裕，想要通过婚姻给家里捞些钱。”

“伙计，这是你的机会！”特里斯特拉姆先生说。

“但是德·辛特雷夫人表示反对。”纽曼接着特里斯特拉姆太太的话说。

---

① 原文为法语：ma mère。

② 原文为法语：chef de la famille。

“她被卖过一次，自然反对再被卖一次。看起来他们的第一次交易并不是很成功，德·辛特雷先生没有留下什么财产。”

“那现在他们想把她嫁给谁呢？”

“我觉得最好不要过问，不过，可以肯定的是，他们希望她嫁给那种老而不死的大财阀，或者是过气的小公爵。”

“这才是真实的特里斯特拉姆太太！”她丈夫大声说道，“瞧瞧她的想象力多么丰富，她没有问过一个问题，问问题就俗了，但她什么都知道。她对德·辛特雷夫人的婚史一清二楚，她不用动身，透过飘动的长发和流动的眼眸，便全部看明白了可爱的克莱尔。她一边干着家务，一边随时准备在克莱尔拒绝酩酊大醉的公爵时对她大加指责。而真相不过是有人对她订制女帽的账单有些大惊小怪，或者拒绝为她购买戏票而已。”

纽曼看看特里斯特拉姆先生，再望望他太太，两人的话都让他狐疑满腹。“你真的是说，”他问特里斯特拉姆太太，“你的朋友正在被逼迫跨入一段不幸福的婚姻？”

“我认为完全有可能，那些人很擅长做那种事。”

“简直像演戏一样，”纽曼说，“在那幢黑暗的老宅，似乎曾发生过邪恶的事情，而且可能再度发生。”

“德·辛特雷夫人告诉我，他们家在乡下还有一幢更黑暗的房子。就在那儿，这个嫁人的计划一定是在夏天酝酿成功的。”

“一定是，注意她的用词！”特里斯特拉姆先生说。

“不管怎样，”纽曼沉默了一会儿说，“她也可能是在为别的什么事烦恼。”

“如果是别的什么事，那就更不简单了。”特里斯特拉姆太太坚定地说。

纽曼没有说话，似乎陷入了沉思。最后，他问道：“他们会在这儿做那种事吗？无助的女性被胁迫嫁给她们憎恶的男性？”

“全世界所有无助女性的日子都不好过，”特里斯特拉姆太太说，“到处都有大量这种胁迫的事情发生。”

“纽约也在大量不断地发生着那样的事情，”特里斯特拉姆先生说，“姑娘们受到胁迫，或欺骗或诱惑，或者三者合一，嫁给她们并不喜欢的男人。在第五大街天天都上演着这类事情，当然，其他坏的事情也有，堪称‘第五大街之谜’！应该有人站出来揭露这一切。”

“我不信！”纽曼非常认真地说，“我不相信美国的姑娘有过屈从于胁迫的情况，我认为建国以来这种情况应该一共也就那么十来起。”

“听听美国雄鹰的声音！”特里斯特拉姆先生喊道。

“雄鹰飞翔应该使用自己的翅膀，”特里斯特拉姆太太说，“飞去营救德·辛特雷夫人！”

“营救她？”

“扑过去，抓住她，把她带走，去迎娶她。”

好一会儿，纽曼什么也没说，但不久他说道：“我想她已经听够了结婚之类的话。最友善的做法可能是向她表示爱慕，但从不提及婚姻之事。不过，那种事确实不太地道，”他补充说，“听到这样的事，让我只感到非常野蛮。”

然而，后来他不止一次听到这事。特里斯特拉姆太太再次见到德·辛特雷夫人，并再次发现她愁容满面，不过，她们见面时，德·辛特雷夫人并没有流泪，她美丽的双眸显得清澈而宁静。“她冷淡、沉静，一副毫无希望的样子。”特里斯特拉姆太太给出了自己的评价，她又补充说她们见面时提到朋友纽曼先生已回到巴黎，并诚心希望结识德·辛特雷夫人。这时，这位可爱的女人那绝望的脸上终于露出了一丝微笑。她说自己很抱歉错过了纽曼春天的来访，希望他不要见怪。“我跟她说了您的情况。”特里斯特拉姆太太说。

“这让我感觉好受多了，”纽曼平静地说，“我愿意让别人认识我。”

几天后，在一个昏暗的秋日午后，他再次来到大学路。因为已近黄昏，他向贝乐嘉府邸的看门者请求会见德·辛特雷夫人。有人告诉他夫人在家，于是他穿过庭院，走进最里面的一扇门，仆人领着他通过一条宽大阴冷的走道，踏上装有使用多年的铁栏杆的宽大石梯，来到二楼的一套寓所。经过通报，他被带入一间类似镶板闺房的房间，只见房间的尽头有位女士和一位绅士坐在火炉前，那位绅士正在吸烟，屋里没有灯，只有一对蜡烛和壁炉的亮光。那两个人站起来欢迎纽曼，纽曼借着亮光，认出那位女士就是德·辛特雷夫人。她伸出自己的手，脸上带着微笑，那微笑本身似乎是友好的表示。她指着身边的绅士，轻声说："我弟弟。"那绅士坦诚而友好地向纽曼打了声招呼，纽曼意识到他就是上次和自己在府邸院子说过话的年轻人，他觉得他是个好人。

"特里斯特拉姆太太跟我讲了很多关于您的情况。"德·辛特雷夫人一边退回到原来的座位，一边温和地说道。

纽曼坐下来后开始考虑自己此行的真正目的，他有一种异常的、不曾预料的感觉，仿佛自己来到了一个陌生的世界角落。一般而言，他不太会想到危险或灾难，在这种特殊场合他也不会产生交际恐惧，不会胆怯，也不会乱了方寸。他告诫自己要抱朴守一，对其他人要温文尔雅。但是，他的不急不躁有时却受制于他天生的精明，有些事从各方面来看都挺简单的，但他总是感到并不那么简单，他觉得很多事往往是差之毫厘、谬以千里。这个奇怪而美丽的女人，坐在深宅大院里的炉火旁和他弟弟在交谈什么呢？她似乎被包裹在一层令人难以置信的神秘帷幕之中，怎么才能解开那层帷幕呢？有一会儿他感觉自己好像陷入了汪洋大海之中，必须用力浮游才不至于下沉。他边想边看着德·辛特雷夫人，只见她坐在椅上，拉了拉长裙，转过脸来看着他。二人双目对视，很快德·辛特雷夫人的视线移开了，她示意弟弟在火上添一块木柴。然而，单是那惊鸿一瞥，就足以让纽曼曾感受到的所有个人尴尬和紧张都一扫而空。他伸了伸腿，这是他惯常做的动作，常常是表示他在思想上已能把控住局面的象征。德·辛特雷夫人在他们第一次相见时留给他的印象马上回来了，甚至比以前还深刻。她是那么讨人喜爱，那么引人入胜。好比他翻开了一本书，最初的几行字就深深地吸引了他。

德·辛特雷夫人问了纽曼一些问题，譬如，他最近什么时候见过特里斯特拉姆太太？回巴黎多长时间了？准备在巴黎待多久？觉得巴黎怎么样？她的英语口语没有一点儿外国腔，或者可以说是典型的英式发音，纽曼初到欧洲时完全听不懂这种发音，还以为讲的是外国话，但是德·辛特雷夫人这样讲，纽曼一下子就喜欢得不得了。她说话的方式处处有一点掩饰异域腔调，但不到十分钟，纽曼就发现自己迫不及待地想要听到那温柔的不完美的声音，他乐在其中，惊奇地发现有时粗糙和错误反而更美。

“您的国家很美。”德·辛特雷夫人突然说。

“噢，壮美极了！”纽曼说，“您应该去看看。”

“我可能这辈子无法去看了。”德·辛特雷夫人微笑着说。

“为什么？”纽曼问道。

“我害怕旅行，特别是那么远的旅行。”

“可您有时也会离开这儿吧？”

“我都是夏天去乡下，不太远。”

纽曼想要再问她一些问题，有关个人的问题，但不知从何问起。“难道您不觉得这儿太……太安静了吗？”他说，“离街区太远了吧？”他本来想说“阴暗”，但想想觉得不太礼貌。

“是的，太安静了，”德·辛特雷夫人说，“但我们喜欢。”

“啊，你们喜欢。”纽曼缓缓重复道。

“还有，我在这儿住了一辈子了。”

“住了一辈子。”纽曼用同样的方式说道。

“我在这儿出生，父亲也是，祖父还有曾祖父也是出生在这儿。是这样吗，瓦伦汀？”她向弟弟求证道。

“是的，在这儿出生是我们家族的传统！”那个年轻人笑着说，起身把烟蒂扔进了火中，然后身子斜靠着烟囱。旁人能感觉到他是想要把纽曼看得更清楚些，他站在那里，摸着胡须，偷偷打量着纽曼。

“你们的房屋真古老。”纽曼说。

“弟弟，这个房子有多少年了？”德·辛特雷夫人问道。

年轻人把壁炉架上的两支蜡烛取了下来，高高举在手上，看了看比烟囱还高的房间飞檐。那飞檐是用大理石做成的，是十八世纪大家都熟悉的讲究精繁复杂的风格。在飞檐上方有一块镶板，雕工精良，刷成白色，刻处镀了金。那白色有些泛黄，镀金也有些晦暗。镶板上的图形排成了盾的形状，并在其上刻着家族徽章，徽章之上显著地刻着“一六二七”[①]。“您瞧，那儿写着。”年轻人说，“房屋的新旧是依个人观点而定的。”

“哦，在这儿，”纽曼说，“个人观点变化太大了。”他把头向后靠了靠，环顾四周，然后说，“您家的建筑风格非常有意思。”

“您对建筑感兴趣？”坐在壁炉旁的年轻人问道。

“是的，这个夏天，我不辞辛劳，”纽曼说，“估计考察了四百七十多个教堂，这算不算是兴趣？”

“也许您是对神学感兴趣。”年轻人说。

“我对神学倒不是特别有兴趣。夫人，您是罗马天主教徒吗？”他转过头问德·辛特雷夫人。

“是的，先生。”她认真地回道。

纽曼对德·辛特雷夫人认真的语气感到惊讶，他又把头向后靠了靠，四处打量着房间。“您从没有注意到那上面的数字吗？”他过了会儿问道。

她犹豫了一会儿，然后说：“在前些年……”

德·辛特雷夫人的弟弟一直在观察纽曼的动作。“也许您想考察下这栋老宅。”他说。

纽曼慢慢地收回视线看着他，隐约觉察到坐在壁炉旁的年轻人喜欢嘲弄人。他是个英俊的小伙子，面带微笑，两撇八字胡向上卷起，双目炯炯有神。“他那该死的法式傲慢！”纽曼差点儿自言自语出来，“他究竟在嘲笑我什么呢？”纽曼瞥了一眼德·辛特雷夫人，发现她眼

① 指一六二七年路易十三统治时期，红衣主教黎塞留当政，天主教镇压新教徒起义，这年白金汉公爵率英军入侵法国。

睛正盯着地板，一动不动地坐在那里。德·辛特雷夫人抬起双眼，正好遇到纽曼的眼神，她转而看着自己的弟弟。纽曼再次把目光投向那位年轻人，发现他和姐姐长得惊人相像，这让他对那个年轻人产生了好感，他第一次觉得瓦伦汀伯爵是那样亲切，他的疑虑消散了，便说自己非常愿意参观这栋老宅。

年轻人爽朗地笑起来，将手扶在烛台上，“好，好！”他大声喊道，“那就跟我来吧。”

可德·辛特雷夫人迅速站了起来，抓住了弟弟的胳膊。“啊，瓦伦汀！”她说，“你想干什么？”

“让纽曼先生参观我们的住宅，那一定很有意思。”

她抓住弟弟的胳膊不放，转身微笑着对纽曼说：“不要让他带您参观了，您会发现那很无聊，这栋房子和别的房子没有什么不同，是一栋布满灰尘的旧宅而已。”

“这栋房屋充满了有趣的东西，”伯爵抗议道，“另外，我想带他看看，这是一个难得的机会。”

“你太淘气了，弟弟。”辛特雷夫人回道。

“没有什么好怕的，又不会闹出什么乱子来！”年轻人嚷道，“您来吗？”

德·辛特雷夫人走向纽曼，双手轻轻握着，脸上露出柔和的微笑，问道：“难道您不愿意和我待在炉火旁交谈，而要和我弟弟在那些漆黑的过道里摸来摸去吗？”

“我当然非常愿意和您待在一起！”纽曼说，“我们可以以后再参观房屋。”

年轻人假装正经地放下烛台，摇了摇头说：“唉，先生，您打破了一个伟大的计划！”

“计划？我不明白。”纽曼说。

“您本来可以更好地在其中发挥您的作用，也许有一天我会有机会向您解释。”

“别吵了，叫人送些茶水来。”德·辛特雷夫人说。

年轻人听从了姐姐的建议，不一会儿，一个仆人端来茶水，把托盘放在一张小桌子上就离开了。德·辛特雷夫人在自己的坐处忙着沏茶，这个时候，房门突然打开，一位女士冲了进来，衣服发出很大的沙沙声。她盯着纽曼点了下头，叫了声“先生”，然后就快速走向德·辛特雷夫人，伸出自己的前额让对方亲吻，德·辛特雷夫人向她致意后就继续沏茶。新来的这位客人在纽曼看来既年轻又漂亮，她戴着软帽，披着斗篷，一副皇家贵族气派。她开始用法语很快地讲着：“噢，我的美人，看在上帝的分上，给我倒杯茶，我都快渴死了。”纽曼发现自己很难听懂她在说什么，她的吐字远没有尼奥什清晰。

“这是我嫂子。”瓦伦汀伯爵说着，身子向纽曼靠了靠。

“她非常漂亮！”纽曼说。

“金玉其外。”年轻人回应道。这次，纽曼又开始怀疑起他爱讽刺人的性格了。

年轻人的嫂子手里端着杯茶，来到炉火的另一侧，与火保持一定的距离，这样火星就不会溅着她的裙子，她也不至于大呼小叫。她把杯子放在壁炉架上，开始揭起面纱，脱下手套，同时眼睛盯着纽曼。

“亲爱的女士，我能为您做点儿什么吗？”瓦伦汀伯爵用一种嘲讽的语调问道。

“介绍下这位先生吧。”他嫂子说。

年轻人回道：“这位是纽曼先生！”

“先生，请恕我不能向您行屈膝礼，否则，我的茶水就会洒掉，”那位女士说，“那么就是说，克莱尔愿意见陌生人了，是吗？”她又用法语低声向小叔子打听道。

“这不明摆着嘛！”年轻人微笑着回道。纽曼站了一会儿，然后走向德·辛特雷夫人。夫人抬起头看着他，似乎想到什么事要说，但她好像什么也不记得，只是笑了笑。纽曼在她身旁坐下来，她递给他一杯茶。有好一会儿他们谈论着杯中的茶，纽曼就那样看着她，他记得特里斯特拉姆太太告诉他的所有关于德·辛特雷夫人“完美”的方方面面，所有他梦寐以求的卓越的东西。这种先入之见不仅让他完全信任德·辛特雷夫人，而且不会产生任何不舒适的臆测，从他第一眼看到德·辛特雷夫人的时候起，他的所有推测都是有利于夫人的。譬如她的美，也不是那种令人目眩的美，她个子高挑，身材修长，浓密的金发，宽阔的额头，容貌有一种和谐的不规则美。她清澈的灰色眼睛令人惊奇得好像会说话，那么温柔，充满睿智，但是，它们又不像许多名媛的双眸那样光彩夺目，照射得人无法抬头，纽曼简直太爱它们了！德·辛特雷夫人显瘦，看起来可能比实际年龄要轻。她整个人显得既年轻又沉稳，苗条而不失丰腴，安静而略带羞涩，兼具单纯和从容、天真和端庄的气质。纽曼心里想，特里斯特拉姆太太说她傲慢，却又是从何说起呢？在他看来，德·辛特雷夫人现在一点儿都不傲慢，或许她曾有傲慢的时候，但那又怎样？在他的面前，她的傲慢已经消失殆尽。如果她希望纽曼介意她的傲慢，她一定会比平时还要傲慢，可是她没有。她那么美丽，和蔼可亲，她是伯爵夫人？侯爵夫人？还是别的什么上流贵妇？纽曼以前很少听到这些名词，所以在他的脑海中很难联想到任何特定的形象，但是此刻这些名词一下子冒了出来，似乎充满了一种美妙的含义，它们寓意着美丽聪明、平易近人、和颜悦色。

“您在巴黎朋友多吗？你们经常一起出去吗？”德·辛特雷夫人终于想起了什么问道。

“您的意思是问我会不会跳舞，是吗？”

“我们说的意思您是不是很少在家里[①]待？”

“特里斯特拉姆太太带我见了很多人，她让我做什么，我就做什么。”

“您自己并不是很喜欢消遣娱乐，是吗？”

“哦，是的，有些娱乐我并不喜欢，比如跳舞之类的，我太老气横秋了。不过，我想参与消遣活动，这是我来欧洲的目的。”

“可您在美国也可以参加消遣活动啊？”

① 原文为法语：dans le monde。

“我没法这样做，我总是忙着工作，不过，那也是我的乐趣所在。”

这时，瓦伦汀伯爵陪着年轻的德·贝乐嘉侯爵夫人来续一杯茶，德·辛特雷夫人给她倒好茶后，又开始和纽曼交谈起来，她接着没有说完的话问道：“您在美国非常忙吗？都忙什么？”

“我那时是忙生意，我十五岁就开始做生意了。”

“您做什么生意？”德·贝乐嘉夫人问道，她长得显然没有德·辛特雷夫人好看。

“什么都做，”纽曼说，“有时卖皮革，有时做洗衣盆生意。”

德·贝乐嘉夫人做了个鬼脸：“皮革？我可不喜欢，洗衣盆好些，我喜欢香皂的味道，希望您至少从中能挣得了钱。”她和那些说话不经大脑的女人一样口无遮拦，有很浓的法语口音。

纽曼本来是在一本正经地说话，但德·贝乐嘉夫人的语气让他说话变得半玩笑半认真起来，他稍作沉思后说：“不，我在洗衣盆的生意上亏了，但在皮革生意上却盈亏持平。”

“总之，我确定，”德·贝乐嘉夫人说，“重点是……您怎么说？——持平，我承认我崇拜金钱。如果您有钱，我没有任何问题，先生，在这个问题上，我和您一样真的很民主。德·辛特雷夫人很清高，但我认为一个人如果不是太较真，那他在这个可怜的生命中就会找到更多的快乐。”

“天啊，亲爱的夫人，您在说什么啊。”瓦伦汀伯爵压低了声音说。

“我认为他是一个可以交流的人，因为我妹妹接待了他，”德·贝乐嘉夫人回道，“而且，我说的都是真话，都是我自己的想法。”

“啊，您称它们为想法。”年轻人喃喃道。

“可特里斯特拉姆太太告诉我，您在内战时参过军。”德·辛特雷夫人说。

“没错，可那不是做生意！”纽曼说。

“太对了！”瓦伦汀说，“否则的话，我可能不至于身无分文。”

过了会儿，纽曼问：“我有所耳闻，您很傲慢，是真的吗？”

德·辛特雷夫人笑了笑，问：“您看到我是那样的吗？”

“噢，”纽曼说，“我不做评判。如果您对我有傲慢之意，您最好告诉我，否则，我是不知道的。”

德·辛特雷夫人开始笑起来：“那是出于可怜境地中的自尊心！”

“可能是，”纽曼继续道，“我不想去了解，我只想您平等待我就好了。”

德·辛特雷夫人没有再笑了，她头微微侧向一边看着纽曼，仿佛害怕他接下来要说的话。

“特里斯特拉姆太太对您讲的没错，”他继续道，“我非常想认识您，我今天来这里不是简单的拜访，而是希望您能让我下次再来。”

“噢，欢迎您经常光临。”德·辛特雷夫人说。

“可我来时，您会在家吗？”纽曼坚持道，说这话时似乎他自己都觉得追得有些太紧了，但说实话，他确实有些兴奋。

“希望吧！”德·辛特雷夫人说。

纽曼站起身：“好吧，那我们后会有期。”说着，他用袖口轻轻拍了拍帽子。

“弟弟，”德·辛特雷夫人说，“快邀请纽曼先生下次再来。”

瓦伦汀伯爵面带怪异的微笑从头到脚打量着纽曼，一半谦谦君子的风度，一半粗鄙不屑的神情。“您是一个勇敢的人吗？”他问道，眼里充满了疑惑。

“哦，希望是。”纽曼说。

“啊，多好的邀请啊！”德·辛特雷夫人小声道，笑容中有些苦涩。

“噢，特别希望纽曼先生常来玩，”年轻人说，“我会非常高兴，如果他来时正好我不在，我会非常难过。总之，我认为他一定是个非常勇敢的人。先生，您是一个勇敢的人！”说完他向纽曼伸出了手。

“我不会来看您，但我会来看德·辛特雷夫人。”纽曼说。

“那您更需要勇气了。”

“唉，瓦伦汀！”德·辛特雷夫人恳求地说。

“毫无疑问，”德·贝乐嘉夫人嚷道，“我是这儿唯一说话礼貌的人！来看我吧，您不需要什么勇气。”

纽曼哈哈大笑，表示并不认同，然后告辞。德·辛特雷夫人并不认为自己弟媳的邀请多么优雅，但看着离去的客人，她的脸上露出一丝不安的神情。

# 第七章

大约是纽曼拜访德·辛特雷夫人一个星期之后的一天晚上，已经很晚了，仆人给他送进来一张名片，是年轻的瓦伦汀先生的名片。不一会儿，他见到了自己的客人，发现那人正站在金碧辉煌的客厅中央，从屋顶到地毯上下打量着。在纽曼看来，瓦伦汀先生的脸上似乎带着一种开心取乐的神情。“该死的，他在笑什么呀？”纽曼心里想着。当然，他并没有那么直愣愣地询问，因为他觉得德·辛特雷夫人的弟弟是个不错的小伙子，心想出于友善的目的，他们一定能够相互理解。他只是觉得，如果有什么好笑的地方，他也想乐上一乐。

“首先，”年轻人说着伸出了手，“我来的是不是有点儿太晚了？”

“何以见得？”纽曼问。

“可能和您一起抽支烟的时间都不够了。”

“抽烟嘛，是可以来早点儿，”纽曼说，“可我不抽烟。”

“噢，难怪您身体这么好！”

“不过，我家里有备烟，”纽曼又道，“请坐吧。”

“那太好了！不过，在这儿抽烟，实际上不太合时宜。”瓦伦汀先生说。

“怎么啦？是因为房间太小？”

“恰恰是因为房间太大了，在这儿抽烟，就像是在舞厅或教堂里抽烟一样。”

“那就是您刚刚发笑的原因吗？”纽曼问道，“房间太大？”

“这房间不仅太大，”瓦伦汀先生答道，“而且富丽堂皇，线条和谐，美丽精致。我那是羡慕的笑。”

纽曼看了他一会儿，然后问道：“您的意思是房间很丑陋？”

“丑陋？亲爱的先生，这房子简直太华丽了。”

“我想那是一回事，”纽曼说着，“您随意。这个时候来看我，一定是善意之举啦，其实您大可不必如此。如果寒舍有让您见笑的地方，还望一笑了之。您可以尽情开怀，我高兴看到客人开心的样子。不过，我唯一的请求是：在您能停下来讲话的时候，一定要把那个笑话讲给我听，我可不想错过任何有趣的东西。”

瓦伦汀先生带着似怨且嗔的神情看着纽曼，把手搭在他的袖子上，欲言又止，斜靠回椅子，吐了口香烟。最终，他打破沉默说：“那是自然，我来看您并非恶意。不过，无事不登三宝殿，是我姐姐要我来的，她的请求对我来说就是命令。我住的地方离您这儿不远，看到您的房间仍然亮着灯，于是就来了。这个时候造访颇为唐突，但我不觉得有什么过意不去，我这并不是什么礼节性拜访。”

“好啦，您面前不是坐着一个大活人嘛。”纽曼说着，伸了伸腿。

“我不明白为什么您总是有办法让我开怀大笑，”年轻人继续说道，“当然啦，我是一个特别喜欢笑的人，俗话说，笑一笑，十年少嘛。不过，我得说，我结识您可不纯粹是为了在一起乐一乐，或者在我独处时想来发笑。请恕直言，我觉得您这人特有意思！”瓦伦汀先生用一口漂亮的英语说着上面这些话，那对法国人来说已是非常流畅了，纽曼从其自然和谐的语气中能感受到那不仅仅是简单的彬彬有礼了。毫无疑问，这位客人身上有他喜欢的东西，瓦伦汀先生完全是一位异域来客，如果他们在西部大草原相遇，纽曼会走上前去询问他是否遭逢了什么麻烦。但是，他外貌上的某种特质似乎在因人种差异而产生的不可逾越的鸿沟之间架起了某种天桥。他的身高在平均线以下，体形健壮而且敏捷。纽曼后来了解到，瓦伦汀·德·贝乐嘉非常担心自己的体形变得壮硕笨拙，害怕身体发福，正如他自己所说，他个头不高，若是大腹便便，会显得极不雅观。他对骑马、击剑、练体操等热情不减，如果你对他说：“您看起来不错！”他的脸色会渐渐变得苍白，因为你说的“不错”，在他看来意思就是“不佳”。他有一颗滚圆的脑袋，一对招风耳，头发浓密柔滑，脑门宽阔，鼻梁塌陷，一副愤世嫉俗而非循规蹈矩的样子，嘴唇上的胡须经过精心修剪，就像浪漫小说里描写的那样。虽然他在外形上与其姐姐有所不同，但那一览无余的明亮眼神和微笑的方式却和姐姐神似。他面部最大的特点就是充满强烈的活力，那么坦诚，那么热情，那么勇敢。那是一张类似时钟一样的脸，指针就是他的灵魂，轻轻触动就会发出银铃般的响声。在他浅棕色灵动的双眸里有一种东西让你确定他是一位非常有悟性的人。他不是那种缩在墙角里畏首畏尾的人，而是喜欢居于中心地位、笑迎四宾之人。他笑的时候，像是一个人倒茶杯那样一定要来它个底朝天，带给你他的最后一滴欢乐。他让纽曼想到自己早年间常常感受到的那种善良，他是那些能够做出各种古灵精怪把戏的伙伴，他们会在一些稀奇古怪的地方撞着自己的关节，或者用嘴的后部吹着口哨逗乐。

"我姐姐要求我，"瓦伦汀先生继续说道，"登门谢罪，消除我给您留下的疯子印象，我也深感惭愧。我那天的古怪行为吓到您了吗？"

"有点儿被吓到。"纽曼说。

"所以，我姐姐给我下了这个命令。"瓦伦汀先生透过烟圈观察了一会儿主人，"如果您的确被吓到了，那我们最好还是忘掉它吧。我完全不是有意让您认为我是一个疯子，相反，我当时是想给您留下一个好印象。可我假如愚弄了我自己，那也只是天意难违。反复声明道歉，只会伤害我自己，因为我们还要交往，我那样说根本无法做到自圆其说，就把我视作间歇性清醒的疯子吧。"

"哦，我想您很清楚您的所作所为。"纽曼说。

"我承认，没问题的时候，我很清醒，"瓦伦汀先生答道，"不过，我来这里并不是说我自己的事。我想问您几个问题，可以吗？"

"先让我听听是什么样的问题。"纽曼说。

"您孤身一人住在这儿？"

"那是自然，不然要和谁住在一起？"

"当下，"瓦伦汀先生微笑着说道，"是我在问问题，我不会回答任何问题。您来巴黎是为了享乐？"

纽曼沉默了一会儿，接着慢条斯理地说道："人人都问我这个问题！听上去可不够明智。"

“可您总是有理由的吧。”

“噢，我是来让自己乐一乐的！”纽曼说，“不过，那个问题太不明智，真的。”

“您很享受这里的生活吗？”

和别的诚实的美国人一样，纽曼也不愿意谄媚外国人。“哦，还行吧。”他答道。

两个人都不说话，瓦伦汀先生又吐了口香烟。“作为我来讲，”他终于开口道，“我愿意为您效犬马之劳，任何我能够为您做的，我都会很乐意去干。欢迎方便的时候来我家坐坐。有什么人您想要认识？想要参观什么地方？只是很遗憾您并不喜欢巴黎。”

“噢，我当然喜欢巴黎！”纽曼温厚地说道，“我对您非常感激。”

“说实话，”瓦伦汀先生继续说道，“听到我自己主动提出的这些帮助，我都觉得有些荒谬，不过，这都是我的一番好意，没有别的。您是成功人士，我是一个失败者，我这样说好像我能给您帮上什么忙似的，实际上是搞反了。”

“怎么说您是一个失败者呢？”纽曼问道。

“哦，我不是说那种悲剧意义上的失败！”年轻人大声笑道，“我没有从高处跌落，我的惨败无声无息。显而易见，您成功了，赚了一大笔钱，建起了高楼大厦，享有商业金融特权，可以周游世界，找个温柔乡，安顿下来得享天年。是不是这样？好吧，想想您换成我，刚好相反，我一事无成，什么也做不了！”

“那您怎么不去做呢？”

“说来话长，找个时间我再给您讲讲。我说得没错吧，嗯？您获得了成功？赚了大笔的钱？这都和我没什么关系，不过，总而言之，您很富有吧？”

“这又是一件说起来会让人觉得并不明智的事，”纽曼说，“打住，没有人敢说自己富有。”

“我曾听哲学家断言，”瓦伦汀笑道，“没有人一贫如洗。您说的话倒让我耳目一新，受益匪浅。我承认，总的说来，我不喜欢成功人士，我发现那些富有的聪明人都很粗俗无礼，他们见我就想踩上一踩，让我很不舒服。但是，一看到您，我就对自己说：‘啊，这个人我可以相处，虽然很成功，却温文尔雅，一点儿也不傲慢[①]。他没有我们法国人那种夹缠不清、令人生厌的虚荣和自负。’总之，我很喜欢您。我确定我们是不同类的人，思考或感受的问题也不完全一致，但是，我觉得我们会相处融洽，您应该知道，完全不同的人反而不会发生争执。”

“噢，我从不与人争执。”纽曼说。

“您从不与人争执？可有时候争执是难免的，或至少是让人感觉不错啊。噢，我一天要有两三场有滋有味的争吵呢！”想到那些场景，瓦伦汀先生优雅的微笑中产生了一种强烈的快感。

随着前文提到的两个人时断时续的谈话，瓦伦汀先生的拜访时间已经不短了。两个人脚跟抵着温暖的壁炉，坐在那里听着远处凌晨报时的钟声。瓦伦汀·德·贝乐嘉承认自己是个大话痨，今天晚上很明显说话尤其多。因为脸上总是挂着微笑，热情而有礼貌，始终如一，他那种人天生受人爱戴，所以没有任何理由怀疑他的友谊是强人所难。而且，他就像是古来有之的花卉，传统（自从我用过这个词以来）与他的气质是那样的合拍，不会让人感到刻板而不舒服。又像是身穿蕾丝长裙、脖戴珍珠项链的年长贵妇，交友和文雅已经融入血液。瓦伦汀就是法国人所说的*贵族*[②]，最纯正的那种，可以肯定的是，他的生活原则让他保持了*贵族*[③]的身份。对他而言，这一切足以让他轻松拿下一个普通而善良的年轻人的心。不过，他的贵族气质都是出自本能，没有任何后天教导。他非常平易近人，尽管某些贵族道德似乎有些苛刻，但在他的运用下却非常和蔼可亲。他小的时候，有人怀疑他品位不高，母亲非常担心他在复杂的人际交往中言多必失、玷污门庭。因此，除了上学和日常训练，他还有一些特别的操练，但他的

---

① 原文为法语：morgue。
②③ 原文为法语：gentilhomme。

教师从来没有驯服过他。他们无法压制他那并没有什么危害的率性，他依然我行我素，成为了最幸运的年轻贵族。因为年轻时不受约束，他现在对家族纪律完全不屑。但是，在家族范围内，人们都清楚，他虽然轻浮，可家族声望在他的手中比在别人手里更加安全。如果有一天需要试一试，他们会看到的。他讲话混合了奇怪的孩子气的絮语和成人的谨小慎微，在纽曼眼里，和后来他经常见到的拉丁族年轻成员一样，瓦伦汀先生似乎一会儿显得孩子气的幼稚，一会儿又显得令人讶异的成熟。纽曼想到，在美国，二三十岁的小伙子一般都有一颗成熟的大脑和年轻的心，或至少是年轻的精神；但是在这里，他们却有着年轻的脑袋和非常衰老的心，而道德则如头发斑白、皱纹满面。

“您的自由太让我羡慕了，”瓦伦汀先生说道，“您的活动范围很广，来去自由，周围没有很多自以为是、对您有所期待的家伙，而我，”他又叹息道，“则要在可敬的母亲大人眼皮底下过活。”

“那是您自己的问题，是什么原因限制了您的活动范围呢？”纽曼说。

“我很高兴您的话直击要害！我觉得什么都受到限制，首先是我身无分文。”

“我开始做生意的时候也是身无分文。”

“哦，可您是为资源所掣肘，作为美国人，您不可能一直处在出生时那样贫困的状态，我这样理解对吗？所以您赚钱成为富翁是必然的。您处的位置让人艳羡，环顾四周，您看到的世界充满了只需趋步上前就可以获得的东西。在我二十岁之前，我看到世界上的一切都打着‘不许碰！’的标签，诡异的是那个标签似乎只是针对我。我不能经商，不能赚钱，因为我是贝乐嘉家族成员。我不可以从政，就因为我是贝乐嘉家族成员，贝乐嘉家族是不承认波拿巴王朝的。我无法从事文学创作，因为我没有那样的天赋。我不可以娶暴发户的女儿，因为贝乐嘉家族的人从来没有迎娶*庶民之女*[①]的惯例，我不可以破例。

① 原文为法语：roturière。

可我们不得不面对这一切，站在我们的角度[①]，婚娶并不简单，必须做到门当户对。我唯一能做的事就是去为教皇而战，我恪尽职守，在卡斯特尔费达多受到了一个信徒应得的皮肉之伤，可我觉得这于我、于圣父都没有好处。罗马在卡利古拉[②]时期无疑是一个非常好玩的地方，但遗憾的是后来衰败了。我在圣天使堡待了三年，然后就还俗了[③]。”

“这么说您没有正式的职业，什么也不做？”纽曼说。

“是的，什么都不做！我要做的就是让自己享乐，实话说吧，我确实享了不少乐子。一个人如果知道如何享乐，他就能做到，可不能总是这样吧？也许我还可以继续这样生活五年，但我知道我会对此失去胃口的。那么，接下来我干什么？我想我会去做僧侣，我是认真的，我会在腰间系一条绳子，然后到一家修道院去。这是一个古老的传统，这个传统非常好。一般人对生活的理解和我们一样透彻，他们把铁锅架在火上煮直到破裂，然后就弃之一旁。”

“您很信任宗教？”纽曼问道，询问的语气中透着一种怪诞的效果。

德·贝乐嘉先生显然很欣赏纽曼提问中戏谑的成分，但他相当冷静地看了会儿纽曼。“我是虔诚的天主教徒，尊重教堂，崇拜圣母马利亚，惧怕恶魔。”

“好吧，那么，”纽曼说，“您一切都按部就班，享受当下，未来有宗教，还有什么好抱怨的呢？”

“抱怨是一个人享乐的一部分，您个人的情况中有种东西让我很受刺激，您是第一个让我心生嫉妒的人，唯一的一个，但这又是事实。我认识的人当中，很多除了和我一样拥有浮名虚誉以外，还很有钱，善于经商，但我从不为他们所动。可您身上有一种东西是我曾

---

① 原文为法语：de notre bord。

② 卡利古拉（Gaius Julius Caesar Augustus Germanicus，12—41），屋大维之后的古罗马暴君，公元 37 至 41 年在位。

③ 十九世纪五十年代，意大利的统一斗争受到教皇抵制，他征召教皇绝对权力派为保存教堂世俗权力而战。1860 年 9 月 18 日在卡斯特尔费达多，维克多·伊曼纽尔的皮德蒙特部队击败了教皇军队，教皇军队退到圣天使堡，教皇在那里一直待到了 1870 年。

经想要拥有的，那不是金钱，也不是头脑，无疑您的头脑是非常优秀的。当然也不是您那一米八的大高个儿，虽然我曾经想要高过那么十几厘米。我羡慕的是您那种出门在外而宾至如归的气质。小时候，我父亲告诉我，人们识别贝乐嘉家族成员的典型特征就是那种气质，他要我引起注意，但并没有告诉我如何培养那种气质。他说随着我们长大，那种气质就会自然养成。我原以为自己已经养成了，因为我觉得自己总是有那种感觉。我在生活中的地位是别人为我打造的，一切似乎可以轻松拥有。但是，依照我的理解，您的地位是您自己创造的，正如那天您告诉我们的，您自己做洗衣盆，而且说得那么从容。您看待所有的事物都有一个高度，这让我大为震惊。您周游世界就像一个人乘着火车旅行，阅历是那么丰富，这让我为之痴迷。您让我感到我好像错过了什么，是什么呢？”

“做了几只洗衣盆，那是诚实劳作的自豪意识吧。”纽曼半开玩笑半认真地说道。

“噢，不。我见过更加辛勤劳作的人，他们不仅做洗衣盆，还做肥皂，就是那种气味强烈的黄色肥皂，一大块一大块的。可他们从未让我有丝毫触动。”

“那要么就是美国公民的特权了，”纽曼说，“是它让一个人能够顶天立地。”

“也许吧，”德·贝乐嘉先生回道，“可我不得不说，美国公民我也见过不少了，他们似乎根本就立不起来，或者压根儿就不像个大股东，我从不羡慕他们。我宁愿认为那种东西是您自己取得的成就。”

“噢，算了吧，”纽曼说，“您太抬举我了！”

“不，我不是在恭维您。这和抬举或者谦逊没有关系，是您那份怡然自得的态度。人们在即将失去什么的时候往往会变得骄傲自大，而在要获取的时候常常是谦虚谨慎的。”

“我不知道自己会失去什么，”纽曼说，“但我非常清楚我有所收获。”

“收获了什么？”客人问道。

纽曼犹豫了一下，然后说："让我们彼此进一步了解后我再告诉您吧。"

"但愿时间不会太久！好吧，如果我能助您一臂之力，我会非常乐意。"

"也许您可以帮助我。"纽曼说。

"那就记住我这个朋友，随时听您吩咐。"瓦伦汀答道，然后就告辞了。

在接下来的三个星期里，纽曼见过瓦伦汀先生几次，虽然二人没有正式发誓成为永久的朋友，但他们之间已经建立了某种友谊关系。在纽曼眼里，瓦伦汀是个典型的法国人，有着法国人的传统和浪漫，这些神秘的特质渐渐为纽曼所了解。他殷勤好客，胸襟开阔，风趣逗人，制造的幽默效果让他自己开心不已，远胜于娱人，哪怕是在笑话十分可乐的情况下亦是如此。他对所有特别的社交规范了如指掌，追随各种令人愉快的玩法；醉心于他偶尔暗指的某种神秘神圣的东西，其欣喜若狂甚至远胜于他上次讲到的那个漂亮女人，那种东西尽管是有些过时的贵族形象，却依然美丽；他的风趣让人难以抗拒，有他在的地方，气氛总是十分活跃；他的特点，只有在纽曼接触的时候，才能做恰当的评价，这是因为在思考人类要素可能的混合体时，人们不可能在思想上做完全准确的预言。瓦伦汀让纽曼更加坚定了自己的看法，那就是法国人都是漂浮不定、难以预测的；他让纽曼意识到少量的材料也可以糅合成令人舒适的复合体。人和人的不同在所难免，但正是这种不同成了他们友谊的基础，因为特点鲜明的两个人会对彼此产生不一般的吸引力。

瓦伦汀·德·贝乐嘉住在昂茹路一幢老屋的地下室里，他的小房间位于房屋庭院和一个旧花园之间。那花园向后绵延开去，是那种面积很大、终日不见阳光而且很潮湿的花园。在巴黎，站在家里的后窗，您无意中都会看到这种花园，惊奇这些花园是怎么在这拥挤的城市中找到空地的。纽曼回访瓦伦汀，心中暗忖他的住处至少和自己的一样，这是一件可以取笑的事情。但是，瓦伦汀住处的怪异和纽曼在豪斯曼大道上金碧辉煌的房屋有所不同，这地方又矮又暗，拥挤不堪，到处堆满了稀奇古怪的小玩意儿。作为一贫如洗的贵族，瓦伦汀却对收藏有着难以满足的欲求，四面墙上铺满了各种生锈的武器、镶板和盘盏，各个房间门上都挂着褪色的花毯，地板上覆盖着兽皮。到处是在法国泛滥的家具艺术，那种优雅让人手足无措。幕布后的壁龛镶着一面镜子，影影绰绰，什么也看不见。沙发装饰华丽，是不能坐的；壁炉上覆盖的帘子饰以荷叶褶边，是绝不能生火的。家里的物品摆放别致，房间弥漫着雪茄烟味，还混杂着神秘的香水味。纽曼原以为这地方住起来肯定潮湿阴暗，但看到家里精心陈设的七零八落的家具，心下大为不解。

瓦伦汀按照法国人的习俗，大谈特谈自己的过去，把自己的很多隐私毫无掩饰地讲了出来。自不待言，他讲得最多的还是关于女人的话题，对于那些给他带来欢乐和悲伤的可人儿，他时而报以深情，时而加以揶揄。“噢，女人，女人，她们让我癫狂让我痴！”他大声说道，一只眼里闪着光芒，“不过[①]，我为她们做过的任何愚蠢行为，我都愿意再做一次！”在女人这个话题上，纽曼持习惯性的保守态度，在他看来，详细而具体地讲述女人，总像是鸽子在絮叨、猴子在叽叽喳喳叫个不停，甚至要串起一个完整的人物都有困难。然而，他对瓦伦汀的自信产生了极大的兴趣，一点儿也不觉得讨厌，因为这个慷慨的法国年轻人并非玩世不恭。“我的确认为，”他有次说道，“我和我的同代大多数人一样颓废，不过，我们这种颓废还是可以容忍的！”他对女性朋友极尽恭维之词，讲了她们各种各样的逸闻趣事，总体认为她们身上的优点多于缺点。“不过，您不必把我的话当真，”他补充道，“不用视我为权威，毕竟我是站在她们一边的，我是一个理想主义者！”纽曼不露声色地听着，暗自高兴自己感情还算正常，这对自己是有利的，可他从内心已经排斥了法国人不加甄别地寻求可爱的女性的优点的做法。德·贝乐嘉先生并没有把谈话局限在个人陈述的频

---

① 原文为法语：C’est egal。

道上，他不停地问纽曼过去生活当中的事情，纽曼就讲一些超过他预期的好玩的东西。事实上，他讲述了自己事业发展的历程，其中的曲曲折折。碰到对方表示怀疑，或者彬彬有礼表示不满时，他就在故事中添油加醋，逗对方开心。纽曼曾经和西部擅长讲笑话的人一起围炉而坐，亲眼看到那些荒诞的故事如何越编越长而不露一丝破绽，他自己的想象力把这种搭积木的神奇把戏玩得炉火纯青。瓦伦汀最终只能大笑来强自辩解，但为了维护自己无所不知的法国人声誉，他仍然在总体上怀疑一切。结果是纽曼发现自己不可能让他相信那些经历过时间考验的事实。

“不过，细节并不重要，”瓦伦汀先生说道，“显而易见，您的冒险经历令人称奇，所见颇丰，往来大陆之间犹如我穿行于豪斯曼大道，是个见过大世面的人！您有过九死一生的时刻，做过与您的身份不相称的事情：孩提时代，为了一顿晚餐铲过沙；在淘金者营地吃过烤狗肉。一次站着计数十来个小时；为了看坐在另一排座位上的漂亮女孩，从头到尾坐着听完了循道宗的布道。正如我们谈到的，所有这一切都很傻，但毕竟您做了，这是很了不起的！您凭借自己的意志，积累了自己的财富。您没有因为年轻时的荒唐而堕落，没有为了结交狐朋狗友而抵押财产。您处事总是那么泰然自若；我假装没做过一件伤天害理的事，但事实上也有过三四件那样的事，可您比我还少。您真是一个幸福的人，强大而又自由，可您究竟要拿着这些长处干什么呢？”年轻人最后问道，“要真发挥这些长处，您得换个更好的环境，在这儿您没有用武之地。”

“噢，我想还是有用的。”纽曼说。

“有什么用？”

“好吧，”纽曼喃喃道，“下次再告诉您吧！”

就这样他再三推后谈起心中深藏的秘密话题。与此同时，他在实际上却对那个话题越来越熟悉，换种说法，就是他又去拜访了德·辛特雷夫人三次，其中仅有两次夫人是在家的，而且每次都有其他客人。她的客人特别多，而且个个都是能说会道的话匣子，迫使女主人不得不与他们虚与委蛇。即使这样，她也会抽空照应一下纽曼，偶尔对他隐晦地微笑一下，正是这种隐晦让他大为兴奋，无论当下还是会面以后，这种感觉充斥了他的心灵，让他回味无穷。他坐在旁边一言不发，看着房门的出入口，看着德·辛特雷夫人和客人打着招呼，互相闲聊。他感觉自己好像是在看戏，好像自己一开口就会打断表演似的。有一阵儿他多希望自己手上能拿着剧本，好跟上他们的对话，幻想着一位戴着白帽、绑着粉色缎带的女子向他走来兜售两法郎一本的剧本。一些女士或冷漠或温柔地看着他，随您怎么说都行；其他人似乎根本就无视他的存在。男人们都只盯着德·辛特雷夫人，这无法避免，因为无论人们说她美丽与否，她都完全占据了大家的视线，就像悦耳的声音钻入您的耳鼓。纽曼和她说话不超过二十个单字，但是彼此留下的印象的价值远胜过山盟海誓。她和她的同伴一样，都是他正在观赏的戏剧的一部分，但她完全占有了舞台，表演更加突出！无论她站起来还是坐下去；送别朋友到门口，举起重重的门帘让朋友们出去，站在身后照看他们，最后点头致意；又或她抱着双臂，靠着椅背，要么闭目养神，要么聆听微笑；她让纽曼意识到自己是多么希望她永远待在自己的眼前，轻轻地来回走动，一览无余地展示她的好客。如果这种盛情待客与自己有联系，那相当不错；如果都是为了自己，那就更好了！她身材高挑却步履轻盈；动如脱兔却又静如处子；举止优美却又简练快捷，坦率真诚却又神秘莫测！正是她的神秘，也可以说是她卸妆的样子，最吸引纽曼的兴趣。说到神秘，他可能无法告诉你什么证据。假如他善于用诗情画意来表达自己，他可能会说，看到德·辛特雷夫人，他就仿佛看到有时围绕在半圆月盘周围的暧昧的圆环。这并不是说她比较保守，恰恰相反，她像流水一样坦诚。但是，他确信她身上的那种神秘特质，她本人也会承认。

因为某些原因，他并没有把自己的想法告诉瓦伦汀。原因之一是，他是一个谨小慎微的人，在采取行动之前，他总是深思熟虑、反复揣摩。他并不急于求成，一旦真正开始行动，他就会大踏步前进。于是，他三缄其口，只是为自己的想法暗自激动，心里想的全是这件事情，兴奋不已。但是，有一天，瓦伦汀和他一起在一个饭店吃饭，两个人对面而坐。用餐完毕起身，瓦伦汀提议一起去看看丹德拉夫人以消磨余宵。丹德拉夫人是一位身材娇小的意大利女人，她识人不淑，嫁的法国丈夫是个浪荡子，野蛮粗暴，让她受尽折磨。那男人花光了她的钱，没有办法再去买乐，于是就在无聊的时候以打她为乐。她给好几个人都看过她身上的淤青，其中也包括瓦伦汀。她得以与丈夫分居，收起自己非常可怜的财物，来到巴黎生活，暂时住在一个家庭旅馆[①]里。她一直在寻找公寓房，到处向人打听。丹德拉夫人非常漂亮，单纯天真，谈吐别具一格。据瓦伦汀本人所说，他结识丹德拉夫人是因为他想搞明白她是怎么变成那个样子的。“她贫穷，漂亮却愚蠢，”他说道，“在我看来，她只有一条路可走。遗憾的是，没有人帮得了。我给她半年的时间，她不用担心我什么，我只是观察事情的进展，我好奇的是事情会如何发展。对了，我知道您要说什么，无非是糟糕的巴黎把人都变成铁石心肠了。但是，我已绞尽脑汁，最后只有给她点教训了。现在对于我，看着这个小女人演完这出戏是一种智力享乐。”

“如果她要自暴自弃，”纽曼说，“您应该拦住她。”

“拦住她？怎么拦？”

“和她谈一谈，给她些好的建议。”

瓦伦汀大笑。“老天让我们来到这个世界！想想那样的情况！您自己去给她建议吧。”

正是在这次谈话之后，纽曼跟着瓦伦汀去看了丹德拉夫人。他们离开后，瓦伦汀指责他的同伴说：“您那有名的建议呢？在哪里？”他问道，“我怎么一个字也没听到。”

“噢，我放弃了。”纽曼简单地回道。

“那您和我一样坏了！”瓦伦汀说。

“不对，因为我并没有幸灾乐祸，我压根儿不希望她再滑下去了。

---

① 原文为法语：hôtel garni。

我想看看有没有别的办法，可为什么，”过了一会儿，他问道，“您不让您姐姐去看看她呢？”

瓦伦汀瞪着眼。“去看丹德拉夫人，我姐姐？”

“她也许能说服丹德拉夫人，起到非常好的效果。”

瓦伦汀突然严肃起来，摇了摇头。“我姐姐不能见那种人，丹德拉夫人什么也不是，她们永远也不会见面的。”

“我认为，”纽曼说，“您姐姐只要愿意，是会见任何人的。”他暗下决心，一旦他和德·辛特雷夫人再熟悉一点儿，他就会请求她去跟那个愚蠢的小女人谈一谈的。

吃过晚饭，就是我刚才提到的那个场合，纽曼拒绝了瓦伦汀又去听丹德拉夫人讲述自己的痛苦和淤青的提议。“我心里有个更好的主意，”他说道，“到我家去吧，让我们在我家的壁炉前来个畅聊。”

瓦伦汀最喜欢长时间聊天，不久两人就坐在了纽曼的舞厅里，看着壁炉的熊熊火焰在装饰豪华的房间里闪烁。

# 第八章

“给我讲讲您姐姐的情况。”纽曼突然发话道。

瓦伦汀转头迅速地看了他一眼。“我想到了您会问这个问题，您可还从没有问过我有关她的问题呢。”

“这就对了。”

“您不问是因为不信任我，这是对的，”瓦伦汀说，“我是无法理性谈论她的，因为我太崇拜她了。”

“那就尽您所能地谈吧，”纽曼回道，“随性就好。”

“哦，我们是非常要好的朋友，是自俄瑞斯忒斯和厄勒克特拉[①]以来难得一见的好姐弟了。您见过她，知道她的模样：高个苗条，步履轻盈，端庄温娴，既有圣母的威仪[②]，又有天使般的可爱。她身上兼具傲娇和谦逊之风，是雄鹰与鸽子的组合。她就像是活的雕塑女神[③]，却没有石雕的冷酷无情，她有血有肉，披着白色斗篷，曳着长裙，袅袅婷婷。我只能说她完美无缺，那美丽的面庞，一颦一笑，声音语调，无不令人遐想，只凭语言不足以表达我对她的赞美。按常理，看到非常迷人的女性，我会说：‘要小心啊！’可就迷人的克莱尔而言，您尽可放下戒心，无需多虑。她太完美了！我从没见过一个女人能有她的一半好，她真是无可挑剔，这就是我所能向您介绍的关于她的情况，其他没有了！”瓦伦汀最后总结道，“我告诉过您我是没法理性谈论我姐姐的。”

纽曼沉默了一小会儿，仿佛是在回味瓦伦汀的话。“她很完美，

---

① 俄瑞斯忒斯（Orestes）和厄勒克特拉（Electra）是古希腊神话中迈锡尼（Mycenae）王阿伽门农（Agamemnon）与妻子克吕泰涅斯特拉（Clytemnestra）的儿子与女儿。他们是姐弟亲密关系的典范，一起杀死了谋杀父亲的母亲。

② 原文为法语：grande dame。

③ 古希腊神话中的塞浦路斯国王兼雕塑家皮格马利翁（Pygmalion）爱上自己的雕塑美女，爱神阿芙洛狄忒见其感情真挚，赋予雕像以生命，使这两个人结为夫妻。

嗯？”他最后重复道。

“绝对完美！”

“善良、仁慈、温柔、慷慨？”

“慷慨没说的，绝对的善良！”

“她聪明吗？”

“她是我认识的女性当中最有智慧的，您可以改天找个很难的问题试试她，您就明白了。”

“她喜欢被人膜拜吗？”

“那还用说吗？[①]”瓦伦汀大声道，“哪个女人不是这样？”

“啊，女人太喜欢被人膜拜，就会犯下各种愚蠢的错误。”

“我并没有说她太喜欢呀！”瓦伦汀大声说道，“但愿我没有说过如此愚蠢的话，她做什么事都不会过分！假如我说她长得丑，我的意思并不是说她特别丑。她喜欢做让人高兴的事，如果您高兴，她心怀感激；如果您不高兴，她会翻过这一页，既不把您也不把自己想得更坏。不过，我想她是希望天堂有圣人，因为我肯定她没有能力通过圣人都同意的方式来取悦众人。”

“她是一个严肃的人？还是一个喜欢制造活泼气氛的人？”纽曼问。

“二者兼具吧，不存在非此即彼，她总是同一个样子。她的活泼中有严肃的成分，严肃中也有活泼的内容。不过，她特别开心时也没有什么原因。”

“她有不开心的时候吗？”

“我觉得没有，开心与不开心是由当事人的态度决定的，克莱尔做事都是根据圣母马利亚的安排来做的，不开心是违背圣母意愿的，对她来讲是不可能的，因此，她总是妥善安排一切，尽量做到开心。”

“那她是一位哲人了。”纽曼说。

“不对，她只不过是一位很不错的女性而已。”

---

① 原文为法语：Parbleu。

“那么，她的境遇中有过不愉快的事吗？”

瓦伦汀犹豫了一会儿，这是很少见的。“噢，我亲爱的朋友，那我得要深入研究我家的家族历史了，也许我会告诉您比您想知道的更多的信息。”

“不必了，相反我想知道的就是她现在的境遇中的不开心事。”纽曼说。

“那我们得尽早举办一个特殊的降神会[①]，克莱尔现在仍然处于年龄的黄金时段。她十八岁时曾有过一段婚姻，本希望姻缘美满，谁知道却昙花一现，如过眼云烟，还惹得一身腥。她嫁德·辛特雷先生时，那老头儿已年届六十，那是一个令人生厌的老绅士。结婚后，他没活多久就驾鹤西去，他的家人霸占了他的钱财，对他年轻的寡妇提起诉讼，把事情做得很绝。官司本来可以打赢，因为德·辛特雷先生作为他亲戚的受托人，似乎犯有行为不轨。但是，在诉讼过程中，我姐姐发现了他很多不为人知的历史，心生厌恶，于是决定不再为自己辩护，完全脱离财产之争。这是需要相当勇气的，因为她实质上处于两股力量之间，一方是婆家的攻讦，另一方是娘家的催逼，进退两难。我哥哥和母亲都希望她坚持自己的权利，但她拼命反抗，为了换取自由，最后不得不以一个承诺为代价获得我母亲的同意退出官司。”

“什么承诺？”

“接下来的十年，她唯一能做的事就是找一个男人嫁出去。”

“她痛恨她的丈夫吗？”

“没有人知道她有多痛恨！”

“可怕的法式婚姻，”纽曼继续道，“两家媒妁之言促成，难道没有听取她本人的意见吗？”

“说来话长，她在结婚前一个月才第一次见到德·辛特雷先生，后面的一切细节都是由两家安排的。见到德·辛特雷先生时，她脸色变得苍白，直到婚礼当天还是那样。婚礼头天晚上，她彻夜哭泣，整

① 一种与死者沟通的方式，往往由通灵婆在活人与死人之间交流，也有类似碟仙那样的通灵方式。

个人变得虚弱不堪。我母亲抓着她的两手坐在那里，哥哥在房间里来回走动。我表示这太让人难以忍受了，公开对她说，如果她明确拒绝这门婚约，我愿意支持她。大家让我不要管这件事，于是她就成了德·辛特雷伯爵夫人了。”

“您的哥哥，”纽曼若有所思地说，“一定是个很讲究的年轻人。”

“是很讲究，不过，他不年轻了。他已四十开外，比我大十五岁，我和姐姐都把他当父亲看。他非常优秀，举止得体，聪慧异常，学识渊博，著有《法国独身公主史》。”瓦伦汀是极其认真地说这番话的，他盯着纽曼，眼睛里没有流露出一丝隐讳的神情，或者至少几乎没有那样的表示。

纽曼也许发现了蛛丝马迹，因为他立即说道：“您不喜欢您的哥哥。”

“您说什么，”瓦伦汀委婉地说，“有教养的人总是爱他们兄弟的。”

“好吧，那我就不喜欢他了！”纽曼回道。

“等到您了解他以后再说吧！”瓦伦汀回应道，这次他露出了微笑。

“您的母亲也很优秀吗？”纽曼停了会儿问道。

“我母亲，”瓦伦汀说着，神情凝重起来，“她是我最崇敬的人，绝非普通女性可比，这一点您不接近她是不会了解的。”

“我相信她是一位英国贵族的女儿。”

“是圣·邓斯坦伯爵的女儿。”

“圣·邓斯坦伯爵家族是一个很古老的家族吧？”

“一般吧，出自十六世纪。我父亲这一族的历史更久远，研究我家家谱的人费了九牛二虎之力最后才确定我们家族的历史起自查理曼大帝[①]治下的九世纪。”

“其中有没有纰漏？”纽曼说。

---

① 查理曼大帝（Charles the Great，742—814），公元768年至814年为法兰克王，公元800年至814年为西罗马帝国皇帝。

“我认为应该没有，如果有错，我们也至少错了好几百年了。”

“你们家总是和贵族家族通婚吗？”

“一般是这样，但在这么长的时间里总有例外。在十七世纪和十八世纪，大概有三四个贝乐嘉家族的人娶了律师的女儿做妻子，算是中产阶级[①]吧。”

“律师的女儿，那不太好吧？”纽曼问道。

“很不好！我们家族中还有一个人，是中世纪的，做得更绝，他像科菲多亚王[②]一样娶了一位乞丐女。那的确是绝了，就像是娶了一只小鸟或一只猴子，根本不需要考虑她的家庭。我们家族中的女性就好办多了，她们的名字甚至从来都不进入贵族名册[③]，我相信她们是没有任何婚嫁不当的记录的。”

纽曼仔细琢磨了一番他的话，然后说道：“您还记得吗？第一次您来看我，主动提出愿意竭尽所能帮我，我对您讲过我会看机会向您提出的。”

“当然记得，我一直在等您开口呢。”

“好极了，现在机会来了。尽您所能让您姐姐对我有个好印象吧。”

瓦伦汀愣住了，嘴角却依然挂着微笑。“哎呀，我肯定她早已对您有了很好的印象了。”

“您是说基于见过我三四次基础上的看法？那不顶事儿，我想要得更多。我一直在反复斟酌，最后还是告诉您吧，我想娶德·辛特雷夫人。”

瓦伦汀一直充满期待地望着纽曼，脸上带着笑容，等着对方提出那个他早已承诺的请求。听到纽曼最后说出的那句话，他还在凝视着说话的人，但脸上的微笑却发生了两三次奇妙的变化。显然，他最初的反应是想咧开嘴笑，但立即有所收敛；接着踌躇犹豫了一小会儿，

① 原文为法语：bourgeoisie。

② 传说中的科菲多亚（King Cophetua）是非洲国王，不近女色，突然有一天望到窗外的乞丐女佩妮罗凤（Penelophon）而一见钟情，决定非此女不娶，否则自尽，这就是爱情的魔力。乞丐女成为王后，此后两个人生同衾死同穴。

③ 原文为法语：petite noblesse。

最后还是收起了笑容。随着笑意慢慢退去，他的脸上留下的是一副刻意做出的彬彬有礼的严肃神情。尽管瓦伦汀伯爵显出大惊失色的样子，但他在考虑一直这样子会有失礼节，可他又能做什么呢？于是，他焦虑不安地起身，站在壁炉架前，眼睛仍然盯着纽曼。他用了很长时间来考虑如何开口才好。

“如果您不能帮我，”纽曼说，“那就说出来吧！”

“我不会是听错了吧？”瓦伦汀说，“您知道那很重要，我要去把您的想法跟我姐姐解释，因为您想……您想娶她？对吗？”

“噢，事实上，我并没有说让您去解释，我自己会去尝试着说明的。我只是想让您在适当的时候为我美言两句，让她知道您对我的印象很好。”

听到这里，瓦伦汀轻松地笑了一下。

“总而言之，我主要想表达的，”纽曼继续道，“仅仅是让您知道我心里所想，我觉得那也是您所期待的，难道不是吗？我想按这儿的风俗习惯来行事，如果有什么特别的程序需要履行，请告诉我，我会照办的。我可不想在处理这件事时，让德·辛特雷夫人觉得我不懂规矩。如果我需要去和您母亲讲，那我就去。我甚至可以去和您哥哥谈这件事，只要需要，我可以去和任何人商谈。因为我不认识别人，所以就先告诉您了。不过，这既是交友的原则，也是交友的乐趣。”

“对的，我明白，我明白，”瓦伦汀轻轻颔首道，“您的感觉很正确，不过，我很高兴您首先告诉了我。”他说着顿了顿，有些犹豫，然后转身慢慢走向房间的另一头。纽曼站起身，斜靠着壁炉架，两只手插在口袋里，看着瓦伦汀来回踱步。那位年轻的法国人转回来，站在他面前。“我放弃了，”他说，“我不想继续假装我并不惊讶了，我太吃惊了！啊哟[①]！总算松了口气。”

“这类消息总是让人吃惊的，”纽曼说，“不管您怎么做，别人都会觉得猝不及防。不过，既然您觉得惊讶，我倒希望您至少为之感到

① 原文为法语：Ouf。

高兴。”

“算了吧!”瓦伦汀说，“我可要坦诚以告了，我不清楚自己是高兴还是惊悚。”

“如果您高兴，那就太好了，”纽曼说，“我会信心倍增。如果您感到惊悚，我表示遗憾，但我不会畏步不前的。您要好好考虑这件事。”

“对极了，那是您唯一可能的态度。您是百分之百认真的吗?”

“我就不能像法国人一样严肃认真吗?”纽曼问道，“另外，顺便问下，您为什么感到惊悚?”

瓦伦汀举手伸到后脑勺，快速上下摩挲着头发，伸了伸舌尖。“为什么? 比如说，您不是贵族。”他说道。

“我的确不是!”纽曼大声道。

“噢，”瓦伦汀说着，更加严肃起来，“我不知道您有头衔。”

“头衔? 您是指什么头衔?”纽曼问道，“伯爵，公爵，还是侯爵? 我对那些一无所知，我不知道谁是谁不是。但我要说我是一个贵族，我不知道您说的贵族的准确含义，但我知道那是一个好词，好概念，我要拥有它。”

“但是，我亲爱的朋友，您拿什么来证明呢? 您的证据呢?”

“任何您能满意的东西都行! 但是，您清楚我不会去试图证明我是一个贵族，得让您来证明我不是一个贵族。”

“那很简单，您曾经做过洗衣盆。”

纽曼愣了一下。“那就能说我不是贵族啦? 我想不明白。告诉我我没有做过的事，也就是我不能做的事。”

“您不能提出请求娶一个像德·辛特雷夫人那样的贵妇。”

“我想您的意思是说，”纽曼慢慢说道，“我不够优秀。”

“不讲情面地说，是的!”

瓦伦汀说这话时有过一阵儿犹豫，就在他犹豫的时候，纽曼的眼神变得越来越热切。听到瓦伦汀最后讲的话，纽曼一时无言以对，只是脸涨得有点儿红。于是他抬起头望着天花板，盯着一个染成玫瑰色的小天使看。"我当然不期待一求婚就能成功，"他最后说，"我希望自己首先能够为她所接受，她一开始得喜欢我，但要说我连试一试的资格都没有，那就让人不解了。"

瓦伦汀的表情有些茫然，既有几分同情，又有几分幸灾乐祸。"那您就不要犹豫，明天就去找个公爵夫人求婚试试？"

"除非我觉得她很适合我，我是很挑剔的，也许她根本就不入我的法眼。"

瓦伦汀更加来了兴致："如果她拒绝您，您会感到吃惊吗？"

纽曼犹豫了一下："虽说'是'听起来有些自负，但我想我还是要说'是的'，因为我会提供非常优厚的条件。"

"什么条件？"

"她想要的一切。要是我能娶到一位符合我标准的女人，我愿意为她摘下天上的月亮。长时间以来，我一直在寻找，可这样的女人真是举世罕见。把我想要的那些素质结合在一起似乎很难，但如果战胜了困难，那可真是物有所值了。我妻子会在家中享有崇高的地位，我可以不留任何余地地说，我会是一位好丈夫。"

"您想要的那些素质，是什么呢？"

"善良、美貌、聪慧，受过良好教育，举止优雅，总之，要非常出色。"

"显然得贵族出身。"瓦伦汀说。

"噢，如果有，当然得包括在内，越多越好！"

"对您而言，似乎我姐姐拥有所有这些条件？"

"她正是我一直在努力找寻的对象，如果能娶到她，我的梦想就实现了。"

"您会成为她的好丈夫？"

"那就是我想让您传给她的话。"

瓦伦汀一只手拉住对方的胳膊，侧身从头到脚打量着纽曼，然后大笑一声，另一只手在空中一挥，转过身去。他又走到房间另一头，然后走回来，站在纽曼面前。"这一切太有意思了，太不可思议了。

我刚才讲的并不是为了我自己，而是为我自己的传统习俗说话。就我自己来说，真的，您的求婚让我心动。起初我有点儿吃惊，但我越想越开心。无需多加解释，您不会理解我的。关键是我知道您根本不需要理解我，这当然也没有什么大的损失。”

“噢，如果需要进一步解释，那就试试看！我会睁大眼睛清醒地听下去，尽我所能来理解。”

“不必了，”瓦伦汀说，“我讨厌这样做，还是放弃的好。我第一次见您，就喜欢上了您，还是不要改变那个印象吧。如果同您谈话，就好像是纡尊降贵似的，这会让我心生厌恶。我前面对您讲过，我很羡慕您，我们一般说‘您给我留下了深刻的印象’①。直到五分钟前我才算对您有了更多的了解。我们就顺其自然吧，我也没什么好讲的，换作是您，您也不会对我说什么的。”

我不清楚瓦伦汀放弃这个他暗指的故弄玄虚的机会，是否觉得自己很豁达。如果是的话，他的豁达并没有得到回报，也无人感恩。纽曼并没有意识到这位年轻的法国人本可以说一些让他很不好受的话，他现在不会意识到要逃避，或就此轻易抽身，他甚至都没有因此瞥一眼向对方表示感谢。“现在，”他说道，“您已经告诉我实际上您的家人和朋友会对我嗤之以鼻，但是我自己很清醒明白。我从来没有想过人们对这种事有什么理由去嗤之以鼻，所以我现在唯一能做的就是毫无准备地应对这个问题。从我的角度来看，我看不出有任何问题。如果您想要知道我的想法，我只能说自己还不够优秀。可毫不掩饰地说，谁又是最优秀的呢？我也从没有想过那个问题。实话说吧，我一直自视甚高，任何成功的人都会这样想的，我承认我是有些自负。我没有说‘是，我和那些人一样优秀’，因为我所在的高度和其他人不一样。我是不会选择这条推理思路的，但您应该记得是您自己开始这个思路的。我从来没有幻想为自己辩护，或者自圆其说，但如果你们要那样做，我就只能勉为其难了。”

---

① 原文为法语：vous m'imposez。

“可您刚才还自己主动提出要去找我母亲和哥哥商谈的呢。”

“该死！”纽曼嚷道，“我那是想要表现礼貌。”

“好极了！”瓦伦汀回道，“这样才有戏，一定会很有趣的。请原谅我这样冷血地说这件事，但是对我来说，最重要的是而且是必须得有好戏看，肯定会激动人心。不过，除了对您给予同情，我会尽我所能帮助您，但我同时也是个旁观者。您很优秀，我相信并支持您。您欣赏我姐姐的基本事实就是我需要的证据，人人平等，尤其是有品位的人。”

“您认为，”纽曼接着问，“德・辛特雷夫人已决定不再考虑婚姻问题了吗？”

“我感觉是这样，但这对您并没有什么妨碍，您要做的就是去改变她的想法。”

“我担心会很难。”纽曼认真地说。

“我想不会太容易，一般而言，我不懂寡妇为什么会考虑再婚，她已经收获了婚姻的好处，那就是自由和补偿费，同时还摆脱了婚姻的缺点。她为什么要再一次把自己的头伸进这个圈套？那她一定有什么抱负，如果有人能够给他提供很高的地位，让她成为王妃或大使夫人，她可能会考虑那种得当的补偿的。”

“那就是德・辛特雷夫人的抱负吗？”

“谁知道呢！”瓦伦汀说着，意味深长地耸了耸肩，“我不是假装说她是什么或不是什么，我想她也许会被成为大人物妻子的前途所打动。但是，在某种程度上，我认为无论她做什么都会显得很荒谬，所以您不必妄自菲薄，也不可狂妄自信。您成功的最大机会就是要让她看到您非同一般，出人意料，别出心裁。不要试图模仿任何别的人，完完全全做自己。一定会有所斩获，我愿拭目以待。”

“非常感谢您的建议，”纽曼说，“而且，”他又微笑着补充道，“为了您，我很乐意去成为那个被取笑的对象。”

“远非逗人取乐，”瓦伦汀说，“那将是一件激动人心的事，我是从自己的角度来看问题的，您有您的角度。总之，一定会有所改变！

就在昨天我还觉得生活枯燥无聊，同别人说天下竟然没有什么新鲜事儿！您来我们家当追求者，如果这还不算是一件新鲜事儿的话，那我就大错特错了。亲爱的朋友，我得说我不会把这件事叫作别的什么，好事或是坏事，我只称作新鲜事儿。”瓦伦汀·德·贝乐嘉完全陶醉在自己预见的新奇感当中不能自拔，他让自己深深地陷在火炉前的扶手椅当中，脸上挂着坚定而热切的微笑，仿佛在木柴燃烧的火焰当中看到了即将发生的幻景。过了一会儿，他抬起头：“朋友，前进吧，我衷心祝福您，”他说，“不过，真遗憾您不理解我，您不明白我正在做的一切。”

“噢，”纽曼笑道，“不要做错事，不要那么彻底地瞧不起我，还是让我自己来干吧。我可不想让您的良心背负任何负担。”

瓦伦汀再次跳起身，显然很激动，眼里闪烁着比平时更强烈的火花。“您永远不会理解，永远不会明白，”他说道，“如果您成功了，证明我有帮过您，但您永远不会感激我，我也不值得您来感谢。您会一直那样优秀，但您不会心怀感恩。不过，那没什么了不起，我只是自得其乐而已。”接着，他纵声大笑起来。“您看起来有点儿疑惑不解，”他补充道，“有些受到惊吓。”

“很抱歉，”纽曼说，“我不明白您的意思，我错过了什么很好笑的东西。”

“我说过我们是很古怪的人，您记得吗？”贝乐嘉继续道，“我再次提醒您，我们是很古怪的人！我母亲是，哥哥也是，我自不必说，比他们有过之而无不及。您甚至会发现我姐姐也有一点儿古怪。老树自有弯枝，老屋自有裂缝，古老的家族也有古老的秘密，请记住我们是已经繁衍了八百年的家族！”

“很好，”纽曼说，“那正是我此次欧洲之行的目的，你们正入了我的彀中。”

“那就到此为止吧①，”瓦伦汀说着，伸出一只手，“说好了，我

① 原文为法语：Touchez-là。

接受您，支持您这件事，大半原因是我喜欢您，但那并不是唯一的原因。”他站着握住纽曼的手，斜眼看着他。

“别的原因呢？”

“我是家里的少数派，我不喜欢某些人。”

“您哥哥？”纽曼大声问道。

瓦伦汀“嘘”了一声，一根手指按住嘴唇。“古老的家族有古老的秘密！”他说，“行动吧，来拜访我姐姐，相信我是支持您的！”说毕，他告辞了。

纽曼坐回到炉前的一把椅子里，久久地凝视着熊熊燃烧的火焰。

## 第九章

翌日，纽曼即去拜访德·辛特雷夫人，仆人告诉他夫人刚好在家。他像往常一样踏上宽大冰冷的阶梯，穿过宽敞的门厅，门厅的四面墙像是用许多小门板镶嵌而成，上面的镀金因时间流逝而褪去了光泽。仆人把他带到他已多次光临的客厅，那里空无一人，他被告知夫人稍后即到。等待的时候，他暗忖瓦伦汀是否在他之前已经见过他姐姐，是否对她讲过他们的谈话内容。如果是的话，德·辛特雷夫人接见他就是一种鼓励。想到她也许知道自己对她的爱慕，以及因此而要进行的求婚计划，他的内心一阵震颤，但这种震颤是一种令人愉悦的感觉。她的面庞会美丽如故，表情没有一丝异样。他预计她可能虽然对他的求婚持保留意见，但断然不会加以嘲讽或者讥刺。他觉得只要她能看透他的心思，知道他是多么地爱慕她，她就会大发慈悲的。

德·辛特雷夫人终于来了，等待的时间如此之长，以至于纽曼想到她是不是一直在犹豫是否出来见他。她一如往常一样坦诚地微笑着，伸出手来，温柔明亮的双眸目不斜视地看着他，用平静的声调说她很高兴见到他，希望他一切安好。他发现她的身上依然散发着他以前就已察觉的那种淡淡的香水味，那种香味和着她的娇羞随着与外界的接触而消融，离她越近，越是能感到沁人心脾。这种弥漫的香气给她淡定自若的神态平添一分妩媚，仿佛是惊鸿一瞥，美不方物，堪比钢琴师绝指一弹，空谷传响。实际上，就像人们议论艺术家一样，正是德·辛特雷夫人的“威仪”让纽曼尤其倾倒，痴迷不已。他不止一次感慨，一旦他定下心来娶妻，他的妻子就要像德·辛特雷夫人那样，以此来向世人诠释他对美妻的鉴赏。唯一的麻烦就是，有时候乐器太完美，反而在听者和演奏乐器的天才之间横亘着一条无法逾越的鸿沟。纽曼觉得德·辛特雷夫人受过良好的教育，年轻时经历过神秘的文化洗礼和熏陶，曾经引领时尚，见过达官显贵，眼界开阔。正如我前面所言，这一切使得她仿佛是稀世珍宝，而纽曼更愿意说她是价值连城，是男人愿意倾尽一生心血而欣然拥有的宝贝。然而，面对眼前的尤物，他却语尽词穷，不知道自然和艺术二者分界何在，什么地方是她刻意而为的优雅举止？何处是礼貌？何处又是真诚？纽曼在心底叩问自己时，已做好了准备接受这位让他爱慕的复杂对象，他觉得自己可以放心接受，至于其中的所以然，可以留待以后有空时慢慢探究。

"真高兴看到您独自在家，"他说，"您知道我以前几次来都没有这样的好运气。"

"可您那几次似乎对您的运气也很满意呀，"德·辛特雷夫人说，"您坐在那里，看着我的客人，神情十分有趣，您觉得他们怎么样？"

"噢，我觉得那些女士都很优雅大方，应对自如，妙语连珠。但我最主要的还是觉得她们只是绿叶，只是映衬加深了我对您的倾慕。"纽曼并不是在有意地献殷勤，那是他相当不擅长的技艺。对于一个讲求实效的人来说，一旦他下决心想要得到他想要的东西，他就会本能地那样表达，现在他正在积极行动来获得自己想要的芳心。

德·辛特雷夫人稍稍有些吃惊，眉毛扬了扬，显然，她对如此热烈的恭维有些猝不及防。"噢，那么说，"她笑着说道，"您遇到我独自在家，对我来说则是坏运咯，真希望有人快点来看我。"

"我可不希望有人来，"纽曼说，"我今天有特别的事想对您说，您见过您弟弟吗？"

"见过，就在一小时前。"

"他有没有告诉您他昨天晚上见过我？"

"提到过。"

"他提过我们交谈的内容吗？"

德·辛特雷夫人犹豫了一下。随着纽曼一个问题接着一个问题地提问，她的脸色变得有些苍白，似乎她认为那些问题也无不可，但就是听起来不舒服。"您有让他给我捎信吗？"她问道。

"准确地说，不是什么信息，我请他帮我一个忙。"

“就是帮您说好话，是吗？”她在发问时，嘴角带着微笑，好像这样显得自己轻松些。

“是的，就是那个意思吧，”纽曼说，“他替我说好话了吗？”

“他把您大大地夸奖了一番，可当我知道是您特意相求的，我自然对这样的褒扬得绞绞水分了。”

“噢，那不会有什么区别的，”纽曼说，“您弟弟如果不相信自己所说的话，他就不会那么夸我了，他在这方面的确是诚信无欺。”

“您城府很深嘛！”德·辛特雷夫人说，“您是在通过赞扬我弟弟来讨好我吧？我得承认这的确是个好办法。”

“对我来说，任何成功的办法都是好办法。如果能帮到我，我愿意整天赞美您的弟弟。他真是位年轻的贵族小伙，在承诺尽其所能帮助我这件事上，让我觉得是可以信赖的人。”

“不要过分渲染了，”德·辛特雷夫人说，“他能帮您的其实很少。”

“当然，一切还得靠我自己，这一点我非常清楚，我只是想要一个机会而已。您答应见我，尤其是在您和您弟弟碰面之后，这都表明似乎您正在给我一个机会。”

“我同您见面，”德·辛特雷夫人缓慢而严肃地说，“那是因为我有言在先，答应我弟弟见您。”

“上帝保佑您弟弟！”纽曼大声道，“昨天晚上我是这样对他说的：您是我见过的女性当中最让我心动的女人，我很想要您做我的太太。”他毫不含糊、坚定而直接地讲出了这些话，他满脑子装的都是这个想法，并且牢牢地被它攫住。他似乎是从令人振奋的良知高度俯视德·辛特雷夫人以及她的高雅。也许他说话的语调和方式是他表现最好的一次，但是，听了这些话，对方脸上明显挤出来的浅笑消失了，她坐在那里看着他，双唇轻启，面色凝重，仿佛带了一张悲情面具。显而易见，在这个画面当中，他正在让她蒙受难以言状的痛苦，尽管如此，她却没有爆发出愤怒的声音。纽曼不清楚自己是否正在对德·辛特雷夫人造成伤害，他无法想象为什么他本意直接示爱会如此让人不快。他起身站到她的面前，一只手扶着壁炉架。“我知道我们见面次数不多，”他说，“见面这么少，就说这样的话，似乎是极不礼貌的。这是我的不幸！事实上，我第一次见您，我就想对您这样说了。真的，我们好像以前在哪里见过面，我应该是在梦中见过您，您就像是我的老朋友。所以我说的话并不只是为了献殷勤、为了恭维您，更不是废话。我不会讲谄媚的话，也不知道怎么讲，即使我知道怎么讲，我也不会对您那么讲。这些话都发自肺腑，我觉得自己好像早就认识您了，早就知道您是一位多么美丽可爱的女人。也许有一天，我对您的了解会更加深入，但是现在我已经有了大致的概念。您正是我一直苦苦寻觅的妻子，您的完美超乎我的想象。我不想做任何申明，也不愿发誓，但是您可以相信我。我知道说这些都太早，简直有些粗鲁无礼。但如果可能，为什么不给自己留些时间思考呢？如果您需要时间考虑——当然您需要，请越早开始越好，那样对我更为有利。我不清楚您对我的看法，但我没有什么秘密，您一眼就可以把我看穿。您弟弟告诉我，我以前的经历和职业对我非常不利，您的家族地位比我的高。当然，那个观点是我不能理解，也是不能接受的。不过，您不必在意，我向您保证，我是一个靠得住的人，一旦我有心于此，我会妥善安排一切，要不了几年，我都用不着浪费时间来向您解释我是谁、是干什么的。我就站在您的面前，您可以自由决定是否喜欢我，我很诚恳地表示我没有什么歪心杂念或者阴谋诡计，我是一个再善良不过的人！任何一个男人能给予女人的一切，我都可以给您。我有一大笔财富，很大的一笔，如果哪天您愿意，我可以详细告诉您细节。如果您想要光彩卓越，任何金钱能使您光彩卓越的东西，您都会拥有。至于有些事，您不得不放弃，不要理所当然地认为那是不可能完成的，把它留给我，让我来替您处理，我会了解您需要什么。干劲加上智谋可以摆平一切，我很强大！这就是我从心底里想对您说的话！说完这些我感觉好多了，如果这些话让您觉得不快，我表示非常遗憾，可请您想想，打开天窗说亮话不是更好吗？如果您现在不想明确回答我，那就等等再说吧。仔细考虑考虑，只要您乐意，慢慢考虑也无妨碍。当然啦，我说的有些言不尽意，尤其是我对您的爱慕，没有也无法完全表达。但是，请您从善意的角度想想我，那样才够公平。”

这是纽曼有史以来做的最长的演讲，讲话期间，德·辛特雷夫人一直凝视着他，最后竟然着迷得目不转睛。纽曼停了下来，她垂下眼帘，静静地坐着，低头直直地看着脚下。接着，她慢慢站起身，目光锐利的人早已感觉到她的身子在移动中有些颤抖，她的神情依然十分严肃。“我非常感谢您的示爱，”她说道，“听起来似乎很奇怪，但我很高兴您一股脑儿都讲了出来。这个话题最好还是回避的好，您讲的所有话，我都很感激，让我受宠若惊，但是，我已决定不再考虑婚嫁了。”

“噢，请别那样说！”纽曼大声喊道，哀求、爱慕的语调中透着绝对的天真[①]。德·辛特雷夫人已经转过身去，纽曼的喊声让她背对着他停了一会儿。“想想婚姻的好处吧，您还年轻，美丽依旧，完全可以让自己幸福，同时也让别人幸福。如果您害怕失去自由，我可以向您保证，您在这儿的自由，现在所过的生活，将和我为您提供的一切捆绑在一起，不离不弃。您可以做任何我认为您从来也没有想过的事情，我可以带您去世界上任何您提议的地方生活。您不幸福，是吗？您让我感到您是不幸福的，您不可以这样，或者也没有人有权使您这样，让我走进您的生活，结束现在的状态。”

德·辛特雷夫人又站了一会儿，眼睛看着别的地方。如果她被他说话的方式所打动，那也是完全可能的。他的声音由原来总是很温和质询的语气慢慢变得温柔温存，带有说服力，就好像是他在对一个宠溺的孩童讲话。他站在那里看着她，过了一会儿，她再次转过身来，不过，这次她没有看他，而是用一种明显克制的平静语气讲话。

“我不结婚的理由成千上万，”她说道，“跟您解释也解释不完。至于我是否幸福，我非常幸福。您的求婚在我看来似乎很奇怪，其中

---

① 原文为法语：naïf。

的道理也多得我说不完。当然啦，您完全有权利那样做，但我不能接受，根本不可能。请再也不要提这件事了，如果您不答应，那我得请您再也不要来我家了。”

“为什么不可能？”纽曼诘问道，“也许一开始您会认为不可能，因为那不太现实。我并不期望您一开始就表示满意，但我相信您考虑一段时间，是会同意的。”

“我并不了解您，”德·辛特雷夫人说，“想想我对您的情况什么也不知道。”

“的确是这样，所以我并没有要您现在就做决定啊，我只是让您不要说‘不’，给我留点儿希望。我可以等待，您愿意多长时间都可以。这样您就可以多考察我，更好地了解我，把我当做一个未来可能成为丈夫的人或者说候选人来看待，然后再做决定。”

德·辛特雷夫人的思绪在快速翻转，就在纽曼的面前，她在掂量一个问题，在权衡斟酌，考虑如何决断。“那么从现在起，我就收回刚才说过的话，您可以留下来，”她说道，“我就来听听您怎么说，算是留给您希望吧。我刚才听您说了那么多，因为您的花言巧语，我实在不敢相信。如果今天早上有人告诉我，要我同意考虑您做我未来可能的丈夫，我肯定会认为他神经出了问题。瞧，我现在就在洗耳恭听！”她伸开双手，停了会儿，然后再垂下来，那意味着她在示弱。

“好吧，说就说，其实，我刚才已经都说完了，”纽曼说，“我毫无保留地信任您，我能想到的一个人的优点，您都具有。我坚信您嫁给我会非常的安全，正如我刚才所讲，”他微笑着继续说道，“我没有坏毛病，可以为您全身心付出。如果您担心我不是您已经非常熟悉的那类人，不够优雅，不够细腻，不拘礼节，那就很容易走偏。我其实很细腻！不信您可以试试看！”

德·辛特雷夫人朝一边走了几步，停在窗前瓷盆中盛开的一株硕大的杜鹃花前，她摘了一朵花，在手指上旋转着，然后又折回来，默默地坐下，那意思就是默许纽曼再讲得更多些。

“为什么您说您不可能再嫁了？”他继续道，“唯一的答案是您已经结过婚，是因为您曾在婚姻中不幸福？那是最重要的理由。还有一个理由，是因为您家人对您施压？干预您？烦您？您应该是完全自由的，婚姻会让您自由。我这样说可并不是在攻击您的家人，请予谅解！”纽曼补充道，他那种急于解释的神态会让明察秋毫的旁观者哑然失笑，“无论您怎么看待家人都是正确的，您希望我做的任何能够取悦他们的事，只要我知道怎么做，我都愿意去做，这完全取决于您！”

德·辛特雷夫人再次起身，走向纽曼站立的壁炉旁边。她脸上刚才痛苦尴尬的表情已经消失殆尽，这次至少泛起了一些光彩。纽曼无需再纠结那是否是出于习惯，还是别的什么意图，抑或是艺术还是自然表达。她脸上的神情表明她已跨越了友谊的界限，在四周寻找更广阔的区域。她的眼神中仿佛糅合了寻常的光芒和稍有节制的兴奋。“我可以下次再见您，”她说道，“因为您刚才所说的话让我感觉比较满意，不过，我见您是有条件的：您要在相当长一段时间内不得再提此事了。”

“多长时间？”

“六个月，必须严肃承诺。”

“好极了，我保证半年里不提此事。”

“那就再见吧。”她说着伸出了手。

他握着她的手，过了一会儿，好像想要再说什么，但是，他只是看着她，然后就告辞了。

当晚，在豪斯曼大道他自己的住宅里他见到了瓦伦汀·德·贝乐嘉，两人互致问候以后，纽曼告诉他几个小时前自己见过了德·辛特雷夫人。

“我知道了，”瓦伦汀说，“我就是在大学路吃过晚饭后才过来的。”接着，有好长一段时间，两人缄默不语。纽曼想要问这次自己的拜访给德·辛特雷夫人留下了什么明显的印象，瓦伦汀伯爵也有他自己的问题，于是瓦伦汀先发话了。

“不关我什么事，可您究竟对我姐姐讲了什么话？”

“我愿意告诉您的是，”纽曼说，“我向她求婚了。”

“您已经求婚了！”年轻人“嘘”地吹了一声口哨，“‘时间就是金钱！’你们美国人是这么说的吗？德·辛特雷夫人什么反应？”他补充道，语气中充满疑问。

“她拒绝了。”

“您知道，她是不会那么轻易就接受的。”

“不过，我可以再去看她。”纽曼说。

“噢，奇怪的女人！”瓦伦汀大声说道。接着，他停下来，与纽曼保持一点距离。“您让我刮目相看！”他大声说，“您已获得了我们所说的个人成功！现在，紧接下来我得带您去见我的哥哥。”

“那就请您确定时间吧！”纽曼说。

## 第十章

纽曼还是经常去见他的朋友特里斯特拉姆夫妇，但如果你听特里斯特拉姆太太对此的说法，你会认为纽曼为了结识更多的朋友，见利忘义，而将他们夫妇抛诸脑后了。"只要没有其他'对手'，我们的关系就一直很好，有我们总比没有朋友好。但现在你成了炙手可热的人物，每天都得从三个晚宴邀约中挑选一个去参加，而我们夫妇就被晾在一旁了。当然，你每月来看我们一次就已经很好了。我想你不会发来用信封装好的邀请卡，但如果你真的要发邀请卡，请你用带黑边的邀请卡，就当是我对你的最后期待了。"对于她所谓的纽曼慢待他们夫妇，她尖刻地从道德上进行了大加挞伐，而这种慢待在现实生活中却是再寻常不过了。当然，她是在开玩笑，但她的玩笑中总是带有某种讽刺意味，正如她严肃时总会有些滑稽的样子。

"我很清楚自己对你们的态度，"纽曼说，"恰如你们对我的包容，熟悉亲密容易滋生轻视随意，是我自己作贱自己，但凡我有那么一点儿自尊心，我就应该远离你们一段时间。比如说，如果你们邀请我参加晚宴，我就说要去赴波瑞尔斯卡公主的晚宴。但我没有一丝自尊心，这与我的快乐哲学有关，也是为了让你们见到我时心情愉快。如果你们与我见面就是为了责备我，那也没问题，你们做任何事，我都表示赞同，我愿意承认自己是全巴黎最趋炎附势的小人。"事实上，纽曼确实拒绝过波瑞尔斯卡公主的私人邀约，她是一位爱追根究底的波兰淑女，他们曾经见过面。他那天拒绝的理由是他总在那个日子与特里斯特拉姆夫妇一家聚餐。而这位耶拿大街女主人特里斯特拉姆太太却认为他背弃了他们之前结下的友谊，她这种说法真是有些无理取闹。但她需要这种无理取闹的理由来释放她时常爆发的愤怒，如果我的这种解释不合理，那就得需要一个更资深的心理分析师来给出一个正确说法了。特里斯特拉姆太太引导他迅速在巴黎成为如今这般炙手可热的人物，但她对这“迅疾”并不感到十分开心，她已经太成功了，精明地玩着这种把戏，并且想要混淆牌局。纽曼曾在恰当的时机告诉过她，作为一位朋友她是“令人满意的”。这种友谊的“绰号”并不浪漫，但特里斯特拉姆太太能感觉到这种绰号中所隐含的那种真挚情感。的确，他说这话时，头靠着椅背，眼睛半闭着，那温柔的声音，拉长的语调，动人的表情，乍看似乎深不可测，但这是特里斯特拉姆太太所见过的最成熟的情感表征。按法国人的说法，甚至在特里斯特拉姆太太自己看来，纽曼只是很富足罢了，但他那种温和的喜悦却给几个月前热情洋溢的特里斯特拉姆太太一种异样的感觉。现在，她似乎倾向于完全客观地评价克莱尔，并希望让他明白她一点儿都没有在夸赞克莱尔是所有美好品质的集合体。“从来没有哪位姑娘像她那么好，”她说道，“莎士比亚称赞苔丝德蒙娜是位精致的威尼斯人，那么克莱尔就是一位精致的巴黎人，她是个迷人的女人，有无数的优点，不过，你最好还是在心里想想就好了。”特里斯特拉姆太太仅仅是嫉妒塞纳河对岸的那位女士，还是完全没有个人利益考虑，只打算为纽曼寻得一位理想的妻子呢？我们可以对此表示怀疑。这位前后矛盾的娇小的耶拿大街女人想要改变她在智力方面的地位。她想象力丰富，有时，她能够想象她最珍视的信念的完全反转，变得更加生动，比以前的信念更加激烈。她已经厌倦做出正确的思考，就像她同样厌倦错误的想法，但这并不会有什么严重的危害。在她这种神秘的违背常理中有那么一丝令人尊敬的公正。当纽曼告诉她，他已经正式向克莱尔提出求婚，这种正义感便浮现了出来。他重述了几句求婚时说的话，但更多是她如何回答的，特里斯特拉姆太太饶有兴致地听着。

“但毕竟，”纽曼说，“没有什么可恭贺我的，求婚并不成功。”

“哦，不，”特里斯特拉姆太太说，“这是巨大的成功，是巨大的成功啊，因为她没有在你说第一句话时就让你住嘴，没有让你以后再也不要同她说话。”

“我不明白。”纽曼看着她。

“你当然不明白，上帝不会让你明白！我告诉你走自己的路，想到什么就去做，我不知道你竟然进展这么快，我从来都不会想到你会在见面五六次之后就会提出求婚。但你做过什么让她喜欢你的事情呢？你只是坐着，坐得还不直，眼睛一直盯着她看，不过，她确实是喜欢你的。”

“是不是太快还有待观察。”

“不，事实已经证明了，有待观察的是这样做的结果会是什么。你不费吹灰之力就直接向她求婚，这种事情可能她从来就不曾想过。而你无法想象当你求婚时，她心里是怎么想的。如果你真的娶了她，那正是人类给予女性的公平正义。你将会认为你对她宽宏大度，但你永远也不会知道在她接受你之前，她经历过怎样陌生而又奇特的情感变化。就像那天她站在你面前，一头扎进这样复杂的情感思绪之中。她说‘好啊’，但这在几小时之前，她根本无法想象。她要反复思考许多传统观念和偏见，去经历至今为止还没有经历过的事情。当我想到这点——想到克莱尔·德·辛特雷夫人以及她所代表的一切，我仿佛看到了她身上的美好品质。当我向她引荐你的时候，我当然也认为你很棒，尽管你还有很多缺点。但我也承认，我不了解你是怎样的人，抑或做了什么让这位女士能够喜欢上你的事情。”

“噢，她身上的美好品质！”纽曼笑着重复她说的话，听到说她身上具有美好品质，他感到十分满意，对此他本人一点都不怀疑，不过，他已经开始珍视人们对克莱尔的赞赏了，仿佛这会增加未来他抱得美人归的荣耀。

这次谈话之后，瓦伦汀·德·贝乐嘉就把纽曼带到巴黎大学路的家中，向家人引荐了自己的这位朋友。“您已经被引荐过啦，”他说，“家里的人都在议论您。我姐姐已经向母亲说过您数次来访，很意外那几次我母亲都不在。我向他们提到过您，说您是一位非常富有的美国人，是世界上最好的朋友，正想要找一位优秀的妻子。”

“您觉得克莱尔，”纽曼问道，“是否已经将我和她上次的谈话内容告诉了您母亲？”

“我断定她没有，她会保守自己的秘密。还有，您必须自己和其他家人发展好关系。现在他们所知道的是您在生意中发家致富，有些古怪，坦承爱慕我们亲爱的克莱尔。还记得在克莱尔客厅见过的我那位嫂子吗？她很喜欢您，说您很有个性[①]。因此，我母亲很想见到您。”

“她想要看我的笑话，嗯？”纽曼说。

“她从不笑话别人。如果她不喜欢您，就别指望用玩笑话来博取她的好感了。记得我的提醒！”

这次谈话是在晚上进行的，半小时后，瓦伦汀领着他的朋友来到巴黎大学路家中的一个房间内，此前纽曼从没有踏进过这个房间，这是贝乐嘉老侯爵遗孀的客厅。那房间非常宽敞，天花板很高，墙壁的上部和天花板上有各式各样非常呆板的装饰物，一律漆成灰白色；过道上和椅背上挂着许多掉色但经过细心修补了的挂毯；地上是一张浅色土耳其地毯，尽管很陈旧，却依然柔软厚实；贝乐嘉家族孩子们十岁时的画像挂在红色真丝旧帷幕上。在房间远处的一个角落，点着六支蜡烛，亮度正好适合人们谈话。一位身着黑色衣裳的年长的女士正坐在靠近炉边的扶手椅里，那正是德·贝乐嘉老侯爵夫人；在房间的另一头，一个人坐在钢琴边，弹奏着流畅的华尔兹。纽曼认出那个人就是年轻的贝乐嘉侯爵夫人。

瓦伦汀介绍了他的朋友，纽曼先走向壁炉旁的老夫人，和她握了握手。她面容苍老惨白，脸型十分精致：高高的前额，小巧的嘴巴，一双冰冷的蓝眼睛，还保有年轻时的清澈。贝乐嘉老夫人严肃地盯着他看了看，并致以一种英国式的肯定，以此提醒他，她是圣·邓斯坦伯爵的女儿。她的儿媳停止了弹奏，并冲着纽曼甜甜地一笑。纽曼坐了下来，环顾四周，瓦伦汀走过去亲吻了小侯爵夫人的手背。

“我本该早就见到您了，”贝乐嘉老夫人说道，“您已经多次来拜访过我的女儿了。”

“噢，是的，”纽曼微笑着说，“我和克莱尔现在已经是老朋友了。”

---

① 原文为法语：beaucoup de cachet。

“您动作可真快啊。”贝乐嘉老夫人说。

“并没有我希望的那么快。”纽曼大胆地说道。

“哦，您野心不小啊。”老夫人回道。

“是的，这点我得承认。”纽曼微笑着说。

贝乐嘉老夫人用她美丽而冷峻的眼神打量着他，他也盯着她看，把她想象成敌人，并试图揣摩她。他们四目对视了一会儿，贝乐嘉老夫人看向别处，不动声色地说道：“我也很有野心”。

纽曼感到要搞清她的心思并不容易，她是个令人敬畏的深不可测的娇小女人，她和她的女儿很相像，但又不完全一样。克莱尔同她的容貌很像，精致的眉毛和鼻子是遗传特征，但克莱尔的脸庞稍大一点儿，特别是她的嘴巴不像她母亲那般保守。她母亲那两片丰满的嘴唇总是紧闭着，看起来仿佛只够吞一个醋栗或者只能张口说：“哦，亲爱的，不。”最多只能张到那么大，这或许就是四十年前《丽人集》[①]中埃米琳·阿塞林小姐[②]所代表的贵族式的优美吧。在纽曼的眼里，克莱尔的面部表情丰富，令人愉悦，脸盘比较大，就如同轻风吹拂、云影斑驳的西部草原。而她母亲脸色苍白，神情肃穆，还有她那庄重的凝视、拘谨的笑容，那一切都表明她仿佛就是那已签字和被密封的文件、羊皮卷、墨水、标尺划出来的线条。“她是一个注重传统和礼节的女人，”他看着她，在心里对自己说，“她的世界永远都是一丝不苟的，但她自如地生活在其中，并且觉得那就是天堂一般的生活。她在里面行走，就像是在开满鲜花的花园中散步，仿佛置身于伊甸园一般。当她看到路边的指示牌上写着‘这是有教养的’或‘那是不妥当的’，她会心醉神迷地停下脚步，仿佛在聆听夜莺歌唱或轻嗅玫瑰的芬芳。”她头上戴着一顶黑色天鹅绒兜帽，帽绳系在下巴上，上身披一件羊绒披肩。

“您是美国人？”过了一会儿，她说道，“我见过几个美国人。”

---

① 十九世纪三十年代流行时尚杂志。

② 老侯爵夫人的婚前姓名。

“是有几个美国人住在巴黎。”纽曼开玩笑地说。

“哦，真的吗?”贝乐嘉老夫人说道，“我是在英国或其他地方见到那几个人的，并不是在巴黎。我想应该是几年前在比利牛斯见过。我听说美国女人很漂亮，那些人中就有一位非常美丽的女士，面色红润，气色非常好！她曾寄给我一封别人给她写的介绍信，那个人是谁我不记得了，随信寄来的还有一张她自己手写的便条。后来，我将她的便条保留了很长一段时间。那张便条的措辞有些奇怪，我以前还记得其中的几句，但现在全忘记了，那是很多年以前的事了。自那以后，我就再没有见过一个美国人了。我想我的儿媳有见过，她喜欢四处闲逛，她谁都见。”

听到老夫人提到她，小侯爵夫人走上前来，裙裾窸窣作响，纤纤细腰，眼神慵懒地看着裙摆的前方，这件裙子一看便知是专为舞会设计的。她是一个很独特的女人，既丑陋又漂亮，一双眼睛向外突出，嘴唇抹成奇异的红色。这让纽曼想起他的朋友诺埃米小姐，小侯爵夫人的样子应该会是那位各方面都受阻碍的年轻小姐想要成为的样子。瓦伦汀远远地跟在她后面，跳了跳脚以避免踩到她那长长的拖在地上的裙子后摆。

“您应该多展现一点儿您的后背，”瓦伦汀表情严肃地说，“您穿这样的裙子还是配上轮状立领才好。”

年轻的夫人转过身，背对着烟囱旁边的镜子。她扭过头朝镜子里的自己看了看，以证实瓦伦汀的说法。镜子放置的很低，只看到那裸露着的香肩。年轻的侯爵夫人把手伸到腰后，向下拉了拉裙子。“您是说，像这样?”她问道。

“这样好一点儿了，”瓦伦汀用同样的语气说道，“但还可以再往下一点儿。”

“哦，我可从来不会太过极端。”他嫂子回道。然后转向贝乐嘉老夫人，问道，“夫人，您刚刚说我什么?”

“我说您老是四处闲逛，”老夫人说道，“不过，我也可以用别的词来表达。”

“四处闲逛？多么不堪的词啊！什么意思啊？”

“美人儿的意思。”纽曼斗胆说道，因为他见过那个法语词[①]。

“这真是恭维之词，却是差劲的翻译。”年轻的侯爵夫人说道，然后，她看了他一会儿问，“您跳舞吗？”

“不跳。”

“您真错了。”她简单回应道，说着又看了看镜中自己的后背，然后转身走了。

“您喜欢巴黎吗？”老夫人问道，显然，她不知道如何与一个美国人交谈。

“是的，非常喜欢，”纽曼答道，然后又用一种友好的语气反问道，“您不也是吗？”

“我还不能说了解它，我了解自己的家人、朋友，但不了解巴黎。”

“哦，那您一定错失了很多东西。”纽曼同情地说道。

贝乐嘉老夫人盯着他看，这可能是第一次有人因为她的失去而安慰她。

“我对现有的一切感到很满足。”她庄重地说。

此时，纽曼的眼睛正打量着房间，它让人感到忧伤破败：窗户很高，厚重的木窗框里镶嵌着小块玻璃，窗户之间悬挂着两三幅已变得蜡黄的上世纪彩色粉笔画。显然他本应该回应她的满足感非常正常，因为她拥有的太多，但刚才他没有想到这点。

“喂，我亲爱的母亲，”瓦伦汀说着走了过来，身子靠在壁炉架上，“您觉得我的好朋友纽曼先生怎么样？他是如我所说的那么优秀吗？”

“我才认识纽曼先生不久，”贝乐嘉老夫人说道：“到目前为止，

---

① 老夫人这里用“gadabout”取一语双关之一，本意是“四处游荡的人”，其对应的法语词是“coureuse”，意思是“妓女”。与此词同义的法语词是“belle-dame”，意思既指“美人”也指“妓女”，与“belle-dame”对应的英语词是“lady”，小说作者在书中用“lady”称呼年轻的贝乐嘉夫人，亦有双关之意。纽曼取了“美人”之义，从而避免了尴尬。

我只能说他非常有礼貌。”

“我母亲看人非常准，”瓦伦汀对纽曼说，“如果您能令她满意，那您就成功了。”

“我希望有一天我会让您感到满意的，”纽曼看着老夫人说，“现在我什么都还没有做呢。”

“您别听我儿子的，他会让您陷入麻烦的，他就是个可怜的糊涂虫。”

“哦，我很喜欢他，非常喜欢他。”纽曼用亲切的口吻说道。

“他能逗您开心，是吧？”

“是的，非常让人愉快。”

“听到没有，瓦伦汀，”贝乐嘉老夫人说道，“您让纽曼先生感到开心了。”

“也许我们都应该这样。”瓦伦汀兴奋地说。

“您一定要见见我的另一个儿子，”贝乐嘉老夫人说道，“他比眼前的这位要好得多，但他不会取悦您。”

“我不知道，我不知道！”瓦伦汀自省似的嘟囔着，“但我们很快就能见分晓。瞧，*我的哥哥*[①]，他来了。”

这时，门开了，一位绅士走了进来，纽曼记得这张面孔，他第一次见克莱尔时，这位先生曾让他非常难堪。瓦伦汀走过去，看了看他哥哥，然后拉着他的胳膊来到纽曼面前。

“这是我的朋友，纽曼先生，他很优秀，”他非常温和地说道，“您一定得认识他。”

“很高兴认识纽曼先生。”侯爵说着，略微一躬，但并没有伸出手来。

“他简直就是老夫人的翻版。”纽曼回礼时暗忖道。他在心中开始推测：已故侯爵曾是一位和蔼可亲的外国人，喜欢过轻松的生活，但作为坐在壁炉边这位僵硬呆板的老夫人的丈夫，恐怕很难。如果他在

---

① 原文为法语：Monsieur mon frère。

妻子这里不能轻松舒适，那么他就会在他两个更小的孩子那里放下面具，活得轻松自在，刚好小孩们生活也很轻松自然的，而贝乐嘉老夫人则和她的大儿子脾性相投。

“我弟弟跟我说起过您，”贝乐嘉侯爵说道，“而且您和我妹妹也认识，我们也是该见见面了”。他转向母亲，殷勤地弯腰亲吻了她的手背，然后在壁炉架前摆出一个姿势。侯爵的脸长而瘦削，鼻梁坚挺，小眼睛黯淡无光，看起来很像英国人。他的胡须很漂亮，非常有光泽；俊朗的下巴中间有个大大的酒窝，显然是英国人后裔。他从头到脚看起来都很“高贵”，甚至包括他那磨光的手指甲盖。他那美好而笔直的身体的一举一动都显得高尚庄重。纽曼从来没有见过这样一位如此注重自己形象的人，他有一种想要后退几步的冲动，就像你想要后退几步去看清整个宏大的建筑外墙一样。

“乌尔班，”年轻的德·贝乐嘉夫人说，“我希望您注意到，我已经盛装打扮好了。”显而易见，她在等她的丈夫带她去参加舞会。

“这主意不错。”瓦伦汀小声道。

“我愿意听从您的指挥，亲爱的，只是您得让我和纽曼先生说几句话。”德·贝乐嘉侯爵说。

“哦，如果您要去参加舞会，我就不耽搁您了，”纽曼推辞道，“我相信我们还会再见面的。如果您确实想要和我聊天，我会很高兴与您聊上一个小时的。”他想要让他们知道，他很乐意回答任何问题以及满足任何期待。

贝乐嘉先生在壁炉边稳稳地站着，一只苍白的手抚摸着胡须，睨视着纽曼，似笑非笑的眼中射出一束观察注视的目光。“非常感谢您的慷慨邀请，”他说，“如果我没有弄错，您的工作很忙，所以您的时间是很宝贵的。用我们的话说，您忙于各种事务[①]。”

“您是说忙于生意上的事情？噢，不，我现在已经将生意搁置一边。用我们的话说，就是游手好闲，我现在的时间完全属于我自己。”

---

① 原文为法语：dans les affaires。

“噢，您现在是在度假。”贝乐嘉侯爵回道，“游手好闲，这个词我听到过。”

“纽曼是个美国人。”贝乐嘉老夫人说。

“我哥哥是位人种学家。”瓦伦汀说。

“人种学家？”纽曼说道，“啊！那您就要收集黑人的头骨之类的东西。”

侯爵狠狠地瞪了他弟弟一眼，开始用手抚摸另一边的胡须，然后转向纽曼，依然保持着那般优雅。“您是来度假取乐的吗？”他问。

“哦，我到处逛逛，学学这个又玩玩那个，当然，我从中获得了很多乐趣。”

“您对什么特别感兴趣呢？”侯爵问。

“呃，我对一切都感兴趣，”纽曼说，“并没有什么特别的，不过，工业是我最关心的。”

“那是您的专长？”

“我不敢说我有任何专长，我的专长是在最短的时间内挣得尽可能多的财富。”纽曼有意说了最后这一句，如有必要，他希望能够权威可靠地告知他们他的财富收入。

贝乐嘉侯爵欣然笑了，说道：“我希望您已经成功了。”

“是的，我在合理的时间内赚到了一笔财富，您看，我还年轻。”

“巴黎是个花钱的好地方，祝您玩得愉快。”说着，贝乐嘉侯爵掏出手套开始戴上。

纽曼看着他把那双白嫩的手缓慢套进手套中，而就在此刻，纽曼的心情发生了转变。贝乐嘉侯爵的祝福只是出于他这般尊贵阁下的傲慢，它四处蔓延，就像此刻外面雪花温柔飘落，一片白雪茫茫。但是，纽曼并没有因此生气，他没有觉得侯爵是在屈尊对待他，他知道自己并不反对这种高尚的和谐。相反，他顿时亲身感受到瓦伦汀曾告诉他的要去与之斗争的那股力量，并且感受到这股力量之强大。他希望能对此表现出某种回应，如自己的身体能不受拘束自由地伸展，按照自己的标准表达观点，并且如果说这种想法冲动不是邪恶或充满恶意，那么它绝不是滑稽无用的期待。纽曼现在很安静，并开始收敛起脸上的笑容，尽管这可能会使他们感到惊讶，但他绝不是故意的。

“巴黎对一个无所事事的人来说是一个好地方，”他说，“或者对那些已经在巴黎安顿下来的人来说是一个好地方，他们在这里生活了很长时间，认识了一些朋友，并且与周围的人建立了某种联系；又或者对像您这样的大家庭来说，巴黎是个好地方，有套大房子，有母亲、妻子、孩子还有姐妹，一切都很舒适如意。我不喜欢居无定所，但我不是一个无所事事之人，我试着那样做，但我无法做到，这违背了我的本愿，我的商业习惯根深蒂固。我没有属于自己的房子，也没有家，我的姐妹远在五千公里之外的美国，母亲在我很小的时候就去世了。我还没有妻子，但我希望我有！所以，您瞧，我现在自己都不知道该做什么了。我不像您一样喜欢读书，先生。我厌倦了出去吃饭和听歌剧，逃避了商业活动。您瞧，我差不多还是婴儿的时候就开始自力更生了，直到几个月前，我才停止工作，难得偷得半日闲。”

听完这番话，款待纽曼的主人们一时都陷入深深的沉默。瓦伦汀双手插在口袋里，目不转睛地看着他，然后慢慢地、静悄悄地走了出去。侯爵还在戴他的手套，并亲切友好地微笑着。

“您还是婴儿的时候就开始自力更生了？”小侯爵夫人问道。

“几乎是，就一小男孩。”

“您说您不喜欢读书，”贝乐嘉侯爵说，“那您一定记得您的学业很早就中断了吧”。

“的确是这样，我十岁时就不上学了。我那时觉得继续上学对我来说是件困难的事。但后来我自学了一些技能。”纽曼说道，试图使他安心。

“您还有姐妹？”贝乐嘉老夫人问道。

“是的，有两个姐妹，都是很好的姑娘！”

“我希望她俩不要那么早就体会到生活的艰辛。”

“她们很早就嫁人了，我们西部地区的女孩都这样，可能这就是您所认为的艰辛的生活。她们俩其中一位嫁给了西部最大的印度橡胶公司老板了。”

“噢，你们也用印度橡胶建房子？”老夫人问道。

“您可以在家庭成员增多的情况下扩展那样的房屋。”年轻的贝乐嘉夫人说着，披上她那长长的白色披肩。

纽曼感到一阵好笑，他解释说他妹夫住的大房子是木质结构，而他是生产并且大批量销售印度橡胶。

“我的孩子在阴天时会穿着印度橡胶鞋去杜伊勒里宫玩。”年轻的侯爵夫人说，“我想知道那会不会是您妹夫公司生产的？”

“非常有可能。”纽曼说，“如果是他们公司生产的话，那么您尽管放心，鞋子做得非常好。”

“您可不要气馁啊。”贝乐嘉侯爵彬彬有礼地说。

“哦，我不会的，我现在也有别的打算要花心思去思考，这是我目前所有的精力所在。”随后，纽曼停顿了一会儿，犹豫着，不过大脑迅速转动，他想要说出他的想法，但又要逼自己以不喜欢的方式说出来。不过他还是继续对老夫人说道：“我想告诉您我的计划，也许您能帮到我。我想娶一位妻子。”

“这是一个很好的计划啊，可我不是媒人。”老夫人说。

纽曼看了她一会儿，然后带着百分之百的真诚说：“我认为您应该是。”

贝乐嘉老夫人似乎觉得他太过真诚了，突然咕哝了几句法语，然后盯着她的儿子。这时，房门推开了，瓦伦汀快步走了进来。

“我有个口信要捎给您，”他对嫂子说道，“克莱尔让我请您等她一起去舞会。”

“克莱尔要和我们一起去！”年轻的侯爵夫人惊叫道，“哇，这可是新鲜事啊！[①]”

“她改变主意了，半小时前决定的。她现在正在梳妆打扮，已经在头发上戴最后一颗钻石了。”瓦伦汀说道。

---

① 原文为法语：En voilà，du nouveau。

“我女儿着了什么魔？”老夫人表情严肃地问，“这三年来，她就没有和外界接触过。她三十分钟就做出了这样的决定，也不问问我？”

“她问过我，亲爱的母亲大人，就在五分钟前。”瓦伦汀说，“我告诉她，像她这么漂亮的女人——她很美，待会儿您就能看到——不该将自己的美貌埋没了。”

“您应该建议她找母亲商量，我的兄弟。”贝乐嘉侯爵用法语说，“这太奇怪了。”

“我建议她和大家一起商量！”瓦伦汀说道，“她来啦！”说着，他走到门口，在门槛处迎着德·辛特雷夫人，他牵着她的手，把她带入房中。她一袭白衣，披着长长的蓝色斗篷，几乎曳地，用一条银扣子在肩膀处系牢。斗篷披在肩上，露出两条修长的白嫩手臂。浓密秀丽的头发中间，十几颗钻石晶莹闪亮。纽曼觉得，她看起来很严肃，脸色十分苍白。但她环顾四周，当她看到纽曼时，她笑了，向他伸出手来。他觉得她十分完美。这时，他有机会可以正面看清她的脸，因为她在房间的正中央站了一会儿，很明显，她犹豫着自己该干什么，并没有看他的眼睛。接着，她走到母亲那边，而她母亲正坐在壁炉旁，怒气冲冲地看着她。德·辛特雷夫人转身背对着大家，脱下斗篷，露出了晚礼服。

“您觉得我看起来怎么样？”她问母亲道。

“我觉得你太大胆了，”老夫人说，“三天前，我要你，算是帮我的忙吧，陪我一起去参加吕西尼昂公爵夫人家的舞会，你说你哪儿也不去，还说做人应该言行一致。这就是你的言行一致？你现在又为什么区别对待罗比诺夫人的舞会了？你今晚到底想要取悦谁呢？”

“我想要取悦自己，亲爱的妈妈。”德·辛特雷夫人说道，她弯腰吻了一下老夫人。

“我不喜欢惊喜，我的妹妹，”乌尔班·德·贝乐嘉说道，“特别是在一个人进入客厅的时候。”

此刻，纽曼觉得应该说些什么：“哦，如果您和德·辛特雷夫人一起走进客厅，那您就不用担心别人会注意到您啦！”

贝乐嘉侯爵脸上挤出微笑转向妹妹。“我希望您感谢他对您的恭维，尽管这恭维是建立在您哥哥的痛苦之上的。”他说道，“走吧，快走，夫人。”说着，伸出一只胳膊，带着德·辛特雷夫人快步走出了房间。瓦伦汀也走上前来向年轻的侯爵夫人施以同样的礼节，而她显然此刻正想着自己小姑子的舞会礼服并没有她的那般光鲜亮丽，然而，这样的想法也没能让自己的心情舒畅起来。她向美国来客致以告别微笑，希图从他的眼神中找到一些慰藉，她感觉到了某种神秘的光辉，那也完全可能是她自我安慰得到的感觉。

房间里只剩下纽曼和老夫人了。他站在她的面前沉默了一会儿，最后说道：“您女儿真漂亮。”

“她太怪了。”老夫人说。

“听您这么说，我感到很高兴。”纽曼微笑着回道，“这让我有所期待了。”

“期待什么？”

“有一天，她会同意嫁给我。”

老夫人缓缓地站起身：“那么，这真的是您的计划？”

“是的，您会支持吗？”

“支持？”老夫人看了他一会儿，然后摇了摇头。“不！”她轻声说道。

“那您会为之痛苦吗？还是睁一只眼闭一只眼呢？”

“您不知道您在问些什么，我是一个非常傲慢和好管闲事的老女人。”

“好吧，可我很富有啊。”纽曼说。

贝乐嘉老夫人眼睛盯着地面，纽曼以为她在思忖指责他这句无礼言辞的理由。但最后，她抬起头直接问：“有多富有？”

纽曼大概说了他的收入总数，一大笔美元总数转换成法郎时，声音听起来那么洪亮有力。他又说了一些关于这笔钱的金融价值，更加显得他拥有的资源十分丰富。

老夫人静静地听着。“您很坦诚，”她最后说，“我也会一样对您坦诚。总的来说，我宁愿支持您，而不是忍受您。这样会更容易一些。”

“不管怎样，我非常感谢您。”纽曼说道，“不过，眼下您忍受我的时间已经够长了，晚安！”说毕起身告辞了。

# 第十一章

自从回到巴黎后，纽曼就没有再跟尼奥什先生学习法语会话了。他发现有太多事情需要花时间去做。但是，尼奥什先生却很快就跑来见他了，他似乎通过某种神秘方式掌握了纽曼的行踪，而他的恩客对这种神秘方式却永远不会知情。这位干瘪瘦小的前金融家不止一次前来拜访纽曼，他似乎因纽曼支付他过高的报酬而感到惭愧，显而易见，他希望通过给纽曼提供语法、统计知识帮助，这种类似于分期付款的方式来作为补偿。他还和数月前一样，一副礼貌而忧郁的神情，旧式的外套和礼帽虽经几个月或多或少的刷洗，其光泽却丝毫不减。然而，可怜的老头儿精神状态却有点儿萎靡不振，似乎在夏天遭遇了一些不顺心的事。纽曼饶有兴致地问起了诺埃米小姐的情况，尼奥什先生起初只是看着他，一言不发，面带忧色。

“不要问我，先生，”他最后还是开口道，“我只能袖手旁观，什么也做不了。”

“您是说她做了什么错事？”

“我的确不清楚，无法猜透她的心思，搞不懂她。她心里有事，我却不知道她想要做什么；对我来说，她太深奥难懂了。”

“她还继续去卢浮宫吗？她还在继续为我画画吗？”

“她还去卢浮宫，但我没有看到她画画。她的画架上有东西，我猜那应该是您预订的其中一张画。这么多订单，上天应该赐给她一双神奇之手。但她并不认真作画，我又不能说她什么，我害怕她。夏天的一个晚上，我带她去香榭丽舍大道散步，她说的一番话吓到了我。”

“她说了什么？”

“请原谅一位伤心的父亲，他不能不告诉您这些。”尼奥什先生说着，打开了他的印花棉手帕。

纽曼承诺会再去卢浮宫看看诺埃米小姐。他很想知道自己预订的画作进展情况，但必须补充一点，他更想了解那位年轻小姐本人的情况。一天下午，他去了那座伟大的博物馆，找了好几个画廊都没有找到诺埃米。他正拖着双脚走在长长的意大利画廊里，突然发现瓦伦汀迎面站在自己的眼前。这位年轻的法国人热情地向他打着招呼，并说他的到来真是及时雨，他自己此时心情极差，正想找人来诉苦。

“置身于这些美丽的名画中间，您还心情极差?”纽曼说道，“我还以为您很喜欢绘画艺术，特别是那些古典的黑色画作，这里有两三幅画应该能振作您的精神。”

“哦，今天，”瓦伦汀答道，“我没有心情看画，它们越是好看，我越不喜欢。它们那些瞪得铜牛一般的眼睛和固定不变的姿态让我恼火，我觉得仿佛置身于一个盛大却无聊的晚会中，屋子里充斥着我不想搭话的人。我为什么要去关心它们的美呢?这很无趣，甚至更糟，简直是一种耻辱。我感到非常地焦虑[①]，觉得自己很堕落。”

“既然卢浮宫让您觉得不愉快，那您干吗要来这儿呢?”纽曼问道。

“这也是我的焦虑之一。我是来见我表姐的，她是一个可怕的英国表姐，我母亲家族中的一员，她陪丈夫来巴黎住一个星期，想让我带她看一些‘名胜古迹’。想象一下，一个在十二月戴着黑绉纱帽的女人，那常年不变的靴子脚踝处露出绑带来！我母亲要我来做点儿什么帮助他们。今天下午我就尽地主之谊，来当他们的跟班[②]了。他们约我两点在这里碰面，但我已经等了二十分钟了。可她为什么还不来呢?她至少还有一双脚可以走来吧。我不知道是对他们的戏耍发怒呢?还是该高高兴兴地趁机摆脱他们?”

“我认为，以您的处境来说，我会选择发怒，”纽曼说：“因为他们可能会晚点儿到，那样您的怒火对您还是有用的。但如果您现在高高兴兴地溜之大吉，等会儿他们现身了，您却不知如何处置您的高

---

① 原文为法语：ennuis。
② 原文为法语：valet de place。

兴了。”

“这是个好主意，我已经感觉好多了。我就等着发火吧，让他们滚得远远的，我自己则和您一起走，除非碰巧您也有约会。”

“我那不是真正的约会，”纽曼说，“实际上，我是来见一个人，而不是来赏画的。”

“大概是女人吧？”

“是个年轻的姑娘。”

“好吧，”瓦伦汀说道，“我真心替您希望，她不要穿绿色薄纱裙，双脚没有什么特点。”

“我不清楚她的脚，但她有一双非常漂亮的手。”

瓦伦汀叹了口气：“既然这样，我就不能跟您一起走了？”

“我不确定自己能否找到那位年轻姑娘，”纽曼说，“我这会儿也完全没有想要您自己一个人走的意思。我不是特别想把您介绍给她认识，不过，我倒是想听听您对她的看法。”

“她漂亮吗？”

“我想您会觉得她很漂亮的。”

瓦伦汀将一只胳膊搭在纽曼的肩上说：“马上带我去认识她！让这样漂亮的女人等着我去评判，会让我感到羞愧的。”

纽曼被瓦伦汀轻轻推着不得不往前走，但他的脚步移动很慢，他边走边想着心事。两人走进长长的意大利艺术大师馆，纽曼扫视了一会儿这里的辉煌画卷，然后转身来到左手边一间小一点儿的同样是意大利特色的画廊中。那里面人很少，在房间的尽头，诺埃米小姐正坐在画架前。她没有在工作，调色板和画笔放在身旁。她双手交叠放在大腿上，背靠着椅子，眼睛专注地盯着大厅另一侧的两位女士，她们站在一幅画前，背对着诺埃米。显而易见，这是两位非常时尚的女士，她们衣着华丽，长长的丝绸裙裾和边饰垂在光滑的地板上。虽然我说不清诺埃米小姐此时脑子里想到了什么，但她眼睛里看到的正是她们的裙子。我斗胆猜想，她可能正对自己说，如果自己能够穿着这样的裙子在光滑的地板上行走，那将是一件多么幸福的事情啊，甚至值得为之付出任何代价。不管怎样，她的沉思还是被走过来的纽曼和瓦伦汀打断了。她很快地瞥了他们一眼，然后用画笔沾了点儿颜料，站起身，立在画架前。

“我是特地来看您的。”纽曼用他那蹩脚的法语说道，并伸出手准备和她握手。随后，像地道的美国人那样，他非常正式地引见瓦伦汀：“请允许我向您介绍瓦伦汀·德·贝乐嘉伯爵。”

瓦伦汀鞠躬行礼，这在诺埃米小姐看来似乎很符合他的身份，她迅速而优雅的回礼也显得颇有教养。她转向纽曼，举手拢了拢头发，抚平了不注意则难以察觉的凌乱。然后，迅速把画架上的画布翻了个面。“您还没有忘掉我？”她问道。

“我永远也不会忘记您，”纽曼说道，“您可以相信这点。”

“哦，”年轻的姑娘说，“世上有很多不同的方式记住一个人。”她直视着瓦伦汀，他正如一个绅士一般看着她，因为他得给出他对她的“评判”。

“您为我画了什么？”纽曼问道，“您有努力工作吗？”

“没有，我什么也没有画。”然后她拿起调色板，开始胡乱地调制颜色。

“可您父亲告诉我您常来这里。”

“我没有别的地方可去！整个夏天就待在这里，至少这儿比较凉快。”

“那么，待在这里，”纽曼说，“您本应该尝试画点什么。”

“我先前告诉过您，”她轻声答道，“我不会画画。”

“可您画架上就有一幅令人着迷的画作，”瓦伦汀说，“如果您愿意让我看上一眼的话。”

她张开十指压住画布的背面，这就是纽曼所说的那双漂亮的手，尽管沾着颜料污渍，瓦伦汀现在却很欣赏。“我画得不好看。”她说道。

“那无关紧要。”瓦伦汀殷勤地说道。

她把那一小块画布取了下来，递给了瓦伦汀，没有说话。他看着画布，过了一会儿，诺埃米说："我肯定您是位艺术鉴赏师。"

"是的，"他答道，"没错。"

"那您自然知道我画得好坏了。"

"天哪[①]，"瓦伦汀说着，耸了耸肩，"那还是让我们鉴定下吧。"

"您知道，我不该尝试从事绘画工作的。"年轻的姑娘继续说道。

"坦白说，小姐，我认为您的确不应该。"

她又一次开始看向那两位衣着光鲜的女士的裙子，这一点我之前做了大胆的猜想，现在这是我又一次大胆猜测。她一边看着那两位女士，一边看着瓦伦汀，无论如何，他也正看着她。他放下那胡乱涂抹的画布，咂了咂舌头，朝着纽曼挑了挑眉。

"您这几个月去哪里了？"诺埃米小姐问我们的主人公，"您到处旅游，一定玩得很开心吧？"

"哦，是的，"纽曼说，"我玩得很开心。"

"真为您感到高兴。"诺埃米小姐非常温柔地说道，然后又开始调制颜料了。她的漂亮不可思议，脸上露出一种既严肃又惹人怜爱的神情。

瓦伦汀趁着她眼眉低垂之时，又向纽曼"眨了眨眼"，发送出他那神秘的"面部表情暗号"，同时还在空中抖了抖手指。很显然，他觉得诺埃米小姐非常有趣。顿时，纽曼的焦虑化作乌有，阴转晴天。

"说说您的旅行吧。"诺埃米小姐低声请求道。

"哦，我去了瑞士的日内瓦、采尔马特和苏黎世，所有那些地方，您都知道的。然后南下威尼斯，横穿德国，顺莱茵河而下，进入荷兰和比利时，那是一条常规旅游线路。常规线路用法语怎么说？"纽曼问瓦伦汀。

诺埃米小姐立刻将目光注视着瓦伦汀，然后微微一笑。"先生，他一下子说了这么多地名，"她说道，"我可听不懂了，您能帮我翻译一下吗？"

---

① 原文为法语：Mon Dieu。

“我宁愿告诉您我对您画作的想法。”瓦伦汀声明道。

“不，”纽曼仍然用蹩脚的法语严肃地说，“您不能告诉诺埃米小姐您的看法，因为您会说出一些丧气话来。您应该告诉她努力工作，坚持画画。”

“诺埃米小姐，”瓦伦汀说，“常有人说我们法国人喜欢曲意奉承!”

“我不想听任何恭维话，我只听实话，不过，我知道事实是什么。”

“我只想说，我觉得绘画是您最擅长做的事情了。”瓦伦汀说道。

“我知道这个事实——我知道这个事实。”诺埃米小姐重复道，然后用画笔沾了一团红色颜料，在没有完成的画布中央画了一条长长的横线。

“那是什么？”纽曼问。

她没有回答，接着又在画布中央纵向画了一条长长的深红色竖线，就这样，很快完成了一幅红十字的雏形。“这是事实的象征。”她最后答道。

两位男士面面相觑，瓦伦汀又向纽曼使了使眼色。“您把您的画毁了。”纽曼说。

“我很清楚，只能这样办了，我一整天坐在这里看着它，却没有心思画上一笔，我开始憎恶它了，似乎预感着有事情会发生。”

“我更喜欢这幅画现在的样子，”瓦伦汀说道，“它现在更有趣了，它在讲述一个故事。这幅画卖吗？小姐。”

“我的一切都可以出售。”诺埃米小姐说。

“这幅画多少钱？”

“一万法郎。”诺埃米小姐面无表情地说。

“诺埃米小姐现在所画的每一幅画都被我提前预订了，”纽曼说道，“这是几个月前我给她的订单的一部分，所以您不能买。”

“不过，先生您也不会有任何损失。”诺埃米小姐看着瓦伦汀说道，然后开始收拾画具。

“我本来可以获得一段美好记忆的，”瓦伦汀说道，“您要走了吗？一天的工作结束了？”

“结束了，我父亲马上会来接我。”诺埃米小姐回道。

话音刚落，她身后白色石阶上的一扇大门就开了，尼奥什先生像往常一样，不急不忙踱着方步走了进来。他向站在女儿画架前的两位绅士行礼致意，纽曼极其友好地和他握了握手，瓦伦汀也十分恭敬地回了礼。老头儿等诺埃米打包收拾画具，他暗中用他那温和的目光打量着瓦伦汀，而瓦伦汀此时正看着诺埃米小姐戴上包头软帽，披上斗篷外套。他毫不掩饰自己对诺埃米小姐的专注观察，他看着漂亮女子就仿佛聆听一首优美的音乐一样。对美女和音乐的欣赏，专注是最起码的尊重和礼貌。尼奥什先生最后一手提着颜料盒，一手去拿画布。在拿画布前，他严肃而困惑地看了一眼那被涂抹过的痕迹，然后自顾自地迈步向画廊大门走去。诺埃米小姐向两位年轻的男士行礼告别，也随着父亲离开了。

“那么，”纽曼说，“您觉得她怎么样？”

“她非常不一般；真不一般，不一般，太不一般呢[①]！”瓦伦汀不断地重复着，若有所思，“她非同一般。”

“我担心她是一个不幸的小冒险家。”纽曼说道。

“不是小冒险家，而是一个大冒险家，她有这种特质。”说着，瓦伦汀慢慢迈开步子，随意看着墙上的名画，眼里散发出一种沉思的光芒，年轻姑娘诺埃米小姐身上的冒险“特质”吸引了他的全部想象。“她很有意思，”他继续道：“真是个美人儿胚。”

“美人儿胚？您究竟什么意思？”纽曼问。

“我意思是，从艺术的角度看，她就是一个艺术家。不过，除了她画的那些画，它们真是太难看了。”

“但她并不漂亮，我甚至觉得她连好看都算不上。”

“就她自己而言已经足够好看了，她的脸蛋儿和身材说明了一切。要是她更漂亮些，她就不会如现在这般聪明了，那样她的聪慧只能够占到她外表美丽的一半。”

---

① 原文为法语：Diable，diable，diable。

“她的聪慧怎么就让您觉得不一般呢？”纽曼问道，他被瓦伦汀对诺埃米小姐即时哲学式的分析逗乐了。

“她精于算计，立志做一番事业，不惜任何代价争取成功。当然，画画只是她争取时间的把戏，她在等待时机，希望平步青云，一帆风顺。她了解巴黎，是雄心勃勃的五万巴黎人中的一员，但就决心和能力而言，我相信她是独一无二的。她有一种天赋，我保证无人能比，那就是冷酷无情；她的心思比针尖还细，那是一种非常重要的品质。是的，她会成为未来名媛的。”

“我的天啊！”纽曼说，“这种艺术思维是怎样蛊惑一个男人的啊！但现在我必须请求您不要陷得太深，才十五分钟，您就如此了解诺埃米小姐了，这就够了，不要再继续探究下去了。”

“我亲爱的伙计，”瓦伦汀和气地大声说，“我希望我的风度还不错，没有在你们俩之间插上一脚。”

“您并没有介入我俩之间，我和她是清白的，实际上，我非常不喜欢她。但是，我喜欢她那可怜的老父亲，就当是为了那位老父亲，我求您不要试图去验证您的那些理论了。”

“为了那位来接她的粗鄙的老绅士？”瓦伦汀问道。顿了一会儿，得到纽曼的肯定后，他又接着微笑地说：“啊不，不是吧，您这就错了，我亲爱的伙计，您不需要介意他的。”

“我真觉得您这是在指责那位可怜的绅士，认为他会为她女儿的不光彩而高兴。”

“瞧①！”瓦伦汀说，“他是谁，是做什么的？”

“他就是他看起来的那样：非常贫穷，但品德高尚。”

“当然，我完全注意到这一点了。我确定我对他的评判还是很公正的，他有些失意，我们说是不幸②。他精神萎靡，女儿就是他的一切。他是体面高尚的典范，六十几载诚实守信。所有这些我都非常

① 原文为法语：Voyons。

② 原文为法语：des malheurs。

欣赏。但我了解我的同胞，了解我们巴黎人。让我来和您打个赌吧。”纽曼洗耳恭听，瓦伦汀继续道，“他当然希望他女儿学好，而不是学坏，但如果最坏的结果出现了，那老头儿才不会像弗吉尼厄斯①那样杀死自己的女儿。成功就是王道。如果诺埃米小姐成了名媛，她爸爸会感到——好吧，我们可以称之为欣慰。她会成为名媛的，那位老绅士的未来有保障了。”

“我不知道弗吉尼厄斯是怎么做的，但尼奥什先生将会开枪杀死诺埃米小姐，”纽曼说，“那样的话，我想他的余生必将在戒备森严的监狱中度过。”

“我不是个怀疑论者，只是一个旁观者，”瓦伦汀回应道，“我对诺埃米小姐很感兴趣，她非常与众不同。如果有一个值得尊重或体面的好理由，让她永远从我思想中消失，我会十分乐意这样做。您对她父亲理智的估计在失效之前是个好理由，我向您保证不再看那个年轻的姑娘一眼，除非您告诉我您已经改变了对她爸爸的看法。如果有明确证据说明他是个喜欢卖弄大道理的人，那您要去制止他，您同意这样做吗？”

“您的意思是说贿赂他？”

“哦，那么，您承认他是个可以被贿赂的人？不，他会要的更多，这实际上不太公平。我的意思是只要等待就好了，日久见人心。我觉得您可以继续观察这对有趣的父女，然后再亲自验证相关消息。”

“好吧，”纽曼说，“如果我们最后发现这个老头儿是个骗子，那您可以尽管按您的意愿去做，我不会插手你们的事。”

“对于诺埃米小姐本人，您尽管放心，我不知道她可能会做什么伤害我的事情，但是我绝不可能伤害她。”

纽曼继续道：“在我看来，你们俩似乎非常合适。你们都很难对付，而我坚信尼奥什先生和我是巴黎可以找得到的仅有的善良正直之人。”

---

① 小说《玫瑰传奇》（*Roman de la Rose*）中的人物，他为了保护女儿的声誉，杀死了自己的女儿。

这之后，瓦伦汀因自己的轻率受到了某种“惩罚”，他被一个尖尖的东西抵住了后背。他迅速转身，发现一位头戴绿色薄纱包头软帽的姑娘，她正拿着一把阳伞作为武器用伞尖抵着他的后背。瓦伦汀的英国表亲仍独自在卢浮宫游玩，没有向导，很明显，他们对此感到非常不满。纽曼留下瓦伦汀去面对他的表亲，但他坚信瓦伦汀可以处理好他们之间的关系的。

# 第十二章

在纽曼被介绍给德·辛特雷夫人家人后的第三天，将近黄昏时分，他在自家桌子上看到了德·贝乐嘉侯爵的名片。翌日，他收到一张便条，说如果他肯赏光一起共进晚餐，老侯爵夫人将十分感谢。

尽管他很不情愿取消别的安排，但还是选择了赴宴。他被带到贝乐嘉老夫人之前见他的那间客厅，在那里他看到了令人尊敬的女主人，以及围坐在她身旁的全体家庭成员。噼啪作响的炉火照亮了整个房间，矮脚椅上坐着一位女士，她双脚伸到火前，火光映照着她那双粉红色的小拖鞋，她就是年轻的德·贝乐嘉夫人。德·辛特雷夫人坐在房间的另一头，腿上抱着一个小女孩，那是她哥哥乌尔班的女儿，显然她正在给她讲一个精彩的故事。瓦伦汀坐在一张靠近他嫂子的软凳上，他自然是对她说着恭维的闲话。侯爵站在壁炉前，一动不动，昂首挺立，手背在身后，摆出一副正式迎客的架势。

德·贝乐嘉老夫人起身向纽曼打招呼，那架势似乎在一分一厘拿捏着傲慢的分寸。“您瞧，就我们自己人，没有请其他人。”她表情严肃地说。

“很高兴您没有请其他客人，这样我们说话会更加方便。”纽曼说。接着，他把手伸向侯爵说：“晚上好，先生。”

德·贝乐嘉侯爵总是那么彬彬有礼，他虽然很注重自己的尊严，却显得有些焦躁不安。他开始在房间里来来回回走动着，一会儿从高大的窗户向外张望，一会儿拿起书，然后又放下。年轻的德·贝乐嘉夫人向纽曼伸出手，既不看他，也没有移动身子。

“您可能认为她这是冷漠，”瓦伦汀大声说，“但其实不是，她这是热情的表示，说明她已经把您当作自己人看待了。现在，她已经很讨厌我了，所以总是看着我。”

“难怪我这么讨厌您，原来我是在一直看着您。”小侯爵夫人大声说道，“如果纽曼先生不喜欢这种握手方式，那我可以重新行一次礼。”

然而，我们的主人公却错失了这一诱人的优待，他已走向房间的另一头去找德·辛特雷夫人了。她看着他，并与他握了手，然后又继续给小侄女讲故事去了。她接着只讲了两三句，很明显那是故事中很重要的情节。她微笑着，声音变得低沉，小女孩睁着圆圆的眼睛盯着她。

“不过，最后年轻的王子娶了美丽的花神贝拉，”德·辛特雷夫人说，“然后把她带到粉红天空国与他一起生活。她在那里生活得很快乐，忘掉了所有的烦恼，每天乘坐五百只白鼠拉的象牙马车出去游玩。”她对纽曼解释说，“可怜的花神贝拉，她经历了太多可怕的痛苦。”

“她曾经半年没有任何东西吃。”小布朗奇说道。

“是的，但是半年后，她得到了一块像那只软垫凳那么大的馅饼。”德·辛特雷夫人说，“这让她又恢复了活力。”

“真是命运多舛啊！”纽曼说道，“您非常喜欢孩子吗？”他确定她很喜欢，但他希望她能亲口说出来。

“我喜欢和他们说话，”她答道，“我可以和他们谈论一些比成年人谈论的更严肃的话题。我对小布朗奇讲的可能是废话，但我们谈论的问题比我在成人世界里谈论的东西要严肃得多。”

“我希望您和我谈话时，也能把我当作小布朗奇那个年龄层的人。”纽曼笑着说，“那天晚上的舞会玩得开心吗？”

“开心极了！”

“您现在讲的就是我们成人在社交时讲的废话，”纽曼说，“我不相信您玩得很开心。”

“不开心也是我自己的原因，舞会布置得很漂亮，每个人都很友善。”

“您心里很清楚”，纽曼说，“您惹恼了自己的母亲和兄长。”

德·辛特雷夫人看了他一会儿，并没有立即回答。“是的，”她最后答道，“我承受了太多无法承受的东西，我没有勇气，庸碌无为。”她说这句话时略微加强了语气，但随后又变了声调，“我可能永远也经受不住美丽花神贝拉所经受的那些苦痛折磨，”她补充说，“哪怕有那些可预期的回报，我也受不了。”

晚餐时间到了，纽曼走到德·贝乐嘉老夫人的身旁坐下。餐厅在阴冷的走廊尽头，宽敞却昏暗。晚餐简单精致，纽曼想那些菜品会不会是德·辛特雷夫人预定的，并在心中十分希望是她安排的。当他坐在贝乐嘉家族这座古色古香的餐厅里、坐在这些贵族家庭成员中间时，他开始询问自己坐在其中的意义。老夫人会对他的到来有所回应吗？他是今晚唯一的客人，这对他自己来说到底是荣耀还是屈辱呢？他们觉得向其他人介绍自己是一种耻辱吗？还是说这是他们向自己表示独特的青睐？纽曼心中有所戒备，十分注意察言观色，满腹疑惑，但同时他又有点儿满不在乎。不管是好是坏，他已经坐在这里了，德·辛特雷夫人就坐在自己的对面。她左右两边有两只高高的烛台，她会坐在那儿待上一个小时，而这对纽曼来说已经足够了。晚餐进行得极其严肃庄重，他心里想是不是“古老的大家族”都是这种状态。贝乐嘉老夫人头抬得高高的，眼睛认真地盯着餐桌。她的脸很小，皮肤白皙，脸上有细细的皱纹，因此眼睛看起来有些突兀。侯爵似乎觉得高雅的艺术适合餐桌上谈论，是比较安全的话题，因为这不会过于曝光个人隐私。当听纽曼说到过欧洲所有的博物馆，他时不时地妙语连珠，赞赏鲁本斯画作几近肉色的色彩光泽和桑索维诺[①]的高尚品位。他的表现似乎说明他很紧张，害怕如果不说出一大串尊贵的名字，气氛就会不那么高雅。“他到底在害怕什么呢？”纽曼暗忖，“难道他认为我会和他针锋相对吗？”侯爵令他感到深深地厌恶，这是一个无须掩饰的事实。他从不曾对人有过如此强烈的个人反感，也不会因为旁边人神秘莫测的古怪气质而六神无主。然而，眼前的这个人却

① 桑索维诺（Jacopo Sansovino，1486？—1570），佛罗伦萨雕刻家、建筑师，威尼斯一些优秀经典风格建筑和几座巨大寓言雕塑的设计者。

让他不容抗拒地产生对立，对方的一言一行、一举一动，都让他感到对方可能完全是个傲慢无礼、背信弃义之徒。德・贝乐嘉侯爵让他觉得自己就像光脚站在大理石地面上一样，但为了达成自己的心愿，纽曼自觉完全能够立得住，他想如果自己被大家接受了，德・辛特雷夫人心里会怎么想呢？从她的表情上并不能看出她对自己的看法，但能明显看到她想尽力保持优雅。年轻的德・贝乐嘉夫人也总是表现得很有礼貌，她总是心事重重、心不在焉，什么都听，却什么都没有听进去。她看看自己的裙子、戒指和指甲，似乎显得很无聊，让人困惑什么才是她所想要的社交消遣，对此纽曼后来才了解清楚。甚至连瓦伦汀对讲俏皮话的能力掌控也不那么到位，他的活泼是一阵一阵的，有些勉强，但纽曼注意到，在他谈话的间隙，他看上去很兴奋，眼神比平时更加神采奕奕。所有这一切给纽曼造成的影响是，他生平第一次不再是他自己了。他注意自己的一举一动，说话十二万分小心，决心如果需要他在晚宴上表演生吞推弹杆，他可能也会冒着危险照做不误。

晚餐过后，德・贝乐嘉侯爵提议纽曼去吸烟室坐一坐，然后就领着他和瓦伦汀到了一个陈旧发霉的小房间里，房间的墙上装饰着盖过印章的旧皮革挂件和生锈的武器战利品。纽曼不会吸烟，就坐到了其中的一个长沙发上。侯爵在壁炉前吞云吐雾，瓦伦汀在薄薄的烟雾中一会儿看看纽曼，一会儿又看看侯爵。

“我不能再沉默下去了，”瓦伦汀终于说道，“我必须告诉您这个好消息，恭喜您了。我哥哥似乎有些难以启齿，他郑重其事就像准备在神坛上宣誓的神父一般，其实很简单，我们大家已接受您成为与我姐姐牵手的候选人了。”

“瓦伦汀，说话要得体恰当！”侯爵嘟囔着，高挺的鼻梁上，肌肉微微皱起，看起来有些生气。

“我们开了个家庭会议，”瓦伦汀继续道，“我母亲和哥哥乌尔班一起商量，甚至把我的证词也算进去了。他们坐在铺有绿色桌布的桌子旁，我和嫂子坐在靠墙边的长凳上，像是组成了一个立法委员会，我们一个接一个被叫去做证。我们非常详细地讨论了您的情况，年轻的德·贝乐嘉夫人说如果没有人告诉她您是做什么的，她还以为您是位公爵——一位美国公爵，加利福尼亚公爵。我说我能保证您是一位知恩图报的人，为人谦卑谦和，不装腔作势。我保证您总是清楚自己的位置，从不给我们机会注意到您与我们的不同。毕竟，您不是公爵，但这一点您也无能为力。在你们国家没有这种头衔，但倘若有的话，像您这般积极主动又聪明机智的人，一定会得到这样的头衔。说到这里，母亲就让我坐下了，但我想给大家留下的印象是有利于您的。”

德·贝乐嘉侯爵冷冷地看着弟弟，脸上露出一丝淡淡的微笑，让人不寒而栗。接着，他轻轻掸去衣袖上的烟灰，盯着屋檐看了一会儿，最后将一只雪白的手伸进马甲口袋里。“我得为我弟弟那令人讨厌的轻率而向您表示歉意，”他说：“我得告诉您，也许这不是最后一次，因为他的有勇无谋而致您于危险的尴尬境地。”

“是的，我承认自己没有谋略，”瓦伦汀说，“纽曼，您真的因为尴尬而感到痛苦吗？侯爵会让您回归正常，因为他自己的伎俩可是极其精妙的。”

“很抱歉地说，”侯爵继续道，“瓦伦汀身上从来没有那种符合他身份的格调和礼节教养，这让喜欢古老传统的母亲很是苦恼。不过，您得记住，他说的话只代表他自己，不能代表任何人。”

“哦，我并不介意他，先生，”纽曼和气地说道，“我明白他的意思。”

“在过去，”瓦伦汀说，“侯爵和伯爵们常常养一群蠢材弄臣，讲笑话逗他们开心。现在，我们这儿有位伟大的民主党人士身边有个伯爵来充当这种小丑，这个职位非常好，但当然我已经很是堕落了。”

侯爵盯着地面看了一会儿。“我母亲告诉我了，”过会儿他说，“您那天晚上和她说的话。”

“是说我想娶您妹妹吗？”纽曼问。

“是说您希望和我妹妹德·辛特雷夫人喜结良缘。”侯爵慢慢说道，“这个求婚是很严肃的，作为我母亲，她需要好好考虑一番。她自然来征求我的意见，我对这个问题表示了最热切的关注。有很多超出了您想象的事情需要考虑。我们从多方面考虑了这件事情，艰难权衡，最终决定同意您的求婚。我母亲希望让我来告诉您我们的决定，她会很荣幸亲自来就这件事跟您说上几句。同时，我们家庭里的所有成员都接受了您。”

纽曼站了起来，走近侯爵：“您不会阻止我，反而会全力帮助我，对吧？”

“我会建议我妹妹接受您。”

纽曼抬起手把自己的眼睛捂住了一会儿，感到难以置信，这个承诺太重要了，然而，他从中得到的快乐很快便转化成了痛苦，因为他不得不站在那儿从德·贝乐嘉侯爵那里获得应允。想到他的求爱和婚礼可能都有这位绅士的掺和，这让他感到越来越不舒服。但是，纽曼下定决心经历自己想象出来的石磨碾压似的艰难过程，他不会在石磨转动的第一圈就痛苦地喊出声来。沉默了一会儿，然后他用干巴巴的语气说：“非常感谢您！”后来，瓦伦汀告诉他，他这样做很有风范。

“我为这个承诺作证，”瓦伦汀说，“该承诺已经生效。”

德·贝乐嘉侯爵又开始盯着屋檐看，显然他还有话要说。“我必须为我的母亲说句公道话，”他又继续道，“我也要为自己说句公道话，作出这样的决定并不容易，如此安排并非我们所愿。我妹妹嫁给一个商人对我们来说是个新鲜事。”

“我告诉过您，所以您是知道的。”瓦伦汀举起手指对纽曼说。

“我承认这件事的新奇感还没有完全消失，”侯爵继续说道，“或许它永远也不会完全消失，但可能也没有什么好懊恼的。”他再次淡淡一笑，“也许是我们该向新鲜事物让步的时间了，我们家已经很多年都没有新鲜事发生了。我向母亲提到了这一点，承蒙母亲赏识，她也同意这点值得关注。”

“亲爱的哥哥，”瓦伦汀插话道，“难道您此刻的记忆还没有把您带入歧途吗？我可以说，我们的母亲因为对抽象思维的推崇而与众不同。您确定在她回应您这么大胆的提议时，还保持着您所描绘的那样优雅得体？您知道她有时说话非常尖酸刻薄，难道她不是向您表示尊重才说：‘你这样说真是无聊透顶了，有没有比这更好的理由？’”

“我们也讨论了其他理由，”侯爵说，他没有看瓦伦汀，但说话时声音中有清晰可闻的颤抖，“有些理由可能更好。纽曼先生，我们是很保守，但我们也不是顽固不化的人。我们自由考量这事儿，毫无疑问，一切都会变得舒服起来。”

纽曼双臂交叉抱在胸前，站在那里听着，他目不转睛地盯着德·贝乐嘉侯爵。“舒服？”纽曼用一种严峻而平淡的语气问道，“为什么我们不舒服？如果您不舒服，那是您自己的问题，我觉得一切都很舒服。”

“我哥哥的意思是说，随着相处的时间变长，您得适应这种转变。”瓦伦汀停下来又点燃一支香烟。

“什么转变？”纽曼问道，语气依然阴沉。

“乌尔班，”瓦伦汀表情很严肃地说，“恐怕纽曼先生还没有意识到这种转变，我们应该给他解释解释。”

“我弟弟太过分了，”德·贝乐嘉侯爵说，“这是有勇无谋的又一个表现，这是他的致命缺陷。我母亲和我希望您不要瞎想，祈祷您永远也不要自己去猜想。我们希望被接纳成为我妹妹未来丈夫的候选人，需要和我们是同一类人，我们不需要向他解释什么，他就能明白。如果双方都考虑周到，一切相处都将很容易。这就是我希望表达的：我们都非常清楚各自所承担的责任，并且您可能要服从我们的决定。”

瓦伦汀在空中挥动着双手，然后用手捂住脸：“毫无疑问，我不够有勇有谋；但是，噢，我亲爱的哥哥，您听听，您刚刚都说了些什么！”他长笑一声，走到了一边。

德·贝乐嘉侯爵的脸有些发红，但他还是高高地昂着头，仿佛在拒绝向粗俗狂躁让步。“我相信您理解我的意思。”他对纽曼说。

“哦，不，我一点儿也不明白您的意思。”纽曼说，“不过，您不必介意，我不在乎。实际上，我认为自己最好还是不要理解您的意思为好，因为我可能不会喜欢，您知道，您的观点可能根本不适合我。我想娶您的妹妹，这是最重要的，越快越好，不想无事生非。为达目的，我不介意采取任何措施。先生，您知道，我不是要和您结婚。以上就是我想说的，我得走了。”

“您最好看看我母亲还有什么话要说。”侯爵说。

“很好，我会去和她道别的。”纽曼说毕，准备返回客厅。

德·贝乐嘉侯爵做了个让他先行的动作，等纽曼出去后，他把门关上，房间里只剩下瓦伦汀和他。纽曼刚才对瓦伦汀的冷嘲热讽有些迷惑不解，他不需要那些讥言讽语来指出德·贝乐嘉侯爵盛气凌人施恩的姿态，他自己有足够的智慧理解那种谦恭背后所折射出来的傲慢无礼，但瓦伦汀兄弟般的直率透露出的微妙同情让他感到很温暖，而他最不愿意看到的是让朋友来承担压力。他走了几步后在走廊里停了一会儿，希望听到德·贝乐嘉侯爵发出的不开心的声音，但他什么声音也没听到，四周一片寂静，这寂静本身就是一种不祥的征兆。他觉得他不应该站在那里偷听，于是便回到客厅去了。他不在的时候，新来了几位客人，他们三五成群分散在客厅的各处，有两三位客人走进客厅旁边的一间小梳妆室里去了，里面点着蜡烛，房门开着。德·贝乐嘉老夫人仍旧坐在壁炉边，正和一位年龄很大的绅士谈话，他头戴略微卷曲的假发，脖子上围着一八二〇年[①]流行的男式围巾。德·辛特雷夫人低着头，在听一位老夫人讲着陈年往事，她可能就是那位戴围巾的老绅士的妻子，只见她身穿红色绸缎裙子，肩上披一件貂皮披肩，额头上戴一条发带，上面镶着一组黄宝石。纽曼走进来的时候，年轻的德·贝乐嘉夫人离开围着她坐的人群，坐在她晚餐前坐的位置，然后轻轻推了推旁边的软凳，瞥了纽曼一眼，似乎示意她已为他准备了座位。于是，他走过去，坐了下来，侯爵的妻子对他开起了玩

---

① 波旁王朝的最后十年。

笑，让他困惑不解。

“我知道您的秘密，”她用蹩脚却迷人的英语说道，“您不必把求婚的事藏着掖着，您想娶我家小姑子，这是明智的选择啊[1]！像您这样的男人应该娶一个又高又瘦的女人，您要知道，我说了很多对您有利的话，您得知恩图报！”

“您和德·辛特雷夫人谈过了？”纽曼问。

“哦，不，没有。也许您觉得有些奇怪，但说实话我和小姑子的关系并不那么亲密。不，我跟我丈夫和婆婆说过；我说我保证我们的选择是正确的。”

“太感谢您了，”纽曼笑着说，“但您没法保证。”

“我当然很清楚，自己也不信那些鬼话，但我希望您来我们家，我觉得我们应该可以成为朋友。”

“这点我非常确信。”纽曼说。

“也不要太确信哦。既然您那么喜欢德·辛特雷夫人，也许您并不喜欢我。我们是两种不同类型的人，就像蓝色和粉红的不同一样。但是，您和我有共同之处，我嫁到这个家里来，而您也想以同样的方式进入这个家庭。”

“哦，不，我可不想进这个家，”纽曼打断道，“我只想把德·辛特雷夫人带出这个家。”

“好吧，想要布网，您就得下水去。我们的处境很像，我们应该互相商量，交换意见。您觉得我丈夫怎么样？这个问题问得很奇怪，对吗？但我还要问您更奇怪的问题呢。”

“也许更奇怪的问题会更容易回答一些，”纽曼说，“您可以试试。”

“您很会转移话题嘛，那边谈话的老伯爵罗琦费代尔最会玩这招儿了。我对他们说，只要给您机会，您就能成为完美的皇家宫廷成

---

① 原文为法语：C’est un beau choix。

员[①]，我对男人是有所了解的。此外，你我同属一个阵营，我是激进的民主党人士。我出生在旧式家庭[②]中，我的家族史差不多就是一部法国史。噢，当然！您从来没有听说过我们家族。那是多么光荣的家族[③]！我们家族无论在哪一方面都比贝乐嘉家族好，但是我压根儿不在乎，我想要做自己时代的弄潮儿。我要做革命家、激进分子、这个时代的宠儿！我确信自己比您有优势，我喜欢聪明人，不论他们来自哪里，我是一个追求及时行乐的人。这里的人都怨怼拿破仑帝国，而我则不会。当然啦，我得小心讲话，但我期待和您一起展开报复。"她就这样令人同情地自说自话了很长一段时间，充满渴望，想去倾诉，说明她很少有机会和别人谈这些深奥难懂的人生哲学。她希望纽曼永远都不要惧怕她，但可以惧怕别人，说实话她的确讲得太多了。在她看来，全世界的"强人"[④]都是平等的。纽曼听着她的高谈阔论，全神贯注并且变得义愤填膺。他在想她的目的到底是什么呢？她不希望自己畏惧她和她所郑重声明的平等。到目前为止，他所理解的是，她完全错了，一个喋喋不休的傻女人当然不能与一个理智而野心勃勃充满激情的男人比肩。她突然停了下来，双眼锐利地看着他，摇着扇子说："我知道您不相信我，您戒备心太重，您不会和我结成联盟了吗？不论是攻击型的还是防御型的？您错了，我会为您提供帮助。"

纽曼回答说他很感谢她，当然会请求她的帮助。"但是，首先，"他说，"我得帮助我自己。"然后他就去加入了德·辛特雷夫人的谈话。

"我一直跟罗琦费代尔夫人说您是位美国人，"她对走过来的纽曼说，"她对此非常感兴趣。上个世纪[⑤]，她的父亲跟随法国军队去帮你们作战，因此，她一直非常想亲眼见一见真正的美国人，但她从未见到过，直到今晚，您是她看到的第一个美国人。"

---

① 原文为法语：talon rouge。
② 原文为法语：vieille roche。
③ 原文为法语：Ce que c'est que la gloire。
④ 原文为法语：les gens forts。
⑤ 1778 年本杰明·富兰克林曾劝说法国支持美国的独立战争。

罗琦费代尔老夫人的脸显得苍白而衰老，下巴有些下垂，因此，嘴唇老是合不拢，说的话变成一大堆重浊的喉音。她扶起精心镀银的老式眼镜，从头到脚打量着纽曼，然后对纽曼说了些什么，纽曼谦恭地听着，但完全没有听懂。

“罗琦费代尔夫人说，她相信她一定见过美国人，只是不自知罢了。”德·辛特雷夫人解释道。纽曼想，有可能她见过很多东西，但却并不自知。老夫人又自言自语说了些什么，德·辛特雷夫人再次解释道：她希望她当时是知道的。

这时，一直和德·贝乐嘉老夫人唠嗑的老绅士手挽着老夫人走了过来，他妻子向他指了指纽曼，显然是在解释他的出身。罗琦费代尔先生尽管年迈，但面色红润，声音洪亮，说话干净利索，纽曼心想他和尼奥什先生一样擅长表达。听说纽曼是美国人，他便以一种无与伦比的长者优雅风度转向纽曼。

“先生绝对不是我见过的第一个美国人，”他说道，“我曾经见过的第一个人——应该说注意到他——差不多是个美国人。”

“啊！”纽曼说着，表示出好感。

“就是伟大的富兰克林博士，”罗琦费代尔先生说，“当然啦，那时我还年轻，他在我们上流社会[①]很受欢迎。”

“顶多和纽曼先生差不多。”德·贝乐嘉老夫人说，“我要请纽曼陪我去另一个房间了，我可不会让富兰克林博士享有这种殊荣。”

纽曼遵照老夫人的要求，陪着她走向另一个房间。与此同时，他察觉出她的两个儿子已经回到了客厅，他迅速扫了他们一眼，想从他们的表情里看出他离开后所发生的事情，但侯爵似乎和平常一样冷淡傲慢；瓦伦汀正亲吻着女士们的手背，还是一副惯常的自暴自弃的样子。老夫人跨过卧房门槛时，正好与长子并肩，她瞥了他一眼。此时，房间空无一人，留有足够的隐私空间。老夫人放开纽曼的手臂，挎到侯爵的胳膊上。她在那儿站了一会儿，抬头挺胸，上唇微微咬着

---

① 原文为法语：monde。

下唇。不知道纽曼此时是什么神情，而老夫人却给人一种高傲无情、盛气凛人的感觉，就是这个饱经沧桑的小老太，他已习惯了不容置疑的权威和绝对精致的利己主义原则。

“我儿子已经把我的意思跟您说了，”她说道，“您清楚我们不会干涉您的婚事，余下的一切就靠您自己了。”

“德·贝乐嘉侯爵所说的内容有些我还不太理解，”纽曼说，“但后来我搞明白了，十分感谢您给了我这个机会。”

“我想要补充一句我儿子可能不方便说的话，”她回应道，“我必须说出来，否则我是放心不下的。我们做了一件破天荒的事，给了您一个天大的恩惠。”

“噢，您儿子已经说得很明白了，难道不是吗？”纽曼说道。

“没有我母亲说得这么清楚。”侯爵声明道。

“我只能再次说声，非常感谢！”

“您应当知道，”老夫人继续道，“我很傲慢，总是趾高气扬，也许这样不对，但是像我这样上了年纪的人，江山易改，本性难移了。至少我自己清楚这一点，我也不想伪装。不要以为我的女儿不会像我这样傲慢，她有她自己的方式，和我略有不同，您得学会适应。甚至瓦伦汀也很傲慢，只不过您没有触到他的点。乌尔班的傲慢，您是亲自见识了，有时我都觉得他太过于傲慢了，但我不想改变他。他是我最优秀的孩子，喜欢黏着他的老母亲。不过，我已经对您表达得很清楚了，我们都是一群傲慢的人，了解您将要与之相处的人，对您来说是件好事。”

“好吧，”纽曼说，“作为回应，我只能说我做人不傲慢，我不会介意你们的傲慢！但您这样说，好像有意要表示不友好似的。”

“我并不乐见女儿嫁给您，也不想假装很乐意的样子。如果您不介意这一点，那就更好了。”

“如果您能信守约定，我们就不会有什么冲突，这是我唯一请求您做的事情，”纽曼说，“请您松开自己的双手，给我自由发挥的空间，我是非常认真的，绝不会轻易丧失信心或者退出。我会常常出现在您的眼前，如果您为此不满，我只能表示遗憾。如果您女儿能接受我，我愿意为她做任何男人能够为女人做的一切。我乐意向您承诺这一点。我觉得，站在公平的角度，您也应该对我做出承诺，您不会退出，好吗？”

“我不知道您说的‘退出’是指什么。”老夫人说，“我认为我们贝乐嘉家族从未在这方面有过过失。”

“我们说话算话，”乌尔班说，“我们已经向您做了承诺。”

“那么，好吧，”纽曼说，“我很高兴你们如此傲慢，相信你们会信守承诺的。”

老夫人沉默了片刻，然后突然说：“纽曼先生，我将一直对您以礼相待，但我绝不会喜欢您。”

“话不要说得这么满嘛。”纽曼笑着说。

“不过，此时我有十足的信心对您讲，请扶我回到我的安乐椅上去，这样就不用担心我转变对您的态度。”说着，老夫人挽起了纽曼的胳膊，回到客厅自己原来的座位上去了。

罗琦费代尔和妻子正准备告辞，德·辛特雷夫人与说话含混不清的老太太的交谈也结束了。她站在那儿环顾四周，很显然是在暗忖接下来该找谁交谈，正在这时，纽曼走了过来。

“您母亲已经同意我经常来这儿，她是非常认真的。”纽曼说，“我是说我会经常来。”

“很高兴能常常见到您，”她简要回道，停了会儿又说，“关于您来拜访，您可能觉得很奇怪为什么我们会如此认真对待，就是您说的‘认真’。”

“噢，是的，我确实觉得相当奇怪。”

“您还记得我弟弟瓦伦汀说过的话吗？就是第一次您来看我时，他说我们家是一个非常非常古怪的家庭。”

“不是第一次，是第二次我来时他说的。”纽曼说。

“没错，那次瓦伦汀让我很恼火，不过，现在我对您更加了解了，我可以告诉您，他是对的。如果您经常来，自然会了解了！”说完，德·辛特雷夫人转过身走了。

纽曼看了一会儿她与别人交谈，然后就起身告辞了。瓦伦汀·德·贝乐嘉最后与他握手道别，并送他到楼梯间。“噢，您已经得到了想要的许可，”瓦伦汀说，“希望您对这个进展还表示满意。”

“我比以前更喜欢您姐姐了，不过，为了我，请不要再为难您哥哥，”纽曼补充道，“我不介意他，我担心在我离开吸烟室之后，他申斥了您。”

“要是我哥哥申斥我，”瓦伦汀说，“他会输得很惨，我有特别的方式对付他，我得说，”他继续道，“没想到他们这么快就满足了您的要求，出人意料，他们一定费了不少心思，这得归功于您的百万身家。”

“好吧，这是他们曾经收到过的最宝贵的财富。”纽曼说。

他正准备离开，瓦伦汀拉住了他，一双明亮的眼睛，略微玩世不恭地看了他一眼。“我想知道这几天您可曾见过您那位尊敬的朋友尼奥什先生。”

“他昨天还在我家呀。”纽曼回道。

“他对您说了什么？”

“没有什么特别的。”

“您难道没看见从他口袋里顶出来的枪口吗？”

“您想说什么？”纽曼问道，“我觉得他看起来似乎很开心。”

瓦伦汀大笑起来。“很高兴听您这样说！我赌赢了，如我们所说的那样，诺埃米小姐铤而走险，她离开了她父亲家，单飞了！尼奥什先生为了自己也是相当开心！不要这么快就对我大肆攻击，自从那天卢浮宫见面之后，我就再也没有见过她，也没有和她有过任何交往。安德洛美达[①]找到了另一个珀耳修斯而不是我，她攀上了高枝。我的

① 安德洛美达（Andromeda），仙女座女神。其母因不断炫耀女儿的美丽而得罪了海神波塞冬之妻安菲特里忒，为报复他们，蹂躏了埃塞俄比亚并要求献上他们的女儿。后来宙斯之子珀耳修斯刚巧路过瞥见惨剧。安德洛美达的父母求珀耳修斯营救他们的女儿，作为条件他可以娶她为妻并成为埃塞俄比亚的国王。于是珀耳修斯力战并杀死了刻托，救出安德洛美达并如约与其结婚。

消息是准确的；在这种事情上，我总是消息灵通。我想，现在您可以提出抗议了。”

“我的抗议取消了！”纽曼小声而嫌恶地说。

不过，瓦伦汀没有听到他说的话，因为他手搭在门上，回到了母亲的房间，并大喊道：“可我现在要去见她了！她太不同寻常——不同寻常啊！”

# 第十三章

纽曼说到做到，或者意在威逼，三天两头来到大学路德·辛特雷夫人家，在接下来的六个星期里，他们见面的次数连他自己都数不清了。他颇为得意自己并没有坠入爱河，但那只有他的传记作者才说得清了。至少，他认为自己在浪漫激情方面无所谓得失。他相信爱情会让男人变傻，而自己现在在感情方面不但不傻，反而睿智，那是一种沉稳自信、目标明确的睿智。他极尽温柔体贴之能事，就是为了取悦住在塞纳河左岸深宅大院里那位优雅纤弱却令人无法忘怀的女人。他时而觉得自己柔情似水，时而明显感到一阵心悸，那心悸正是科学赐予他情感的称呼，纽曼对此应该不会陌生。心脏负重，哪管负的是金子还是墨铅。不管怎样，幸福降临的那个地方，就和疼痛一样别无二致，这时男人会承认睿智的力量暂时消失。纽曼祝愿德·辛特雷夫人诸事顺利，他未来愿意为她做任何事情的热情都抵不过他现在的心情如此高涨。在他看来，她似乎是大自然与环境完美结合的产物，这一比喻如此贴切，以至于想到未来他们二人组合，他要撞入她的生活，蹂躏或毁坏她个人的和谐之美，他不由得吓出一身冷汗。这就是我理解的纽曼的温柔：德·辛特雷夫人一如既往地让他感到愉快，他想为她排忧解难，就像是年轻的母亲渴望保护她还在熟睡的第一个孩子一样。纽曼只是被迷住了，他还能掌控自己的迷恋，就好像在控制一个音乐盒，摇一摇就可以让它停下来。没有证据可以更好地表明，每个人都隐约渴望享乐，人们等待着某个神圣同盟的信号，这样他才能安全地流露出这种享乐主义。纽曼现在终于能够纯粹自由深刻地享受这一切美好了。德·辛特雷夫人的某些个人品质，如眼神明亮可人、面庞灵动、声音甜美，填满了他所有的思绪。一个头戴玫瑰皇冠的希腊老人，凝视着一个大理石女神，这一观赏行为似乎用尽了他所有的智慧，他完美展现了在欣赏这种和谐之美时完全忘我的状态。

他从未对她动过粗，没有说过任何伤感情的话，绝不会擅自进入她已明确告诉他目前仍然是禁区的地方。不过，他还是那么惬意开心，因为经年累月，她更加了解他是多么地爱她。虽然平时他不大健谈，但是他说得也不少，并且极其成功地让她敞开了心扉。无论说话还是沉默，他并不担心她会感到无聊，是否偶尔确曾让她无聊，他也不担心，也许因为他无所顾忌，总体来说，她是越来越喜欢他了。她的常客总是看到又瘦又高的纽曼默不作声地坐在那里，一副懒懒散散的样子。他在人们并不觉得可笑的地方哈哈大笑，而在大家讲俏皮话的时候，他却面无表情，显然，那是因为他缺乏文化积淀来欣赏这样的笑话。

不可否认，纽曼确实对很多谈话主题都不太了解。同时，对于他不太了解的话题，他也实在说不上什么话。他很少能接上话，积累的一些法语词汇和短语也十分有限。此外，他关心的是别人的谈话内容，对话题重要性的判断并不在于他能对此话题发表多少精妙的见解。他自己几乎从不感到无聊，和他在一起的人也没有人认为他的沉默是不开心的表示。不过，我得承认，他不说话时是怎么打发那些时间的，我也说不清楚。大概我们大部分人认为老生常谈的事物对他来说却有新奇的魅力，不过，他觉得新奇的印象中也许有出乎我们意料的东西。他对德·辛特雷夫人讲述许多事情，谈到美国的时候，向她解释各种地方机构的运作和商业惯例，按照她感兴趣的顺序娓娓道来，但在这样做之前一般人是不会完全确信自己能够按照他人喜欢的顺序来讲话的。至于她自己的谈话，纽曼确信她乐于享受自己所说的内容，这是在特里斯特拉姆太太对她的描述里所没有的。纽曼发现她是个天生快乐的人。他最初认为她害羞也并没有错，她的处境与娴静之美配上彬彬有礼、刚毅坚强的气质，使得羞涩平添了几分魅力。对纽曼来说，这种魅力持续了很长一段时间，甚至当这种魅力消散时，它背后的东西仍然很久都余韵不尽。难道这就是特里斯特拉姆太太窥见的令人泪下的秘密？也许是特里斯特拉姆太太对德·辛特雷夫人的含蓄深奥、高贵血统描绘得太过浓重？纽曼觉得的确如此，但后来他发现自己越来越不关心她的秘密了，他更加确信她本人也很讨厌那些秘密。她生性乐观，并非杞人忧天；她的生命基调应该是坦诚快乐、色彩艳丽，而不是奇特的含蓄和神秘的忧伤；生活已背负如此之多沉重的思考，又何须更多。在这一点上，显然，他已经成功复原了她的天性。他觉得自己就是那化解令人压抑的秘密的解药，事实上，他所给予她的，最重要的也正是她需要的那种无尽的乐观开朗的免疫力。

他常常接受德·辛特雷夫人的邀请，坐在德·贝乐嘉老夫人客厅清冷的炉边，心满意足地眯着眼看着房间另一头自己的爱人特意与别人交谈，就这样度过无数个夜晚。老夫人坐在炉边，与每个来与她攀谈的人优雅而冷漠地聊着天，她的眼睛缓慢而心不在焉地扫过房内，当她看到纽曼这边时，纽曼觉得那眼神就仿佛是一股突然降临的湿冷空气。每次他与老夫人握手，他总会笑着问，她是否还能再"忍受"他一个晚上，而她则笑着回道，感谢上帝，她一直能够恪尽职守。纽曼曾向特里斯特拉姆太太谈到过老夫人，他说毕竟她还是挺容易相处的，与一个彻彻底底的无赖相处总算并不太难。

"那就是您给德·贝乐嘉老侯爵夫人取的雅号吗?"特里斯特拉姆太太问道。

"是啊，"纽曼答道，"她太恶毒，是个老罪犯。"

"她犯了什么罪?"特里斯特拉姆太太问。

"她是否杀过人，我不该妄加揣测。当然啦，我这样说完全出于责任感。"

"您怎么能如此可怕?"特里斯特拉姆太太叹息道。

"我并不可怕呀，说的都是有利她的话呢。"

"天啊，您要是一本正经，会说什么呢?"

"我要把我的正经态度留给别人，就是那位侯爵。这是一个极难对付的男人，我要像随性地调和饮料那样，慢慢对付他。"

"他究竟做了什么?"

"我还不完全清楚；应该是件可怕的坏事，十分龌龊，难见天日，胆大妄为，不可救赎，和他母亲的卑劣行径一样；即使他没有杀人，至少在别人谋杀时，他是睁一只眼闭一只眼，未加制止。”

纽曼的上述推理只不过是变化多端的“美式幽默”戏剧中的典型桥段，尽管他心里有这样近乎诽谤的猜想，但他还是尽量与德·贝乐嘉老夫人保持友好轻松的谈话方式。他在私人交往中特别宽宏大度，总是最大限度把别人想成好人，这也出于自我心理安慰的需要。他尽力把侯爵看成好人，而且，他真心认为，从道理上讲，他不可能像他表面上看起来那样是一个不可理喻的傻瓜。纽曼的交友原则是从不勉强，他的人人平等意识并不锋芒外露或者仅为艺术理念，而是顺其自然，如同人的味蕾一样，酸甜苦辣皆有所尝，这样就不会出现那种不体面的猴急。他坦然面对自己在社会阶层中的地位，可能惹恼了德·贝乐嘉侯爵，他心想这位准妹夫一定认为自己是个冷酷无趣之人，这让他大为不悦，因为这完全有悖于自己的正面形象。他一刻也不忘记自己的形象，对于他所认为的纽曼“攀上高枝”也表现出例行公事的礼貌。纽曼总是忘乎所以，毫无顾忌地质询揣测，时不时地发现主人对他报以讥讽的微笑，他完全不明白德·贝乐嘉侯爵究竟在嘲笑他什么。而在侯爵本人看来，他的微笑可能杂糅了多种情感，微笑是一种礼貌的表示，表示礼貌是他应当做的。此外，微笑对他而言纯属礼貌，这就使得礼貌的程度变得十分暧昧。而且，微笑既不表示反对也不表示支持，因为前者显得太过认真，后者会让事情变得一团糟。微笑可以帮他维护尊严，尽管他家族的光辉已然褪去，他还是决心要保持它的完美无瑕。他的态度表明他与纽曼之间不可能交流意见看法，他屏住呼吸避免吸到民主气息。纽曼并不关心欧洲政治，但是他喜欢对自己身边发生的事情有一个大概的了解，于是他多次询问德·贝乐嘉侯爵对公共事务的看法。侯爵文雅地回答说，他觉得一切都糟糕透顶，越来越差，这个时代真是糟透了。这一下子让纽曼感觉侯爵十分友善，他同情他，这个世界在他的眼里是那么惨淡无趣，二人再次见面时，他试图让侯爵注意这个时代光辉灿烂的一面。侯爵立刻回道，他只有一个政治信念，这对他来说已经足够，即他信奉波旁王朝法国国王亨利五世[①]的神圣权利。纽曼目瞪口呆，自此以后，他便不再和德·贝乐嘉侯爵讨论政治问题了。他对此既没有反感，也不觉得愤慨，更不觉得好笑。他的感觉就像发现德·贝乐嘉侯爵对某种奇怪的菜肴情有独钟，比如喜欢吃鱼骨头或坚果壳，他觉得他应该感受到了，在这种情况下，他当然绝不会问侯爵有关饮食的问题了。

一天下午，纽曼去拜访德·辛特雷夫人，仆人请他稍等一会儿，说女主人现在正忙着。于是，他便在房间里转了一会儿，拿起她的书看看，嗅一嗅她的花香，看看她的画像（他觉得那些画像是那么漂亮！），这时，他听到身后的门打开了，只见一个老年女人站在门槛边，他记得在进门和出门时曾有几次看到过这个女人。她身材高挑，衣着整齐，一身黑衣装束，头戴一顶便帽，身上散发出一种神秘的气息。她的帽子说明她不是法国人，因为那帽子是一件纯英式制品。她脸色苍白，严肃而忧郁，那双英式眼睛清澈却没有光泽。她定睛却胆怯地看了纽曼一会儿，然后向他简单地行了英式见面礼。

“德·辛特雷夫人请您再等一会儿，”她说，“她刚回家，马上就换好衣服。”

“噢，她让我等多久都可以，”纽曼说，“请告诉她不用着急。”

“谢谢您，先生。”她轻声说道。随后，她并没有去给女主人传话，反而跨步进了房间。她看看四周，然后径直走到桌边，开始收拾书籍和小玩意儿。看到她神色显露的高贵，纽曼大为惊讶，简直不敢把她看作仆人。纽曼在房间里缓慢地来回踱着步，她则忙着清理桌子，将窗帘的褶皱抚平。纽曼走过镜子旁，从镜中看到她正站在桌子边，并没有收拾东西而是在专注地盯着自己。显然，她有话想说，纽曼感觉到了，于是便先开了口。

“您是英国人？”他问。

---

① 亨利五世（Henri V de France，1820—1883），即亨利·查理，香波堡伯爵。一八七一年，法国在普法战争中战败，法兰西第二帝国宣告终结。在多方政治力量的影响下，当时居住在香波堡（Chambord）的这位王族后裔被请出来担任新的法国国王（当然，只是个权力象征），可是这个老顽固，在法国大革命将近一百年之后，仍然拒绝承认三色旗，坚持要求使用象征法国封建王权的白色旗，最终没能坐上王座，卒于一八八三年。但是，正统王朝派仍然称他为亨利五世。

“是的，先生，”她迅速而轻声回答道，“我出生在威尔特郡。”

“您觉得巴黎怎么样？”

“噢，我对巴黎没有什么看法，”她还是那种语气，“我来巴黎很久了。”

“啊，您在这里待很久了？”

“我来这里已经四十多年了，先生。我是和埃米琳小姐一起来的。”

“您是说跟随德·贝乐嘉老夫人一起来的？”

“是的，先生。她嫁到这里时，我就跟她来了，我是老夫人的贴身女仆。”

“您自那时起就跟着她了？”

“我自那时起就住在这个家中。老夫人带我来时，我还年轻，您瞧，我现在已经老态龙钟了。我现在没有什么固定的事做，只是四处巡查看看。”

“您看起来很健康，气色很好。”纽曼望着她挺直的身板以及脸颊泛起的令人肃然起敬的淡红色说。

“感谢上帝，我无病无痛，先生。我对自己要做的事情了如指掌，所以在做这些事时不会气喘吁吁或者咳嗽不止。但是，先生，我已经老了，也正因为自恃年高，我才敢斗胆和您讲话。”

“噢，您请说吧，”纽曼说道，略微有些好奇，“您不必顾虑我。”

“好的，先生，我觉得您人非常好，我之前见过您。”

“您是说在楼梯上？”

“是的，先生，就是您一直来看伯爵夫人的时候，请恕我冒昧，我注意到您经常来。”

“噢，是的，我经常来，”纽曼笑着说，“您只要睁开眼睛就会注意到。”

“我注意到后，开心极了，先生。”这位老侍女显得很诚挚地说。她站在那里看着纽曼，脸上的表情有些奇怪，其中有侍女天性的顺从和卑微，以及常年养成的得体的谦卑和对“自身位置”的明察。但那里面也掺杂了某种轻微的大胆，可能是在这种情况下，她感到纽曼异于常人的和蔼，才会生发出来的胆量。此外，那神情里还有一种对老物件的说不清的冷漠，仿佛这位老侍女最后在心里想，既然老夫人已经另有新的仆人，那她自己也没必要在一棵树上吊死。

“您很喜欢这个家吗？”纽曼问。

“非常喜欢，先生，特别是伯爵夫人。”

“很高兴听到您这样说。”纽曼说，过了一会儿，他笑着补充道，“我也很喜欢她！”

“我也这么觉得，先生。我们都不自觉地注意到你们的交往，也产生了自己的看法，我们这样做对吗？先生。”

“您是说作为一位仆人？”纽曼问。

“啊，是的，先生。很抱歉，作为一个仆人，我不该让自己的看法掺和进来，但是，我如此钟爱伯爵夫人，我把她当作自己的亲生孩子一样看待，对她倾注我所有的爱，这就是为什么我敢如此大胆的原因。先生，听说您想娶她？”

纽曼看着她，感觉她不是一个爱说长道短之人，对此颇为满意。她是个热心肠的人，有些心急，一副恳求的神情，但又显得十分谨慎。“这是真的，”他说，“我想娶德·辛特雷夫人。”

“然后带她去美国？”

“我会带她去任何她想去的地方。”

“先生，请带她远走高飞吧！”她大声说道，突然提高了音量，但她很快就意识到自己声音太高，于是便拿起马赛克材质的镇纸，开始用围兜擦拭起来。“我不是对这个家或家里任何人不满，先生，但是，我认为大的变动对伯爵夫人有好处，这个地方让人难过。”

“是的，这里好像没有什么生气。”纽曼说，“不过，德·辛特雷夫人本人倒是很快乐。”

“是的，她是唯一有生气的人，要是您知道这些年来她只有最近这几个月才稍稍开心一点儿，您的看法就会不同了。”

女仆的话证实了纽曼追求的成功，他不由得心中暗喜，但表面上只装出一副满不在乎的样子。“德·辛特雷夫人以前很不开心吗？”他问道。

“可怜的姑娘，她不开心是有道理的。像她这么甜美的姑娘，德·辛特雷先生根本配不上。如我前面所说，这个家让人难过，以我的拙见，她最好能离开这里。因此，如果您愿意听听我的意见，我希望她嫁给您。”

“我真心希望她愿意嫁给我！”纽曼说。

“可是，先生，如果她没有马上答应您，请不要气馁。先生，这是我想拜托您的。不要放弃，先生。请您不必介意，我认为婚姻对任何姑娘在任何时间都有极大的风险。特别是她刚刚摆脱了一段糟糕的婚姻，面临的风险会更大。但是，如果她可以嫁给一位心地善良、受人敬重的绅士，我认为她最好还是下决心答应。先生，这个家里的人都对您赞赏有加，如果您允许我说，我很喜欢您的外表。您的外表与逝去的伯爵迥然有别，他的个头还不到五英尺。而且他们说您非常富有，这没有什么坏处。因此，先生，我求您要有耐心，等待机会。先生，如果我不对您讲这些，恐怕没有人会跟您讲。当然，我不能向您做出任何承诺，也不能给您任何答案。但是，先生，我觉得您的机会并不坏。虽然我只是一个躲在安静角落里令人生厌的老女人，但是女人毕竟了解女人，我相信我能理解伯爵夫人。她一来到这个世界，我就抱着她，她结婚的那天是我一生当中最伤心的日子，她欠我一个更开心的婚礼。先生，如果您愿意牢牢抓住这个机会，您看起来似乎很愿意，那么我相信我们会等来那一个婚礼的。”

“非常感谢您给予的鼓励！”纽曼由衷地说道，“一个人无法什么都拥有，我的意思是要抓牢的东西。假如德·辛特雷夫人嫁给我，您一定要来和她一起生活。”

老女人用她静如止水的眼睛看着他，显得有些奇怪。“先生，对于一个已经在这里住了四十年的人，也许我这么说会很无情，但我还是要说，我想要离开这里。”

“好吧，正是说这话的时候，”纽曼热诚地说，“您已经在这里住了四十年了，该换换环境了。”

“您人真好，先生。”这位真诚的仆人又行了次礼，似乎准备离开，但又逗留了一会儿，露出胆怯而又阴郁的微笑。纽曼有些失望，半羞愧半生气地将手伸进马甲口袋里。他的这位“报信者”看到这一举动，“天啊！我不是法国女人。”她说，“如果我是，像我这个年龄，我会假笑着厚颜无耻地对您说：‘先生，如果您感到满意，我的信息可是有价的。’让我用英国人体面的方式告诉您，它确实值当些什么。”

“请问值多少钱？”纽曼问。

“就一点：请您保证不要把我对您说的这些话告诉伯爵夫人。”

“如果是这样，我向您保证，我绝不会说的。”纽曼说。

“就这些，先生，谢谢您！再见，先生。”她又将裙摆的套筒向下拉了拉，掖进有些偏小的裙摆里去，然后离开了。这时德·辛特雷夫人从对面的门走了进来，她注意到对面门帘[①]在晃动，于是便问纽曼，刚才是谁在和他说话。

“一个英国女人！”纽曼说，“穿黑裙子、戴白帽的老女人，老是行屈膝礼，很会说话。”

“行屈膝礼的老女人，很会说话？……噢，您是说可怜的布莱德太太，我这才知道原来您已经征服她了。”

“应该叫她蛋糕女士。”纽曼说，“她非常甜蜜，是个‘可爱’的老太太。”

德·辛特雷夫人朝他看了一会儿：“她能对您说些什么呢？她人很好，但我们觉得她有些沉闷，郁郁寡欢。”

“我想，”纽曼立即回道，“我喜欢她是因为她和您一起生活了那么长时间，从您出生就开始了，她告诉我。”

“没错，”德·辛特雷夫人坦率地答道，“她非常可靠，我可以信任她。”

纽曼从未跟眼前这位女士谈论过她的母亲和哥哥乌尔班，也没透

---

① 原文为法语：portière。

露过他对他们的印象。但是，就好像她已猜到他的想法，她似乎很小心地避开谈及他们。她从不提及她母亲制定的家规，也不引用侯爵的看法。但是，他们曾谈到过瓦伦汀，她毫不掩饰自己对这位弟弟的钟爱。纽曼听着，有时不免心生醋意，他多想自己也能分享一点儿这样的柔情。有一次，德・辛特雷夫人带着胜利者自豪的神情告诉他瓦伦汀做了件她认为特别光彩的事，他帮了一位他们家的老朋友，这是大家认为瓦伦汀向来不会去做的“正经”事。纽曼说自己很高兴听到这样的消息，然后就开始把话题转到自己的身上。德・辛特雷夫人听着，但很快她就说：“我不喜欢您谈及我弟弟瓦伦汀时的说话方式。”纽曼听后大吃一惊，于是表示他自己谈及瓦伦汀时都是出于友善的目的。

“就是太友善了，”德・辛特雷夫人说，“这种友善不值一文，那是演给小孩子看的，好像您并不尊重他。”

“不尊重他？为什么这么说？我觉得我很尊重他。”

“您觉得？如果您不确定，那就是不尊重。”

“您尊重他吗？”纽曼问，“如果您是尊重，那么我就是尊重。”

“如果您真心喜欢那个人，这就是个不需要回答的问题。”克莱尔说。

“那您就不应该问我那个问题，我非常喜爱您弟弟。”

“那是因为他逗您开心，但您并不想学他。”

“我不想学任何人，学做自己就已经很难了。”

“学做自己？您什么意思？”德・辛特雷夫人问。

“噢，就是做别人期待自己做的事，尽自己的职责。”

“可那只是当一个人足够优秀时才能做的事。”

“对了，很多人都很优秀。”纽曼说，“在我眼里，瓦伦汀就已经足够优秀了。”

德・辛特雷夫人片刻无语。“在我眼里，他还不够优秀。”她最后说，“我希望他干点儿什么。”

“他能干什么呢？”纽曼问。

“他什么也不会干，但他很聪明。”

“什么也不干，却每天过得很开心，这就是聪明的证据。”纽曼说。

“我觉得瓦伦汀并不是真心快乐。他聪明、慷慨、勇敢，可能在哪里去展现呢？在我看来，他命中注定不幸。有时，我有一种不祥的预感，不知道为什么，但是我预感他会遇上很大的麻烦，也许是一个悲惨的结局。”

“噢，把他交给我吧。”纽曼愉快地说道，“我会照看好他，让他远离伤害。”

一天晚上，在德·贝乐嘉老夫人的客厅里，大家交谈的热情自然消退，沙龙聚会接近尾声。侯爵在房间里默默地来回踱步，仿佛城堡大门前的哨兵，礼仪规范，一板一眼。他母亲坐在壁炉旁盯着火光；年轻的侯爵夫人正在忙着编织她那块大大的挂毯。一般情况下，这样的沙龙会有三四位访客，但当晚狂风暴雨大作，连那些最勤快的访客都缺席了。在长久的沉默中，风声嘶鸣，雨打门窗的声音清晰可闻。纽曼静静地坐着，一动不动地看着挂钟，决定待到钟敲十一点就告辞，一刻也不多留。德·辛特雷夫人背对着大家，在一扇拉起窗帘的窗前站了好一会儿，她前额抵着窗玻璃，看向被黑暗吞噬的窗外。突然，她转过身面朝嫂子。

“上帝啊！”她用异常期盼的语气说，“请去为我们弹奏一首钢琴曲吧。”

侯爵夫人举起手中的挂毯，指着上面的一朵小白花说：“不要让我丢下它，我正在忙着这幅杰作呢，我的小花闻起来会很香甜；我正用金丝线编织着香味儿，正在屏气凝神，怎么脱得开身呢？您自己弹吧。”

“我在您面前演奏会贻笑大方呢。”德·辛特雷夫人说。但很快她来到了钢琴旁，开始猛烈敲起琴键来。她弹奏得很快，并且很出彩，过了一会儿，她停了下来。纽曼走到钢琴边，请她再弹一曲，她摇了摇头。纽曼还要坚持，她说：“我不是为您而弹，是为了我自己。”她又重新回到窗边，眼睛看着外面。不一会儿，她就离开了客厅。纽曼起身告辞，乌尔班像往常一样送他到楼梯的第三级台阶处，楼梯下面站着一个仆人，手里拿着他的外套。当他穿上外套时，看到德·辛特雷夫人走过门廊，向他这边走来。

“您周五会在家吗？”纽曼问道。

她看了他一会儿，然后回答说：“您不喜欢我的母亲和哥哥。”

他略微犹豫了一下，然后轻声说：“是的。”

她把手放在楼梯扶手上，眼睛看着第一级楼梯，准备上楼去。

“是，我周五会在家里。”然后她就踏上了积满灰尘却很宽阔的楼梯。

周五那天，他一到，她便请他告诉她为什么讨厌她的家人。

“讨厌您的家人？”他大声说，“这是一个很可怕的说法。我没有这样说过，有吗？如果我说过，我也不是那个意思。”

“我希望您能告诉我您对他们的看法。”德·辛特雷夫人说。

“除了您，我从来没有考虑过他们。”

“那是因为您不喜欢他们。说实话吧，我不会生气。”

“好吧，我并不十分喜欢您的哥哥。”纽曼说，“我记得好像说过这样的话，但我这样说有什么用呢，我已经忘了我说过的这些话。”

“您脾气太好了。”德·辛特雷夫人认真地说。然后，她转过身去，示意他坐下，似乎想以此避免他说侯爵的坏话。

但他仍然站在她面前，接着说：“更重要的是他们不喜欢我。”

“是的，他们不喜欢您。”她说。

“难道您不觉得他们有错吗？”纽曼问，“我不相信自己是一个令人讨厌的人。”

“我觉得一个招人喜欢的人同时也可能被人厌恶。”她又说，“我的母亲和哥哥没有让您生气吧？”

“不，有时候会让我生气。”

“可您从来没表现出来呀。”

“这样对大家都好。”

“是啊，对大家都好。他们觉得他们对您已经非常好了。”

“毫无疑问，他们本可以更加粗暴地待我。”纽曼说，“说实话，我非常感谢他们。”

“您很大度，”德·辛特雷夫人说，“这并不是一个友好的环境。”

“您的意思是指对他们而言，不是对我。”

“是对我而言。”德·辛特雷夫人说。

“当他们的过错得到谅解时，您就不会这么想了，”纽曼说，“他们认为我配不上他们，这是事实，但我们用不着为此争吵。”

“即便我同意您的说法，我也得说一些不好听的话，因为这一切的前提就是反对您，您可能不太明白。”

纽曼坐了下来，看了她一会儿：“我觉得我并不真正明白，但只要您说了，我就相信。”

“这个理由太牵强了。”德·辛特雷夫人笑着说。

“不，这是个好理由。您精神饱满，品位要求极高，但这一切在您身上显得十分自然，一点儿也不矫揉造作。您不会像把头夹在老虎钳里那般僵硬地坐在那里，仿佛是为拍照那般端坐着。您觉得我除了赚钱之外对生活没有任何想法，只善于讨价还价。这样的评价对我很公平，但并不是全部。男人还应该去关心其他事情，尽管我并不确定那到底是什么。我在意赚钱，但我从未特别在意金钱。我没有其他事可做，但我绝不可能无所事事。我对人宽厚，也包括我自己。别人有求于我的事，大多数情况下我都会满足他们，当然除了那些流氓无赖。”纽曼继续说道，“对于您的母亲和哥哥，只有一点我可能会与他们争吵，我没有请他们在您面前替我说好话，但我希望他们不要去干预您的决定。如果我知道他们向您说我的坏话，我必然会反对和责备他们。”

“如您所说，他们没有干预我的决定，也没有说您什么坏话。”

“如果是那样的话，”纽曼大声说，“我得说他们是这个世界上最好的人了！”

德·辛特雷夫人从他的感叹中似乎觉察出某种可怕的东西，也许她想要回应，但这时门开了，乌尔班·德·贝乐嘉迈步走了进来。看到纽曼，他似乎有些吃惊，但他讶异的神色只在那异常兴奋快乐的脸上转瞬即逝。纽曼从未见他如此兴奋，那毫无光泽的惨白面庞略微有一丝变形。他扶着门等后面的人进来，接着德·贝乐嘉老夫人走了进来，一只手搭在一位纽曼未曾见过的绅士胳膊上。纽曼此时已经站了起来，德·辛特雷夫人也站起身，她在母亲面前总是这样。乌尔班和纽曼亲切地打过招呼后便站到了一边，双手慢慢摩挲着。他母亲和同伴走上前来，老夫人向纽曼庄重地点了点头，然后松开那位陌生绅士的手臂，这样可以方便他向女儿行鞠躬礼。

"女儿，"她说，"我给您介绍一位您未曾谋面的亲戚，蒂普米尔勋爵。他是您的表亲，但他今天才来做他很久之前就应该做的事，来认识我们。"

德·辛特雷夫人微笑着向他伸出手去。"这里真是太棒了，"这位高贵却有些迟钝的勋爵说，"不过，这是我第一次在巴黎待上超过三四个星期之久。"

"那您现在在巴黎已经待多久了？"克莱尔·德·辛特雷夫人问。

"噢，现在已经有两个月了。"蒂普米尔说。

蒂普米尔的这两句话显得很是无礼，但看一眼他的脸，您会觉得他这样的回答是合适的，显然德·辛特雷夫人并没有觉得他的话有多冒失，而只是反映了他的*天真无邪*[①]。一行人坐下来叙话，插不上话的纽曼就在一旁观察起这位新来的客人了。不过，就蒂普米尔本人来说，也没什么好观察的。他身形瘦小，三十三岁左右，有些秃顶，鼻子不长，上颌的门牙脱落了，一双坦诚浑圆的蓝色眼睛，下巴有几颗青春痘。显然，他很害羞，总是在笑，喘息时会发出奇怪可怕的声音，就像人睡觉打呼噜的声音。他的面相说明他是一个简单的人，有一些野蛮相，可能没有从他自小接受的劣质教育中有所受益。他认为巴黎是个非常欢乐的城市，但是要说真正十足的娱乐，巴黎比不上都柏林，

---

① 原文为法语：naïveté。

甚至，比起伦敦，他更喜欢都柏林。德·辛特雷夫人去过都柏林吗？他们应该择日到那里玩玩，他会带他们去看爱尔兰的一些运动项目。他常常去爱尔兰钓鱼，来巴黎则是为了欣赏奥芬巴赫[①]的新歌剧。有人会把新歌剧带到都柏林，但他已等不及了。他已经去看了《巴黎的苹果》九次了。德·辛特雷夫人身体后倾，双臂环抱，眨巴着眼睛困惑地看着蒂普米尔，这在她的社交中是少见的。德·贝乐嘉老夫人仍然保持着不变的微笑。侯爵说轻歌剧中，他最喜欢《贼鹊》。[②]接着，老侯爵夫人问了很多关于公爵、红衣主教、伯爵夫人、芭芭拉女士之类的问题。听着这些以及蒂普米尔有些答非所问的应答，过了大概一刻钟时间，纽曼起身告辞，侯爵陪着他三两步来到大厅。

“他是爱尔兰人吗？”纽曼问，并朝来客的方向点了点头。

“他母亲是菲纽肯勋爵[③]的女儿。”侯爵说，“他拥有许多爱尔兰领地。布里奇特夫人没有男性继承人，不论亲生还是旁系，这一很特殊的情况使她遭受了很多。但蒂普米尔勋爵的头衔属于英国，他在英国的财产非常丰厚，是个有魅力的年轻人。”

纽曼对此没有做任何回应，就在侯爵准备优雅地告别时，纽曼喊住了他。“我想借这个机会向您表示感谢，”他说，“感谢您一直遵守我们之间的承诺，在我和您妹妹的相处中帮了我很多忙。”

侯爵盯着他说：“说真的，我真没有做什么，不敢无功受禄。”

“噢，不必谦虚，”纽曼笑着答道，“我和德·辛特雷夫人的关系发展如此顺利，不能将所有功劳都归于我自己，也请代我向您母亲表达我的谢意！”他说完转身离去，留下德·贝乐嘉侯爵怔怔地看着他的背影。

---

① 奥芬巴赫（Jacques Offenbach，1819—1880），德籍法国作曲家。奥芬巴赫还是著名的轻歌剧大师，是法国轻歌剧的奠基人和杰出的代表，他开创了轻歌剧这样一个幽默通俗、独具特色的新的歌剧形式。他一生创作了一百多部轻歌剧，这些作品曲调优美动人，内容轻松活泼。

② 《贼鹊》（*Gazza Ladra*）是罗西尼创作的第二十部歌剧，于一八一七年在米兰首演。作品创作于欧洲连年战争岁月之后，迎合了民众渴求安宁的情绪。在这部歌剧中，罗西尼以其特有的手法淋漓尽致地表现出皆大欢喜的喜剧气氛，从而使罗西尼成为当时的风云人物。

③ 在英国的贵族制度当中，有公爵（duke）、侯爵（marquis）、伯爵（earl）、子爵（viscount）、男爵（baron）五级世袭贵族（Hereditary Peers）。勋爵（lord）不是一种爵位，而是一种称呼，在世袭贵族中，除了公爵以外，侯、伯、子、男爵都被通称为勋爵。

# 第十四章

纽曼再次来到大学路德·辛特雷夫人家时，碰巧发现只有她独自在家。纽曼这次是带着明确目的来的，他迫不及待地想要实现这一目的。而且，因为他自己心情急切，所以他觉得德·辛特雷夫人似乎此时也是在翘首以盼。

“到今天为止，我每天来看您已有连续六个月了，”他说，“但我从未第二次提到求婚的事，那是您对我提出的要求，我遵守了，能有哪位男士做得比我更好呢？”

“您的确表现得很谨慎。”德·辛特雷夫人回道。

“那么，现在我要做些改变，”纽曼说，“我不是说我就不要谨慎了，而是说我要回到最初的出发点，回到原来的起点；我一直在兜圈子，或者说我还从未离开过出发点，从未停止过追寻我想要的目标。如果可能的话，只是现在我更加明确我想要什么了，也更加确信您想要什么。虽然我不清楚也不相信三个月前发生在您身上的一切，但我现在更加了解您了。您是我能想象或想要的一切，超越了所有。您现在也了解我了，您一定对我很了解。我不敢说您见过世上最好的人，但您已经见识过最差的人。我希望这段时间您也一直在考虑。您一定看到了我只是在等待，千万不要认为我在改变。现在您要对我说什么呢？就说现在一切都清清楚楚，一切都合情合理，我经过很有耐心的考虑，这是值得我回报的。那么，请伸出您的手，德·辛特雷夫人，伸出来吧，请伸出手来！”

“我知道您只是在等我的回复，”她说，“并很肯定这一天迟早会来。我考虑了很多，一开始有些担心，但是现在我不再担心了，”她顿了顿，然后补充道，“这是一种解脱。”

她坐在一把矮椅子上，纽曼坐在她旁边的一张软垫凳上，他略微靠前握起了她的手，她让他握了片刻。“那就是说我没有白等。”他说。

她看了他一会儿，他看到她的眼里噙满了泪水。“和我在一起，”他继续道，“您会安全得像……安全得像……”即使此刻的热情澎湃，他一时还在犹豫着用什么来做比喻更为恰当。“安全得像……”他郑重其事地说，“躺在您父亲的臂弯里一样。”

她还是望着他，眼中的泪水越来越多。接着，她突然把脸伏到椅子旁边沙发的软垫扶手上，无声地抽泣起来。“我太软弱，太软弱了。”他听到她抽泣着说。

“这就是为什么您要把您自己交给我的又一个原因，”他回应道，“您为什么如此烦恼？这里并没有什么让您困惑的东西，我给您的只有幸福快乐，别无其他。这很难让您相信吗？”

“对您来说，一切似乎都很简单。”她抬起头，说道，“但事实并非如此。我非常喜欢您，六个月前就爱上了您，正如您说您很确定一样，现在我也很确信这一点。但是，就凭爱您这一点，要决定嫁给您并不那么容易，还有许多事情需要考虑。”

“其实应该考虑的只有一件事，那就是我们彼此相爱。”纽曼说。看到她沉默不语，纽曼又立即补充道：“很好，如果您不接受我的观点，那就不要说了。”

“什么都不考虑，我当然很开心。”她最后说，“根本不考虑，只闭上双眼，把自己托付给您。可我不能那样做，那样显得我太冷漠，我已不再年轻，我是个懦夫。我从来没有想过再次步入婚姻殿堂，我自己都觉得奇怪，竟然听信了您。在我过去做姑娘的时候，我常常想，假如我可以自由选择婚嫁对象，我应该选择一个什么样的人，我想到的是一个和您完全不同的人。”

“这并不能说明什么问题啊。”纽曼说着，脸上堆满了笑容，“您那时的品位还没有形成啊。”

看到纽曼笑，德·辛特雷夫人也笑了。“您的品位形成了吗？”她问道，然后又换了一种语气问道，“您想在哪里生活？”

“任何地方都行，只要您喜欢，这点很容易决定。”

“我不知道自己为什么问您这个问题，”她接着继续说道，“我对此并不在意。我想如果嫁给您，我可以住在任何地方。您对我有些错误的看法，您觉得我可能需要很多东西，我必须过那种光鲜亮丽的世俗生活。我相信您已经准备尽一切所能给我这些东西，但您这样想就太武断了，我从没有向您表现出对物欲的追求。”她又停了停，看着他。她时而说话时而沉默，这对他来说是那样的甜蜜美好，他不想催她，就像他不愿催促金光闪闪的日出一样。“您如此与众不同，起初对我来说似乎是道难题，是个麻烦。但突然有一天开始，您似乎对我来说是种快乐，一种极大的快乐。我很高兴您与众不同，然而，如果我这样说，没有人愿意理解我，我不仅仅是指我的家人。”

“他们会说我完全是个怪物，对吧？”纽曼问。

“他们会说我和您在一起永远也不会幸福，因为您与大家太不一样了。然后我会说，正是因为您如此与众不同，我兴许才会幸福。但是，他们会给出比我的理由更好的理由。我唯一的理由……”她又停下来了。

但是这次，在金光闪闪的日出之时，他有一种要抓住那玫瑰色云彩的冲动，“您唯一的理由是，您爱我！”他一边小声嘀咕道，一边优美地比画着手势。因为没有更好的理由，德·辛特雷夫人妥协地默许了这个理由。

第二天，纽曼再次来访，进屋时，在门廊处碰到了他的朋友布莱德太太，她虽然在屋内闲散转悠，却受人敬重。看到纽曼，她向他施了礼，然后转向带他进来的仆人，用混合着天生优越感和粗犷英语口音的威严语气说：“你可以退下去了，让我来荣幸地为先生带路。”她的语气尽管很威严，但纽曼似乎听出她的声音有些颤抖，仿佛她并不是很习惯这种命令的语气。那个男仆傲慢地瞪了她一眼，然后慢慢地走开了。于是她就领着他上楼去。楼梯的一半处有个转角，形成了一个小平台，在两面墙的夹角处摆放着一个十八世纪的自然女神像，只见神像表情冷漠，带着经典式的假笑，呈灰黄色，上面有些裂纹。布莱德太太在那儿停了下来，谨慎而友好地看着纽曼。

“我知道那个好消息了，先生。”她小声说。

“您有正当理由第一个知道。”纽曼说，“您的关心是出于友好的目的。”

布莱德太太转过身，开始吹去雕像上的灰尘，好像纽曼说的话是在嘲弄她似的。

“我猜您是想来为我贺喜的，”纽曼说，“非常感谢您！”然后他又补充道，“您那天说的话让我觉得很开心。”

她转过身，显然是放心了。“您不必猜有人告诉我了什么消息。”她说，“我只是猜到了，当您走进来，我看见您的时候，我就确信我猜对了。”

“您非常敏锐，”纽曼说，“我相信您在悄无声息之中看到了一切。”

“天啊，先生，我不是傻瓜。我还猜到了别的事情。”

“什么事？”

“我没有必要告诉您，先生。我想您是不会相信的，不管怎样，这件事不会让您高兴。”

“噢，除了让我开心的事，别的都不要告诉我。”纽曼笑着说，“您按我说的办吧。”

“好吧，先生，我希望一切越快结束就越好，您也就不会为这件事而烦恼了。”

“您是说我和她越快结婚就越好？当然，越早结婚对我来说越好。”

“对大家都好。”

“也许，对您也好。您知道您将要来和我们一起生活。”纽曼说。

“太感谢您了，先生。但我并不只是为自己考虑，如果您允许，我只是想建议您抓紧时间。”

“您在担心谁呢？”

布莱德太太抬头看了看楼上，又低头看了看楼下，然后又看着擦得很干净的自然女神像，仿佛她有知觉能听到人说话似的。“我担心每一个人。”她说。

“您是多么心神不宁啊！”纽曼说，“‘每个人’都想阻挠我的婚事吗？”

“恐怕我已经说得够多了，”布莱德太太答道，“我不会收回我说过的话，但我也不会再多说了。”然后，她又抬脚继续上楼了，领着纽曼来到了德·辛特雷夫人的客厅。

当他发现客厅里不止德·辛特雷夫人一个人时，他在心里暗自诅咒了一句。德·辛特雷夫人的母亲坐在客厅，年轻的德·贝乐嘉侯爵夫人戴着软帽、披着斗篷站在客厅中央。老侯爵夫人靠着椅背，两手紧紧抓住椅子扶手，目不转睛地盯着纽曼，一动不动。她似乎没有注意到纽曼在向她打招呼，好像沉浸在思考之中。纽曼心想，她女儿可能对她说了与我订婚的事，她一时难以接受，咽不下这口气。然而，当德·辛特雷夫人和他握手时，她同时给了他一个眼色，似乎是说他应该明白些什么。这是警告还是请求？是要他说话呢，还是保持沉默？纽曼不明所以，他从年轻的德·贝乐嘉侯爵夫人那漂亮的咧嘴一笑中也没有得到任何信息。

“我没有告诉我母亲。”突然，德·辛特雷夫人看着他说。

“告诉我什么？”德·贝乐嘉老夫人问道，“您告诉我的太少了，应该告诉我一切。”

“那是我告诉的。”小侯爵夫人说着，微微一笑。

“让我来告诉您母亲吧。”纽曼说。

老夫人又盯着他看，然后转向她女儿。“您要嫁给他？”她低声嚷道。

“是的，母亲[①]。”德·辛特雷夫人说。

“您女儿同意了，这让我感到非常幸福。”纽曼说。

“您什么时候做出这一决定的呢？”德·贝乐嘉老夫人问，“我似乎纯粹因为偶然才得知这一消息似的！”

“我的焦虑担忧是在昨天终止的。”纽曼说。

“那我的担忧又要持续多久呢？”老侯爵夫人问女儿，她说这话时并没有什么烦忧，只有一种冷淡而高傲的不悦。

---

① 原文为法语：Oui，ma mère。

德·辛特雷夫人默默地站着，眼睛盯着地面。“您的担忧现在也结束了。”她说。

“我儿子在哪里？乌尔班在哪里？”老夫人问道，“去把您哥哥叫来，告诉他这个消息。”

年轻的德·贝乐嘉侯爵夫人把手放在摇铃绳上。“他刚要和我出门会客，我刚去过他的书房，很轻很轻地敲了他的门，不过，他会来找我的！”说着，她拉动了铃绳，不一会儿，布莱德太太来了，脸上带着镇定的疑问神情。

“去把乌尔班叫来。”老夫人说。

但此时，纽曼感到一种无法抗拒的想说话的冲动，而且要用一种肯定的方式说。“告诉侯爵我们找他。”他对布莱德太太说。布莱德太太听后，悄悄地退出了客厅。

年轻的德·贝乐嘉侯爵夫人走到小姑子跟前，拥抱了她，然后转向纽曼，强作欢颜道：“她很迷人，我恭喜您。”

“我也恭喜您，先生。”德·贝乐嘉老夫人非常认真地说，“我女儿非常优秀，她在我的眼里是无瑕美玉。”

“我母亲并不常开玩笑。”德·辛特雷夫人说，“但她开起玩笑来，都是挺吓人的。”

“她很迷人。”小侯爵夫人看着小姑子又重复道，说话时头侧在一边，“是的，我恭喜您。”

德·辛特雷夫人转身离开，拿起一张挂毯，开始穿针引线。大家沉默了几分钟之后，德·贝乐嘉侯爵走了进来，他手里拿着帽子，手上戴着手套。他弟弟瓦伦汀跟在后面，似乎才从外面回来。德·贝乐嘉侯爵扫视了一圈屋里的人，用他一丝不苟的礼仪问候了纽曼。

瓦伦汀向母亲、姐姐和嫂子行礼致意。同纽曼握手时，他带着问讯的神气瞥了纽曼一眼。

“你们终于来了[①]！”年轻的德·贝乐嘉侯爵夫人叫道，“我们有

① 原文为法语：Arrivez donc，messieurs。

重大消息告诉二位。”

“女儿，告诉你哥哥。”老夫人说。

德·辛特雷夫人一直盯着挂毯，然后抬起头看着哥哥说：“我接受了纽曼先生的求婚。”

“您妹妹已经同意了。”纽曼说，“您也看到了，毕竟，我清楚我在做什么。”

“我很高兴！”德·贝乐嘉侯爵十分温和地说。

“我也很高兴，”瓦伦汀对纽曼说，“侯爵和我都非常高兴。尽管我自己不能结婚，但是我能理解结婚的心情。我自己不会倒立，但是我会为灵巧的杂技演员鼓掌。我亲爱的姐姐，我祝福您的婚姻。”

侯爵盯着自己的帽顶看了一会儿。“我们早有心理准备，”他最后说，“但在你们宣布时，我们在感情上难免还有些不太适应。”说着，他脸上露出了非常勉强的微笑。

“我在感情上没有什么不适应的地方。”他母亲说。

“我可不敢像您这样说，”纽曼说着，笑了笑，但是他的笑和侯爵不同，“我感到无比幸福，我想这可能是受到你们幸福的感染！”

“不要夸大其词，”德·贝乐嘉老夫人说着，站起身，将手搭在她女儿胳膊上，“您不可能指望一位诚实的老太太因为您将她唯一美丽的女儿带走而会感谢您。”

“您还忘了我呢，亲爱的夫人。”小侯爵夫人认真地说。

“是的，她非常漂亮。”纽曼说。

“请问什么时候举办婚礼呢？”年轻的德·贝乐嘉侯爵夫人问道，“我得要用一个月的时间考虑穿什么样的晚礼服呢。”

“这还得商量商量。”老侯爵夫人说。

“噢，我们会商量的，然后再通知您！”纽曼兴奋地说。

“毫无疑问，我们会同意的。”乌尔班说。

“你们当然会同意德·辛特雷夫人的，否则，就太不近情理了。”

“好吧，好吧，乌尔班，”年轻的德·贝乐嘉夫人说，“我得马上去裁缝铺了。”

老夫人手搭在女儿的胳膊上一直站着，目不转睛地看着她。她叹了口气小声说："不，我没有料想到您能娶到我女儿，您是个幸运的男人。"她转向纽曼补充道，向他意味深长地点了点头。

"噢，我知道我很幸运！"他答道，"我感到非常自豪，想跳到屋顶上大声宣布这个消息，想跑到街上拦住路人告诉他们这个消息。"

德·贝乐嘉老夫人嘟了嘟嘴。"求您别这样。"她说。

"越多的人知道越好啊，"纽曼大声说，"我还没有在巴黎宣布这个消息，但是今天早晨我已经把这个消息拍电报传到美国了。"

"电报发到了美国？"老夫人小声咕哝着。

"发到了纽约、圣路易斯和旧金山[①]，您知道这些是美国的主要城市，明天我会告诉这儿的朋友们。"

"您在这儿有很多朋友吗？"德·贝乐嘉老夫人问，恐怕纽曼不难察觉出她那粗鲁的口气。

"有足够多的朋友会来和我握手道喜，更不要说，"很快他又补充道，"还有您的朋友也会来道喜。"

"他们倒用不着发电报。"老侯爵夫人说完就离开了。

德·贝乐嘉侯爵上前和纽曼握了握手，用纽曼从未听他用过的殷勤语气说："您可以把这事交给我来办。"显然，他妻子此时的思绪已经飘到了裁缝店，正在比画着她的丝质缎带呢。听丈夫说完话，她就带着他离开了。

瓦伦汀将目光从他姐姐身上转到纽曼身上。

"我希望你们俩都仔细考量过了。"他说。

德·辛特雷夫人笑着说："我们既没有你那样的思考能力，也没有你那么认真，但我们已尽力了。"

"好吧，我对你们俩都很敬佩，"瓦伦汀继续道，"你们是有魅力的年轻人，但总体来说，我并不满意，你们属于小众阶层，精致的阶层，这个阶层的人应该保持单身。他们是世上罕有的灵魂，是泥土里

---

① 1870 年，纽约大约有一百万人口，波士顿、费城、巴尔提摩、圣路易斯、旧金山和芝加哥各约有三十万人口。

的盐，弥足珍贵。不过，我无意冒犯，要结婚的人通常都很敏感。”

“瓦伦汀的观点是女人应该结婚，而男人则不应该结婚，”德・辛特雷夫人说，“我不知道他怎么能自圆其说。”

“我这样说是因为我爱您啊，姐姐，”瓦伦汀热切地说，“再见。”

“去爱那个您会娶的人吧，”纽曼说，“总有一天我会替您安排的，看来我要变成婚姻倡导者了。”

瓦伦汀正准备抬脚跨出门槛，听到纽曼的话，他回头看了一会儿，表情变得凝重起来。“我爱着一个我不能娶的人！”说完，放下门帘[1]，离开了。

“他们都不看好这桩婚事。”纽曼说，这时屋里只剩下他们俩。

“是的，”过了一会儿，她说，“他们不看好。”

“好吧，那么，您介意吗？”纽曼问。

“是的！”她说，中间又停顿了一会儿。

“您这就错了。”

“我不得不这样看，我希望我母亲能感到满意。”

“她究竟有什么地方不满意呢？”纽曼问，“她都同意您嫁给我了。”

“没错，我也不明白，但是，如您所说，我确实‘介意’，您可以称之为迷信。”

“这取决于您为它而烦恼的程度，我想我得称之为恼人之物了。”

“就让我自己烦恼吧，”德・辛特雷夫人说，“不会影响到您的。”然后他们讨论了婚期，德・辛特雷夫人十分赞同纽曼的想法，决定早日完婚。

纽曼收到了十分有趣的电报回复。虽然他只发出了三封电报，却收到了八封以上贺喜回信。他把那些信放在自己的皮夹里，再次见到德・贝乐嘉老夫人时，他就抽出它们给她看。必须承认，这一举动有点儿不怀好意，读者一定能判断出这种冒犯能在多大程度上得到谅解。虽然纽曼知道老侯爵夫人不喜欢那些电报，但他搞不清她有什么

---

① 原文为法语：portiére。

理由不高兴。然而，德·辛特雷夫人却很喜欢那些电报内容，它们大多幽默风趣，她狠劲地嘲弄电报内容，并询问发电报人的性格。纽曼觉得自己既然已经获奖，他就特别想要广而告之。他非常怀疑他们故意对此保持缄默，只在他们选择的小圈子里发出一点声响。要是他不厌其烦，如他所说，打破所有窗户，将成功的消息分享出去，这样的想法会让他欣喜不已。没有人喜欢被否认和拒绝，不过，即使没有人奉承纽曼，但也没有人冒犯他。这是他公布自己幸福的强烈冲动的好理由，他的情感升华到了另一种高度，他想再次让贝乐嘉家族的人们感受到他的存在，他不知道以后是否还有这样的机会了。在过去的六个月里，他感到老夫人和她的长子是以鄙视的眼光在看自己，现在，他决心要让他们承担那样做的后果，让自己获得心理上的满足。

“就像看着别人缓慢地把酒倒出酒瓶，清空瓶底，”他对特里斯特拉姆太太说，“他们让我想去晃动他们的胳膊，迫使他们把酒弄洒。”

特里斯特拉姆太太对他这一想法的回应是，不要管他们，让他们按自己的方式行事。“您一定要体谅他们，”她说，“他们迟疑犹豫一段时间，是很正常的。他们认为当您提出结婚请求时，他们就接受了您。但他们不是有想象力的人，不能设身处地考虑未来，现在他们要不得不重新开始了，但他们是尊贵体面之人，会做有必要做的一切。”

纽曼眯着眼沉思了一会儿。

“我不是有意刁难他们，”他接着说，“为证明这点，我要邀请他们一起来参加一个宴会。”

“宴会？”

“您整个冬天一直在嘲弄我那些宽敞明亮、金碧辉煌的房间，我要向您展示它们适合做什么，我要举办一个聚会。在巴黎，人们做得最盛大的事是什么？我要雇请歌剧院所有的优秀歌手和法兰西剧院的一流表演家，盛情款待大家。”

“您会邀请谁呢？”

“首先是您，还有老夫人和她儿子，还有我在她家或者其他地方见过的她的每一个朋友，每一个对我表示过起码礼貌的人，每一个公爵及其夫人。还有我的朋友们：凯蒂·厄普约翰小姐、朵拉·芬奇小姐、帕卡德将军、哈奇等，无一例外。每个受邀者都将知道宴会的目的是庆贺我与德·辛特雷夫人订婚。您觉得这个主意怎么样？”

“我觉得这个主意太恶心啦！”特里斯特拉姆太太说，过了一会儿她又说，“我觉得这主意太美妙啦！”

翌日晚上，纽曼又来到老夫人的客厅，她的孩子们围坐在她的身旁。他邀请她两星期后赏脸光临他的寒舍。

老侯爵夫人盯着他看了一会儿。“我亲爱的先生，”她说，“您想要我干什么？”

“想让您认识几个人，然后您就舒适地坐在躺椅里，欣赏弗雷佐利尼[①]女士演唱。”

“您要举办音乐会？”

“类似那种。”

“邀请一大群人？”

“都是我的朋友，我希望还有您和您女儿的朋友，我想庆贺我的订婚。”

纽曼似乎看到德·贝乐嘉老夫人的脸色一下子变得苍白。她打开自己的扇子，那是一把上世纪画作精良的古玩扇。她看着扇面上的画，那是一幅乡村聚会[②]图：一位女士抱着吉他在歌唱，一群人围着头戴花环的赫尔墨斯[③]跳舞。

“自从我可怜的父亲去世以后，我们就很少出门了。”侯爵低声说。

“但我亲爱的父亲仍然在世，我的朋友，”他妻子说，“我就只等您的邀请了，”她用一种和蔼可亲而又颇为自信的眼神看着纽曼，“那

---

① 弗雷佐利尼（Erminia Frezzolini，1818—1884），女高音歌唱家，但到 1868 年，她的声音已经退化。

② 原文为法语：fête champêtre。

③ 赫尔墨斯（Hermes）是古希腊神话中的商业之神、旅者之神，主要为众神的使者，古希腊奥林匹斯十二主神之一，宙斯与阿特拉斯之女迈亚的儿子，古罗马又称墨丘利，是宙斯的传旨者和信使。他也被视为行路者的保护神、商人的庇护神、雄辩之神。传说他发明了尺、数和字母。他聪明狡猾，又被视为欺骗之术的创造者，他把诈骗术传给了自己的儿子。他还是七弦琴的发明者，是古希腊各种竞技比赛的庇护神。后来他又与古埃及的智慧神托特混为一体，被认为是魔法的庇护者，他的魔杖可使神与人入睡，也可使他们从梦中苏醒过来。

必定是一场盛大隆重的宴会，我对此十分有把握。”

然而，有损纽曼一贯对女士殷勤的名声，我很遗憾地说，他没有当时就向年轻的侯爵夫人发出邀请，他的注意力完全放在老侯爵夫人身上了。最后，老夫人抬起头，笑了笑。“只有在我们为您举办宴会后，我才会考虑去参加您的宴会，”她说，“我们想把您介绍给我们的朋友，我们会邀请所有的朋友，我们是诚心的，做事要有规矩。二十五日来见我吧，我会告诉您具体日期。我们没有弗雷佐利尼女士那样优秀的演员，但是我们会邀请非常好的朋友。这之后，您可以再来谈您的宴会。”老夫人说话时有些急切，越往下说，笑得越发愉快。

对纽曼来说，这似乎是个不错的建议，而且这类建议总是触及了他心底最柔软的部分。他对德·贝乐嘉老夫人说，二十五日或者其他日期，他都没问题，并且无论在她家或者他自己家见他的朋友都没有关系。我说过纽曼观察力很强，但这次他没有注意到老夫人和侯爵之间传递的微妙眼神。因此，我们姑且认定他后面说的这番话显露了他是多么的幼稚。

那天晚上，瓦伦汀送纽曼出门，他们走过大学路一段距离后，瓦伦汀若有所思地说：“我母亲非常强势，太强势了。”看到纽曼表示疑问，他继续说道，“她其实是被逼无奈，您永远也不会想到，她说二十五日告诉您举办宴会的具体日期，其实是一时的念头。她根本没打算搞什么聚会，听了您的提议后，才想出这么个招数。‘看人下菜碟’，请恕我用词不当，您看到了，她脱口而出，眼睛都不眨一下。她太强势了！”

“天哪！”纽曼懂得调侃和恻隐的分野，他说，“我根本不在乎她的宴会，我只是想要做成这件事情。”

“不，不，”瓦伦汀说，口气中透出一种似乎与之前言论相矛盾的家族荣誉感，“这件事一定会做成，而且要做得风风光光。”

# 第十五章

瓦伦汀·德·贝乐嘉说诺埃米小姐搬离了她父亲的住处，并对这位陷入窘境的焦急的父亲的态度多有微词。不过，瓦伦汀所言不虚，事实是尼奥什先生放缓了与他的新学生见面的节奏。纽曼强忍住憎恶，不得不赞同瓦伦汀对这个老头儿处世哲学的冷嘲热讽，虽然目前的情况似乎表明他还没有彻底绝望，但纽曼认为他很可能比表面上看到的要痛苦得多。尼奥什先生习惯每隔两三个星期来对纽曼做礼节性短暂拜访，他的缺席一方面证明他情绪极度消沉，另一方面是想要掩饰他成功排解了伤痛。纽曼很快从瓦伦汀那里了解到诺埃米小姐事业新进展的一些细节。

“我跟您说过，她与众不同，”这位坚定的观察者说，“她这次的行事方式证明了我的看法。她有很多机会，但她决心只选最好的那个。她曾把您作为这样一个机会考虑了一段时间，这是您的荣幸。但您没有给她这个机会，于是她又重新耐心等待了一段更长的时间。终于，她的机会出现了，她睁大了双眼适时而动。我相信她不会天真地错失良机，不过，她会给自己留足了面子。虽然您认为她只是个不靠谱的小姑娘，但她能牢牢地抓住机遇，没有什么能够阻挡她，并且她也决心不让自己名誉扫地，除非找到她的伴侣。她对伴侣有很高的期待。显然，她理想的伴侣已经出现，是一位五十岁、秃顶耳聋之人，但他有的是钱。”

“您究竟从哪里弄到这么重要的消息的？”纽曼问。

“闲谈弄来的，您知道我有唠嗑的毛病。我从年轻卑微的手套清洁女工的谈话中得知了这一消息，她在圣·罗琦路[①]上经营一家小商铺。尼奥什先生和她住在同一幢楼里，在五楼。过去五年里，诺埃米

① 圣·罗琦路（the Rue St. Roch），位于皇宫酒店和香榭丽舍大街之间的一条街道，在塞纳河右岸。

小姐总是穿过中庭，轻快地从脏乱的门口进进出出。那位身材娇小的手套清洁工和我是老熟人，她以前是我一位朋友的朋友，我朋友结婚后便与这些朋友断绝了来往。我过去常在朋友的圈子里碰见她，当我从她店铺洁净的小橱窗窥见她时，我立即认出了她。当时我戴着一双纤尘不染的新手套，但我还是走进了她的店铺，举起我的手套，对她说：'亲爱的小姐，您帮我清洁这副手套需要多少钱呢？''亲爱的伯爵，'她立刻答道，'为您清洁手套，我一分钱不收。'她马上认出了我，而我不得不听她讲述她过去六年的经历。不过，自那以后我利用她了解了很多关于她的邻居的情况。她认识并羡慕诺埃米小姐，我刚才对您讲的诺埃米的情况，就是她告诉我的。"

一个月过去了，尼奥什先生还是没有出现。纽曼每天早晨都会在《费加罗报》[①]上读到两三则有人自杀的消息，他开始怀疑尼奥什会以投塞纳河自尽来作为治愈他自尊受伤的药膏，他所受的屈辱恰恰可以证明他倔强的个性。纽曼的皮夹里有一张写有尼奥什先生家地址的纸条，有一天他刚好路过那个街区[②]，于是他决定正好可以利用这个机会去解开他的疑惑了。他来到圣・罗琦路上刻有门牌号的那幢楼，看到贝乐嘉提到的那位手套清洁女工站在旁边地下室的一排整齐挂起的充气手套后面，她面色蜡黄，身穿套裙，正眼神专注地窥视着街道，仿佛期待那位和蔼可亲的贵族再次从自己门前经过。不过，纽曼并没有找她，而是径直去问女门房尼奥什先生是否在家里。女门房打发他说那房客三分钟前刚出去，但她随即从门卫室窗户上的方形小孔打量纽曼，并判断出他是个有钱人，于是便一改刚才答复时的冷漠态度，俨然一位五楼主人的语气补充说尼奥什先生此时可能刚到故国咖啡馆，就在第二个转角的左边，他常在那里消磨下午的时光。纽曼感谢她告知这一信息，然后走到第二个拐角向左，来到了故国咖啡馆。他一

---

① 《费加罗报》（*Le Figaro*）是法国的综合性日报，也是法国国内发行量最大的报纸。创刊 1825 年，其报名源自法国剧作家博马舍的名剧《费加罗的婚礼》中的主人公费加罗。他的座右铭是"倘若批评不自由，则赞美亦无意义"。《费加罗报》也被认为是法兰西学院的公刊。

② 原文为法语：quartier。

时犹豫要不要进去，那样的话，这不就是在“跟踪”可怜的老尼奥什吗？但这时他的视线里出现了一个面容憔悴的七十岁小老头，正在那里小口啜着一杯糖水混合饮料，然而，甜蜜的饮料却并不能消解他的孤寂。他推门进去，一开始，除了浓密的烟雾，什么也看不清。透过烟雾，他很快注意到角落里的尼奥什先生，他正搅动着一大杯饮料，对面坐着一位女士，背对着纽曼。尼奥什先生很快认出了来客。纽曼朝他走过去，老头儿慢慢站起身，盯着纽曼，脸上的神情比平常更加萎靡。

“看到您正在喝潘趣酒[①]，”纽曼说，“我想您还没有死，这很好，别动了。”

尼奥什先生呆站在那里，望着纽曼，下巴沉着，不敢伸出手去。坐在他对面的女士转过身来，神采奕奕地抬头看着纽曼，那正是尼奥什女儿的窈窕身姿。诺埃米小姐警戒地看着纽曼，想知道他对自己的态度。我不知道她发现了什么，只见她优雅地说：“您好吗，先生？难道您不想也来一杯吗？”

“您是……是尾随我而来的吗？”尼奥什先生非常小声地问。

“我去您家，想看看您怎么了，我还以为您病了。”纽曼说。

“您总是这样慈悲心肠，”老人说，“是的，我感觉不太好。不，我生病了。”

“先让先生坐下吧，”诺埃米小姐说，“服务生，搬把椅子过来。”

“您愿意赏光坐下吗？”尼奥什先生怯怯地问，英语发音夹杂着法国口音。

纽曼心想最好还是先把事情了解清楚，他把桌子另一头的椅子拿了过来，坐在诺埃米小姐和她父亲中间。“您自然是来取东西的咯。”诺埃米小姐说着，啜了一口马德拉白葡萄酒。纽曼说他不是来取画的，然后转过去看着她父亲，面露微笑。“多么荣幸啊！是吧？他专

---

① 潘趣酒（hot punch），一种高度混合饮料，由红酒、白兰地和雪碧酒混合制成，并含有杏仁、葡萄干和橘皮调味料。

程过来看我们。”尼奥什先生一口喝干了杯中辛辣的烈酒，然后看向窗外，眼里含着泪水。“但您不是来找我的，对吧？”诺埃米小姐继续说道，“您没有想到我会在这里吧？”

纽曼注意到了诺埃米小姐外表上的变化，她非常优雅，更加漂亮，看起来比以前成熟了一两岁。很显然，只有从她的眼神里才能看出她获得了尊严。她看起来“非常淑女”，衣服的颜色更加素净，梳妆打扮更加低调优雅，这需要多年的练习才能养成。她现在的冷静自持和泰然自若的态度对纽曼造成了一种冲击，使他变得倾向于同意瓦伦汀的说法，这位年轻的姑娘真是与众不同。“是的，说实话，我不是来找您的，”他说，“没有想到会在这里看到您，”过了一会儿，他补充道，“听说您搬离了您父亲家。”

“真可恶[①]啊！”诺埃米小姐微笑着大声说道，“有人会离开自己的父亲吗？相反的例证倒不少。”

“是啊，令人信服的证据。”纽曼瞥了一眼尼奥什先生，老头儿用黯淡无光表示反对的眼神似看非看地回视了纽曼一眼，然后举起空空的杯子，假装再喝口饮料。

“是谁告诉您这些的？”诺埃米问，“我知道一定是瓦伦汀先生告诉您的，您为什么不说是呢？这太不像话了。”

“我很难为情。”纽曼说。

“那就让我来做个示范吧，我知道是瓦伦汀先生告诉您这个消息的，他对我很了解，或者说他认为他了解我。他费尽周折来打听我的情况，但其中有一半都不是真的。首先，我并没有离开我父亲，我太爱他了。难道不是吗？可爱的父亲？瓦伦汀先生是个非常有魅力的年轻人，绝顶聪明。我也知道很多他的情况，您下次见到他时，可以把这话告诉他。”

“不，”纽曼咧嘴笑着坚定地说，“我可不要当您的传声筒。”

“随您便吧，”诺埃米小姐说，“我既不指望您，也不指望瓦伦汀

---

① 原文为法语：Quelle horreur。

先生。他对我很有意思，让他耍他自己的手腕吧，他和您是完全相反的两类人。”

“噢，他与我完全不同，这点我毫不怀疑，”纽曼说，“但我不太明白您是怎么理解的？”

“我的意思是，首先，他从不帮我任何忙，或者帮我找个未婚夫。”诺埃米小姐顿了顿，笑着说，“我并不是说那都是他应该做的，我是拿他和您进行比较。顺便问一下，您是怎么想到要高价收购我的临摹画的？其实您并不在意我。”

“哦，不，我很在意您。”纽曼说。

“那么如何体现的呢？”

“看到您嫁给一个可敬的年轻人，我感到很高兴。”

“只有六千法郎收入的年轻男人！”诺埃米小姐大声道，“这就是您说的在意我？恐怕您对女人还知之甚少。您不是那种殷勤[①]的男人，那并不是您本该有的样子。”

纽曼脸涨得通红。“打住吧！”他大声说，“太过分了，我还从没想到过自己会如此不堪。”

诺埃米小姐笑着拿起她的皮手筒：“总之，只有这样说才会惹您生气。”

她父亲双肘撑在桌子上，脑袋前倾用双手托着，月白色手指按着耳朵。他就那样坐着，目不转睛地盯着空空的杯底，纽曼猜他可能没有听他们说话。诺埃米小姐扣好毛皮夹克，将椅子向后推了推，低头看了一眼自己裙摆的荷叶边，眼神里有种对自己昂贵外衣的珍爱，然后又抬头看了看纽曼。

“您最好还是原来那个诚实坦率的姑娘。”纽曼轻声说道。

尼奥什先生还是盯着玻璃杯底，他女儿站了起来，大胆地微笑着。“您是说我看起来不像是个诚实坦率的姑娘了？现在的姑娘大部分都是这样。请不要对我指手画脚。”她补充说，“我想要成功，这

① 原文为法语：galant。

就是我想做的。你们聊吧，我可不想在咖啡馆被人看到。我不知道您想从我可怜的父亲这儿得到什么，他现在过得很舒适，这也不是他的错。再见[①]，我的小老头儿。”然后，她用皮手筒轻轻拍了一下父亲的头，停了一会儿，看着纽曼说，“告诉瓦伦汀先生，如果他想了解我，让他来找我，亲自问我本人！”然后就转身离开了，门口戴白围裙系着蝴蝶结的服务生替她开了门。

尼奥什先生坐着没动，纽曼不知道对他说什么好。老人看起来阴郁笨拙。“那么您还是打算不射杀她了吧。”等了一会儿，纽曼说。

尼奥什先生还是没动，只是抬起眼，古怪地看了纽曼很长时间，这似乎就是默认了一切，既没有请求原谅，同时又没有佯装自己无能解决。就像一只无害扁平形昆虫的心理状态，明知道自己即将遭到胶鞋的踩压，却想自己也许太扁不会被踩死。尼奥什先生的眼神透露出一种无所谓的是非观念。“您肯定在心里小看我了。”他用尽可能低的声音说道。

“噢，不，”纽曼说，“这不关我的事，轻松面对也是一个不错的选择。”

“我以前在您面前说了太多的漂亮话，”尼奥什先生补充道，“我当时就是那样的想法。”

“请相信我很高兴您没有对她开枪，”纽曼说，“我害怕您会开枪自杀，所以来看看您。”说完，他开始扣起他的大衣外套。

“我们俩谁也没死，”尼奥什先生说，“您就把我看成小人吧，我无法向您解释，希望我再也不要见到您了。”

“咳，不要妄自菲薄。”纽曼说，“您不应该这样抛弃朋友。况且，上次您来见我的时候，我还觉得您特别开心呢。”

“是的，我记得。”尼奥什先生心不在焉地说，“我当时脑子发烧，自己都不知道说了些什么、做了些什么，那都是精神错乱时说的胡话。”

---

① 原文为法语：Au revoir。

“噢，好吧，您现在平静多了。”

尼奥什先生沉默了一会儿。“平静得跟死去了一样。”他低声说。

“您很不开心吗？”纽曼问。

尼奥什先生慢慢地擦了擦前额，甚至把假发向后推了推，斜视着他的空杯子。“是的，我不开心，但那没有什么稀罕的，我总是不开心。我女儿非常任性，我接受她给我的一切，好的坏的。我没有灵魂，一个人没有灵魂就只能闭嘴。我不会再去叨扰您了。”

“好吧。”纽曼说，他非常讨厌这个老头儿圆滑的处世哲学，“随您所愿。”

尼奥什先生似乎已经准备好被人鄙视了，但他还是想从纽曼的明褒实贬中求得一丝谅解。“毕竟，”他说，“她是我的女儿，我还要照看她。如果她会做错事，那为什么呢？世上有这么多不同的道路，人生的层次也不尽相同。我可以给她帮助——我可以帮她。”说到这儿，尼奥什先生停了下来，他迷茫地看着纽曼，纽曼开始怀疑他的心软了。“用我的人生经验帮她。”尼奥什先生补充道。

“您的人生经验？”纽曼问，感觉既好笑又讶异。

“我做生意的经验。”尼奥什先生认真地说。

“噢，是啊。”纽曼笑着说，“那将是她的一大优势！”接着，他向尼奥什道别，向这位可怜又愚蠢的老人伸出手去。

尼奥什先生背倚着墙壁和他握手，过了一会儿他抬头望着纽曼。“我想您一定认为我黔驴技穷了，”他说，“这极有可能，我的头老是疼，所以我无法向您解释，跟您说不清道不明。她太强势，想要我去哪儿我就得去哪儿！可事实就是这样——就这样。”他停下来，仍然望着纽曼，瞳孔放大，闪着亮光，仿佛黑暗中猫的眼睛。“一切并不是表面上看起来的那样，我没有原谅她，噢，没有！”

“这就对了，不要原谅她，”纽曼说，“她是错的。”

“太可怕了，太糟糕了。”尼奥什先生说，“可您想知道真相吗？我恨她！我接受她给我的一切，可我更恨她了。今天，她给我送来了三百法郎，就在我的马甲口袋里。我现在极度憎恨她，不，我没有原谅她。”

“那您为什么要接受她的钱呢？”纽曼问。

“如果我不接受，”尼奥什先生说，“我会更加恨她，这就是我的悲哀。不，我没有原谅她。”

“当心不要伤害她！”纽曼说，又笑了起来，然后就告辞了。走过咖啡馆的橱窗时，他看到老人神情忧伤地招呼服务员为他斟满酒杯。

大约是他去故国咖啡馆一周后的某一天，他去拜访瓦伦汀，正巧他在家里。纽曼说了和尼奥什先生及其女儿会面的情况，并说恐怕瓦伦汀对那个老头儿的判断是正确的。他发现那父女俩相谈甚欢，老绅士的严格纯粹是嘴上说说。纽曼坦承自己很失望，他原本期望看到尼奥什先生站在道德高地之上。

“道德高地，我亲爱的朋友，”瓦伦汀笑着说，“他没有任何道德高地可攀。以尼奥什先生的水平他能感知到的高地就只有蒙马特区[①]了，可那儿却不是个可教化人的地区。在一个平原国家是无山可登的。”

“他确实说了，”纽曼说，“他没有原谅她，但她对此永远不会知道这一点。”

“公平来讲，他并不喜欢那种事，”瓦伦汀回应道，“诺埃米小姐就像那些我们读过的自传里的伟大画家一样，他们在职业生涯初期会受到圈内人的排挤和反对，他们的工作也得不到家人的认可，但这个世界会给他们主持正义，诺埃米小姐有了一份职业。”

“哦，得了吧，”纽曼不耐烦地说，“您对那个小女人太上心了。”

“我知道自己太上心了，可一个人了无牵挂，就一定会想小女人了。我觉得对一些轻松的东西上心比对什么都不上心要好。这个小女人引起了我的兴趣。”

“噢，她已经发现了，知道您一直在打听她的情况，问各种关于她的问题。她为此很得意呢，相当可恶。”

---

① 蒙马特区（Montmartre），巴黎海拔最高的地区（高于塞纳河大约四百英尺），主要是工人聚居的地区。

“可恶，我亲爱的朋友，”瓦伦汀笑着说，“一点儿也不可恶！”

“如果我让那个贪婪的女投机分子知道我为她费尽周折，我宁愿上吊自杀。”纽曼说。

“漂亮女人永远值得男人费力讨好，”瓦伦汀反驳说，“乐见诺埃米小姐因为我的好奇而自鸣得意，要让她知道我很得意她的得意。顺便说一句，她并不是那么太得意。”

“您最好直接去告诉她，”纽曼回应道，“她也让我给您转达类似的话。”

“您也太没想象力了，”瓦伦汀说，“我去看过她——五天里去了三次。她是个很有魅力的女主人，我们谈到了莎士比亚和玻璃琴[①]。她非常聪明，有很强的好奇心，一点儿也不粗俗，或者想要粗俗，但决心不让自己粗俗。她谨言慎行，非常完美；她冷酷无情，线条分明，如同刻在古老宝石上的小小的海之女神雕像。我敢保证她就像是从紫水晶里开凿出的那般没有任何情感或冷若冰霜，您用钻石都不能在她身上留下印记。她非常漂亮，真的，您了解她后，就知道她美极了！她聪颖睿智，坚毅果断，野心勃勃，不择手段，她能看着一个人在她面前被扼死而面不改色。我以我的名誉发誓，她是个非常有趣的姑娘。”

“这张爱慕清单可真长啊，”纽曼说，“这些可以成为便衣侦探最喜欢的描述罪犯特征清单了，我会用另一个词而不是‘有趣’来总结这些特征。”

“为什么？只不过用一个词形容而已，我并没有说她值得赞美或可爱，也不想让她成为我的妻子或姐妹，她是一台制作精巧、稀奇古怪的机器，我想要看它如何运转。”

“好吧，我也看过一些稀奇古怪的机器，”纽曼说，“有一次在一

---

① 玻璃琴（musical glasses），是美国人富兰克林发明的一种乐器，他将发声的单体由高脚杯改为底端有套接孔的碗状玻璃，由大到小依序串接后横卧于琴架，以脚踏板驱动传动轴（类似老式缝纫机）；演奏者坐在乐器后方，边踩着踏板，以沾湿的手指碰触玻璃碗的边缘，即可发出如杯琴般的声音。包括莫扎特、贝多芬在内的音乐家，都曾为玻璃琴谱写专属的作品，小提琴之神帕格尼尼更是赞叹过：“这是天堂的声音！”

家针厂，我看到一位来自大城市的绅士因为站得离机器太近了，然后被一台机器举起来，就像用叉子把肉叉起来那样，直接将他吞噬了，碾成碎末。”

在纽曼与德·贝乐嘉老夫人讨价还价（这个用词十分准确）以什么方式将他订婚的消息公之于众后的第三天，纽曼回到家中已是深夜，他看到桌子上有张外形十分精美的卡片，老夫人说她将于本月二十七日晚上十点在家举行舞会，邀请他参加。他把卡片卡在镜框缝里，心满意足地看着它，仿佛看到的是赏心悦目的胜利勋章和奖励证书。瓦伦汀·德·贝乐嘉进来时，他正四仰八叉躺在椅子里，钟爱地看着那张卡片。瓦伦汀立即顺着纽曼眼神的方向瞥了一眼，发现那是他母亲的邀请信。

“他们为晚宴做了些什么准备呢？”他问，“不会是那些传统的‘音乐’‘舞蹈’或者‘活人雕塑表演’[①]吧？至少应该邀请一位‘美国人’来。”

“噢，会有一些美国人去的，”纽曼说，“特里斯特拉姆太太今天告诉我她收到了邀请信，并已寄出了接受邀请的回函。”

“啊，那么特里斯特拉姆太太和她丈夫会支持您的，我母亲可能已经在她的卡片上写下了‘三位美国人’。但是，我觉得您不会感到毫无兴致，您会见到许多法国名望之士，我是说那些拥有久远的贵族血统和高鼻梁的人，诸如此类。他们之中有些是很差劲的蠢货，我建议您与这些人打交道要小心。”

“哦，我想我会喜欢他们的，”纽曼说，“这些日子里，我已准备好喜欢任何人和任何事，我的心情特别好。”

瓦伦汀默默地看了他一会儿，然后一屁股坐在了一把椅子里，露出一副异常的疲惫神情。

---

① 原文为法语：tableaux vivants。活人雕塑是行为艺术的一个支派，起源于西方国家，通过真人涂绘，达到雕塑的逼真效果，配以肢体语言，向人们展示其艺术内涵。它借鉴了纯雕塑艺术风格，但又不同于纯雕塑，优点是取之于生活，展示于真实，每个人物造型及群体组合都代表着一种文化，灵活生动地展示出不同时代所具有的社会风貌。

“真是幸福的人！”说完，他叹了口气，“当心不要冒犯别人。”

“如果有人要来冒犯我，他大可以那样做，我问心无愧。”纽曼说。

“所以您是真心爱上我姐姐了。”

“是的，先生！”顿了一会儿，纽曼说道。

“然后我姐也是？”

“我猜她是喜欢我的。”纽曼说。

“您用了什么魔法妖术？”瓦伦汀问，“您是怎么让她喜欢上您的？”

“哦，我没有什么一般法则，”纽曼说，“只要她似乎能接受的方式就行。”

“即使有人知道这样的一般法则，我也不会相信，”瓦伦汀笑着说，“您真是个厉害角色，动作真快！”

“您今晚有点儿不对劲，”纽曼回应道，“心怀叵测，在我完婚之前，可不要给我制造任何麻烦。等我生活安排妥当，我就能更好地做到兵来将挡，水来土掩了。”

“那你们什么时候举行婚礼？”

“大概六个星期以后。”

瓦伦汀沉默了一会儿，然后说：“您对未来很有把握吗？”

“有把握，我确切地知道自己想要什么，并且，我清楚自己已经得到了什么。”

“您确定你们将来会幸福快乐吗？”

“确定？”纽曼说，“愚蠢的问题得用愚蠢的答案来回答。是的，确定！”

“您什么都不担心？”

“担心什么？除非您用暴力手段杀了我，否则您伤害不了我。我的确应该考虑的是一个大骗局，我想要活着，真心想活下去。我不会死于疾病，因为我身体非常强健。至于老死，现在时机还不成熟，我不能失去我的妻子，我再怎么照顾她也不为过。我可以失去金钱，或失去其中的大部分，但没关系，我可以再赚两倍。因此，我有什么可担心的呢？”

“您不担心美国商人娶法国伯爵夫人可能是个错误？”

“也许对伯爵夫人来说是个错误，但对商人来说不是，如果您说的商人是指我的话！但是，我的伯爵夫人不会失望，我会用幸福来回报她！”仿佛有种冲动想要用篝火庆祝他对幸福的确信，纽曼站起来向火焰已经很旺的壁炉里又扔了几块木柴。瓦伦汀看了一会儿飞蹿起来的火焰，然后用手捧着头，悲伤地叹了口气。“您头痛？”纽曼问。

“我很伤心[①]。”瓦伦汀用法式简单直接的语气说。

“您很伤心，嗯？是不是有关前天晚上您说您很爱慕却不能娶的女士？”

“我真那样说了吗？似乎说过后，我就不记得了。在克莱尔面前这样说，让她觉得我很没品位，但我当时说的时候心情很郁闷，现在还是很郁闷。您为什么要把那姑娘介绍给我？”

“噢，是诺埃米，对吧？是上天让我们那天遇见她的！您不是想说您为她害上了相思病吧？”

“相思病？不会的，没有那么深的感情。但是，那个冷血的小恶魔一直萦绕在我的脑海里，她甚至已经用她那些小牙齿噬咬我，我觉得自己仿佛患了狂犬病，会做出一些疯狂的事情，这很糟，非常低级。她是全欧洲最唯利是图、声名狼藉之人，但她真的让我心神不宁，我的脑海里全都是她。这和您那高贵又高尚的爱情形成了鲜明对比，非常讨厌的对比！很遗憾这是我在这个值得尊敬的年纪能够做到的最好的状态了。总的来说[②]，我是一个不错的年轻人，对吧？您不能保证我的未来也像您一样那么确定。”

“马上放弃那个女孩，”纽曼说，“不要再靠近她了，您的未来将会一样确定。来美国，我会安排您在银行工作。”

“放弃她，说起来很容易，”瓦伦汀说着，微微一笑，“但您不能

---

① 原文为法语：Je suis triste。

② 原文为法语：en somme。

就这样放弃一位像她这么漂亮的女人，您得礼貌，即使对待诺埃米也是一样。并且，我不想让她觉得我害怕她。”

“所以，徘徊在礼貌和虚荣心之间，您将向这个泥潭越陷越深？用礼貌和虚荣心来做更好的事情吧。还有，记住，并不是我想要把您介绍给她，是您坚持要认识她，我当时就有种不好的预感。”

“噢，我不是责怪您，”瓦伦汀说，“祈求上天不要让我错过认识她的机会，她真的非常特别，她张开那双翅膀的方式很让人惊奇，没有哪个姑娘能像她那样将我逗乐。但很抱歉，”他立即补充说，“她没有间接让您对她产生兴趣，这个话题有些暧昧，让我们换个话题吧。”瓦伦汀换了一个话题，但五分钟后，纽曼发现，他又明显绕回原来那个关于诺埃米小姐的话题了。他描述她的行为举止，重述她说过的妙语[①]，那些话充满智慧，对于一个六个月前还在毫无艺术感地临摹圣母马利亚的姑娘来说，那些话显得很是愤世嫉俗。但最后，他突然停了下来，陷入了沉思，过了一会儿，他还是没有说话。当他起身准备离开时，显然，他还在想着诺埃米小姐。“是的，她真是个令人害怕的小怪物！”他说。

---

① 原文为法语：mots。

# 第十六章

接下来的十天，是纽曼一生中最幸福的日子。他每天都同德·辛特雷夫人会面，但从没碰到过德·贝乐嘉老夫人或他未来的大舅子。德·辛特雷夫人最后似乎为他们的久不露面而感到抱歉。“他们出于礼仪，都在忙着带蒂普米尔勋爵游览巴黎，”她脸上挂着微笑认真地说，然后又补充道，“他是我们的七表弟，血浓于水，您是知道的。不过，他那个人很风趣！”说到这儿，她笑出了声。

纽曼碰到过年轻的德·贝乐嘉夫人两三次，她总是那样风姿绰约，一脸茫然地四处徘徊，仿佛在找寻某种不可企及的理想乐子。她常常提醒纽曼那幅画着香水瓶的画里的瑕疵，不过，他越来越对她有所好感，原因是她对乌尔班·德·贝乐嘉的忠贞让他感动。他同情她，她身材娇小，头发褐色，笑起来傻傻的，有一颗不安分的心。有时候，她目不转睛地看着他，装出一副纯洁无邪的样子，暗地却透出风情万种的媚态。显然，她想要问他些什么或者有什么话想要对他讲，他也想一探究竟。然而，他不好意思给她这个机会，因为如果她告诉他自己婚姻的乏味无聊，那他就会不知所措，不知如何帮她。但是，他想她有一天会来找他（四下看看，小声嘘一下），然后对他说：“我知道您讨厌我丈夫，我很乐意有这样的机会告诉您，您是对的。可怜可怜我吧，嫁给一位如机械钟[①]一般的人的女人是多么不幸！”不过，虽然纽曼不完全了解上流社会的礼仪，但凭直觉他能洞察某些行为的“卑劣”。似乎对他而言，要时刻警醒自己洁身自好，不能给他们留下把柄说他在他们家里做了让他们不开心的事儿。事实上，年轻的德·贝乐嘉夫人曾经告诉他自己要在他婚礼上穿的礼服仍然处于构想阶段，虽然她已经与裁缝多次商讨过，但那件衣服还未成形。

---

① 原文为法语：papier-mâché。

“我告诉他们袖子的肘部要有淡蓝色蝴蝶结，”她说，“但是，今天我却完全没有看到我的蓝色蝴蝶结，我不知道他们到底是怎么回事。今天我看到了粉色——一种嫩粉色，然后，我经历了某种奇怪又无聊的一段时间，这时蓝色和粉色我都不喜欢了，但我必须要有那些蝴蝶结。”

“那可以选绿色或黄色的蝴蝶结。”纽曼说。

“太糟糕了[①]！”年轻的德·贝乐嘉侯爵夫人尖声叫道，“绿色蝴蝶结会破坏您的婚姻[②]——那会让您的孩子成为私生子！”

德·辛特雷夫人在人前显得既平静又快乐，纽曼开心地想，没有别人在场时，她在他面前一定会兴奋激动，她对他说过很柔情蜜意的话：“我觉得您不好玩，从来不给我机会责备您或纠正您，我想要得到这样的机会，期望享受这样的机会。但是，您却没有做任何让人讨厌的事。您虽然暗自不开心，却从不冒犯他人，这真够傻的，让我觉得不够刺激，我还是嫁给别人吧。”

“恐怕我只能做到这个地步了，”纽曼会这样答道，“请好心忽略这个缺点。”他向她保证，至少他永远不会责备她，因为她是那么让人称心如意。“您只需知道，”他说，“您正是我梦寐以求的对象！我开始明白为什么我那么渴望得到您，拥有您就是我期待的一切！从来没有一个男人会对他的好运感到如此开心。过去一周里，您显示了充分的自尊，那正是我期待妻子应该表现的样子，您说的话也是我希望自己妻子所说的话，您在房间走动的样子也是我期望妻子走路的样子，您穿衣的品位也是我所期望她应有的品位。总之，您符合我对妻子的期许标准，并且，我可以告诉您，我的标准是很高的。”

这些细致观察似乎让德·辛特雷夫人感到颇有压力。最后，她说：“如果是那样的话，我没有达到您的标准，因为您的标准太高。

① 原文为法语：Malheureux。

② 法国风俗里禁用红、蓝、绿或黄色婚服，绿色蝴蝶结也是妓女的标记。

我并不是您想象中的那种人，我不过是一个小女人而已。您理想的女人惊世绝伦，天啊，她是怎么做到如此完美的？”

“她不是别人。”纽曼说。

“我真的相信，”德·辛特雷夫人继续说，“她比我自己心目中的完美女人都要好。您知道这是一个多么高的赞美吗？好吧，先生，我会把她作为我的人生楷模的！”

纽曼宣布订婚的消息后，特里斯特拉姆太太去拜访了她亲爱的克莱尔，翌日，她对我们的主人公说他的好运简直有悖常理。“好笑的是，”她说，“您显然会像是娶到一位平民之家小姐一样幸福满足，你们真是天生一对、地造一双，然而你却为如此美好姻缘未付一文。婚事常常是一种妥协，你却不费吹灰之力拥有了一切，你们一定会美满幸福的。”纽曼感谢她的吉言良语，没有哪个女人能像她那样说好话能把人捧到天上、说泄气话能把人打进地狱的。特里斯特拉姆先生的说话方式则不一样，他也跟着妻子去拜访了德·辛特雷夫人，他是这样描述自己的考察感受的。

“我这次不想谈对你那位伯爵夫人的看法，”他说，“我曾经说过错话，弄得大家都很尴尬。顺便说一句，跟朋友打探未婚妻的看法可不那么地道。你值得拥有得到的一切。接着说吧，你自然去和她说过，所以她总是赔着小心让我这位初次造访的可怜的大坏蛋感到十分愉快。但是，我得公正地说，你似乎没有告诉德·辛特雷夫人我是个什么样的人；或者如果你说了，她依然那样对我，足见她多么宽宏仁义！她人很好，温婉有仪。她和丽莎（即特里斯特拉姆太太）坐在沙发上，手拉着手，互称*美女*[①]。德·辛特雷夫人不时向我优雅微笑，仿佛让我觉得自己瞬间英俊了起来。我可以肯定地告诉你，她要是发现对人稍有怠慢，就会立即补救，让人感到如沐春风。唯一让人觉得不愉快的时刻，是她突然想到要把我们介绍给她母亲，因为她母亲想要认识你的朋友。我可不想认识她母亲，我都想要告诉丽莎让她独自觐

---

① 原文为法语：chère belle。

见，我留在外面等她。然而，可恶的一贯足智多谋的丽莎看穿了我的小心思，轻扫一眼就打消了我的念头，所以，看着她们手挽着手进去了，我只能紧随其后。我们看到老夫人坐在扶手椅里，心不在焉地摆弄着她那贵族气派的大拇指。她从头到脚打量着丽莎，丽莎也不甘示弱，如法回敬。公平地说，玩这样的游戏，丽莎与她旗鼓相当。丽莎告诉她我们是纽曼先生最好的朋友，老夫人怔了一会儿，然后说：'哦，纽曼先生！我女儿已经决定嫁给一位叫纽曼先生的人了。'接着，德·辛特雷夫人又开始轻拉丽莎，说正是这位亲爱的太太促成了他们的姻缘，她是他们的媒人。'哦，那我得替我那美国女婿感谢您了，'老夫人对丽莎说：'您真是聪慧过人，的确得谢谢您。'然后，她开始看我，过了一会儿说：'天啊，您是从事制造业的吧？'我本想说我是专门制作那种让老巫婆骑的扫帚把儿的，但是丽莎先我一步做了回答。'老夫人，'她说，'我丈夫属于那不幸没有任何职业也不做生意的一类人，没有为这个世界作出过什么贡献。'为了反击老夫人，她把我贬得一钱不值。'天啊！'老侯爵夫人说，'我们每个人都有自己的职责。''对不起，我的职责强迫我要向你告辞了。'丽莎说。然后，我们就一起出来了。不过，你有了岳母大人，她具有这个名词所包含的所有权威。"

"哦，"纽曼说，"我的岳母大人并不会管我。"

二十七日晚上，纽曼早早去了德·贝乐嘉老夫人的舞会。坐落在大学路上的这所老宅异乎寻常地灯火辉煌，一群人站在从大门口投射出的一圈灯影下，看着马车渐次驶入，摇曳的火把把院子照得通亮，门廊铺上了猩红地毯。纽曼到的时候，客人还不多。德·贝乐嘉老夫人和女儿、儿媳站在阶梯顶端，面色蜡黄的老太太正从一簇树荫下向外张望，只见她身着漂亮的紫色镶花边晚礼服，恰似凡·戴克画中的老夫人形象。德·辛特雷夫人身着白色礼服。老夫人非常正式庄重地与纽曼打招呼，然后看看身边，叫过来几位离她比较近的客人。他们是几位比较年长的绅士，是瓦伦汀所说的高鼻梁那类人，其中有两三位还佩戴着绶带和星形勋章。他们小心地走上前来，老夫人说她想要向他们介绍纽曼先生，他将迎娶自己的女儿。接着，她按顺序介绍了三位公爵、三位伯爵和一位男爵。绅士们纷纷鞠躬施礼，笑容可掬。纽曼与他们一一握手，口中说着“幸会幸会”。纽曼望着德·辛特雷夫人，但她并没有看他。从他个人自我意识来讲，他情不自禁地向她张望是很自然的，从客观评论者的角度来说，他也正是这样做的，可能正是从这一方面他找到了她傲慢的证据，她的眼神从没有落在他的身上。纽曼虽然并没有这样想，但我们还是可以斗胆假设，尽管在这种情况下，也许德·辛特雷夫人仍然洞察秋毫，看见了纽曼的一举一动。年轻的德·贝乐嘉夫人着装非常大胆，一袭暗红绉纱礼服，上面缀满了银色的月亮，既有弯弯的月牙儿也有饱满的圆月。

“您还没有评价我的礼服呢。”她对纽曼说。

“我觉得，”他答道，“我好像是从天文望远镜里看到您，感觉非常特别。”

“如果特别，那就适合这个场合了，不过，我可不是什么天体。”

“我从来没有在深夜看到过天空是这种特别的深红色。”纽曼说。

“这是我的原创，其他人大多会选择蓝色。我小姑子会选可爱的蓝色，上面会绣十几只精致的小月亮。但我觉得深红色会更有意思，并且，我设定的主题是月光。”

“是月光和流血。”纽曼说。

“月光谋杀案，”年轻的德·贝乐嘉夫人大笑着，“多有趣的化妆想法啊！为了让这个想法更完美，您瞧，我还在头发里插了一把钻石匕首呢。噢，瞧，蒂普米尔勋爵来了。”她立即补充道，“我得问问他对我这身装扮的看法。”蒂普米尔勋爵走上前来，满面红光，笑容可掬。“在我和我小姑子之间，蒂普米尔无法决断更喜欢哪一个，”年轻的德·贝乐嘉夫人说，“他喜欢克莱尔，因为他们是表姐弟；喜欢我则因为我不是他的表亲。不过，他不可以向克莱尔献媚，而我则是他献媚的最佳对象①，这是因为向一个已经订婚的女人献媚是非常严重的

① 原文为法语：disponible。

错误，而不向已婚女人献媚则更是大错特错。”

“噢，向已婚女人献媚是件多么惬意的事啊，”蒂普米尔说，“因为她们不会要您娶她们。”

“其他人都这样吗？那些未婚女士？”纽曼问。

“哦，是的，亲爱的。”蒂普米尔说，“在英国，所有姑娘都会让小伙子娶她们。”

“然后小伙子就无情地拒绝了。”年轻的德·贝乐嘉夫人说。

“咳，实际上，您知道，小伙子不能来一个姑娘要和他结婚就马上答应。”蒂普米尔说。

“您表姐可不会这样请求您的，她就要嫁给纽曼先生了。”

“哦，这是两码事！”蒂普米尔大笑道。

“我想如果她向您提出，您会答应的。可那毕竟是假设，所以我希望您终究还是会更喜欢我一点儿。”

“噢，好事成双，我可不会二者取一，”这位年轻的英国人说，“我全都收下。”

“啊！太可怕了！我不会接受那样的方式，我得和您保持距离，”年轻的德·贝乐嘉夫人惊呼道，“这一点上纽曼先生要好多了，他知道如何选择。噢，他选择时就像穿针引线那样细致认真，在这个世上他最喜欢德·辛特雷夫人。”

“好吧，可您不能阻止我成为她的表弟。”蒂普米尔直率地对纽曼说，一副得意扬扬的样子。

“哦，是的，我当然做不到，”纽曼笑着回道，“她也同样做不到。”

“并且，您也不能阻止我和她跳舞。”蒂普米尔简单而坚定地说。

“我只有自己和她跳舞才能阻止您，”纽曼说，“但不幸的是，我不会跳舞。”

“唉，您不知道怎么跳舞也可以跳，是这样吗？阁下。”年轻的德·贝乐嘉夫人说，但蒂普米尔勋爵却回说，小伙子如果不想让自己丢丑就得知道如何跳舞。就在这时，乌尔班·德·贝乐嘉背着双手慢步踱来，加入了他们的谈话。

“这真是一个非常棒的舞会，”纽曼兴高采烈地说，“整个老宅顿时熠熠生辉。”

“如果您高兴，我们就心满意足了。”侯爵说着，抬了抬肩膀，并向前靠了靠。

“噢，我想这儿的每个人都很开心，”纽曼说，“当他们走进来，第一眼看到的就是您的妹妹，她站在那儿像天使一样美丽，他们当然会情不自禁地开心起来！”

“是的，她很漂亮，”侯爵庄重地回应道，“但那自然是令您满意的原因，却并不是别人满意的主要根源。”

“是的，我很满意，侯爵，我很满意。”纽曼说这话时故意拖长了声音。“那么，现在告诉我，”他环视四周补充道，“哪些是您的朋友啊？”

德·贝乐嘉侯爵低着头默默地向四周看了看，一只手放到下嘴唇上轻轻摩挲着。这时人流不停地涌入纽曼和主人所站的客厅里，各个房间也都人满为患，场面蔚为壮观，这流光溢彩的场面主要出自那些闪闪发光的肩头和女士身上的珠光宝气以及她们那优雅别致的礼服。但这里看不到军人，因为德·贝乐嘉老夫人家的大门对当时掌管着法兰西命运的暴发户权力的盲目追随者[①]无情地关闭了。这些人虽然面带微笑，侃侃而谈，却少有和谐之美。可惜纽曼不通面相之学，否则，他就能看出那一张张脸庞上不合常理的亲切、意味和挑逗。如果是在别的场合，他肯定不会与这些人为伍。他会觉得这些女人不够漂亮，男人们都在假笑。然而，他现在的心情不同，眼里看到的一切都可以接受，放眼望去，他觉得每一个人都那么光彩夺目，他们的光彩加在一起构成了他的荣耀。“我想把您介绍给一些朋友，”德·贝乐嘉侯爵过了一会儿说道，“事实上，我会重点介绍您，您同意吗？”

“噢，我会和任何您想让我认识的人握手，”纽曼说，“您母亲刚

---

① 指波拿巴政治独裁者。

刚已经引荐我与五六位老绅士认识了，注意不要再向他们引荐了。”

“我母亲都介绍谁给您认识了呢?”

“说过话后，我已经记不得他们的名字了。”纽曼笑着说，“这里的人长得都很像。”

“我猜他们还没忘记您呢。”侯爵说完，就开始在各个房间穿行起来，纽曼拉着他的胳膊在拥挤的人群中紧随其后。这之后有一段时间，侯爵默默地直往前走。最后，他们来到隔得很远的接待室套间，纽曼看到一位体型硕大的女士坐在一把非常宽敞的扶手椅里，几个人围成半圆站在她的身旁。看到侯爵，这群人便立即分开。德·贝乐嘉侯爵跨前一步，把帽子举到唇边，低眉顺眼地站了一会儿，并没有说话。这种情形纽曼在教堂里也见过，一些绅士落座前也会那样站着。说实话，那位女士确实非常像人们朝拜的神社里的神像。她非常壮硕，泰然自若。纽曼不由得对她肃然起敬，艰难地形成了如下印象：她三角下巴，小而敏锐的眼睛，乳房大面积裸露着，羽毛和宝石装饰的三重冕伴随着她的点头不停晃动着，绸缎长裙上的饰品闪闪发光。这个惹人注目的女人让纽曼想起了一次展销会上看到的胖太太，她那双警觉的小眼睛正一眨不眨地盯着新加入她聊天圈的人。

“尊敬的公爵夫人。”侯爵说，“请允许我向您介绍我们的好朋友纽曼先生，您已经听我们提起过他。为了让纽曼先生认识我们尊贵的朋友，我得从您开始介绍。”

“非常帅气，亲爱的朋友；很帅气，先生。”公爵夫人说，声音虽然小而刺耳，但还不算讨厌。与此同时，纽曼也连忙向对方颔首行礼。“我是专程来看先生的，希望您能体察我的这份恭维之心，您只需看着我这样做就对了，先生。”她继续说道，用一种包容的眼神看着他。虽然在一位能够自嘲臃肿的公爵夫人面前，人们似乎可以畅所欲言，但纽曼却不知如何应对。听说公爵夫人专程来看纽曼，她周围的绅士们立刻微微转身，用一种既好奇又同情的目光看着他。侯爵非常庄重地向他介绍了每位绅士的姓名，绅士们一一鞠躬行礼，那些法国姓名都显示他们出自名门望族[①]。“我特别想见您。”公爵夫人继续说，“这是事实[②]。首先，我非常喜欢您将要迎娶的这位姑娘，她是全法国最迷人的姑娘，希望您能好好待她，不然，您就会收到我的谴责信。不过，您人看起来挺不错，听说您非常优秀，我听说了您的很多杰出事迹。快说说，都是真的吗？”

“我不知道您都听说了些什么？”纽曼说。

“哦，您有很多传奇故事[③]呢。我们听说您的事业一波三折，非常传奇[④]。听说您十年前在美国西部地区建立了一座城市，如今已有五十多万居民？难道不是五十万吗？先生。您是这座繁华城市的唯一拥有者，并因此富甲天下。而且，如果您不将土地或者房屋无偿赠予保证不吸烟的外来户，您会更加富有。我们得知照这样下去，三年后您将成为美国总统。”

公爵夫人行云流水般沉着地讲完这段可笑的“传奇”，纽曼的脑海里出现一幕可笑的戏剧对白，公爵夫人的讲话正是一位资深喜剧女演员的表演。她话还没说完，纽曼就忍不住哈哈大笑起来。“尊敬的公爵夫人，尊敬的公爵夫人。”侯爵为了缓和气氛开始小声说道。两三个人走到门口来看谁在嘲笑公爵夫人。然而，公爵夫人并没有停下来，温柔淡定，自信满满，因为作为公爵夫人，只有别人听她说话的份儿；而作为一位喋喋不休的女人，她不会受到听众情绪的干扰。“但我知道您非常优秀，肯定没错，不然您不会认识这么优秀的侯爵和他令人钦佩的母亲的。他们交友审慎，从不纡尊降贵。此刻，我自己也不确信他们是否见重于我，是吗，贝乐嘉侯爵？我明白了，要想取悦您，还得是个美国百万富翁才可以啊。不过，我亲爱的先生，您真正的成功还在于取悦伯爵夫人，她就像神话故事里的公主那样难以取悦。您的成功是个奇迹，您成功的秘诀是什么呢？我不是让您当

① 原文为法语：beaux noms。
② 原文为法语：C’est positif。
③ 原文为法语：légende。
④ 原文为法语：bizarre。

着所有这些绅士的面讲出来，等您哪天有空来告诉我，给我举几个例子。”

“秘诀在德·辛特雷夫人那里。”纽曼说，“您得去问她了，全在于她的宽厚仁爱。”

“棒极了！”公爵夫人说，“非常不错的例子，是个良好的开端。怎么，贝乐嘉侯爵，您要带先生离开了吗？”

“亲爱的朋友，我有任务要完成啊。”说着，侯爵指了指其他的人群。

“啊！我知道您的意思了。好吧，我已见过纽曼先生了，这就是我此行的目的，我亲眼见证了他的聪明。再见吧。”

纽曼随着主人出来后，问起那位公爵夫人是谁。“法国最伟大的女士。”侯爵说，然后便将自己的未来妹夫介绍给其他二十几位男女宾客，很显然这些都是有尊贵地位的人。有时候，这种地位会清清楚楚刻在他们的脸上。而另一些时候，多亏他的同伴令人印象深刻的及时而亲密的帮助，他才发现了被介绍人的地位。他们中有高大庄重的男人，也有矮小热情的男人；有身着黄色蕾丝礼服佩戴稀奇古怪珠宝的丑女人，也有漂亮的女人雪白的肩胛上没有佩戴任何珠宝首饰。每个人都格外关注纽曼，朝他微笑，着迷似的结识他，用上流社会若即若离的眼神看着他，虽然伸出了手，但手指头仍然紧紧攥着硬币，让人捉摸不透。侯爵像引熊人①一样带着纽曼在人群中穿走，如果《美女与野兽》的故事要有一个现实版本的话，读者眼前的这只熊给人的总体印象便是比较仁慈善良，更富有人性。纽曼对侯爵的朋友总体印象是非常“令人心情愉悦”；这是他能想到的最好的形容词了。受到大家毫不含糊的礼遇，令他心情愉悦；听到从精心修剪过的胡髭下说出的洗练谦恭、风趣睿智的话，也令他心情舒畅；看到那些聪明的法国女人（她们似乎都很聪明）扭身背对同伴，细细打量克莱尔待嫁的

① 中世纪或都铎王朝时期，有一种叫作“熊的诱饵”（bear-baiting）的竞技运动，一人牵引熊进入竞技场内，四周看台是观众，熊的腿或者脖子被拴在中央的木杆上，放出狗（主要是斗牛犬）或其他动物作为诱饵，让熊捕杀动物或与狗撕咬。引熊人（bear-leader）会带着他的熊在各个乡村里表演这种竞技活动。

奇怪美国佬，并报之以迷人的微笑，更令纽曼心情欢畅。他终于从一张张笑脸一遍遍礼仪中走了出来，这时，他看到侯爵正面色凝重地看着他。于是，他马上检讨起自己来，“我是不是表现得像个傻子？”他问自己，“我是不是像只跟在他屁股后面的小狗？”这时，他发现特里斯特拉姆太太站在房间的另一头，于是就和德·贝乐嘉侯爵挥手告别，然后朝她走去。

“我的头抬得太高了吗？”他问道，“我看起来像是有滑轮将我的下巴吊起来的样子吗？”

“你和所有幸福的人看起来一样，非常滑稽。”特里斯特拉姆太太说，“这很正常，无所谓好坏。我已经观察你有十分钟了，而且我也一直看着侯爵，他不喜欢你这样子。”

“非常感谢他带我一起完成这个任务，”纽曼回道，“但我要仁慈一些，不能再麻烦他了。不过，我非常高兴。我不能站在这儿一动不动，请挎着我的手臂，我们四处走走。”

他带着特里斯特拉姆太太走遍了所有房间。这座宅子的房间非常多，因为这次舞会做了精心装饰。现在各个房间里高朋满座，它们昔日晦暗的高贵又重新焕发出了光彩。特里斯特拉姆太太看着周围的宾客，言辞不那么犀利地对他们评头论足了一番。但是，纽曼只是含糊其词地应付着她，几乎没有在听她说什么，他的思绪已经飘向别处，满脑子充斥着快乐的、胜利的成就感。他一时担心是否看起来很傻的感觉也已烟消云散，只剩下充沛的满足感。他已经得到了想要的东西，胜利的滋味总是让他心情舒畅，常常感受那滋味是他的幸运，但那滋味从来没有如此甜蜜，与之相关联的事物从来没有如此美妙，如此让人浮想联翩，又如此令人心生愉悦。那灯光、那鲜花、那音乐、那人群、那漂亮的女士，还有那珠宝首饰甚至那灵巧的域外浅语低吟的陌生感都是他已经实现目标的生动象征和证明，并且贯穿他这种愉快经历的始终。如果纽曼比平常笑得更畅快，那绝不是受他人取悦的虚荣心作祟，他无意指点江山或炫耀个人成功。如果他可以隐身于屋顶，从缝隙处俯视眼前的场景，他也会同样快乐。他毕生追求的成功就是舒适轻松的生活，就在此刻，他功德圆满了。

“这真是一场美妙的聚会，”他们在各房间走了一圈后，特里斯特拉姆太太说，“我没有看到什么令人不舒服的事情，除了我丈夫靠着墙边同一个我猜是公爵的人聊天，但是我更确信他应该是管理路灯的国家公职人员。您觉得您能把他们俩分开吗？最好的办法就是去撞翻那管路灯的人！”

我猜纽曼并不会觉得特里斯特拉姆先生与一位灵巧的路灯技师聊天有什么坏处，所以他是不会听从这一请求的。但这时瓦伦汀·德·贝乐嘉走了过来。几个星期前，纽曼已经将德·辛特雷夫人年轻的弟弟介绍给特里斯特拉姆太太认识了，瓦伦汀对特里斯特拉姆太太的品位抱有一种特别的欣赏态度，并且拜访过她几次。

“您读过济慈的《无情的妖女》[①]吗？”特里斯特拉姆太太问道，“您让我想起了这首民谣里的主人公。

“骑士啊，是什么让您苦恼？

——是独自沮丧地游荡？”

“我孤单是因为我没有您的陪伴，”瓦伦汀说，“此外，出于礼貌，没有人应该看起来比纽曼还要开心。这一切都是为他举办的，您和我都不用走到台前，只在幕后就好。”

“去年春天您对我赌咒说，”纽曼对特里斯特拉姆太太说，“半年后我会有雷霆震怒，似乎时间已经过了，而我现在能做的最激烈的事就是请您喝一杯冰咖啡[②]。”

“我跟您说过，我们得把事情做得漂亮大气些，”瓦伦汀说，“我不是暗示说您的冰咖啡不好。不过，所有人都在这儿，我姐姐刚才告诉我，乌尔班值得尊敬。”

“他是个好人，是个好人。”纽曼说，“我是把他作为兄长般爱他

① 原文为法语：Belle Dame sans Merci。《无情的妖女》是约翰·济慈（John Keats，1795—1821）所作的诗歌之一。当时，济慈与范妮的恋情正在快速发展当中。这首诗的诗名是法文的，原是法国普罗旺斯一支歌曲的名字。诗用民谣形式写成，诗段简洁，用词古朴，节奏简单而富于诱惑力，弥漫着一种中世纪情调。

② 原文为法语：café glacé。

的。这倒提醒了我，我应该去跟您母亲说点儿什么以表示礼貌。”

“确实应该表现得礼貌一些，”瓦伦汀说，“这可能是您最后一次觉得还挺喜欢这样了。”

纽曼离开二人，他几乎想要热烈地拥抱德·贝乐嘉老夫人了。他找了好几个房间，终于在第一会客厅里看到老夫人坐在沙发里，她的年轻侄儿蒂普米尔坐在一旁。那年轻人看起来有点无聊，双手插在口袋里，双脚朝前伸着，眼睛一动不动地盯着鞋尖。德·贝乐嘉老夫人似乎在用很强烈的语气一直对他说着什么，然后等着他的回复或是他的反应。她双手叠放在膝盖上，看着蒂普米尔无动于衷的表情，脸上有一丝强忍的愠色。

蒂普米尔勋爵抬头看到纽曼走了过来，二人双目交错，他的脸色随之发生了变化。“我恐怕搅扰了你们有趣的谈话。”纽曼说。

德·贝乐嘉老夫人站起身，蒂普米尔也跟着站了起来，她挽起他的胳膊。老夫人没有立即回应纽曼，看到侄子不说话，她微笑着说：“也许出于礼貌，蒂普米尔勋爵应该说这次谈话非常有趣。”

“噢，我可不想表示什么礼貌！”他大声道，“不过，我们刚才的谈话很有趣。”

“德·贝乐嘉老夫人给了您一些好的建议，对吗？”纽曼问，“让您语气温和一些？”

“我刚才给了他一些非常好的建议，”老侯爵夫人说着，那双明澈冷漠的眼睛紧盯着我们的主人公，“他应该接受。”

“接受吧，先生，接受它，”纽曼大声道，“老侯爵夫人今晚给您的任何建议都一定是好建议。今晚，她心情舒畅，精神愉悦，因此给的建议也一定都是好的。您瞧，您身边的一切都那么美好成功。您的宴会那么宏大华丽，这是一个多么美好幸福的夜晚，这比我将要举办的宴会好多了。”

“如果您很高兴，我就心满意足了，”德·贝乐嘉老夫人说，“我的目的就是让您开心。”

“您能让我更开心一点儿吗？”纽曼说，“请暂时抛下我们亲爱的勋爵朋友，我敢肯定他也想离开去放松放松。然后挽起我的胳膊，我们到各个房间走一圈。”

“我的目的就是让您开心。”老夫人又重复了这句话，然后放开蒂普米尔，纽曼对她如此听话感到颇为惊讶。“如果这位年轻人够聪明，”她补充说，“他应该去找我的女儿，邀请她跳舞。”

“我刚刚还一直支持您的建议，”纽曼边向她弯腰边笑着说，“我想我得食言了！”

蒂普米尔勋爵擦了擦前额，离开了。德·贝乐嘉老夫人挎起了纽曼的胳膊。“是的，这是一个令人非常愉快的社交舞会。”他们朝前走的时候，纽曼表白道，“似乎每个人都相互认识，乐于见到彼此。侯爵带我认识了很多人，我觉得自己就像这个家中的一名成员。这个场合，”纽曼继续道，想说一些非常友好令人舒心的话，“我将永远铭记，使之成为我美好的记忆。”

“我想我们没有人会忘记这场舞会。”老侯爵夫人一字一顿清晰地说。

当她走过来时，人们纷纷为她让道，其他人则转过身来看着她，很多人与她打招呼握手，她非常优雅而尊贵地接受着这一切。她虽然对每个人都微笑，但她并没有说话，直到走完最后一间房间，看到她的大儿子。然后，她说：“就到这儿吧，先生。”她小声地对纽曼宣布道。她转向侯爵，侯爵伸出双手抓住她的手，温柔恭敬地领着她入座。这是一个非常和谐的家庭集体，纽曼小心地告退了。他又独自转了一会儿，随意走动着。他的个头比人群中大部分人都高，他又重新和乌尔班介绍认识的一些朋友寒暄了几句，大概只是想要消耗掉多余的宁静平和。他依然觉得一切都那么美好，令人心情愉悦。但即使最令人开心的事也会有终止之期，这场舞会的狂欢也开始接近尾声。舞会的音乐仿佛已经奏到终章，宾客们正在寻找老夫人，想要与她道声晚安，但怎么也找不到她。纽曼听说她感到头晕，已经离开舞会了。“她无法抵御今晚激动的心情，”纽曼听到一位女士这样说，“可怜的老夫人，我能想象这一切对她意味着什么！”

不过，很快纽曼就得知老夫人恢复过来了，正坐在靠大门口的扶手椅里，接受那些高贵女士的道别和对晚宴的溢美之词，她们都让她坐着不必站起来了。纽曼自己则开始四处找寻德·辛特雷夫人，他曾多次看到她从他面前跳着快步华尔兹旋转而过，但他听从她的明确指令，从头到尾整晚没有和她说过一句话。整幢房子所有的房门都打开了，甚至连底层[①]的几间房也开着，不过去那儿的人不多。纽曼在这几间房里转着，只偶尔看到几对情侣，这个比较偏僻的地方看上去倒是挺适合他们的。那地方还有一间温室通向花园，温室的尽头是一块透明玻璃，没有被植物覆盖，冬日夜晚天空中的星光直接透过玻璃洒了进来，站在那儿的人就好像置身于室外。现在那儿正站着两个人，一位女士和一位绅士。尽管那位女士背对着纽曼，但他还是立刻认出那是德·辛特雷夫人。他正犹豫要不要走上前去，那女士环顾四周，显然发现了他。她看了他一会儿，然后又转向同伴。

“不应该不告诉纽曼先生。”她轻声说道，但那声音纽曼听得明明白白。

“您想讲就讲吧！”那位绅士回道，是蒂普米尔勋爵的声音。

“噢，无论如何请告诉我！”纽曼走上前去说道。

他看到蒂普米尔勋爵脸涨得通红，手套几乎拧成了一股麻绳，像是要把水拧干似的。这些迹象可能是激烈情感的表征，纽曼似乎察觉出德·辛特雷夫人的脸上也有明显的焦躁不安。他们刚才聊得一直非常快活。“我能告诉您的，就是我们的蒂普米尔勋爵值得赞扬。”德·辛特雷夫人微笑着说，笑得十分坦诚。

“他可不喜欢那样的赞扬！”蒂普米尔勋爵说着，脸上露出尴尬的微笑。

“好了，是什么值得赞扬呢？”纽曼问，“说清楚，我不喜欢打哑谜。”

“我们得容忍一些我们不喜欢的东西，即使不喜欢，生活还得继

---

① 原文为法语：rez-de-chaussée。

续。”满面红光的年轻贵族仍然笑着说。

“是蒂普米尔勋爵值得赞扬，不是任何其他人。”德·辛特雷夫人说，“所以我什么也不会说，您可以相信。”她补充道，然后把手伸向英国人，蒂普米尔半害羞半激动地牵起了她的手。“现在，让我们去跳舞吧！”她说。

“噢，是啊，我太喜欢跳舞了！”他答道，“我要去让自己舞动起来。”说完，他阴沉地大笑着走开了。

“你们之间到底发生了什么？”纽曼问。

“我现在还不能告诉您，”德·辛特雷夫人说，“任何让您现在不开心的事我都不能讲。”

“那个小个子英国人一直在向您表白？”

她犹豫了一下，然后严肃地说：“不！他是个很诚实的小伙子。”

“但是您看起来有些焦虑不安，一定有事情困扰着您。”

“没有，我再说一遍，任何让您现在不开心的事我都不能讲。我已不再焦虑，以后总有一天我会告诉您的，但不是现在。现在不能告诉您！”

“好吧，我承认，”纽曼说，“我不想听到任何不愉快的事儿。我对一切都很心满意足，特别是您。我见过了宴会上所有的女士，并且和她们当中的大多数都聊过天，但是，我只钟情于您。”德·辛特雷夫人用她那宽广温柔的眼眸注视了他一会儿，然后看向星空，他们就这样默默地并肩站着。“请告诉我，您对我也很钟情。”纽曼说。

他需要为这答案等上一阵儿，但最后还是等来了，声音很低，但很清晰：“我很幸福。”

这时，另一处有声音响起，他们转过身来，“我非常担心德·辛特雷夫人会着凉，于是斗胆给她送来一件披肩。”布莱德太太站在那儿关切地轻声说道，手里拿着一件白色披风。

“谢谢您！”德·辛特雷夫人说，“看到那些冰冷的星星，就让人有霜冻之感。我不用披肩，但是我们得回屋里去了。”

她朝屋里走去，纽曼跟在身后，布莱德太太恭敬地站在一边为他们让路。纽曼在这位老太太面前停了一会儿，她抬起头，用目光和他打了个无声的招呼。“噢，是的，”他说，“您一定要来和我们一起生活。”

“好吧，先生，如果您愿意，”她答道，“这并不是您最后一次与我见面！”

# 第十七章

纽曼很喜欢音乐，来到巴黎后经常去听歌剧。参加德·贝乐嘉老夫人舞会后的几个晚上，他去听了歌剧《唐璜》[①]。为了向这部他还没有听过的歌剧致敬，他在开场前早早就坐进了自己的包厢。他以前经常订一个大包厢，邀请好友们一起观看。这种娱乐消遣方式让他非常着迷。他喜欢呼朋唤友，带他们一起去剧院，搭乘驿马车，去远一点儿的餐厅吃饭喝酒。他喜欢做这些为别人掏钱的事情，事实上，他很享受这种“款待”他人的感觉。这并不是因为他是那种喜欢炫富的人，恰恰相反，他在金钱上表现得十分低调，在公开场合处理金钱会让他感到非常不自在，这就好比让他在众目睽睽之下上厕所一样。不过，就像穿着得体会为他带来满足感一样，在组织娱乐活动中挥洒金钱让他获得一种个人成就感（他非常隐秘地享受着这种感觉）。带着一大群人行动，去到遥远的地方，搭乘特殊交通工具，租几节火车车厢或汽艇，这恰与他大胆探险的嗜好相契合，并且使得他的热情好客看起来更主动和实在。就在我上面提到的那个场合的前几个晚上，他邀请了几位女士和绅士去听玛丽爱塔·阿尔博尼[②]女士的演唱会，其中包括朵拉·芬奇小姐。但是，那天朵拉小姐坐在纽曼身旁，她不仅在幕间休息时间而且在许多精彩表演片段时也聊个不休，滔滔不绝。因此，纽曼离开剧院时，特别生气，印象中只有玛丽爱塔·阿尔博尼女士尖细的嗓音，还有就是她歌唱时朵拉小姐发出的一连串咯咯咯的笑声。这次经历之后，他决定一段时间内自己要独自去听歌剧了。

---

① 《唐璜》（*Don Giovanni*），莫扎特创作的两幕歌剧，又名《唐乔瓦尼》，是一部关于情欲的侦探歌剧。歌剧描述了一个不知羞耻、放荡成性的男子形象，他毫无顾忌地追寻情欲及死亡。无论是在勾引异性，还是在对待作为不屈力量象征的石像时，无政府主义者唐璜永远随心所欲、不假思索。全剧结尾处，面对众人要求悔改的警告，他不以为然。他毫无畏惧地向石像伸出手，最后被拖入地狱。歌剧以谋杀开场，以灭亡结尾。

② 玛丽爱塔·阿尔博尼（Marietta Alboni，1826—1894），意大利著名女低音歌唱家。

当《唐璜》第一幕剧的幕布升起时，他在包厢里向剧院各处看了看。忽然，他看到德·贝乐嘉侯爵和他夫人在另一个包厢里。娇小的侯爵夫人正拿着望远镜忙着扫视剧院各处。纽曼认为她看见了自己，于是便决定过去跟她打声招呼。德·贝乐嘉侯爵靠着柱子，站在那儿一动不动，眼睛直直地盯着前方，一只手放在白色马甲前襟上，另一只手拿着帽子放在大腿上。纽曼正准备离开座位时，看到那边昏暗的小包厢（法国人很恰当的称之为“浴缸”）内一张熟悉的面孔，即使幽暗的灯光和再远的距离，纽曼也能认得出那张脸。那是一张年轻女人的漂亮面孔，她的头上戴着粉红玫瑰花和钻石饰品[①]。她正在剧院四处打量，用练习过的最娴熟的优雅姿态来回挥动着扇子。当她放低扇子时，露出了丰满白嫩的香肩和粉色礼服的衣领。她旁边坐着一位年轻男人，满面红光，衬衣的领子很低。他正贴着她肩膀热情地说着什么，但显然她完全心不在焉。纽曼细看之下，断定那位漂亮的年轻女郎就是诺埃米·尼奥什。他使劲朝包厢里面看，心想她父亲兴许也会在那儿，但在他目力所及之处，看不出那位滔滔不绝的年轻男士还有别的听众。纽曼最后走出包厢，经过最下一层诺埃米小姐的“浴缸”[②]。他走到近处时，诺埃米小姐看见了他，于是向他微笑着点了点头，似乎表示尽管她社会地位的上升使人艳羡，但她现在仍然平易近人。纽曼走进大堂[③]，穿行而过。突然，他在一位坐在矮沙发上的绅士面前停了下来。只见那人双肘杵在自己的膝盖上，身体前倾，目光注视着人行道，显然沉浸在某种忧伤的沉思之中。他虽然低着头，但纽曼还是认出了他，于是便在他的身旁坐了下来。那位绅士抬起头，显出瓦伦汀·德·贝乐嘉表情丰富的面孔。

“您到底想什么想得如此投入？”纽曼问。

“一个需要深思熟虑才公平的问题，”瓦伦汀说，“是我不可估量的白痴行为。”

---

① 原文为法语：coiffure。
② 原文为法语：baignoire。
③ 原文为法语：foyer。

“出了什么问题？”

“问题是现在我又是男人了，虽然和以前一样傻，但我要尽力认真[1]对待那个姑娘了。”

“您是说楼下那位年轻的女士，‘浴缸’里那位穿粉色礼服的姑娘？”纽曼问。

“您看到那件粉色礼服是多么的靓丽了吗？”瓦伦汀以问作答，“那粉色映衬着的她就像是乳白色新鲜牛奶。”

“随您叫白色还是黑色，但您已经不再去见她了，是吗？”

“噢，天哪，不。我为什么不去呢？我已经变了，而她却没有改变。”瓦伦汀说，“我知道她终究是个粗俗的小婊子，但她还是那么有趣，人要有趣才有活头。”

“好吧，她让您变得如此颓废，我很高兴，”纽曼回应道，“我想您已经把前天晚上您对她用过的恭维之词都吞下去了吧，您把她比作蓝宝石，或是黄宝石，或者紫水晶，总之是些宝石。到底是什么来着？”

“我不记得了，”瓦伦汀说，“也许是红宝石！不过，她再也不能愚弄我了。她没有什么真正的魅力，在那种人身上犯错真是太低级了！”

“恭喜您，”纽曼说，“遮蔽您双眼的水垢已经脱落，这是个伟大的胜利！您应该感觉好些了。”

“是的，我感觉好多了！”瓦伦汀高兴地说，然后看了看自己，又斜睨着纽曼，“我宁愿相信您是在嘲笑我，如果您不是我们家庭中的一员，我会接受它。”

“噢，不，即使我是您的家庭成员之一，我也不会嘲笑您。您让我觉得很难过，您是个特别聪明的小伙子，品德高尚，在您的阶层摸爬滚打了许多年。为了诺埃米小姐而去钻牛角尖，在我看来真是蠢透了！您说您已经不再把她当回事儿了，但是，当您还没有完全放下她

---

① 原文为法语：au sérieux。

时，您还是会继续对她认真的。”

瓦伦汀从座位上转过身，看了纽曼一会儿，眉头紧皱，摩挲着膝盖：“您说的真是金玉良言[①]，但她拥有那么漂亮的胳膊，您知道吗?我直到今晚才注意到。”

“可她是个粗俗的小婊子，记住，她一直都是。”纽曼说。

“是啊，那天她当着我的面就开始侮辱她的父亲，驳他的面子，素质极差。我没想到她会那么干，太让人失望了，活见鬼!”

“咳，她对她父亲就如同对她家门口的地垫一样。”纽曼说，“我第一次见到她时就发现了。”

“噢，那是另一回事。她愿意怎样看待那可怜的老乞丐都可以，但她辱骂他，那就太低级了，真是让我大跌眼镜。那天，他父亲本该替她去洗衣房取她那件带花边的衬裙，他好像忘了这件光荣的差事，而她为此差点打他的耳光，他就站在那里用他那双无神的小眼睛盯着她，用他的外套后摆抚弄着他的旧帽子，最后，他一句话没说就转身出去了。接着，我告诉她，这样对自己的爸爸说话很没教养。她说他很感激我，要是每次她出现教养问题，我都能为她指出来就好了。她对我的教养非常有信心，我说我已不可能再养成她的行为举止了，我认为那些已从最佳楷模身上养成了。我对她很失望，但这一切都会过去的。”瓦伦汀高兴地说。

“噢，时间是最好的安慰剂!”纽曼半开玩笑半认真地说。他沉默了一会儿，然后换了一种语气补充道：“我希望您能考虑一下我前天对您说过的话，和我们一起去美国，我会助您走上经商之路，您头脑很灵活，关键是要肯用它。”

瓦伦汀做了一个友善的鬼脸：“我的脑瓜子很感谢您的夸奖，您是说做银行工作吗?”

“有很多差事，不过，我猜想您会觉得银行工作最高贵。”

瓦伦汀大笑起来：“我亲爱的朋友，到了夜里，所有猫都是灰色

---

① 原文为法语：Vous parlez d'or。

的！一个人衰落了，哪还有什么高低贵贱之分呢？”

纽曼一时无言以对，过了一会儿，他用显得干瘪的语气说：“我想您将来会发现成功是有高低之分的。”

瓦伦汀身体又开始前倾，双肘撑在膝盖上，用木棍划着地面，最后，他抬起头来说：“您真的认为我应该做点儿什么事吗？”

纽曼把手搭在他胳膊上，用他那睿智的眼神看了他一会儿：“试试看，您不太擅长这个工作，但我们可以从头开始。”

“您真的觉得我可以挣钱吗？我倒是想要体验一下有一些积蓄的感觉。”

“按照我告诉您的做，您会富起来的，”纽曼说，“好好考虑一下。”然后，他看了看表，准备去年轻的德·贝乐嘉侯爵夫人的包厢。

“相信我，我会好好考虑的。”瓦伦汀说，“我再去听半小时莫扎特——我总是在听音乐的时候思考得更好，能更深入地思考这个问题。”

纽曼来到侯爵和他夫人的包厢，侯爵还像往常那样了无生气，不容亲近地端坐着，或者在纽曼看来，他甚至比平时更显正经。

“您觉得歌剧怎么样？”我们的主人公问，“您怎么看《唐璜》？”

“我们都了解莫扎特的音乐风格，”侯爵说，“我们对莫扎特音乐的了解不是始于今晚，他的音乐青春激昂，活泼有趣，恢宏壮丽，技法精湛——也许有点儿太偏重技法了，只可惜整场的演奏有些粗糙。”

“我很好奇这场剧是如何收尾的？”纽曼问。

“您说的好像这是一篇《费加罗周刊》里的评论文章[①]一般，”侯爵说，“您之前一定看过吧？”

“从没有看过，”纽曼说，“如果有看过，我一定记得。唐娜·埃尔维拉[②]让我想到了德·辛特雷夫人，我不是说她的现实处境，而是她在音乐剧中的处境。”

---

① 原文为法语：feuilleton。

② 唐璜抛弃的贵妇，她帮助策划了唐璜的堕落。她的音乐混合了悲伤和哀怨，但总是显得很高贵。

“她们俩并不一样，”侯爵轻声笑道，“我想德·辛特雷夫人绝对不可能被遗弃。”

“当然不可能！”纽曼说，“不过，唐璜的最后结局如何呢？”

“那个恶魔成功还是失败，”年轻的德·贝乐嘉侯爵夫人说，“随他的便吧，我想崔琳娜[①]会让您联想到我。”

“我要去大堂待一会儿，”侯爵说，“给你们个机会说那个石人司令官[②]很像我。”说完，他便走出了包厢。

身材娇小的侯爵夫人盯了一眼包厢的天鹅绒观看台，然后嘟囔着说：“没有石头人啊，只有木头人。”纽曼已经坐在了侯爵留下的空位上，她没有表示反对，接着，她突然转身将合起的扇子搭在他的胳膊上。“您来这儿，我很高兴。”她说，“我想请您帮个忙，我本来周四晚上在我婆婆的舞会上就想向您提出这个请求的，但是您没有给我说话的机会。您那时心情很好，当时我想您会答应我的小小请求的；现在您看起来好像特别忧郁，不知道您会不会答应。不过，这件事您得答应帮我，现在是时候提出这个请求了，等您结婚后，再请您帮我这个忙也就没用了。来，答应我吧！”

“我从来不会在自己没看过的文件上面签字，”纽曼说，“给我看看您的文件。”

“不行，您必须闭着眼签这份文件，我会扶着您的手，来吧，在您还没有步入婚姻的坟墓之前，您应该感谢我给您机会做些有趣的事儿。”

“如果是有趣的事儿，”纽曼说，“等我结婚后再做可能更适合。”

“换句话说，”年轻的德·贝乐嘉夫人大声道，“等您结婚后，您根本就不会做了，您会怕您老婆的。”

“噢，如果这事本质上就不是什么好事，”纽曼说，“我就不会涉足；如果不是坏事，我结婚后也会去做。”

---

① 唐璜在这个农民女儿结婚前夜勾引她，促成了他自己的毁灭。

② 在歌剧的最后一幕，唐佩德罗的雕像在唐璜的辱骂中复活，然后把那个浪子送进了地狱。唐佩德罗是塞维利亚司令官，因为唐璜羞辱了他的女儿，在与唐璜的决斗中被刺死。

"您说话就像在写关于逻辑学的论文一样，把英语逻辑带入了买卖！"年轻的德·贝乐嘉夫人大声说，"那么，就保证结婚后您也会这么做吧。毕竟，我还是希望让您帮忙。"

"好吧，那就等我结婚以后吧。"纽曼平静地说。

小侯爵夫人犹豫了一会儿，盯着他看，纽曼莫名其妙。"我想您大概了解我的生活，"她说，"我不快乐，什么也不能看，什么也不能做，生活在巴黎跟生活在普瓦捷①没什么两样。我婆婆称我是个游荡者——真是个好听的词儿吧？她指责我去那些不知名的地方，她觉得我待在家里掰着手指头数我的祖先就够开心了。可我为什么要纠结我的祖先呢？我确信他们从来不会纠缠我，我可不想戴上眼罩浑浑噩噩度过一生，我认为我们应该饱览天下万物。您知道，我丈夫是个循规蹈矩之人，他的第一条规矩就是杜伊勒里宫②非常庸俗。如果说杜伊勒里宫很庸俗，那他的那些规矩就太无趣了。如果我来选择，我同样也是有规矩的，这些规矩都是有个人家庭背景的，我会用我的规矩给这个家庭带来最好的结果，总之，我更偏爱聪明的波拿巴家族③，而不是愚蠢的波旁家族④。"

"哦，我明白了，您想要去宫廷。"纽曼说着，隐隐约约揣测她可能想要让他通过美国大使馆帮她打入皇室家族。

---

① 普瓦捷（Poitiers）是法国维埃纳省（Vienne）的一个市镇，那里有贝乐嘉家族的福乐里雷庄园。

② 杜伊勒里宫（Tuileries），1559 年法国国王亨利二世去世后，其遗孀卡特琳·德·美第奇决定搬出亡夫居住的卢浮宫，另建新宫。1564 年，卡特琳·德·美第奇下旨在卢浮宫西面约二百五十米远的地方营建杜伊勒里宫。宫殿主体建筑为两层，一层为举行礼仪活动的公用空间，二层为国王及王后的卧室和起居室等私人空间。二层之上有阁楼屋顶。建筑正立面中央为圆穹顶，两翼为法式方穹顶。杜伊勒里花园的布局仿照美第奇太后的故乡——意大利佛罗伦萨的花园，布局对称，并种植了来自意大利的柠檬、柑橘等植物。宫殿于十七世纪初完工，由"花廊"与卢浮宫相连。后被巴黎公社社员焚毁，其内许多艺术藏品被毁或变卖。

③ 波拿巴家族（Bonapartes）本是意大利佛罗伦萨的波拿巴特（Buonapartes）家族的后裔，法国东南部科西嘉省的一个低级贵族，因法国皇帝拿破仑·波拿巴（1769—1821）而闻名于世。波拿巴王朝与其他延续数百年血统的封建制王朝相比，相对年轻，而且是一个纯粹意义上的资本主义王朝，王朝存在的时候，一切都是为资产阶级服务的，王朝的足迹几乎跨越了整个欧洲，成为欧洲近代历史上一个不得不提的家族。

④ 波旁家族（Maison de Bourbon）是一个在欧洲历史上曾断断续续地统治纳瓦拉、法国、西班牙、那不勒斯与西西里、卢森堡等国和意大利若干公国的跨国家族。值得一提的是，波旁王室的近代成员都以保守著称，美式英语中，波旁一字成为对极端保守主义者的称呼。波旁王朝的君主是历史上最为多灾多难的群体：亨利四世遭暗杀身亡，路易十三在四十二岁便英年早逝，路易十六最终在大革命中被送上了断头台。

小侯爵夫人发出清亮的笑声："您想得太远了，我会自己想办法找门路去杜伊勒里宫的，只要我想去，他们一定会很高兴接待我的，早晚我会在那里跳帝国四对方舞[①]的。我知道您会问：'您敢吗？'但我会有勇气的。我害怕我丈夫，尽管他温柔平和、无可挑剔，这些您都了解，可我还是害怕他，极其害怕。然而，我将来会去杜伊勒里宫的，不过，不会是这个冬天，也不大可能是下个冬天，与此同时，我得活下去。眼下我想要去别的地方，去参加布里艾舞会，那是我的梦想。"

"布里艾舞会？"纽曼重复道，这个名词对他来说闻所未闻。

"巴黎拉丁大学区的舞会，在那里学生和他们的情人一起跳舞，不要跟我说您没有听说过。"

"哦，是的，"纽曼说，"我听说过，现在记起来了，我甚至还去过那里。您想去那儿？"

"这很傻，很低级，任您怎么说，但我就是想去。我有的朋友去过，他们说那儿有趣[②]极了。我的朋友们什么地方都去，只有我一人待在家里擦地做家务。"

"似乎您现在并不是在家里嘛，"纽曼说，"准确地说，您也没有在家擦地板。"

"我都快无聊死了，过去八年来，我每周看两次歌剧。每次我有什么要求，他们都会拿这样的话堵我：'天哪，女士，您不是有剧院包厢吗？一个有品位的女人还会想要更多吗？'首先，剧院包厢已经在我们的婚姻合同[③]里早有约定，那是他们必须给我的。比如说今晚，我本来多么想去巴黎皇家宫廷剧院，但我丈夫不愿意去，他的借口是宫廷贵族女士们经常去那儿。您可以想象，他是否可能愿意带我去布里艾舞会了。他说那只是对克莱夫斯公主舞会的模仿，而且是非常拙劣的模仿。可我没去过克莱夫斯公主的舞会啊，只能退而求其次去

---

① 四对方舞（quadrille），一种欧洲宫廷舞，源自法国的卡德利尔舞。

② 原文为法语：drôle。

③ 原文为法语：contrat。

布里艾舞会了，这是我的梦想，无论如何，我已经打定主意了。我只求借您胳膊一用，您是一个不轻易认输的人，我不知道为什么，但我知道您是。我会安排一切，可能会冒一些风险，但那是我自己的事。况且，幸运之神常常青睐勇敢冒险之人。请不要拒绝我，那是我的梦想！”

纽曼大笑起来。在他看来，作为德·贝乐嘉侯爵的夫人、十字军战士的女儿、六百多年光荣与传统的继承人，现在却一心想着目睹几百个男女聚在一起跳舞，似乎很不值得。他知道这是道德说教者的主题，但他没有时间来进行道德说教。帷幕又升起来了，德·贝乐嘉侯爵回来了，于是纽曼也回到了自己的包厢。

纽曼看到瓦伦汀去了诺埃米小姐的“浴缸”，他坐在那位年轻女士和她同伴的后面，要仔细看才能看得到。剧间休息时，纽曼在大堂遇到了瓦伦汀，便问他是否认真考虑过移民的事。“如果您真的想认真考虑这件事，”他说，“您本该找个更好的地方去思考。”

“噢，那地方并不差，”瓦伦汀说，“我没有在想那姑娘，我当时在听音乐，没有想到那场戏，也没有看舞台，我反复思考过您的提议了。起初我觉得这个提议非常棒，乐队里的小提琴开始演奏起来，我能听得出来，好像在说：‘为什么不，为什么不呢？’接着，音乐进入快板，所有的提琴一起演奏起来，乐队指挥的指挥棒似乎在空中挥舞说：‘为什么不，为什么不呢？’我知道自己说不出来！我不明白为什么不，我不明白为什么我不去做点什么呢，那对我来说似乎真的是个很有前途的想法。这种事情当然司空见惯，可以预见的是，我会满载美元而归，而且，我可能会发现这工作还很有趣。他们都说我很有教养[①]，谁知道呢？我也可能会觉得开店铺很有意思？也许真有离奇浪漫、别具一格的一面，在我的人生传记里添上出彩的一笔，让我看起来好像是一个坚强的人，一个叱咤风云的一流人物。”

“不用在意将来会怎么样，”纽曼说，“拥有五六十万美金看起来

---

① 原文为法语：raffiné。

总会不错。如果您把我说的话放在心上，您没有理由不会赚到那些钱。不过，此事只有您知我知，不可告诉他人。”他拉起同伴的胳膊，两个人在没有什么人的走廊上来回走了一会儿。想到能把自己这位聪明却不切实际的朋友转变成一流商人，纽曼顿时心潮澎湃，他的心中油然而生一种精神上的热忱，那是一种宣传者的热忱。他的热情部分源自看到璞玉没有得到雕琢而产生的遗憾之情，瓦伦汀的聪明才智应当加以发挥利用。凭借纽曼的经验，他认为瓦伦汀才智发挥的上限具有操控铁路股票的卓越才干。其次，他对瓦伦汀的私人情分刺激了这种热情，他对瓦伦汀的同情，他自己也十分清楚这位德·贝乐嘉伯爵是永远也不会理解的。瓦伦汀蹬着油光锃亮的靴子，穿行在昂茹大街（他的公寓）、大学路（他家）和意大利大道（剧院）之间就自以为是全部人生了，纽曼时常为之感慨可惜。而在美国，人们活动的空间可以是整个大陆，林荫大道可以从纽约一直延伸到旧金山。而且，想到瓦伦汀缺钱，他就感到痛心，那是一种奇怪的疼痛感。瓦伦汀的无知让他感到震惊，如果不觉得羞耻的话，稍稍接触一点基础教育就可以想明白。他说过，在这种情况下，很多事情人们往往可以无师自通。因此，如果一个人要假装在这个世上活得很轻松，他自然得有钱，要么他已挣够了钱！在纽曼看来，如果在铁路上没有大量投资，却硬生生装出一副上流人士的样子，那几乎是反常得可笑。当然，我可以补充一点的是，他并不认为在铁路上的投资本身是假装上流人士的必备条件。“我会给您找事做的。”他对瓦伦汀说，“我会助您成功，我有六七个职位可供您选择，您会看到很多充满活力的工作。可能您需要一段时间去适应这样的生活，但您不久就可以融入进去。只需要半年，您凭自己的能力做成了一两件事之后，您就会喜欢上它的。然后，您会非常开心，因为您姐姐也在那儿生活，而她有您的陪伴自然也会十分高兴。是的，瓦伦汀。”纽曼亲切地摁着瓦伦汀的胳膊，继续说，“我想我已经想好给您安排的职位了，不要说出去，我要助您走上正轨。”

纽曼又顺着这个利好的思路继续说了一会儿，两个人溜达了约莫十五分钟。瓦伦汀一边听着，一边问些问题，他问的许多问题都让纽曼哑然失笑，笑他对挣钱这等俗事的幼稚无知。瓦伦汀自己也笑，半是自嘲半是好奇。不过，瓦伦汀非常认真，他被纽曼用平实语言讲述的埃尔·多拉多传说故事[①]所吸引。然而，尽管接受美国商界的一个“职位”，对瓦伦汀来说可能是非常大胆的创举，甚至结局会非常美好，但他觉得自己实际上不会去这么做。因此，当幕间休息结束的铃声响起时，他尴尬地笑着并以奚落英雄主义的语气说：“好吧，那么，助我成功吧，扶我走入正轨！我把自己交给您了，把我浸入金钵，淬炼成金。”

他们走进围着那排“浴缸”的过道，瓦伦汀在诺埃米小姐所在的那间昏暗的小包厢前停了下来，一只手放在了门把手上。“呃，得了，您还要回那里？”纽曼问。

“天啊，当然咯[②]。”瓦伦汀说。

“您没有别的地方可以待吗？”

“有啊，我常坐的那个位置，就在舞台前排。”

“那您最好坐回您原来的座位去。”

“我从那儿也能很清楚地看到她，”瓦伦汀平静地补充道，“今晚她值得一看，但是，”他停顿了一下说，“我有特殊原因，现在必须回去。”

“噢，我算服了您，”纽曼说，“您真是被她迷得昏头痴脑。”

“没有，只是包厢里有个年轻男子，我得进去教训他，我要惹他生气。”

“很遗憾您这样说，”纽曼说，“难道您就不能不理睬那个可怜的家伙吗？”

“不能，是他自找的。这包厢又不是他包的，诺埃米小姐独自一人进去坐下后，我便过去和她说话，不一会儿，她让我帮她取放在披

---

① 早期新大陆探险者讲述的传说。传说埃尔·多拉多（El Dorado）是一个印第安部落首领，他每年要用熔化的黄金覆盖自己，然后自投湖中。

② 原文为法语：Mon Dieu，oui。

风口袋里的扇子，女引座员[①]保管着她的披风。我出去的当儿，那位绅士走了进来，坐在了诺埃米小姐旁边我一直坐的椅子上。我返回包厢，让他很反感，他脸上露出嫌恶的表情，他一进来就表现得很粗鄙。我不认识他，他就是个粗俗的混蛋！我想不出她从哪里认识了这样的人。而且，他还一直喝酒，不过，他知道自己有几斤几两。刚才戏演到第二幕的时候，他又做出无礼的动作。我再进去待上十分钟，时间足以让他规矩起来，只要他愿意的话。我真不能让那个无耻之徒觉得是他把我赶出了那个包厢。”

“我亲爱的朋友，”纽曼规劝道，“这完全是小孩子的胡闹！我希望您不要为了那个姑娘挑衅斗架。”

“和那姑娘没有关系，我也不想挑衅斗架。我既不是恶人也不是脾气暴躁之人。我只是想表达一个绅士该表达的观点。”

“噢，去你的观点吧！”纽曼说，“这就是你们法国人的问题，您总是要表达观点。好吧，”他补充说，“简短点儿。不过，如果您要做这种事，看来我们得提前把您送到美国去了。”

“好极了，”瓦伦汀答道，“随时听您安排，但如果我去美国，我也不能让这位绅士觉得我是为了躲避他。”

于是，他们分手了。这幕剧结束的时候，纽曼看到瓦伦汀还在诺埃米那个“浴缸”里。于是他又遛到那条过道，希望在那里碰到瓦伦汀。当他离诺埃米小姐的包厢几码远的时候，看到他的朋友和坐在包厢漂亮主人身旁的年轻人走了出来，他们急步匆匆向大堂远处走去，纽曼看到他们停下来说话。他们俩显得都很平静，但是那个面红耳赤的陌生人开始可怜兮兮地用手帕擦起脸来。这时纽曼已经走到“浴缸”门口，那门还开着，他能看见门里的那件粉色礼服，他立即走了进去。诺埃米小姐转过身，满面春风地和他打招呼。

“啊！您终于还是决定来看我了？”她大声说道，“您还不算失礼，这时来找我是个不错的时机，坐吧。”她的面颊微微泛红，眼里闪着

---

① 原文为法语：ouvreuse。

亮光，你可能会以为她收到了什么好消息。

“这里出事了！”纽曼说着，并没有坐下。

“您这时来找我是个不错的时机。”她重复道，“两位绅士，其中一位是瓦伦汀·德·贝乐嘉，我很高兴也很感谢您介绍我们认识，他们刚才因为我（您卑微的仆人）而争执不下，也说了很多过头话，他们必须刀剑相对才肯罢休，用决斗的方式逼着我做决定！”诺埃米小姐大声说道，轻轻拍着小手，“这都是女人惹的事啊！[①]”

“您的意思是瓦伦汀将要为您决斗！”纽曼厌恶地大声说道。

“完全正确！”她看着他，挤出一丝僵硬的微笑，“不，不，您不要失去风度！如果您阻止这件事，我会记恨您，您必须为此付出代价！”

纽曼嘴里咒骂了一句，很短，前面是个感叹词“噢”，后面是两个字[②]，那是一个有地理意义或者更准确说也许是有神学意义的名词，我们在这里最好不要写出来，以免污了读者的眼睛。骂完，他转身便往外走，再没有对那粉色礼服表现虚假的客套。他在过道看到瓦伦汀和那个家伙正向自己这边走来，那位年轻人正将一张卡片塞进自己的马甲口袋里。这位痴迷诺埃米小姐的崇拜者牛高马大，孔武有力，鼻子肉乎乎的，一双醒目的蓝眼睛，长着一副德国人的面孔，戴着一条宽大的表链。他们来到包厢前，瓦伦汀重重地鞠躬让他先进。纽曼碰了一下瓦伦汀的胳膊，示意他想要和他聊聊，瓦伦汀回答说他马上就会出来。瓦伦汀跟着那个强壮的年轻人进了包厢，但几分钟后他就满面笑容地出来了。

“她开心极了，”他说，“她说我们会为她带来幸运。我并不愚蠢，但是我想这也很有可能。”

“所以您要和他决斗？”纽曼问。

“我亲爱的朋友，不要看起来这么厌恶这件事，这不是我能选择

① 原文为法语：C'est ça qui pose une femme。

② 原文是说有四个字母的单词，即 hell。这里翻译成“两个字”，即“见鬼”“混蛋”，hell 还有“地狱”的意思。

的，事情已经这样了。”

“我跟您说过您不要挑衅争斗的！”纽曼发牢骚道。

“我也这么对他说的。”瓦伦汀微笑着说。

“他对您做了什么？”

“我亲爱的朋友，这不重要了，他说了句话，我接受了。”

“但我还是想要知道，作为您的兄长，我不能让您干些头脑发热的蠢事。”

“我很感激您，”瓦伦汀说，“我没有什么好隐瞒的，但是，我不能现在在这儿跟您说相关细节。”

“那我们离开这个地方，去外面说。”

“噢，不，我不能离开这里，为什么我要着急离开呢？我要去我的管弦乐队前排坐着，把这幕歌剧听完。”

“您不会享受其中的，您心里藏着事儿。”

瓦伦汀看了他一会儿，脸有愠色，但还是露出微笑，拍了拍纽曼的肩膀，“您真是单纯得好笑！成大事者，泰山崩于前而面不改色。我现在能做的事就是直接回到我的座位上。”

“啊！”纽曼说，“您想让她看到您还在那儿，看到您，还有您面不改色。我可没那么单纯！这真是个低劣的把戏。”

瓦伦汀留在剧院继续听歌剧，他们俩在各自的座位看完了后面的剧目，同样，诺埃米小姐和她那争勇好斗的倾慕者也看完了整场戏剧。剧终时，纽曼找到瓦伦汀，他们一起走到大街上，瓦伦汀拒绝了搭纽曼顺风车的建议，他停在人行道边上。“我得自己走，”他说，“我要去找几个朋友来帮我办这件事。”

“交给我来办吧，”纽曼说，“让我来处理。”

“谢谢您的好心，但我不可能让您处理。首先，如您刚才所说，您是我半个兄长，就要和我姐姐结婚了。就这一点您就不合资格，人们会怀疑您的不公。即使不是这样，我也强烈怀疑您并不赞成我们决斗，您会阻止我和那个人会面。”

“我当然应该阻止您，”纽曼说，“不管您的朋友是谁，我都希望他们能够劝阻您。”

“毫无疑问，他们会劝我的，他们会编造一些借口，一些很恰当的借口。但您脾气太好，不会参与这种争斗事件的。”

纽曼沉默了一会儿，感到非常烦心，但他明白企图干预是没有用的。“决斗什么时候开始？”他问。

“越早越好，”瓦伦汀说，“我希望就是后天。”

“好吧，”纽曼说，“我总有资格了解事实真相吧，我不能对这件事视而不见。”

“我会很高兴告诉您事实真相，”瓦伦汀说，“其实很简单，很快就讲完了。但现在一切都取决于找到我的朋友，刻不容缓，所以我要搭一辆马车，您最好坐车去我家，在那儿等我，我一个小时后准时回来。”

纽曼有些不情愿地让他朋友走了。然后，他自己驱车来到昂茹大街那别具一格的小公寓。一个多小时后瓦伦汀才回来，不过，他说自己已经找到了一位合适的朋友，这位绅士会再找一个帮手。纽曼灯也没开地一直坐在瓦伦汀房间里奄奄一息的炉火旁，他往炉中加了一块木柴，顿时炉火火苗上蹿，照亮了这间拥挤不堪的小客厅，形成了奇妙的斑斑驳影。他默默地听着瓦伦汀讲述自己回到诺埃米小姐的包厢后，与那位绅士之间发生的事情。他的兜里装着那人的名片，他叫斯坦尼斯拉斯·卡普先生，来自斯特拉斯堡[①]。当时那位好客的女士突然发现了对面包厢里的一位熟人，正埋怨他失礼不来和自己打招呼。“噢，别管他！”卡普先生于是嚷道，“我们包厢里的人已经够多了。”说毕，他以示威的眼神盯着瓦伦汀。瓦伦汀立即反唇相讥，说如果嫌包厢人多，那卡普先生可以很容易地减少人数啊。“我很乐意为您开门！”卡普先生大声说。“我很高兴把您扔进乐池！”瓦伦汀毫不示弱道。“噢，你们就大闹一场吧，正好明天上报！”诺埃米小姐幸灾乐

① 斯特拉斯堡（Strasbourg），法国东北部城市，阿尔萨斯大区的首府和下莱茵省的省会，也是法国第七大城市和最大的边境城市。

祸地脱口而出，“卡普先生，把他关到门外；或者，德·贝乐嘉先生，把他扔进乐池，扔进管弦乐队，随便哪儿！我不在乎你们谁干，只要你们能大闹一场。”瓦伦汀回答说他们不会大吵大闹，但只要那位绅士乐意和他一起去过道谈谈。他们在过道里谈了会儿，然后就互换了名片，卡普先生非常顽固，他很显然想要将他的无礼行为进行到底。

“那人无疑很狂妄傲慢，”纽曼说，“但如果您不回到那个包厢，这一切就不会发生。”

“哎呀，难道您看不出，”瓦伦汀回答说，“整件事恰恰证明我回包厢是绝对正确的吗？卡普先生想要挑衅我，他正在等待时机。在这种情况下，也就是说，有人明确告知他了这种挑衅，作为男人唯一能做的就是接受挑战。我不回去简直就相当于对卡普先生说：‘噢，如果您不高兴……’”

“‘您必须自己负责。如果要我帮您，那您就完了！’这才是最理智的说法。唯一吸引您回去的理由似乎是卡普先生可能出现的无礼行径。”纽曼继续说，“您当时跟我说过，您不是因为那个姑娘才回去的。”

“噢，别再提那个姑娘了，”瓦伦汀嘟哝着说，“她真让人厌恶！”

“我完全赞同您的看法。但既然您这样看她，为什么还要去理她呢？”

瓦伦汀摇了摇头，露出一丝苦笑：“我想您是不会理解的，而且我认为我跟您也说不明白。她了解当时的情况，知道空气中弥漫着硝烟的味道，她只是在冷眼旁观。”

“人人平等，旁观是她的权利！这有什么关系呢？”

“咳，男人不能在女人面前退缩啊。”

“我可不会把她当女人看待，您自己也说过她是铁石心肠。”纽曼厉声说道。

“好吧，”瓦伦汀回应道，“我们不要为了对一个人的评判而争执不下，它只关乎个人感受，是由人的荣誉感来决定的。”

“噢，又和您的荣誉感混为一谈了！”纽曼大叫着。

“现在说这些也没有用了，”瓦伦汀说，“话已经说出去了，事情也都定了。”

纽曼转过身，拿起他的帽子，手扶在门上停了下来。“您准备用什么武器呢？”他问。

“那要由被挑战者卡普先生来决定，我自己倾向选轻型短剑，我使得很好，但我不是一个好射手。”

纽曼戴上了帽子，并把它朝后推了推，轻轻搔了搔前额。“我希望你们用的是手枪，”他说，“我可以教您怎么射击！”

瓦伦汀突然大笑起来：“有位英国诗人是怎么讲一致性的呢？他说一致性或是鲜花，或是星辰，或是珠宝，求同存异，您的愿望兼具了三者之美！”不过，他还是同意等他和卡普先生会面的具体事宜安排好后，明天会和纽曼再见一面。

翌日白天，纽曼从瓦伦汀那里得到三条消息，说他和对手已经决定在境外决斗，他将搭夜班快车前往日内瓦，不过，他应该还有时间和纽曼一起用餐。下午，纽曼短暂拜访了德·辛特雷夫人，她还是像先前一样亲切优雅，楚楚动人，但有些伤感，眼睛红红的，在纽曼的追问下，她坦承自己刚刚哭过。数小时前瓦伦汀来过，他的拜访给她留下了伤离别的印象。他当时笑着讲一些八卦，并没有说什么不好的事儿，他还是以往那样，只是比往常更加温柔多情。他的姐弟之情打动了她，分手时她的眼泪突然夺眶而出。她已经预感到好像有什么奇怪而又悲伤的事将要发生，想用理智赶走这种胡思乱想，但越是这样她越觉得头痛。纽曼当然绝口不提瓦伦汀要去决斗的事儿，以他的人情练达，也不至于嘲弄德·辛特雷夫人的预感和其所需要的绝对安全感。离开之前，他还问了德·辛特雷夫人瓦伦汀是否见过他的母亲。

“是的，他去了，”她说，“不过，她并没有伤心流泪。”

在纽曼自己的公寓中，瓦伦汀和他一起共进了晚餐，他随身带着旅行箱，这样吃完饭就可以直接去火车站了。卡普先生断然拒绝找任何借口，而在瓦伦汀一方，显然也无借口可找。瓦伦汀终于打听清楚了对手的情况：他是斯特拉斯堡一个富有的啤酒制造商的儿子和继承者，这个年轻人血气方刚，脾气暴躁，大肆挥霍几乎搞垮了父亲的啤酒厂。不过总体而言，他的口碑还不错，只是人们发现他总是喜欢餐后和人吵架。“您想喝点儿什么？[①]”瓦伦汀说。“拿些啤酒来，他喝不了香槟。”卡普选择了用手枪决斗。晚餐时，瓦伦汀胃口很好，他说这么长的旅途当然要比平常多吃一点。他贸然建议纽曼改善一下鱼酱的成分，并说理应告诉厨师。但纽曼没有心思去想鱼酱的事，他非常难过。当他坐在那儿看着眼前这位讨人喜爱又聪明的朋友吃着美味的晚餐时，还表现出那样世代相传的精致的美食主义，这样一位有魅力的朋友就要拿他美好的生命去冒险，仅仅是因为卡普先生和诺埃米小姐刺激了他，让他难以忍受。他越来越喜爱瓦伦汀了，觉得现在喜爱到了极点，他的无助感只能让他更加心痛。

“好吧，这样的决斗也许很好，”他最后大声说道，“但是，我并不理解。我也许不能阻止您，但至少我可以表示反对，我强烈反对您这样做。”

“我亲爱的朋友，不要大吵大闹，”瓦伦汀说，“这种情况下，大吵大闹只会出洋相，显得格调很低。”

“您的决斗本身就是一场闹剧，”纽曼说，“完全就是一场闹剧！非常糟糕而夸张的风流韵事。为什么不痛痛快快地再配上一支乐队呢？这真是既野蛮又腐朽！”

“噢，在今天这个时候，我没有时间来为决斗的理论进行辩护了，”瓦伦汀说，“这是我们的传统，我觉得这是好事。倒不是说决斗中的打斗很好，而是这其中那如诗如画的美感对于在我们现在这样一个低劣散文充斥的时代来说，我觉得值得提倡。决斗是那个情绪高涨的时代的遗珠，我们应该坚守这样的传统，放心吧，决斗从来不会不合时宜。”

“我不清楚您说的情绪高涨的时代是什么意思，”纽曼说，“因为您的曾祖父是个混蛋，所以您就也得是个混蛋？对我来说，我觉得我

---

① 原文为法语：Que voulez-vous。

们最好让我们的情绪自我管控，我们的情绪已经很高涨了；我并不害怕说自己缺乏勇气和胆量。如果您的曾祖父让我不高兴，我想我也能修理他。”

“我亲爱的朋友，”瓦伦汀笑着说，“您不能凭空自创一套理论来侮辱决斗啊，本来它是件令人高兴的事。下挑战书和接受挑战都是极其美妙的事。”

“您说它让您高兴？”纽曼问，“收到那粗鄙的纨绔子弟的尸体作为礼物会让您高兴？让他成为您的礼品会让您高兴？如果有人打您，您就要打回去；如果有人诽谤侮辱您，您就得逮捕他。”

“逮捕他，把他送上法庭？噢，那太下流了！”瓦伦汀说。

“是他下流而不是您。您现在所做的并不是什么好事，您这么优秀的人不值得这样做。我不是说您是世界上最有用、最聪明、最和蔼可亲的人，而是说您这么好的人不值得为一个妓女而丧命。”

瓦伦汀的脸涨得绯红，但还是笑着说：“如果我可以，我就不会为此丧命。况且，一个人的荣誉不应该有两套标准，它只知道有牺牲，但不会问是何时何地以及如何发生的。”

“这正是最愚蠢的地方！”纽曼说。

瓦伦汀不笑了，表情严肃起来。“我求您不要再说了，”他说，“如果您要是再这样说的话，我都要觉得您一点儿也不在乎，不在乎……”他欲言又止。

“不在乎什么？”

“不在乎——一个人的名誉。”

“随您怎么想，”纽曼说，“您这样想的时候也要知道我在乎的是您——尽管您并不值得去做这件事，但您要毫发无损地回来。”过了一会儿，他补充说，“那样我就会原谅您，那时，”瓦伦汀正要走时，他继续道，“我会直接送您去美国。”

“好吧，”瓦伦汀答道，“如果我要开启新的生活篇章，那这将是旧生活的最后一章。”说完，他又点了支烟，就离开了。

“给那姑娘一枪！”门在瓦伦汀身后关上时，纽曼说道。

# 第十八章

翌日，纽曼算好时间，吃完早午饭后就去拜访德·辛特雷夫人。来到贝乐嘉府邸[①]的庭院里，只见德·贝乐嘉老夫人结实的旧马车停在门廊前。开门的仆人有些尴尬，犹疑地小声回应着纽曼的询问。这时布莱德太太出现了，她的面容还像往常一样晦暗，戴着一顶大大的黑色软帽，身上披着披肩。

“怎么回事？”纽曼问，“伯爵夫人到底在不在家？”

布莱德太太走上前来，注视着纽曼。他注意到她手中小心地拿着一封密封的信件。“伯爵夫人给您留了封信，先生，她让我把它给您。”布莱德太太说着，把那封信递过来，纽曼接下了。

“留下这个？她不在家？离开了？”

“她正要离开，先生，她打算出城去。”布莱德太太说。

“出城！”纽曼惊叫道，“发生了什么事？”

“我不能讲，先生，”布莱德太太说，眼睛盯着地面，“但我想这一天终于会来的。”

“天啊，什么会来？”纽曼问，他已拆开了信封，但他还是问道，“她在家里吗？我能见她吗？”

“我想今天上午她不希望见您，”老侍女答道，“她马上就要动身了。”

“她要去哪里？”

“去福乐里雷。”

“福乐里雷？但我现在还可以见她，对吧？”

布莱德太太犹豫了一会儿，然后双手紧紧握在一起。“我带您去见她！”她说。她在前面带路上了楼梯，到了楼梯顶端，她用干涩忧

---

① 原文为法语：hôtel。

伤的眼睛注视着纽曼。“对她多担待些，”她说，“她今天非常难过！”接着，她继续向德·辛特雷夫人的房间走去，纽曼既惊诧又不解，快步跟在后面。布莱德太太推开门，纽曼将门外侧的门帘掀起。德·辛特雷夫人站在房间中央，脸色苍白，一身外出的装扮。在她身后，乌尔班·德·贝乐嘉正站在壁炉前，眼睛看着自己的手指甲。他旁边坐着老夫人，深埋在扶手椅里。看到纽曼，她立即将目光盯在他的身上。纽曼一踏入这个房间，就感觉到危机四伏，就像万籁俱寂的夜晚忽然听到凶险的叫喊声那样令人毛骨悚然。他径直走到德·辛特雷夫人身边，握住了她的手。

“怎么回事？”纽曼用命令的口气问道，“发生了什么事？”

乌尔班·德·贝乐嘉侯爵瞪着眼，离开他的位置，走过来靠在他母亲的椅子背上。纽曼的突然现身很明显让这对母子不知所措。德·辛特雷夫人默默地站着，眼睛看着纽曼。在纽曼看来，似乎她总是那样全身心的注视着自己，但这次她的眼神里有种难以琢磨的深邃。她很伤心，这是他所见过的最让人心疼的眼神。他的心提到了嗓子眼儿，差点儿要愤怒地责问她的母亲和长兄，但她制止了他，摁住了他的手。

“很严重的事情发生了，”她说，“我不能嫁给您了。”

纽曼放开她的手，站在那儿，先瞪着眼看德·辛特雷夫人，然后又看着其他人，“为什么不能？”他尽可能平静地问。

德·辛特雷夫人勉强笑了笑，但笑得很诡异。“您得问我母亲，问我哥哥。”

“为什么她不能嫁给我？”纽曼看着他们问。

德·贝乐嘉老夫人坐在椅子里没有动，但她的脸色和她女儿一样苍白，侯爵低头看着她。很长时间老夫人什么话也没有说，但她清澈犀利的眼神并不示弱地盯着纽曼。侯爵挺直身板，抬头看着天花板。“这不可能！”他轻声说道。

“你们的婚姻不合适。”老夫人说。

纽曼开始大笑。“哦，你们在耍我！”他大声喊道。

“妹妹，您没有时间了，否则要赶不上火车了。”侯爵说。

“得了，他疯了吗?”纽曼问。

“不，请不要那样想，”德·辛特雷夫人说，“但我要走了。”

“您要去哪里?”

“去乡下，去福乐里雷，一个人去。”

“为了躲开我?”纽曼缓缓说道。

“我现在不能见您。”德·辛特雷夫人说。

“现在? 为什么?”

“我感到很羞愧。”德·辛特雷夫人简单答道。

纽曼转向侯爵:“你们对她做了什么? 她说的话是什么意思?”纽曼极力镇静地问道，这种镇静是他长期冷静应对困难局面的结果。他很激动，但激动只会让他更加从容不迫，就像是脱光的游泳者一样，只能硬着头皮向前游。

“我的意思是说我已放弃您了，”德·辛特雷夫人说，“就是那个意思。”

她的脸上充满了悲伤的神情，表明她的话并不完全出自真心。纽曼深深地震惊了，但他并不怨恨她。他既惊讶又困惑，老侯爵夫人和她儿子的存在就像更夫的提灯射出的光芒一样照得他睁不开眼睛，头晕目眩。“我不能单独和您谈一下吗?”他问。

“那样只会徒增痛苦，我不希望再次见到您，所以我要逃走。我给您写过信了，再见。”说完，她又伸出自己的手。

纽曼把自己的双手插进口袋里，“我和您一起走。”他说。

她用自己的双手扶着他的胳膊:“您能答应我最后一个请求吗?”她说这话的时候，眼里噙满了泪水看着他，“请让我独自离开吧，让我平静地走。我不能说是平静，而是心死。但请让我将自己掩埋，那么，再见吧。”

纽曼手指插进头发，站在那里慢慢揉着自己的脑袋，眼睛眯成一条线来回看着眼前的三个人。他双唇紧闭，嘴角微翘，乍看让人以为他在微笑，我说过他的激动只会让他更加从容，所以，他现在看起来淡定得可怕。“侯爵，似乎很有可能是您介入了我们的婚事，”他慢慢地说道，“我还以为您说过不干预。我知道您不喜欢我，但那没有关系。我以为您会信守承诺不干预的，我以为您以您的名誉发誓不会干涉。难道您不记得了吗，侯爵？”

侯爵抬了抬眉毛，但很明显他下决心装出一副比平时更文质彬彬的样子。他双手扶在母亲的椅背上，身子前倾，像是俯身于讲坛或课桌的边缘。他没有微笑，但看起来也不是很严肃。“抱歉，先生，”他说，“我向您保证过不影响我妹妹的决定，我严格遵守了自己的约定。不是吗，妹妹？”

“不要求证，儿子，”老侯爵夫人说，“您说得已经够明白了。”

“是的，她已经答应了我，”纽曼说，“千真万确，我不能否认这点。至少，”他转向德·辛特雷夫人，换一种语气补充说，“您确实答应我了，是吧？”

他的语气中有种东西似乎强烈地触动了她，她转过身，将脸埋进双手里。

“然而，您现在干预过了，难道不是吗？”纽曼问侯爵。

“不管是过去还是现在，我都没有想要影响我妹妹，我过去没有劝过她，现在也没有。”

“那您到底是怎么影响她的？”

“我们用家长的权威影响她。”德·贝乐嘉老夫人说道，声如洪钟。

“啊！你们动用了家长权威，”纽曼大声说道，“他们利用家长权威，”他转向德·辛特雷夫人继续说道，“家长权威是什么东西？他们是怎么使用的？”

“我母亲下了命令。”德·辛特雷夫人说。

“命令您放弃我，我明白了。然后您就屈从了，我明白了。可您为什么要屈从这样的命令？”纽曼问道。

德·辛特雷夫人越过纽曼看着老侯爵夫人，从头到脚慢慢打量着她。“我害怕我母亲。”她说。

德·贝乐嘉老夫人腾地站起身来，厉声道：“这太失体统了！”

“我不想再耽搁了，”德·辛特雷夫人说着，转向门口，又一次向纽曼伸出了手，“如果您稍许可怜我，就让我独自一个人走吧。”

纽曼平静而坚定地握了握她的手。“我会去看您的。”他说。门帘[①]在德·辛特雷夫人的身后落下，纽曼长吁一口气跌坐在靠他最近的一把椅子里，他背靠椅子，双手搭在两边扶手上，看着德·贝乐嘉老夫人和乌尔班。房间顿时陷入长时间的沉默，那母子俩并肩站着，抬头挺胸，眉头紧锁。

“所以您做了区分？”纽曼终于问道，“您在劝说和命令之间做了区分？区分得很清楚嘛！不过，这区分倾向于命令，就是这该死的命令毁了我们的婚事。”

“我们并不反对说清楚我们的立场，”德·贝乐嘉侯爵说，“我们理解，一开始您会很难理解我们的立场，我确实不指望您能公正地看待我们。”

“噢，我会公正看待的，”纽曼说，“别担心，请继续。”

老侯爵夫人将手搭在他儿子的手臂上，好像并不赞成他试图表明他们的立场。“想让这件事安排得让您称心如意，”她说，“没有任何意义，永远难以称您心如您意。这本身就是一件让人失望的事，失望就会带来不开心。我再三仔细考虑，想安排得更好些，但我只是让自己更加头疼，难以入眠。于是我们就照我们想的说了，您会觉得自己遭遇不公，并把您的冤屈在朋友中散布。但我们不害怕，况且，您的朋友也不是我们的朋友，这无关紧要。随您怎么看待我们，我只求您不要动粗，我一生中从来没有亲眼看到过任何暴力场景，到了我这个年纪，我可不想开始身临这种局面。”

“这就是您想说的？”纽曼问着，慢慢地站起身来，“侯爵夫人，对您这么聪明的女人而言，这真是一场拙劣的表演。好啦，换个表演吧。”

“我母亲一贯诚实无畏，她总是一语中的、直击要害。”侯爵边说

---

① 原文为法语：portière。

边玩弄着他的表链，“但是，也许我还可以再多说一点儿。我们当然不会接受您对我们不守信用的指控。我们让您自由地在我妹妹面前表现，赢得她的芳心。我们给她自由考虑您的求婚。她接受您的表白时，我们什么也没有说，因此，我们信守了我们的承诺。只是在这最后关头，事情已经进入了另一个阶段，我们决定要再说两句。也许，我们早点儿说会更好一些，但是，真的，您瞧，什么事情都还没有发生呢。”

“什么事都还没有发生？”纽曼重复着他这句话，没有意识到这话的荒诞。他对侯爵所说的话已经失去了感觉，德·贝乐嘉侯爵高高在上、颐指气使的话语在他耳边轰鸣。他的心中只有深深的愤怒，他完全明白了这不是一个曲解的玩笑，眼前的这两个人是非常认真的。“您觉得我能接受您的解释吗？”他问道，“您觉得您说的话我会在意吗？您觉得我会认真听您讲的话吗？您真是疯了！”

德·贝乐嘉老夫人将扇子在掌心轻敲了一下，然后说：“先生，如果您不接受，那就随便吧。您做什么都没有用了，我女儿已经放弃了您。”

“她不是真心的。”过了一会儿，纽曼说。

“我想我能确信她是认真的。”侯爵说。

“可怜的女人，你们究竟对她做了什么？”纽曼大叫道。

“小点儿声，小点儿声！”德·贝乐嘉侯爵咕哝着。

“她已经跟您说了，”老夫人说，“是我命令她这样做的。”

纽曼重重地摇了摇头。“您知道您绝不可以干这种事，”他说，“人不能这样滥用权力，您没有这种权力，绝对没有这样的权力。”

“我的权力，”德·贝乐嘉老夫人说，“就是我的孩子们对我的绝对服从。”

“就像您女儿所说，您的权力源自他们对您的畏惧。这很奇怪，为什么您的女儿要害怕您？”纽曼看着老夫人，过了一会儿补充道，“这对他们不公平。”

老侯爵夫人在他犀利的目光注视下并没有畏缩，仿佛她没有留意或者没有听到他的提问。“我尽了我最大的努力，”她平静地说，“我再也不能容忍了。”

“这是一次大胆的尝试！”侯爵说。

纽曼很想走到他的面前，双手掐住他的脖子，用大拇指摁住他的气管。“我无需告诉您这件事对我的打击有多沉重，”他说，“您当然很清楚，不过，我想您也会担心害怕您的朋友们的看法，所有那天晚上您介绍给我的朋友们，他们中有些很不错的人，有些诚实正直的男女，您得顾忌他们的看法。”

“我们的朋友都支持我们，”德·贝乐嘉侯爵说，“他们没有一个人反对。不过，您说的也不是没有可能，但我们没有收到任何暗示。我们贝乐嘉家族一直都是榜样的树立者，而不会等待榜样的出现。”

“你们等再久恐怕也不会有人像你们一样，树立这样一个榜样。”纽曼大声说道，“我什么地方做错了吗？”他问，“我有什么疏漏从而让你们改变主意了呢？你们发现了什么对我不利的证据吗？我真是无法想象。”

“我们的意见，”德·贝乐嘉老夫人说，“从头到尾都一样，一点儿都没有变过。我们对您个人没有敌意，也从未指责您做错了什么。坦诚地说，自从您和我们家发生关系以来，您已经越来越没有我预想的那么古怪了。我们反对的不是您的性情脾气，而是您的出身，我们真的无法委屈自己和一个商人联姻。不幸的是，我们原以为我们可以和商人联姻，这是一个巨大的不幸。我们决心坚持到底，给您创造各种条件。我打定主意让您没有理由指责我们背信弃义，我们当然更进一步，把您介绍给了我们的朋友。实话说了吧，我认为正是这件事是压垮骆驼的最后一根稻草，周四晚上在这些房间发生的场景让我彻底崩溃。如果我所说的话让您不愉快，还望谅解，但如果我们不给您任何解释，我们自身也就无法解脱。”

“那天晚上我们在众目睽睽之下向您表态，就是我们良好诚意的最好证明。”侯爵说，“也就是说，我们把自己绑起来了，捆住了自己的双手。”

“然而，”他母亲补充道，“也就是那天晚上发生的一切让我们睁开了双眼，解开了我们自我捆束的绳索。您知道，我们本来就觉得非常不自在！”过了一会儿，她补充道，“我们已事先告诫过您，我对您说过，我们是非常傲慢的人。”

纽曼拿起帽子，开始机械地摩挲着，他心中强烈的鄙视让他说不出话来。“你们还不够傲慢。”他最后评论道。

“在整个这件事上，”侯爵笑着说，“我真的只看到了我们的谦逊。”

“除非有必要，我们已无需再多说什么了，”德·贝乐嘉老夫人又接着说道，“我女儿说放弃您的时候，就已经说明了一切。”

“我对您女儿说的话并不满意，”纽曼说，“我想知道你们到底对她做了什么，说什么家长权威或者是您命令她这样做，这些都是用来搪塞我的话。她不会盲目地就接受我，也不会就这么盲目地放弃我。我不相信她是真的放弃我了，她会和我商量一下的。但是，你们恐吓过她，威逼过她，伤了她的心，你们到底对她做了什么？”

“我什么也没有做！”德·贝乐嘉老夫人说，纽曼后来想起她的语气还会不寒而栗。

“我要提醒您的是，我们给您作出这些解释，”侯爵说，“是因为我们清楚地知道您不会对我们恶言相向。”

“我从不对人恶语相向，”纽曼说，“威吓、恫吓是你们使用的手段！但我不知道还有什么更多的要和你们讲。你们期望我的无非是让我快点离开，感谢你们给予我的帮助，我保证再也不来烦扰你们。”

“我们期望您像个聪明人那样行事，”德·贝乐嘉老夫人说，“您已经表现得很好了，我们所做的一切也都是基于您的表现。大丈夫能屈能伸，我女儿已经完全退出，您再大吵大闹又有什么用呢？”

“您女儿是否完全退出，尚不确定。她和我仍然是要好的朋友，这点不会改变。如我刚才所说，我还要和她商量商量。”

“没有意义的，”老夫人说，“我了解我的女儿，她刚对您说的话就是她最后的决定。况且，她向我承诺过。”

“我毫不怀疑她的承诺要比您的承诺有价值得多。”纽曼说，“但我还是不会放弃她的。”

“随您的便吧！但是，如果她连见都不肯见您——她不会见您的——您的执着追求只能以柏拉图式的纯精神恋爱方式进行。”

可怜的纽曼只是假装出很有信心的样子，其实他心里也没底。德·辛特雷夫人异常的激烈情绪其实早已让他心灰意冷，她的脸庞依然浮现在他的脑海里，而且还是一副生动得可怕的决绝神情。他突然一阵恶心，感觉到束手无策。他转过身，手扶在门上站了一会儿。然后回头，短暂犹豫后，换了一种语气说：“好吧，想想这对我来说意味着什么，一切由她自己决定！你们为什么要反对我？我有什么问题？我又伤害不了你们，即使我能，我也不会。我是这个世界上你们最不该反对的人。即使我是商人又如何？你们到底是什么意思？是因为我是商人？我可以成为你们想要我成为的那种人。我从没有和你们谈论过商业贸易。请放过她，我不会问任何问题。我会带她走，你们将再也不会见到我或听到关于我的消息。只要你们高兴，我会待在美国，我可以签份文书保证永不回到欧洲！我想要的就只是得到她！”

德·贝乐嘉老夫人和儿子交换了一下眼色，眼神里是明显的嘲讽，然后乌尔班说：“我亲爱的先生，您的建议并不是什么更好的办法。您是个讨人喜欢的外国友人，我们绝不会不想见您，也不希望和我妹妹永远分离。我们只是反对这门婚事。”德·贝乐嘉侯爵微微笑了一下，“只有这样，她才能更专注于她的婚姻。”

“好吧，那么，”纽曼说，“你们的福乐里雷在哪里呢？我知道它是靠近一座山丘上的古城。”

“是的，确切地说，普瓦捷就建在一座山丘上，”德·贝乐嘉老夫人说，“我不知道它有多古老，我们并不害怕让您知道。”

“是普瓦捷，对吧？非常好，”纽曼说，“我立刻就去找德·辛特雷夫人。”

“这个点以后的列车没有了。”乌尔班说。

“我会租一辆专门的列车！”

“那只是白白浪费钱。”德·贝乐嘉老夫人说。

“三天后，我们会有足够的时间来谈浪费的事。”纽曼答道，然后将帽子扣到头上，离开了。

他没有立即动身去福乐里雷，他被这一连串的事件震惊了，心灵遭到重大创伤。他只是那样走着，沿着塞纳河岸一直往前走，直到走出了巴黎古城墙[①]。他感到怒火中烧，心在滴血。他一生当中还从来没有遭遇如此不容置疑的挫败，从来没有在如此短的时间内被人叫停，或者如他自己所说，“让他泄气”。这种滋味让他难以忍受，他一边大步流星走着，一边用手杖奋力敲打树木和路灯电杆，发泄着心中的暴怒。就在他欣喜若狂、得意扬扬捕获德·辛特雷夫人的芳心之时，突然之间却失去了她，那不啻是对他自尊的侮辱，也是对他幸福的无情创伤。因为别人的干预和命令，因为一个厚颜无耻的老妇人和一个自命不凡的纨绔子弟用他们的“权威”介入，让他失去了她！真是太荒谬了！太可悲了！纽曼没有费神纠结贝乐嘉家族无耻的背叛，他一劳永逸将之交付地狱接受永恒的审判。然而，德·辛特雷夫人的背叛让他惊愕不已，大惑不解。当然，一把钥匙总有一把锁，可他总也想不明白这锁身在何处。就在三天前，她与他肩并肩站在美丽而宁静的星光下，他的信任鼓起了她的勇气，她告诉他，她对他们未来的婚姻生活充满憧憬。这突然的变故意味着什么呢？她是被下了蛊惑药了吗？可怜的纽曼焦虑万分，担心她真的变心了。也许正是他的爱慕让她不堪重负而下决心与自己断交。不过，他并没有责备她的背叛，因为他确信她情非所愿。他跨过一座桥，继续漫不经心地沿着连绵不断的长长的驳岸行走。他已将巴黎城远远地抛在了身后，几乎到了乡下，那是空气清新宜人的欧特伊郊区[②]。他终于停下了脚步，茫然四顾，无心欣赏这乡村的美景，然后缓慢地转身，悠悠地沿原路返回。当他走近巨大的特罗卡德罗河堤[③]时，在他心痛的状态下，他想到特里斯特

① 原文为法语：enceinte。

② 欧特伊（Auteuil），毗邻布洛涅森林的富人居住区。

③ 特罗卡德罗河堤（Trocadero），位于凯旋门南面。

拉姆太太的家就在附近，而在特殊的情况下，特里斯特拉姆太太的话总是充满了女性的仁慈。他觉得有必要排解自己心中的怒火，于是便走向特里斯特拉姆太太的家。特里斯特拉姆太太一个人在家，甫一进门，她一看他便对他说，自己知道他为何而来。纽曼沉重地坐下来，默默无语地看着她。

“他们食言了！”她说，“好吧，您可能觉得很奇怪，但我那天晚上从当时的气氛中就感觉到了。”接着，他讲了自己的遭遇，她一边听着，一边目不转睛地盯着他。听完他的诉说后，她平静地说：“他们想让她嫁给蒂普米尔。”纽曼愣住了，他还不知道她对蒂普米尔勋爵的了解。“但我觉得她不会同意。”特里斯特拉姆太太补充说。

“她嫁给那个可怜的愣头青！”纽曼大声说，“噢，天哪！可她为什么要拒绝我呢？”

“逼嫁蒂普米尔勋爵只是一方面，”特里斯特拉姆太太说，“他们是真的再也不能容忍您了，他们高估了自己的勇气。平心而论，我得说他们这样做也有他们的理由。您的商人本质让他们难以接受，那正是贵族特有的挑剔，他们想要您的钱，但是因为这点他们又放弃了您。”

纽曼悲愤地皱起了眉头，然后又拿起帽子。“我原以为您会鼓励我，给我信心！”他说着，脸上露出孩童似的沮丧。

“原谅我，”她轻声回应道，“我还是为您感到难过，特别是因为我是给您带来这些麻烦的肇事者，我记得是我建议您去求婚的。我相信德·辛特雷夫人无意嫁给蒂普米尔勋爵。事实上，他并不像他看起来那样比她年轻，我在贵族姓名录里看到他是三十三岁。但是，我无法相信她是如此可怕，如此冷酷而虚伪！”

“请不要说她坏话。”纽曼说。

“可怜的女人，她确实很冷酷，不过，您当然可以去追她，用力请求她。”特里斯特拉姆太太还是像以往那样大胆地评论道，“您知道吗，您现在甚至不说话都很有说服力，要拒绝您，那这个女人一定是下定决心了。但愿我的分析是错的，您还会获得她的芳心来见我！总之，去找德·辛特雷夫人吧，告诉她，甚至我也无法理解她，我很好奇家长的约束能够持续多久。”

纽曼又坐了一会儿，胳膊肘架在膝盖上，头埋在双手里。特里斯特拉姆太太继续讲了一番大道理，说了一通仁慈友爱、人生哲学、包容与批评等内容。最后她问道：“瓦伦汀伯爵对这件事怎么看？”纽曼听后一惊，从今天早上开始他就没有想到过瓦伦汀以及他在瑞士边境决斗的事情。这样一想又让他感到不安起来，于是他就起身告辞了。他直接回到公寓，在前厅的桌子上，他看到了一份电报，上面写着（有时间和地址）：“吾病危，见报速来，瓦·贝。”看到这条悲伤的消息，纽曼心烦意乱，他不能不推迟去福乐里雷城堡了，但在有限的时间里他还是给德·辛特雷夫人写了封短信：

> 我不会放弃您，也不相信您真的会放弃我。我不明白您后来为什么放弃，但我们可以一起搞明白。我今天不能去找您了，因为一个远方的朋友病危，也许就要死了，要我去见他。但我一离开我的朋友，就会来找您。为什么我不能说那位朋友就是您的弟弟呢？——纽曼。

写完信以后，他只有时间赶上去日内瓦的夜班快车了。

# 第十九章

在必要的时候，静静地坐着一动不动，是纽曼的一项异乎寻常的天赋，这次瑞士之行他就用上了自己的这一异禀。连续数小时他一个盹儿都不打，双眼微闭，静静地坐在列车车厢一角，同行的旅客中最敏锐的观察者都会被他的假寐所蒙蔽，对他钦羡不已。天快亮时，睡意真的来了，那是精神疲倦而不是身体疲劳产生的结果。他睡了几个小时，醒来时，映入眼帘的是白雪皑皑的汝拉[①]山峰，背景是朝霞映红的天空。不过，他既没有观赏冰冷的山峰，也没有饱览温暖的天空，他的意识再一次开始悸动。就在那一瞬间，他有了一种犯下错误的感觉。火车到达日内瓦前半小时，迎着黎明刺骨的寒风，他在瓦伦汀电报指示的车站下了车。站台上，一个昏昏欲睡的站长正提着汽灯站在那里，他的外衣风帽遮过了头，旁边站着一位绅士。看到纽曼，绅士走上前来。只见那人年约四十，瘦高个儿，面如土色，乌黑的眼睛，整洁的胡须，带着一双崭新的手套。他取下帽子，表情显得很严肃，叫了一声纽曼的名字。纽曼应道："您是德·贝乐嘉先生的朋友吗？"

"和您一样有幸成为他的朋友，我也为他感到难过，"绅士说，"我和德·格罗斯约尤先生在这件令人悲伤的事故中为德·贝乐嘉先生效劳，他现正在贝乐嘉先生床边照料他。我想德·格罗斯约尤先生曾在巴黎有幸见过您，但因为他比我更会护理人，所以由他留下来照料我们那位可怜的朋友。贝乐嘉迫切想要见到您。"

"他目前状况怎么样？"纽曼问，"伤得很重吗？"

"医生已经宣告无法救治了，和我一起来的是位外科医生。不过，贝乐嘉先生会走得很平静的，我昨晚在最近的法国人居民区找了一位

---

① 汝拉（Jura），法瑞边境的山脉。

牧师，他陪瓦伦汀待了一小时，效果很不错。”

“天啊！”纽曼愁眉苦脸地咕哝道，“要是医生的治疗能达到牧师那样的效果该多好！他能见我吗？是否还认得出我？”

“他一夜发烧失眠，半小时前，我离开时，他睡着了。我们去看看吧。”说着，他带纽曼出了车站直奔瓦伦汀所在的村庄。一路上，他向纽曼解释他们一行人暂时住在一间瑞士最简陋的客栈里，但他们还是设法把瓦伦汀·德·贝乐嘉先生安顿得比预想的更舒服些。“我们是多年的老战友了，”这个瓦伦汀的朋友说道，“我们就像是军队中的老战友一般，在战友之间，这不是第一次我们帮助对方安然离去，但贝乐嘉这次受伤让人感觉很是不公，最糟糕的是他的敌人毫发无伤，而他却被打中了要害，子弹直中贝乐嘉的左胸，正在心脏的下方。”

在灰蒙蒙的若隐若现的晨曦中，他们在布满粪便的村庄街道蹒跚而行，纽曼的新朋友讲述着决斗的细节。两个人决斗的条件是如有人对第一轮互射不满意，那就要进行第二轮。他认为贝乐嘉的第一颗子弹达到了他想要的目的，打中了斯坦尼斯拉斯·卡普先生的胳膊，擦破了他的皮。而卡普先生的子弹偏了足足十英寸，从瓦伦汀身边飞过。斯坦尼斯拉斯先生的代理人按照先前约定提出再射第二轮，这次瓦伦汀射偏了，那个阿尔萨斯青年得手了。“我们拥上去扶倒在地上的瓦伦汀，”他说，“我看到他还不想讲和①。”瓦伦汀立即被安置到了客栈，斯坦尼斯拉斯先生和他的朋友不知逃到了什么地方。当地警署人员早已等在了客栈，他们死板到了极点，录口供②花了很长时间，也许他们是故意对这一场绅士之间的流血枪杀事件装作视而不见。纽曼问是否有人给瓦伦汀家人通风报信，他被告知直到第二天晚上很晚瓦伦汀还在反对给他亲人送信，他不相信自己的伤势有那么严重，但和牧师谈过之后，他同意给他母亲拍了一份电报。“但侯爵夫人可能

---

① 原文为法语：commode。

② 原文为法语：procès-verbal。

来不及见她儿子了。”纽曼的向导说。

“唉，这事真是糟透了！”纽曼说，“我还能说什么呢？”他说这话的时候语气中至少透出一种强烈的憎恶。

“啊，您不同意这场决斗？”向导好奇而谦恭地问道。

“同意？”纽曼大声说道，“我多希望前天晚上我在现场，那样我就会把他锁在*更衣室*[①]里。”

瓦伦汀的这位朋友睁大了双眼，头摇得像拨浪鼓似的，嘴里发出笛声一般的口哨声。不过，他们已经到了客栈，门口有一个戴睡帽的粗壮女仆提着灯笼，她从吃力地跟在纽曼身后的搬运工手中接过了行李箱。瓦伦汀被安置在后屋一楼，纽曼的新朋友沿着石板过道在前带路，走到一扇门前，他轻轻地推开，然后向纽曼示意瓦伦汀就在那间屋里。纽曼上前向里观望，屋里点着一支蜡烛，影影绰绰，德·格罗斯约尤先生穿着便服坐在火旁睡得正酣，纽曼曾在瓦伦汀的聚会中见过这个肥胖而可爱的小个子男人几次。瓦伦汀躺在床上，面色苍白而宁静，双目紧闭。纽曼看到瓦伦汀的样子吓了一跳，这让他想起以前看他的指尖就是那个样子。德·格罗斯约尤先生的同伴指着旁边一扇打开的门，悄声说医生就在那里面，时刻以防万一。只要瓦伦汀睡着了，或者似乎要睡觉，纽曼就不能挨近他，所以他只好暂时退出房间，听从昏昏欲睡的*女仆*[②]的安排。她把他带到楼上的一个房间，里面有一张床，一只罩着黄色印花布的硕大枕垫作了床垫。纽曼躺下，尽管垫子不错，但他只睡了三四个小时。醒来时，天已大亮，太阳洒满了窗户，他听到屋外的母鸡咯咯咯地叫着。

纽曼正在穿衣时，德·格罗斯约尤先生和他的同伴传信上来说要他和他们一起共进早餐。很快，他下楼来到那间地面用石板铺成的小餐厅，脱去睡帽的女仆正在为大家服务。德·格罗斯约尤先生已经到了，尽管大半个晚上他都在照料病人，但他现在令人吃惊的精神焕

① 原文为法语：cabinet de toilette。

② 原文为法语：bonne。

发，搓着双手，专心致志地望着餐桌。纽曼和他重叙旧宜，了解到瓦伦汀还在沉睡，医生昨晚一夜无事，现正在陪着他。德·格罗斯约尤先生的那位朋友还没到，纽曼打听到他的名字叫勒度，他和瓦伦汀一起在宗座侍卫[①]服役时就认识了，他是一位有名望的绝对权力论教主的侄子。最后，教主的侄子穿着盛装走了进来，显而易见，他的着装是在有意精心配合这一特殊场合，是在向这间赫尔维迪克十字架客栈有史以来提供的最佳早餐表达庄重的敬意。瓦伦汀的仆人只是间或有空才被允许有幸照看他的主人，所以他一直在厨房帮着打杂。德·格罗斯约尤和勒度努力证明要不是目前状况让人心情灰暗，他们就能真正展示他们的民族谈话天赋，勒度先生为可怜的贝乐嘉发表了一篇短小精彩的颂词，他说贝乐嘉是他认识的人当中最迷人的英国人。

“您说他是英国人？”纽曼问道。

勒度先生笑了笑，过了会儿讲了一句金句：“他比英国人还英国人，简直是英国狂[②]！”纽曼认真地说他还从来没有注意到这点，德·格罗斯约尤先生指出像这样对可怜的贝乐嘉进行盖棺定论还为时尚早。“那显然是，”勒度先生说，“不过，今天早上，我没有忍住对纽曼先生说，一个人像我们亲爱的朋友昨天晚上那样为了尊严采取如此了不起的行动，这种行为非常壮烈。即使他活过来了，遗憾的是，他还得为了自己的尊严再次将自己置于险境。”勒度先生是虔诚的天主教信徒，可纽曼却认为他是一个令人费解的混合体。他的面容在白天显得和蔼但又夹杂几分忧郁，鼻子大而坚挺，看起来像西班牙油画人物。他似乎认为决斗是一种最佳安排，一旦有人被击中，那人应该第一时间立即去见牧师。他似乎很满意瓦伦汀与牧师的谈话。不过，从勒度的谈话中根本看不出他的道貌岸然。勒度先生显然自视甚高，一副对什么事都很谦恭且有品位的样子。他总是佯装微笑，小胡子向上抬起，谈论事情头头是道。他精于生存之道[③]，其中包括死亡之

---

① 宗座侍卫（Pontifical Zonuaves），教皇战争中瓦伦汀所在部队。

② 原文为法语：C’est plus qu’un Anglais—c’est un Anglomane。

③ 原文为法语：Savoir-vivre。

规。但是，纽曼却陷入沉思，他的心中焦急万分，在死亡的问题上，他似乎更倾向别的看法。德·格罗斯约尤先生的想法别开生面，似乎认为其朋友涂脂抹粉的神学观点让人难以企及，是高大上的标志。他显然在用一种令人愉快的温柔尽力让瓦伦汀的生命走到最后一刻，尽可能地让他不再留恋意大利的那些林荫大道，但是他一门心思想知道的秘密是：一个笨拙的啤酒商儿子是怎么击中瓦伦汀要害的。他自己承认剪剪烛花还可以，其他什么事也做不好。他急忙补充道，眼下他会说这件事没有做好，*看在上帝的分上*[①]，这不是干谋杀那种活儿的时机，他宁愿决斗双方挑选的是身上某处多肉的地方，只用不会带来伤害的球轻击对方。然而，令人悲哀的是，斯坦尼斯拉斯·卡普先生下的是重手，实际的情况是瓦伦汀遭遇了啤酒商的儿子，世界就此倾覆！……这就是德·格罗斯约尤先生的逻辑。他的视线越过勒度先生的肩头，透过窗户，一直望着客栈对面巷尾的一棵小树，他似乎在用自己伸展的手臂测量这段距离，暗地里想既然大家谈到了决斗这个话题，对手枪射击行为做一点儿推理也无不可。

纽曼一点儿也没有心情和他们坐在一起，他既吃不下饭也说不出话来，灵魂因为悲伤和愤怒而痛苦不堪，双倍的悲伤让他无法忍受。他双眼盯着面前的盘子，如坐针毡，一会儿心想要是瓦伦汀能够立即见他，那见过后他就可以去找德·辛特雷夫人和自己失去的幸福了；一会儿又因为自己急不可耐的自私而在心里骂自己是可耻的畜生。纽曼显得极不合群，心事重重，根本不考虑自己留给别人的印象，但尽管如此，他仍然在心里想，在座的两位同伴一定对自己疑惑不解，可怜的贝乐嘉怎么会在临死之时对这个沉默寡言的美国佬仍然如此痴迷。用毕早餐，他独自走进村子，看着街上的人造喷泉、鹅、敞开的仓门，还有皮肤黝黑、弯腰驼背的老妪，她们趿着平底木屐踽踽而行，露出的袜子后跟补了又补。放眼远眺，窄小的街道两端是美轮美奂白雪皑皑的阿尔卑斯山和紫色的汝拉峰。天气不错，空气和阳光中

---

① 原文为法语：que diable。

充斥着早春的气息，冬天的湿气顺着农舍屋檐滴答滴答洒落。万物焕发出勃勃生机，小鸡叽叽叽地叫着，小鹅扑棱棱扇着翅膀。然而，可爱却不幸、慷慨却又愚蠢的贝乐嘉却要迎来自己的死亡和葬礼。纽曼一直走到了村子的教堂那里，信步来到旁边的小墓园，然后坐下来，看着四处竖起的凌乱的墓碑。它们肮脏而又丑陋，纽曼只觉一阵死亡的冷酷袭上心头。于是，他起身返回客栈，第一眼看到勒度先生坐在绿色小桌旁吸着雪茄，品着咖啡，那张桌子本不在这小花园里，勒度先生命人特地搬进来供他喝咖啡用。从勒度先生口中，他了解到医生还在瓦伦汀的身边，他问自己是否可以去安慰安慰病人，他太期望可以帮帮自己的这位朋友。这很容易办到，因为医生也很乐意去休息一下。那是一位年轻而相当有教养的医师，但他的面相一看就很聪明，皮带扣眼上用丝带绑着一枚法国荣誉军团勋章。纽曼专心地听着医生离开前的指令嘱托，机械地从他手中接过一本小书，医生说它有助于缓解失眠。纽曼翻开一看，发现那是肖德洛·德·拉克洛的《危险关系》[①]的旧印本。瓦伦汀仍然双目紧闭地躺着，情况没有明显好转。纽曼在旁边坐下来，看了他好一会儿，接着，他的视线随着思绪游移，穿过拉开的米白色棉布窗帘，定格在连绵的阿尔卑斯山上，室外的阳光从窗户照进来，正好落在红色地砖上。他努力让自己朝好的方面想，却总是半途而废。眼前发生的一切似乎是出自真正的灾难力量，其暴烈和无礼只有命运之神本尊的力量和傲慢才能使然，太不近情理，太不可以思议，他无力抵抗。终于一个声音划破了寂静，他听到了瓦伦汀的声音。

“您的脸拉得那么长，不可能是因为我吧！”纽曼转头看到瓦伦汀还是像原来那样躺着，但是眼睛睁开了，甚至试图想要微笑。他微微动了动，以示回应纽曼伸过来的手。“我望着您有一刻钟了，”瓦伦

---

① 《危险关系》(*Faublas*)是法国作家拉克洛于1782年发表的一部书信体长篇小说。故事描述了法国大革命前夕上层社会的腐朽政权和人际关系，揭露了统治阶级荒淫无耻、醉生梦死的生活，描绘了几代人堕落、放荡的轨迹。书中讲述的爱情游戏，以及对异性追逐与诱惑的故事，充满了征服与赢得爱情的各种技巧，它蕴涵的丰富寓意堪比古罗马奥维德那本珍贵的典籍《爱经》。

汀继续道，“您的脸像雷公脸一样黑，我想您一定非常讨厌我，当然啦！我自己也讨厌自己！”

“噢，我不会责备您的，”纽曼说，“我感觉糟透了，您现在感觉怎样？”

“噢，我就要完蛋了！他们不是都已经安排好了吗？”

“那还说不定，只要坚持，您会好起来的。”纽曼语气坚定而乐观地说道。

“亲爱的朋友，我怎么努力呢？努力需要激情，需要行动，对于一个胸口有一个和您帽子一样大的伤口的人，微小的动作都会引起流血，努力是一件可望而不可即的事情。我知道您会来的，”他继续道，“我知道自己醒来会看到您在身边，因此，看到您我并不吃惊。但是，昨天晚上我感觉非常焦躁，您到来之前，我不知道如何让自己平静下来。保持平静非常重要，就像现在这样，我就像棺材里的木乃伊一样。您说努力，我当然试过！唉，我现在还在努力，已经二十小时了，像过了二十天。”贝乐嘉说话很慢，气若游丝，但足够清晰。不过，显然他极其痛苦，最后闭上了眼睛。纽曼求他保持安静，不要耗费力气，医生留下过禁忌注意事项。“噢，”瓦伦汀说：“今朝有酒今朝醉，明日、明日……”他又顿了顿，“不，不是明日，也许就是今天。我无法饮酒，但我可以说。在这个当口，放……放弃说话又能得到什么呢？我不应该用‘放弃’这么正式的词。过去我一直是个话痨，天啊，那时我的话是多么多啊！”

“所以您现在要保持安静，”纽曼说，“您清楚我们都知道您多么能说会道。”

然而，瓦伦汀仍然不管不顾，继续慢吞吞气若游丝地说着。“因为您见过我的姐姐，所以我想见您。她知道我的事情吗？她会来吗？”

纽曼一时感到尴尬：“是的，现在她一定知道了。”

“难道您没有告诉她？”瓦伦汀问道。然后，过了一会儿他又问：“难道您没有给我捎来她的任何口信？”他用略带锐利的眼神看着纽曼。

“收到您的电报后，我没有见过她，”纽曼说，“我给她写了封信。”

“她没有回信？”

纽曼不得不回复说德·辛特雷夫人已经离开巴黎了：“她昨天去福乐里雷了。”

“昨天已经去福乐里雷了？她为什么去福乐里雷？今天几号？昨天是什么日子？唉，那我见不着她了，”瓦伦汀伤心地说，“福乐里雷离这儿太远！”接着，他再次闭上了双眼。纽曼默默地坐着，绞尽脑汁思考对策，不过，看到瓦伦汀明显太虚弱而无法继续追问，他感到一丝侥幸。然而，过了会儿贝乐嘉继续道：“那我母亲——还有我哥哥——他们会来吗？他们也在福乐里雷？”

“他们是在巴黎，不过，我也没见着他们，”纽曼答道，“如果他们能及时收到您的电报，那么会在今天早上出发而来的。否则，他们不得不等下一班夜间快车，到达的时间和我今天凌晨到达的时间一样。”

“他们不会原谅我——他们不会原谅我，”瓦伦汀喃喃道，“他们要度过一个糟透的夜晚，乌尔班讨厌凌晨的空气，我出生以来不曾记得在中午前——早餐前看到他，没有人在那个时候能见到他，大家都不明白他为什么那样，也许他与众不同，谁知道呢？也许后人会搞明白。我们见不到他的时候，他都在*书房*[①]研究王妃的历史。可我必须让人请他们来，不是吗？我想要看到母亲坐在您坐的位置，向她告别。毕竟，我也许并不了解她，她会给我带来惊喜。不要认为您自己了解她，也许她可能会让您大吃一惊。可如果我见不到克莱尔，那别的我也不在乎了。我一直在想着这事儿——梦里都想。她为什么今天去福乐里雷？她从没有对我讲过啊，发生了什么事？啊，她应该是已经猜到我在这儿——这个样子。这是她有生以来第一次令我失望，可怜的克莱尔！”

---

① 原文为法语：cabinet。

“您知道我们还不是正式的夫妻——您姐姐和我，”纽曼说，“她无需告知我她的所有行踪。”说完，他勉强笑了笑。

瓦伦汀看了他一会儿，然后说：“你们吵嘴了？”

“没有，永远都不会，永远！”纽曼大声道。

“您看您说得多幸福啊！”瓦伦汀说，“您的幸福就要到手了——太好了[①]！”这是一个具有讽刺意味的回答，尽管无意却很有力，可怜的纽曼无言以对，只能无助地干瞪眼。瓦伦汀继续用十分明亮的眼神注视着他，过了会儿说：“但这个事关键在您，我刚才观察您，发现您没有新郎相。”

“我亲爱的朋友，”纽曼说，“我怎么向您表现新郎相？看到您躺在这儿，我却无能为力帮到您，您说我能高兴得起来吗？”

“为什么？您正是应该感到高兴的人，不要放弃自己的权利！我相信您的聪明才智。如果一个人能说出‘我告诉您如此这般’，他怎么会是一个悲观的人呢？您清楚您曾经对我说过那样的话，并且努力付诸实施。您说过一些非常好的话，我曾经反复思量它们。不过，我亲爱的朋友，我依然是对的，这就是规则。”

“我没有做我应该做的事，”纽曼说，“我应该干一些别的事。”

“比如说？”

“噢，某些事或别的什么，我应该把您当作小男孩看待。”

“好吧，我现在就是一个非常小的男孩，”瓦伦汀说，“甚至比婴儿还小，婴儿虽然无助，但一般都认为他们充满希望。我是无望的，嗯？社会不会抛弃任何一个没什么价值的成员。”

纽曼被深深打动了，他站起来转身走向窗户，看着外面，眼前却一片模糊。“不，我不想看您的背影，”瓦伦汀继续道，“我老是在看别人的背影，您的背影让人心情难过。”

纽曼回到他的床边，求他不要说话。“保持安静，会好起来的，”他说，“那是您眼下必须做的。快快好起来，我需要您的帮助。”

---

① 原文为法语：va。

“我说过您遇到麻烦了！我该如何帮您呢？”瓦伦汀问道。

“等您稍稍好些，我会告诉您的。过去您总是爱看热闹，等您好起来会有好戏看的！”纽曼坚定而又兴奋地答道。

瓦伦汀闭上双眼，好长一段时间躺着没有言语，甚至看起来好像是睡着了，但约莫半小时后他又开始讲话了。“对您所提供的银行职位，我感到十分抱歉，天知道我也许会成为下一个罗斯柴尔德[①]呢？不过，我并没有打算成为银行家，银行家是不容易被杀的。难道您不认为我很容易被杀吗？命运真会开玩笑，太让人遗憾了，就像您告诉女主人您得走了，其实您内心多么期待她求您留下，却发现她并没有这样做。‘真的吗——这么快就走？您只是刚刚来而已！’生命连这样少而可怜的礼节性挽留话也不对我说了。”

纽曼一时语塞，但最后他终于爆发了。“太糟糕——糟透了——这是我见过的最糟糕的事，我不想说什么不开心的话，但我忍不住。我以前见过垂死之人——见过被枪弹击中的人，但似乎都很自然，他们并没有您那么聪明。该死——可恶！您本可以做得更好，这是我能想象的一个男人的风流韵事的最低劣丑陋的结局！”

瓦伦汀虚弱地挥了挥手：“别死撑着了……别死撑了！确实低劣——绝对的低劣，您真是一针见血……看到了深层次的东西，就像是把葡萄酒漏斗的底都看穿了……我同意您的观点。”

两个人说完之后，过了一会儿，医生从半开的门口伸头张望，知道瓦伦汀醒了，于是走进来摸了摸他的脉搏。医生摇了摇头，说他讲话讲太多——超过了十倍之多。“胡扯！”瓦伦汀说，“被判死刑的人说不了多少话了，您没有看过报纸上的死刑报道吗？难道他们不是总是找来很多人诸如律师、记者和牧师之流让死刑犯讲话吗？不过，我讲话多不是纽曼的错，他像死人一样坐在那里沉默无语。”

医生说现在病人的伤口需要再次包扎，因为德·格罗斯约尤和勒

---

① 罗斯柴尔德（Rothschild），著名犹太财阀家族，创始人是梅耶·罗斯柴尔德（Mayer Amschel Rothschild）。他和他的五个儿子先后在欧洲各著名城市开设银行。其中四兄弟在1822年被奥地利弗兰西斯一世授予男爵封号。

度二位先生先前已经亲眼看见过那台操作精密的手术，于是他们取代纽曼的位置做了助手。纽曼退出来，从德·格罗斯约尤和勒度的口中得知乌尔班·德·贝乐嘉已发来电报，大意是这边的信息传到大学路时已经太晚，他们赶不上早上的列车，只能晚上出发了。纽曼再次漫步走进村里，焦躁不安地逛了两三个小时。这一天似乎长得可怕，到黄昏他才回到客栈和医生、勒度先生一起吃晚饭。包扎瓦伦汀的伤口是一台极有风险的手术，医生也不知道瓦伦汀是如何忍受住第二次包扎的痛苦的。他继而宣布他必须请求纽曼先生眼下不要去看护德·贝乐嘉先生了，显而易见，纽曼比其他任何人更能刺激贝乐嘉兴奋，那是他独有的殊荣，但也是会带来麻烦的殊荣。听到这里，勒度先生默默吞下一杯红酒，他一定在疑惑贝乐嘉究竟在这个美国人身上发现了什么让他如此兴奋的东西。

晚饭后，纽曼径直回到了自己的房间，坐在那里盯着燃烧的蜡烛看了很长一段时间，想着楼下的贝乐嘉即将死去。夜深，蜡烛燃到了根部，这时传来一阵轻轻地敲门声。纽曼打开门，只见医生手拿烛台，耸着肩站在门口。

“他还是坚持要让自己开心！”医生说，“他坚持要见您，恐怕您必须下去。我想，照这样下去，他很难撑过今晚。”

纽曼回到瓦伦汀的房间，看到壁炉架上点着一支小蜡烛，瓦伦汀求他点支大蜡烛。“我想看清您的脸，”他说，“他们说是您让我兴奋。”在纽曼遵照他的请求点蜡烛时，他继续道：“我承认我确实很兴奋，但不是因为您——是因为我自己的思想，我一直在思考……思考。坐下来吧，让我再看看您。”纽曼坐好，双臂合抱，低头凝视着自己的朋友，他好像是在一出悲喜剧中机械地饰演着一个角色。瓦伦汀看了他一会儿后说：“是的，我上午想的是正确的，您的心机比瓦伦汀·德·贝乐嘉重多了。好吧，我是一个待死之人，骗我就不厚道了。我离开巴黎后，一定发生了什么事，否则，我姐姐不会无缘无故在这个季节去福乐里雷的。为什么？太令人费解了，我一直反复在想这个问题，您不告诉我，我只好猜了。”

"还是不要告诉您，"纽曼说，"对您没什么好处。"

"如果您认为不告诉我，会对我有好处，那就大错特错了。您的婚事出了麻烦。"

"是的，"纽曼说，"我的婚事有问题了。"

"那就对了！"瓦伦汀再次沉默，"他们阻止了这场婚事。"

"是的，他们阻止了。"纽曼说。既然已经讲出来了，他发现自己吐露越多，内心深处越能感到一种慰藉。"您母亲和兄长失信了，他们已决定不能让婚事成为现实，确定我毕竟不那么够格，于是就收回他们的承诺。因为您坚持，所以我就讲这些啦！"

瓦伦汀发出一种呻吟的声音，双手抬了一下，又放下了。

"很抱歉告诉您这个坏消息，"纽曼继续说，"不过，那不是我的错。就在我心情一落千丈的时候，收到了您的电报，我心里更像是打翻了酱油铺，五味杂陈，您可以想象得出我现在的心情。"

瓦伦汀气喘吁吁地呻吟着，好像是伤口在抽痛。"失信，失信！"他喃喃道，"我姐姐……我姐姐呢？"

"您姐姐非常难过，她同意了不再和我来往。我不明白为什么，不清楚他们对她做了什么，一定是相当糟糕的事。为了对她公平起见，您应该知道这件事，他们让她痛苦不堪。我没有单独见过她，都是当着他们的面见的！昨天上午我们有过一次面谈，他们全都在场，讲了很多话，告诉我不要再纠缠不休，那对我似乎是非常不妙。我感到愤怒，既痛苦又恶心。"

瓦伦汀瞪着眼躺在那里，两眼闪烁着不同寻常的光芒，双唇无声地张开着，苍白的脸上涨出了红晕。纽曼以前从来没有用哀戚的声调讲过这么多话，可是就在眼下可怜的瓦伦汀生命走向尽头之时，他说出来了。人们在陷入困境时常常会祈祷某种力量，纽曼觉得自己正是在这种力量面前控诉自己的不满，他把滔滔不绝地埋怨当作了一种精神特权。

"那么克莱尔，"贝乐嘉说，"克莱尔呢？她放弃您了？"

"我并不真的相信她放弃了我。"纽曼说。

“对的，不要相信，别相信，她在争取时间，要理解她。”

“我很同情她！”纽曼说。

“可怜的克莱尔！”瓦伦汀喃喃道，“但他们……但他们”——他再次停顿下来，“您见过他们，他们当面把您踢出局了？”

“当面，非常清楚。”

“他们说了什么？”

“他们说他们无法接受一个商人。”

瓦伦汀伸出手按在纽曼的胳膊上。“那他们的承诺……他们和您订的婚约呢？”

“他们分得很清，说只要德·辛特雷夫人同意接受我，它就有效。”

瓦伦汀两眼圆睁躺了一会儿，脸上的红晕消失殆尽。“别再说了，”他终于说道，“我觉得害臊。”

“您？您是真的在乎要信守承诺。”纽曼简单回应道。

瓦伦汀呻吟着侧过头去，有好一会儿两个人什么也没说。然后，瓦伦汀又转过头来，轻轻摁了摁纽曼的胳膊。“太糟……太糟了，我的人……我的家族一旦插手，就是我退出的时候。我相信我姐姐，她会给出解释。谅解她，如果她不能……如果她不能，原谅她，她吃过苦头。但是，对于其他人，真是太糟……太糟了。您觉得他们很冷漠吗？不，让您这样说都是一种耻辱。”他闭上眼睛，房间内又陷入沉默。纽曼暗自吃惊，他唤醒了一个远远超乎他预期的神圣灵魂。过了会儿，瓦伦汀把手移开，又看着他。“非常抱歉，”他说，“您明白吗？在我临死躺的这张床上，我代表我的家族，我母亲，我哥哥，还有贝乐嘉的古老家族向您致歉，我说完了①！”他轻轻补充道。

纽曼握住他的手以示回应，并用力捏了一捏，表达了充分的善意。瓦伦汀一直缄默不语，过了半小时，医生蹑手蹑脚走了进来。在医生身后，纽曼从半开的门看到德·格罗斯约尤和勒度两位先生疑惑

---

① 原文为法语：Voilà。

的脸。医生坐下，将自己的手放在瓦伦汀的手腕上，然后看着他。看到没有任何动静，于是，那两位绅士走了进来，勒度先生让德·格罗斯约尤先生召唤等在外面的人，他就是牧师先生。只见那人手里拿着一件东西，纽曼不知道是什么，上面盖着一块白布。牧师先生五短身材，长着一张又圆又红的脸。他走上前，脱下小黑帽交给纽曼，把手上的东西放在床上，然后两手抱臂坐在房中最好的椅子上。三位绅士交换了一下眼色，相互示意一致表示他们的出现是及时的。过了很长时间，瓦伦汀既不说话也不动。后来，纽曼发现牧师先生都等得睡着了。最后，瓦伦汀突然喊了声纽曼的名字。纽曼于是上前，听到瓦伦汀用法语说："这间屋里人太多，我想和您单独谈谈。"纽曼看着医生，医生和牧师相互看看，然后一起耸了耸肩。"请让我和纽曼单独待五分钟，"瓦伦汀重复道，"就留下我们俩。"

牧师又拿起他的包袱，领头走了出去，后面跟着他的朋友们。纽曼在他们身后关上门，然后回到瓦伦汀的床边。贝乐嘉心无旁骛地观察着这一切。

"太坏了，太坏了，"纽曼靠近他坐下后，他说，"我越想越觉得糟糕。"

"噢，别想了。"纽曼说。

但瓦伦汀不管不顾，继续说道："即使他们再改变主意，也改变不了耻辱……卑鄙。"

"噢，他们不会改变主意的！"纽曼说。

"不过，您可以让他们做出改变。"

"让他们？"

"我可以告诉您……些事……一个大秘密……一个天大的秘密，您可以用来对抗他们……恐吓他们，逼迫他们。"

"秘密！"纽曼重复道。此时，让瓦伦汀躺在病床上向他吐露一个"天大的秘密"的想法令他极为震惊，望而却步，这样获取信息似乎是有违社会常规的，甚至不亚于听墙根。可是，想到能"逼迫"德·贝乐嘉老夫人和她的大儿子，他又控制不住自己，于是，他低头凑近瓦伦汀的嘴唇。然而，过了好久，那个奄奄一息的人什么也没有说，他只是躺在那里，用他那闪亮的、瞳孔放大的不安眼神看着自己的朋友，纽曼渐渐认为他刚才说的只是胡话。不过，最后他终于开口了。

“曾经发生过一件事……在福乐里雷发生的，是件谋杀案。我的父亲……有事发生在他身上，我不清楚是什么，我羞于知道……害怕知道，但我知道有事，我母亲知道……乌尔班也知道。”

“您父亲出过事？”纽曼急切地问道。

瓦伦汀看着他，瞳孔越来越大。“他没有处理好。”

“处理好什么？”

然而，瓦伦汀从思考这些话到把它们讲出来所付出的巨大努力耗尽了他最后的力气，他再次停下来，一言不发，纽曼就坐在旁边看着他。“您明白吗？”过了会儿他又开始说道，“在福乐里雷，您会找到答案。布莱德太太知道这件事，告诉她是我让您问她的。然后再把您了解的情况告诉他们，看他们是什么表现。也许会帮到您，如果没有帮助，就让这个事天下皆知，它会……它会……”说到这儿，瓦伦汀的声音虚弱到只剩下呢喃——“它会替您雪耻的！”

瓦伦汀的话在他长长的轻轻的呻吟声中消失了，纽曼站起来，深为所动，难以言表，他的心剧烈地跳动着。“谢谢您，”他终于说道，“太感激您了。”可瓦伦汀似乎没有听见他说的话，一直保持默然，他的沉默持续了很久。最终纽曼去打开门，牧师先生手里拿着圣餐杯再次走了进来，后面跟着三位绅士和瓦伦汀的仆人，鱼贯而入。

## 第二十章

就在寒冷而暗淡的三月晨曦开始照亮围绕在贝乐嘉床侧的朋友们的脸庞时，瓦伦汀·德·贝乐嘉安详地离世了。一小时之后，纽曼离开了客栈前往日内瓦，他自然不愿意在德·贝乐嘉老夫人与其长子到达时留在现场。此时，他待在日内瓦，整个人就像栽了一个大跟斗，想坐下来数数身上的瘀伤。他立即给德·辛特雷夫人写信，讲述了她弟弟临终时的情况，当然，其中有些细节做了删减。他在信中表示希望可以尽快见到她，询问她最早何时愿意同他见面。他说勒度先生已经告诉过他，因为贝乐嘉有一大笔可观的个人财产等待处理，所以他有理由知晓瓦伦汀的遗嘱内容，并且得知贝乐嘉的一个请求就是将自己葬在父亲在福乐里雷的墓地旁边。纽曼解释说他和贝乐嘉家人目前的关系状况并不能剥夺他向这个世上自己最好的朋友最后表达世俗敬意的权利，他表示，自己与瓦伦汀之间的友谊比与乌尔班之间的敌意时间更加绵长，参加葬礼想不被他们注意对他来说也很容易。德·辛特雷夫人的回信使他能计算出自己可以到达福乐里雷的时间，这封信非常简短，全文如下：

> 谢谢来信！谢谢您陪伴瓦伦汀走完最后一程！我的悲痛难以言表，伤心以致欲绝。与您见面只会让我痛苦，因此不必等到您所说的晴天。在我的生命中，现在只有阴天，不会再有晴天。您想来就来吧，只需来前告知即可。我弟弟将于周五在此下葬，家人也会在此等到那个时候。——克莱尔·德·辛特雷。

看完信后，纽曼径往巴黎和普瓦捷，一路向南，穿过绿色的都兰，跨越阳光明媚的卢瓦尔，愈走愈觉春天的气息渐渐浓郁，这是他第一次在旅行中对他所津津乐道的景色忽略而过。他在普瓦捷的一个客栈安顿下来，第二天早上，坐了几个小时的车来到福乐里雷村。虽然已有心理预期，但看到眼前如诗如画的美景，他还是感到震撼，这正是法国人所说的风光小镇[①]。镇子建在绵延的山丘上，最高处耸立着饱经沧桑的封建时代的城堡废墟，那些建筑材料经久耐用，城墙沿着山坡修建而下，将一幢幢房屋围护起来，它们构成了小镇的主体。教堂就是城堡以前的小教堂，前面是绿草如茵的庭院，在庭院最典雅的一角，是足够宽敞的小墓园。园中的墓石斜插在草丛中，仿佛是在酣睡之中，一侧坚固的城墙侧翼把所有墓石围拢在一角，在长满青苔的墓座脚下，绿色草坪向前伸向远方。车辆无法通向山上的教堂，围观的农夫站了长长的两三排，看着德・贝乐嘉老夫人在长子的搀扶下向山坡上缓步徐行，后面跟着其他抬棺材的人。纽曼藏在普通的吊唁人群当中，当一个面戴黑纱的高个子经过人群时，他听到有人低声嘟囔"伯爵夫人"。纽曼站在昏暗的小教堂中看着仪式的举行，最后来到墓侧，面对眼前凄凉的景象，不忍再看，他转身快步下山。回到普瓦捷后，他独自待了两天，一方面既感到焦虑，另一方面又暗示自己要有耐心，两种感情奇特地交织在一起。第三天，他给德・辛特雷夫人送了张便条，说自己下午会去拜访她，于是他又踏上了去福乐里雷的行程。他把车停在街上的酒馆旁，按着收到的粗略指示寻找德・辛特雷夫人所在的庄园。

"就在那边。"酒馆老板说着，指向对面屋顶上方露出的公园里的树梢。纽曼在第一个十字路口靠右前行，那里紧挨着的是一些破旧的农舍，不一会儿，一些带尖顶的塔楼呈现在他的面前。再向前行，他来到了一扇硕大的铁门前面，门是关着的，上面锈迹斑斑。他停下来，透过铁栏杆向里张望了一会儿。这个庄园靠近路边，立即显现出它的优点和缺点，不过，庄严的外观倒是气象特别宏伟。纽曼后来从一份当地的旅游便览中了解到，这个庄园始建于亨利四世[②]时期。庄

---

① 原文为法语：petit bourg。

② 亨利四世（Henri Ⅳ，1553—1610），法国波旁王朝的创建者，1589 年至 1610 年间在位。其婚礼是鲁本斯创作的主题，即在第四章纽曼所见的油画。

园前面很大一块地方铺上了地砖，紧挨着破败的农家建筑，庞大的外墙面黑漆漆的，砌墙的砖头经历了岁月的洗礼。房屋两翼略低，各有一个荷兰式的小亭子，亭顶显得古里古怪。庄园的后面耸立着两座塔楼，塔楼后面是一大片榆树林和山毛榉林，现在刚刚隐约现出点点绿意。

不过，一条宽阔清澈、常年冲刷着庄园地基的河流才是这儿最大的特色。庄园就是在这条河环绕的孤岛上建起来的，河流正好形成了绝佳的护城河，上面架着一座没有栏杆的双拱桥梁。映入眼帘的是散落四处的笔直雄伟却有些晦暗的砖墙，两翼丑陋的小圆顶，深深嵌入墙体的窗户，还有布满青苔的石板瓦那长长的尖峰，这一切都映照在平静的水面上。纽曼按下门铃，头上方一只生锈的大铁铃发出怪异的响声，差点儿吓了他一跳。一个老太太从门楼里走出来，打开嘎吱嘎吱作响的大门，那门缝仅够他可以容身进去。纽曼走进去，穿过光秃秃的院子和白色碎石条铺就的河堤。在庄园门口，他等了一会儿，这让他有机会注意到福乐里雷庄园的确年久失修，显示出其凋零之况。“这地方看起来，”纽曼自言自语道——我做了一个恰如其分的比拟——“像中国监狱。”门终于开了，开门的仆人他记得在大学路见过，那人认出是纽曼，阴沉的脸上一下子绽放出了光亮，也不知什么原因，纽曼在穿制服的仆人面前总是有一种高度的自信。男仆在前带路穿过一间很大的中厅，厅中间是摆成金字塔状的盆栽植物，四周是玻璃门，看来这里是庄园的主客厅。纽曼跨入一间十分空旷的房间，一下子感觉自己似乎成了一位游客，而那位仆人则是等着收费的导游。然而，当他的导游遵照公爵夫人的吩咐留下他一人时，纽曼发现这间会客室除了昏暗的顶棚、雕工奇特的栋梁，精美却过时的挂毯做成的帷幔，以及擦拭得像镜子一样的黑橡木地板以外，并没有什么特别出众的地方。他在房间里来回踱着步，等了几分钟之后，正要在房间的一端转身，终于看到德·辛特雷夫人从远处另一扇门走了进来。她一身黑色打扮，站在那里看着他。因为房间很大，在两个人来到屋中央相遇之前，纽曼有时间可以观察对方。

看到她外表的变化，纽曼感到大吃一惊。只见她面色苍白，眉头紧蹙，差不多形容枯槁，一身遵循清规戒律的出家人的装束，只有他曾经爱慕的那女性独有的光芒四射的优雅气质还一息尚存。她注视着他的眼睛，允许他握住自己的手，可是，她的眼睛看起来就像秋天雨后的两弯月亮，她的触碰令人不祥地预感到死亡。

“我去了您弟弟的葬礼，”纽曼说，“然后等了三天，但我不能再等了。”

“等待不会失去任何东西或得到任何东西，”德·辛特雷夫人说，“尽管您曾经被冤枉，但您仍然等我，您考虑问题的确周到。”

“很高兴您认为我曾经是被冤枉的。”纽曼说，他的话常常意思是很认真的，但语调总有一种奇特的幽默。

“我有必要这样说吗？”她问道，“说实话，我认为自己很少冤枉人，当然更不会有意识地冤枉人。至于我对您做的这件冷酷的事，我唯一能做的补偿就是对您说：‘我知道了，我感受到了！’可惜这个补偿是多么的微不足道啊！”

“噢，这是非常大的一个进步！”纽曼宽厚地微笑着说，以此表示鼓励。他拉过来一把椅子，急切地看着她，希望她坐下。德·辛特雷夫人木然坐下，纽曼也在她身旁坐下来，但很快他慌慌张张地站了起来，立在她的面前。德·辛特雷夫人坐着无动于衷。

“我说，我与您相见，也不会有什么结果，”她继续道，“但我还是很高兴您来了，现在我可以告诉您我的感受，那是一种自私自利的自我满足，但它已是我最后的一个满足了。”她顿了顿，一双泪汪汪的大眼睛凝视着他，“我知道我曾经欺骗过您，伤害了您，我那时是多么地残忍而又胆怯！那一幕幕在我的眼前活灵活现——我能清晰地感受到。”她把紧紧叠在一起的双手松开，举起来，然后垂在身侧，“您在盛怒之下说我的话与我对自己的自责相比，可以说是无足轻重。”

“我在盛怒之下，”纽曼说，“也并没有对您说什么无情的话呀，我对您说过的最严重的话却是说您是最可爱的女人。”说着，他突然又坐到了她的面前。

她的脸色有些羞红，但即使这样，那整张脸依旧显得苍白。“那是因为您认为我会回心转意，可我不会回头的。我知道您来这儿也是怀着那样的希望，我为此感到抱歉。几乎任何事我都愿意为您而做，这样说似乎的确厚颜无耻，毕竟我的所作所为有悖于我说的话，可我又能说什么才显得不厚颜无耻呢？错怪您，然后道歉——那是很容易的事，我真不该错怪您了。”她顿了顿，望着他，示意他让自己说下去。“首先，我本不该听您的话，那是一个错误，没有任何好处，我有所感知，但我还是听了，那是您的错。我过去非常喜欢您，信任您。”

“难道您现在不信任我了？”

“比过去还信任您，可这现在没什么意义了，我已放弃了您。”

纽曼捏紧的拳头“砰”的一声用力砸在自己的膝盖上，“为什么，为什么，为什么？”他大喊道，“给我一个理由——一个说得过去的理由，您不是小孩子——不是未成年人，不是白痴。您不应该因为您母亲说不行就这样抛弃了我，这个理由不值一驳。”

“我知道，这个理由站不住脚，但这是我迫不得已给出的唯一理由。总之，”德·辛特雷夫人说着摊开自己的双手，“把我看作白痴，忘掉我吧！这是最简单直接的办法。”

纽曼站起身，退后几步，觉得自己生活的动力消失了，理想一下子破灭了，但他仍然不甘心放弃，争取一搏。他走到一扇大窗户前，看着窗外堤内冰冷的河水，还有远处精心布局的公园。当他转过身时，德·辛特雷夫人已经站起身子，默然温顺地立在那里。“您不够坦率，”纽曼说，“不够诚实，换个说法，就是您很傻。您应该如实说其他人很邪恶，您的母亲和哥哥既虚伪又残忍，他们就是那样对待我的，我敢肯定他们也是那样对您的。为什么您要如此袒护他们？为什么您选择维护他们而将我当作祭品献给他们宰割？我不虚伪，也不残忍。您不明白您究竟是放弃了什么，我可以这样告诉您——您不明白。他们是在欺侮您，图谋陷害您，我……我……”他顿了顿，伸出双手，德·辛特雷夫人躲开，准备离去。“您那天告诉我您很害怕您母亲，”他跟上去说道，“您当时是什么意思呢？”

德·辛特雷夫人摇了摇头：“我记得，可我后来后悔了。”

“她走下来，戴上拇指钳[①]时，您才后悔。苍天在上，她究竟对您做了什么？”

“什么也没有做，您什么也不明白。既然我已选择放弃了您，就不能在您面前抱怨她了。”

“这不合理！”纽曼大声说道，“相反，就是要怨她，跟我坦诚地好好说说，我们会商议出您不放弃我的好办法来。”

德·辛特雷夫人低头盯着他看了一会儿，然后抬起双眼说：“这样做至少有一个好处，那就是可以让您更正当地指责我，您如此看我的方式，是我的荣幸。我不清楚您为什么那样看我，但我无处可逃——只有直面以对。这不是我的错，我从一开始就提醒过您，但我应该多提醒您几次，我应该让您相信我注定会令您失望。但我过去在某种程度上是太自负了，我希望您明白这种日积月累的自负到达了何种程度！”她提高了声调，声音有些颤抖，纽曼甚至觉得这种声音有那么些美妙。“我是因为太过自负而不够诚实，并不是因为自负而不讲诚信。我胆怯、冷漠、自私，害怕那种不自在的感觉。”

“您是说嫁给我令您感到不自在！”纽曼说完，目不转睛地注视着她。

德·辛特雷夫人的脸红了一下，似乎在表示如果用语言请他谅解有些无耻，那么这种无声的回应至少说明她完全清楚自己的丑行已遭暴露。“不是愿意嫁给您这么简单，是所有与之相关的事情，比如说断绝关系、违抗指令以及用我自己的方式坚持我的幸福。我有什么权利幸福呢？如果……如果……”说着，她停了下来。

“如果什么？”纽曼问。

“如果别人都那么难受。”

---

① 拇指钳（thumb-screw），西班牙审讯时所用的工具。

“别的什么人?”纽曼问，“我们之间的事，和别人有什么关系?而且，您刚才说您想要幸福，又说您应该遵从您母亲才可找到幸福，您在自相矛盾。”

“是的，我是自相矛盾。您看出来了，我甚至都不够聪明。”

“您在嘲笑我!”纽曼大声说道，“您在讥笑我!”

德·辛特雷夫人目不转睛地看着他，旁观者会说她此刻心里正犹豫是否该干脆承认是讥笑他，这样就可以最快的速度结束他们之间的痛苦了。“不，我没有讥笑您。”过了会儿她说道。

“承认自己不够聪明，”他继续道，“承认软弱、平凡，自毁您在我心目中的形象，这并不是什么英雄行为，是非常普通的付出，我做起来也可以驾轻就熟，唯一真实的情况是即使我那样做，您也并不在意。”

“我很冷漠，”德·辛特雷夫人说，“冷得就像那条流淌的河水。”

纽曼用自己的手杖狠狠地敲了一下地板，发出一声长长的冷笑。“好，好!”他大声道，“您完全是过分了——超越了底线，世上没有任何一个女人会像您那样把自己说得那么坏。我看明白了您的把戏，正是我说的那样，您抹黑自己，洗白别人。您根本不想放弃我，您喜欢我——您是喜欢我的，我很清楚，您已经表明了，我也感受到了，说清这一点，您想怎么冷漠都可以!啊呀，他们欺侮过您、折磨过您，太让人气愤了，我坚决主张您不要过度宽容。如果您母亲向您要一只手，您会把自己的手剁给她吗?”

德·辛特雷夫人看起来有点儿惊恐的样子。“那天我提到我的母亲，都是在胡说八道。我是有独立行为能力的人，只是听取法律和她的建议，她不可能对我做什么，也从没有做过任何事，她从没有暗示过我说过的关于她的那些无情的话。”

“我敢打包票她让您感受到了那些东西!”纽曼说。

“那是我的良知让我有所感悟。”

“可您的良知在我看来似乎相当混乱!”纽曼激昂地叹道。

“曾经是很混乱，但现在很清晰，”德·辛特雷夫人说，“我放弃您并不是因为任何世俗的好处或任何世俗的幸福。”

“噢，我知道您不是为了蒂普米尔勋爵而放弃我，”纽曼说，“即使冒犯您，我也不会假装那样想，可那正是您母亲和您哥哥所想要的。在您母亲举办的邪恶舞会上，她曾试图鼓动那个勋爵向您求爱。那时我很喜欢那种形式的舞会，可现在一想到它我就想发狂。”

“谁告诉您这些的?”德·辛特雷夫人轻声问道。

“反正不是瓦伦汀，是我观察到的，我推测的。当时我并不知道自己在观察这件事，但是它深深地印在了我的记忆里。您记得吧，舞会快结束时我看见您和蒂普米尔勋爵在温室，当时您说下一次会告诉我他对您说的话。”

“那是在前面——在这事之前。”德·辛特雷夫人说。

“那不重要，”纽曼说，“此外，我想我知道时间的先后。蒂普米尔勋爵是一个诚实的小个子英国人，他来告诉您，您母亲委托给他的任务——她想让他来取代我，让您不要成为一个商人之妇。如果他向您求婚，她就能达到转变您而使我不幸的目的。因为蒂普米尔勋爵不够聪明，所以她就把自己的计划向他和盘托出。他说他对您的爱慕‘没有尽头’，想让您知道他的衷心，但是他不想把自己的感情和那种秘密任务掺和在一起，于是他跑来给您讲这故事的原委，这就是事件的前因后果，难道不是吗?自那以后，您就说您百分之百的幸福了。”

“我不明白为什么我们要谈到蒂普米尔勋爵，”德·辛特雷夫人说，“那不是您来这儿的目的，关于我母亲，您推测的和您知道的都不重要。一旦我拿定了主意，就像现在这样，我就不会再讨论这些事了。现在，讨论任何问题都无济于事，我们必须努力过好各自的生活。我相信您会再次幸福起来，哪怕有时会想起我。实在要想到我，您就想我们已不再可能——当然那并不容易，我就是尽我最大努力做到的。我有您不知道的事情需要处理，我的意思是说我有自己的感受，我必须照它们的要求做——我必须，必须！否则的话，它们会缠住我，”她猛烈地喊道，“它们会杀了我！”

“我明白您的感受，那都是些自欺欺人的想法！在您的眼里，我虽然人还不错，但只是个商人；您母亲的脸色就是法律，您哥哥的话语就是真理；你们长时间待在一起，他们插手您做的每一件事已经成为规矩。这一切让我怒火中烧，您是对的，那就是冷漠。我感到自己这里，”纽曼敲了敲胸口，不无诗意地说，“像火一样在燃烧！”

这位德·辛特雷夫人的追求者早已心烦意乱，头脑略微清醒的旁观者从一开始就不难觉察夫人淡定自若的神态是强忍的结果，她的不安情绪正在像潮水般迅速上涨。听到最后几句话，她几乎已经无法克制自己，为了不显露自己的情绪，她开始降低讲话声音。“不，我错了……我并不冷漠！我认为如果我现在做的事很糟糕，那不仅仅是因为软弱和虚伪。纽曼先生，那是一种信仰，我不能告诉您……不能！如果您坚持要我说出来，那就太残忍了。请相信我……并理解我，那是一种信仰。这幢老宅遭了天咒，我不知道咒语是什么——也不知道为什么受罚——别问我，我们都得承受它。我曾经太过自私，想要逃避它，刚好那时您给了我这样一个好机会——当然，我也是喜欢您的，那似乎是彻底改变、打破、逃离恶咒的好机会，所以我爱上了您，可我现在没有办法——因为它突然降临，又回到了我的身上。”现在她已完全不能控制自己，讲话因为长长的抽泣而不得不中断，“为什么如此可怕的事情发生在我们身上？——为什么我的弟弟瓦伦汀在他如此年轻、如此快乐、前程光明、集万千宠爱于一身的时候像野兽一样被人杀害？为什么有很多我想打听却又怕知道的事情？为什么有些地方我不能看？有些声音我不能听？为什么会出现像这样棘手而又可怕的情况却偏要我来选择和作出决断？我注定是做不了的……我生来胆小顺从，只能享有平静自然的幸福。”听到这里，纽曼发出一声意味深长的叹息，可德·辛特雷夫人仍然继续说道：“我生来只能高兴地、心怀感激地做人们期待我做的事，可以说我母亲一直对我很好，我没有理由指责她，也没有理由批评她，如果我这样做了，那个恶咒就会回到我的身上，我不能改变！”

“不，”纽曼狠狠地说，“我必须改变——哪怕上刀山下火海也行！”

“您不一样，您是男人，能克敌制胜，有各种各样慰藉。你们生来就是改变这个世界的——从小接受了各种训练，另外……另外，我会一直想着您的。”

“我不在乎！”纽曼大声说道，“您太残忍了——简直凶残之极，天啊！您可以有世上最好的理由和感受，可那没有意义。您在我的眼里还是像谜一样，我不明白您是如何集冷酷和可爱于一身的。”

德·辛特雷夫人眼泪汪汪地盯着他看了一会儿：“那么，您认为我很冷酷？”

纽曼也盯着她看，然后脱口而出：“您是一个完美无缺的人！和我在一起吧！”

“我当然是一个冷酷的人，”她继续道，“要想释怀，就要冷酷，我们必须释怀，这就是现实——可恨的悲惨现实！啊！”她长长地叹息一声，“我甚至不能说很高兴认识了您——尽管我的确很高兴，这也让您觉得很委屈，我说的话没有一句不残忍的，因此，我们还是分手吧，再不要这样互相折磨了。再见！”说着，她伸出了自己的手。

纽曼站在那里看着眼前的那只手，却不去握它，然后抬眼看着她的脸，他觉得自己气得眼泪都快出来了。“您要干什么？”他问道，“您要去哪里？”

“去不再有伤害、不再疑神疑鬼的地方，我要出世了。”

“出世？”

“我要去修道院。”

“去修道院！”纽曼带着深深的绝望重复着那几个字，好像她曾经说过她要去救济院，“去修道院——您！”

“我告诉过您，我离开您并不是为了自己世俗的好处或者快乐。”

但纽曼仍然无法理解，“您要做修女，”他继续道，“穿着长袍戴着白纱在修道院待一辈子？”

“做修女——加尔默罗[①]修女，”德·辛特雷夫人说，“一辈子，与

---

① 加尔默罗（Carmelite），又译作迦密会，俗称圣衣会，是天主教托钵修会之一。十二世纪中叶，由意大利人贝托尔德（Bertold）创建于巴勒斯坦的加尔默罗山（又译“迦密山”）。会规严格，包括守斋、苦行、缄默不语、与世隔绝。

上帝同在。"

这个想法让纽曼大为震惊，太黑暗、太恐怖以致令人难以置信。如果她告诉他她要毁掉自己美丽的容颜，或者喝下使自己发疯的毒液，他觉得他也许会相信。他的手攥得紧紧的，明显开始发抖。

"德·辛特雷夫人，别，别！"他说，"我恳求您！如果您愿意，我会跪下来向您乞求。"

她用和善、同情、差不多是安慰人的手势扶住了他的胳膊。"您不理解，"她说，"您的想法错了，没有什么可怕的，那里只有宁静和安全。据我所知，出世后，像我们之间这样的麻烦就没有了。对于生命而言，那是一件幸事！烦恼就一去不复返了。"

纽曼跌坐在一把椅子里，看着她，口齿不清地念念有词。眼前的这位佳丽，是他见过的最优雅的人，最具亲和力的人。她拒绝了自己及光辉的前程——包括他本人、未来、财产和忠诚，用禁欲的破布包裹了她自己，将自己埋入修道院之中。她的身上奇特地混合了冷酷无情和荒诞不经的特点，随着这一形象不断清晰，那种荒诞似乎在扩张蔓延，一起归入他提出的令人讨厌的荒诞可笑。"您……您，当修女！"他大声说道，"您要毁掉自己美丽的容颜——把自己关进监牢里！永远也不行，永远，只要我能阻止！"他跳了起来，哈哈大笑。

"您阻止不了，"德·辛特雷夫人说，"并且这应该会让您得到一些满足，您期望我会继续活在世上，仍然在您的身边，却不能和您一起生活吗？一切都已安排妥当。再见，再见。"

这次他抓住她的手，用自己的双手紧紧握住。"永别了？"他问道。她的唇无声地动了动，纽曼则在心底诅咒了一句。德·辛特雷夫人闭上双眼，仿佛听到了咒语而痛苦不已。接着，纽曼把她拉向自己，紧紧地拥入怀中，吻了她苍白的脸，她欲拒还迎，最后用力挣脱了出来，慌忙逃离灯火通明的房间，房门瞬间在她的身后关上。

纽曼吃力地寻路而出。

# 第二十一章

普瓦捷有一条漂亮的公用步道，一直延伸到山顶。小镇环山而建，四周树密林茂，俯瞰着下方肥沃的土地。就是在那片土地上，昔日的英国王子们为了自己的权力而战，并大获全胜[①]。第二天，纽曼差不多大半天时间都在那条宁静的步道上走来走去，眼睛无意识地往来徘徊于周围的景色，然而遗憾的是，如果后来您问起周围的风景，他都说不清看到的是煤矿区还是葡萄园。他完全沉浸在怨恨苦恼之中，所有的回忆更加重了苦恼的分量。他害怕就这样无可挽回地失去德・辛特雷夫人，正如他自己所说，放弃她，他就失去了生活的方向。他发现自己不可能就这么转身离开福乐里雷和住在这儿的人，似乎于他而言，只要手伸得足够远，他就可以摘到必定潜藏在什么地方的希望之种或得到补偿。他的手仿佛抓住了门把手，捏紧了拳头，重重地捶打着、叫喊着，用自己有力的膝盖抵着门，拼尽全力地摇晃着，然而，回应他的是死一般的沉寂。还有一件事让他无法离去——那是一件让他抓得更紧的事。他追求幸福的心理太过强烈，整个计划太过周全缜密，对幸福的憧憬太过丰富详尽，只要轻轻一击，这种完美的心理架构就轰然倒塌。虽然元气大伤，但他还是执意要力挽狂澜，他的心中充满了被冤屈的疼痛感，这种痛感比以前任何时候都要更加强烈，或者说比他以为他可能知道的那种痛感还要强烈。性情好的人会接受伤痛，头也不回地转身离去，可他发现自己做不到。他还是一心一意地、不断地回头，然而，看到的一切却无法缓解他的怨懑。而他自己则是一个讲诚信的人，慷慨、开明、耐心、随和，总是尽量控制发火，对人报以无限的谦逊态度。吃的是粗茶淡饭，饱受白眼，屈尊就驾，承受冷嘲热讽，这些都是些讨价还价的条

---

① 百年战争期间，英国于 1356 年在此地战胜了法国。

件，做所有这些事的目的只有一个，就是在必要时有申辩的权利。就因为他是商人而被拒之门外！好像从他与贝乐嘉家族有联系以来，他就是在谈一桩生意或梦想商业发达——无处不利用任何商业机会——似乎是他不愿承认自己以感情之名行商业之实，而不是贝乐嘉家族在捉弄自己！假定一个人因为从商，人们就去捉弄他，那他们就太小瞧那个人地位的确立和他视蝇头小利如粪土的魄力了！正是过去不断的挫折造就了纽曼持久的耐力，这样一想他的怒火消减了不少，转而映现在他下一步追求计划里的是一派碧空如洗的景象。不过，眼下他的怨气依然很深，恨意绵绵，他觉得自己是被冤屈的好人。德·辛特雷夫人的行为让他颇为惊讶，事实是他无法理解那种行为或者无法体会其动机所在，这更加深了她对自己的吸引力。纽曼从来不在意德·辛特雷夫人是个天主教徒，天主教对他来说只是个名称而已。他自己是虔诚的新教徒，在他看来，对她倾注感情的宗教形式表示不信任，未免有些自命不凡、矫揉造作。如果天主教的土壤能长出如此绚丽的花朵，那么说明其土壤还是肥沃的。然而，一个曾经的天主教信徒却变成了修女——而且都是您一手造成！纽曼刚刚产生的乐观情绪就遭遇了这一阴暗的旧教权宜手段，不免有些黑色幽默。看到自己心爱的女人和自己孩子的母亲在这种悲剧性的黑色幽默中被耍弄掉了，那简直就是往自己的眼睛里揉沙子，是噩梦，是幻觉，是欺骗。然而，时间一点一点过去了，他没有找到任何反击的证据，只有拥抱德·辛特雷夫人留下的那诀别时的炽热。他回忆她的音容笑貌，在脑海里反复揣摩，试图琢磨出其中的奥秘，尽最大可能诠释其中的含义。当她说她身处一种宗教时，她的意思是什么？那只不过是家规宗教，是她不可通融的母亲任最高女祭司的宗教。德·辛特雷夫人本人非常宽宏大度，所以，反过来一想，一定是她母亲和兄长对她施加了淫威。她以自己的宽容之心为他们脱罪，掩盖他们的过错，一想到这两个人没有受到任何惩罚，他的心一下子跳到了嗓子眼，恨不得立刻给他们加以颜色。

一天就这样过去了。翌日清晨，纽曼跳起来，决定回到福乐里雷，请求再当面见一次德·贝乐嘉老夫人和她的儿子。说干就干，他驾着普瓦捷酒店提供给他的轻便小马车，在平坦的大道上飞一般行驶着。这时，从他内心深处可以说是最安全的地方，想起了可怜的瓦伦汀留给他的最后信息。瓦伦汀告诉过他必要时可以使用那条信息，纽曼认为现在就是用它的最佳时机。当然，近来这并不是他第一次考虑使用这条信息。信息本身很粗略——模模糊糊，令人迷惑，但纽曼却觉得有了依靠，不再担心害怕。瓦伦汀虽然没有把开门的钥匙直接交到他的手中，但他的目的很清楚，显然是给了他一把强有力的工具。即使瓦伦汀没有真正告诉他那个秘密，至少他提供了线索——而这条线索的另一端就握在古怪的布莱德老太太手中。布莱德太太过去总是提防着纽曼，好像她知道什么秘密。表面上，纽曼很享受所受到的重视，他觉得也许可以引导布莱德太太说出她所知道的秘密。只需对付布莱德太太一个人，他就感觉容易些，至于能发现什么，他只有一个担心——那也坏不到哪里去。接着，老侯爵夫人和她儿子的形象再次浮现在他的眼前，两个人并排站着，老太太的手扶在乌尔班的胳膊上，他们的眼睛里散发出冷漠简慢的光芒，一动不动地盯着纽曼，他从内心里大呼自己的担心是多余的。至少那个秘密显露出来了！他是在一种几乎亢奋的心态下来到福乐里雷的，从推理上来看，他感到很满意，心里嘀咕着，现在这两个隐患一下子解除了。他的确没有忘记，首先得抓住兔子——确定暴露的秘密是什么，然后，为什么他不可以再次重启他的幸福呢？那位母亲和她的儿子会仓皇丢下他们可爱的牺牲品，找地方藏身，那样孤身一人的德·辛特雷夫人自然会回到他的身边。给她一个机会，她就会浮出水面，重归光明，她怎么不会发觉他的家就是最舒适的修道院呢？

纽曼像上次一样把马车停在客栈内，步行走到庄园。然而，到达庄园门口时，他突然产生了一种奇怪的感觉——那种感觉似乎奇怪得深不可测。他在门口站了一会儿，透过栏杆望着饱经沧桑的建筑外墙，心里想这座阴暗古老的房屋在其富丽堂皇的外表之下曾经发生过什么样的罪恶啊，总之都是一些暴政和苦难，纽曼心里嘀咕着，这真是一处邪恶的居所。突然，他想到，要摸清这里面堆积如山的罪恶是一件多么可怕的事啊！审讯者的姿态可以转变卑贱的面孔，纽曼的心态也发生了改变，他认为应该再给贝乐嘉家族一次机会，他想再次唤起他们的正义感而不是恐惧感，如果他们可以理性交流，他就不必进一步深挖他已经知道的他们的那些丑行，那些行径已经足够坏了。

门卫像上次一样打开一条门缝让他进去，他穿过庭院，跨过护城河上做工粗糙的小桥。还没走到庄园门口，门就打开了，这样宽仁的行为似乎是在告诉他更多的机会没有了。布莱德太太正站在门口等着他，她的脸像往常一样无可救药地白得像潮汛过后的海沙一样，一袭黑装似乎就是一丝不苟的丧服。纽曼早已知道她那奇怪的不动声色可能就是一种感情表达方式，他毫不吃惊地听到她慢条斯理地低语道："先生，我想您会再试一次的，所以就出来迎您了。"

"很高兴见到您，"纽曼说，"我认为您是我的朋友。"

布莱德太太面无表情地看着他。"先生，希望您一切安好，不过，现在这种祝福都没有什么意义了。"

"那么，您已经知道他们是怎么对待我了？"

"噢，先生，"布莱德太太干巴巴地说，"我知道所有的事。"

纽曼犹豫了一下："所有的事？"

布莱德太太看了他一眼，眼神多了点儿亮光："先生，至少我知道得太多了。"

"知道再多也不过分，祝贺您！我来见德·贝乐嘉老夫人和她的长子。"纽曼补充说，"他们在家吗？如果不在，我可以等。"

"老夫人一般不出门的。"布莱德太太回道，"侯爵大多数时候和她在一起。"

"那请转告他们，其中一个或者两个都可以，我在门口等着，想见他们。"

布莱德太太有些犹豫："先生，我可以冒昧问件事吗？"

"您还从未冒昧过，尽管您有充分的理由那样做。"纽曼使用外交辞令说道。

布莱德太太垂下布满皱纹的眼睑，好像表示礼貌，但她并没有行礼，场面一时变得凝重起来。“先生，您是再次来向他们求情的吗？也许您还不知道，德・辛特雷夫人今早回巴黎了。”

“啊，她已离开了！”纽曼痛惜道，用手杖敲击着地面。

“她直接去修道院了，他们称之为加尔默罗会。我晓得您了解那个修道院，先生。老夫人和侯爵都很不高兴，她昨晚才告诉他们的。”

“啊，那么说她一直隐瞒着这个消息？”纽曼大喊道，“好，太好了！他们反应很激烈吗？”

“他们很不开心，”布莱德太太说，“不过，他们可能主要是讨厌那个修道院。先生，他们告诉我，在基督教世界里，做修女是最可怕的，而加尔默罗会是最糟糕的。先生，您可以说她们都不是真正的人类，她们要求您放弃俗世的一切——永远放弃。想到她在那种地方！我不禁难过无比，想要大哭。”

纽曼看了她一会儿说：“不要哭泣，布莱德太太，我们得行动起来。去通知他们！”说着，他往里走了一步。

但布莱德太太礼貌地拦住了他：“我可以再冒昧问件事吗？听说您在我最亲爱的瓦伦汀临终前和他在一起，可否对我讲讲他的情况？先生，这可怜的伯爵就像是我的亲儿子一样，他出生后的第一年就从未离开过我的怀抱。他说话还是我教的呢，先生，他很会说话！总是对我这个可怜的老太婆说好听的。等他长大了，乐观开朗，总是说我的好话。他死得那样惨！他们说他和一个酒贩子打架。先生，我无法想象！他当时很痛苦吗？”

“布莱德太太，您聪明智慧，心地善良，”纽曼说，“我希望看到自己的孩子也可以在您的怀抱中长大。也许我做不到了。”纽曼向她伸出手，布莱德太太看了一会儿他张开的手掌，仿佛被他新颖的邀请姿态所吸引，她像淑女一样伸过手去。纽曼不紧不慢地牢牢握住她的手，目不转睛地盯着她说：“您想知道瓦伦汀那天的整个状况吗？”

“我虽然很悲痛，但我还是想知道，先生。”

“我可以告诉您一切，您能偶尔离开这里吗？”

“您是说这个城堡吗，先生？我真不知道，从未试过。”

“那么就试一次吧，努力尝试一次。今晚黄昏时，请到山坡上的破旧废墟找我，就在教堂前的院子里。我在那儿等您，有很重要的事告诉您。以您的身份，只要您想做就可以做到。”

布莱德太太惊呆了，双唇微张，似乎在思考着什么。“是伯爵说的话吗？先生。”他问道。

“是伯爵的话——他的临终遗言。”纽曼说。

“那我会来的。为了他，我也会冒一次险。”

她领着他走进那间他早已熟悉的大客厅，然后退出，去通知老夫人和侯爵了。纽曼等了很长时间，最后，他都准备摇铃重申他的请求了，正在四下寻找铃铛之际，侯爵搀着他母亲走了进来。老实说，纽曼此刻头脑很清醒，逻辑清晰，因为瓦伦汀的暗示，他暗忖这些人看上去真是太恶劣了。“现在事实已经昭然若揭，”他们走过来时他自言自语道，“他们太坏了，面具现在已经揭下来了。”德·贝乐嘉老夫人和她儿子自然是愁容满面，看起来像是彻夜无眠。而且，面对他们希望已经排除的伤脑筋问题，自然对纽曼就没有什么好脸色。纽曼站在他们面前，感到他们看自己的眼光仿佛墓门打开时透入的光线那样耀眼，照得一切亮堂堂的。

“您瞧，我回来了，”他说，“我回来再努力一次。”

“我们假装很高兴见您，”德·贝乐嘉侯爵说，“或者不怀疑您访问的感受，都是十分可笑的。”

“噢，别谈什么感受。”纽曼笑着说，“否则，我们又要绕到你们的感受上去了！如果从感受出发，我当然不会来。而且，我会如您所愿尽早结束这次会面。请答应我，排除阻挠，还德·辛特雷夫人以自由，我马上就离开。”

“我们刚才还犹豫要不要见您，”德·贝乐嘉老夫人说，“差点儿就拒绝了您的求见，但似乎于我而言，我们还是应该像我们一贯做的那样，行事客气礼貌。我希望让您明白我们这样的人不会有第二次表现出软弱。”

“夫人，您只需一次软弱就够了，以后尽管为所欲为。”纽曼回道，“不过，我不是来和您聊天的，我要说的很简单：如果您立即写信告诉您女儿，您不再反对她的婚姻，剩下的就交给我来办理吧。您并不希望她成为修女，做修女有多么可怕，您比我更清楚。嫁给商人总比做修女好。请给她写封信，就说您收回成命，并祝福她嫁给我，然后签字封蜡，我会去修道院把信交给她，然后把她从那里接走。这是您的机会——事情就这么简单。”

“我们和您的想法恰恰相反，您知道，我们认为这事并不简单。”乌尔班·德·贝乐嘉说。他们都站在房间中央，一时相持不下。“我想我母亲会告诉您，她宁愿自己的女儿变成凯瑟琳[①]修女也不愿意她成为纽曼太太。”

老夫人并不说话，一副高高在上、从容不迫的样子，任由她的儿子代行辞令。她只是微微笑着，显得甚是甜蜜，不断地摇头重复说：“只有一次示弱，纽曼先生，只有一次！”

纽曼还从未见过这种行为，也从未听过这样的语气，那是一种有如触摸大理石般坚硬冰冷的感觉。“是有什么力量逼迫你们吗？”纽曼问，“还是有什么事让你们不得不这么做？”

“先生，”侯爵说，“您没有资格对正承受丧亲之痛的人这样说话。”

“大多数情况下，”纽曼回道，“即使说德·辛特雷夫人当前的意愿使得时间更加紧迫，但您的反对意见仍然举足轻重。不过，我已想到您所说的话，我今天毫不迟疑地来见您，仅仅是因为我知道您和瓦伦汀是完全不同的两类人，你们之间没有任何相通之处，您弟弟为您感到羞耻。可怜的小伙子受了伤，躺在那里奄奄一息，还在为您的行为向我道歉，为他母亲的行为向我道歉。”

一刹那间，纽曼的这番话仿佛是给了他们当头一棒，德·贝乐嘉老夫人和她儿子的脸霎时涨得通红，他们快速交换了一个眼神。乌尔

---

① 指亚历山大城的圣·凯瑟琳，即第四章中纽曼看到的油画主人公。

班轻声说了两个字，纽曼没有完全听清，但根据回音判断应该是“无赖！”[①] 两个字。

“您对生者不尊重，”德·贝乐嘉老夫人说，“但至少您应该尊重逝去的人，不要亵渎——不要侮辱我对无辜儿子的记忆。”

“我只是道出了真相，”纽曼说，“我这样说是有目的的。我还要再清楚地重复一下，您儿子特别厌恶您的行径——他已经向我表示了歉意。”

乌尔班·德·贝乐嘉不出所料地皱起了眉头，纽曼认为他是在向瓦伦汀那可恶的形象皱眉。他本来就对弟弟没有感情，震惊之余，此时就只剩下了耻辱。但他母亲立即降低了姿态。“先生，您完全误会了，”她说，“我儿子虽然有时有些轻浮，但他还是正派的人，他的死对得起他的名号。”

“您只是误会他了。”侯爵开始帮她母亲说话，“您说的是不可能的事！”

“噢，我并不在意可怜的瓦伦汀的道歉。”纽曼说，“它给我带来的痛苦远甚于安慰，这种糟糕的事并不是他的错；他从未伤害过我或其他人，他有颗值得尊敬的心灵，但这说明了他看待这件事情的态度。”

“如果您想证明我那可怜的弟弟临终时神经错乱，我们只能说，他在那种沮丧的情况下，说那样的话不是没有可能，但请您自己相信它就好了。”

“他头脑很清醒，”纽曼以温和却令人生畏的强硬口气说道，“我从未见过他如此聪明机智，看到那么聪敏、才华横溢的朋友就以那样的方式死去，真是糟糕透顶！您知道，我很喜欢您弟弟，我还有能证明他神志正常的其他证据。”纽曼最后说。

老侯爵夫人重振起威严来。“这太荒唐了！”她喊道，“我们拒绝接受您捏造的故事，先生——我们不接受。乌尔班，开门。”她转过

---

① 原文为法语：Le misérable。

脸去，蛮横地向儿子一挥手，紧走几步穿过了房间。侯爵跨前一步把门打开，留下纽曼站在原地。

纽曼抬起手指给德·贝乐嘉侯爵做了个手势，于是侯爵在他母亲身后关上房门，站在原地等着。纽曼慢慢走上前去，比鬼魂还要沉默。两个男人就那样面对面站着。纽曼心中有一种莫名的冲动，觉得自己内心的伤痛快要溢出来了，但他讲出来的却变成了幽默戏谑的笑话。“喂，”他说，“您对我不友好，至少您得承认这点。”

德·贝乐嘉侯爵从头到脚上下打量了他一番，然后用最有教养、最精美的声音说：“我个人很讨厌您。”

“我也同样很讨厌您，但出于礼貌，我不会说出来。”纽曼说，“真奇怪，我竟然如此想成为您这种人的妹夫，不过，我是不会放弃的。请让我再试一次。”他停顿了一会儿，“你们有个秘密——你们有个见不得人的秘密。”德·贝乐嘉侯爵仍然冷漠地看着他，但纽曼看不出他的眼睛是否出卖了些什么，他的眼神总是那么奇怪。纽曼又稍顿了一会儿，然后继续道：“您和您母亲犯了罪。”听到这话，德·贝乐嘉侯爵的眼神明显有些异样，似乎像风吹的蜡烛一样飘忽不定起来。纽曼看出他深深地震惊了，但他的自控力还是非常出色的。

“请继续说下去。”德·贝乐嘉侯爵说。

纽曼伸出一只手指在空中摇了摇：“还要继续吗？您正在颤抖。”

“请告诉我您在什么地方搞到这么耸人听闻的消息的？”

“我会搞得更准确一些，”纽曼说，“我有一说一，眼下，我知道的就这些。你们做了见不得光的事，一旦暴露，你们将背上骂名，让你们引以为傲的姓名蒙羞。我不知道是什么事，但我会把它搞个水落石出。继续坚持你们现在的路线，我就会把它调查清楚；改变路线，让您妹妹太太平平地离开，我就放过你们。您觉得怎么样？”

侯爵本来已经差不多成功克服了不安的情绪，那英俊脸庞上的愁容在逐渐消融。但纽曼温和的、一字一顿的措辞似乎给他带来了很大的压力，逼迫他不得不立即避开对方的眼睛。他站在那里，沉思良久。

“这是我弟弟告诉您的?”他抬头问道。

纽曼犹豫了一会儿:“是的,是您弟弟告诉我的。”

侯爵优雅地笑道:“我不是说过他神经错乱了吗?”

“如果我没能把这事搞清楚,那就是他神志不清;如果我最后搞清楚了,那他说的就是真话。”

德·贝乐嘉侯爵耸了耸肩。“呃,先生,搞清楚或者搞不清楚,随您的便。”

“我没有吓到您吧?”纽曼问。

“这得由您自己来判断。”

“不,这要在您方便的时候由您来判断。好好想想,从头到脚地仔细想想。我给您一两个小时的时间,但不能给您太多,因为我们怎么知道她们有多快会将德·辛特雷夫人变成修女呢?好好和您母亲商量商量,让她来判断是否感到害怕。一般而言,我相信她和您一样不是那么轻易能被吓倒的,但您可以亲眼见识见识。我会在村里的客栈等您消息,希望您尽快告知你们的决定,比如说三点钟前,哪怕是在纸条上写上是或否也可以。您知道,我这次希望等来的是肯定的答复,并且希望你们能信守承诺。”说完,纽曼打开门,径自走了出去。侯爵站着没动,纽曼退回再看了他一眼,“我在村里的客栈等您消息。”他重复道,然后转身离开了城堡。

他做完这一切后,心绪难平,因为在一个有上千年历史的家族面前唤醒羞耻感的幽灵,难免会让人情绪激动。但他还是回到客栈,计划在那里耐心等上两个小时。他想乌尔班·德·贝乐嘉很有可能什么也不表示,因为只要回应他的挑战,不管肯定还是否定,就是承认自己有罪了。他预计最有可能的回应是沉默,换句话说,就是蔑视。不过,他祈祷他的主动出击能够如他设想的那样击溃他们。三点钟的时候,一位仆人送来了一张便条,上面有乌尔班·德·贝乐嘉漂亮的签名,信的内容是这样的:

很高兴通知您,我和我母亲明天启程返回巴黎,我们会去看望我妹妹，同时确认她的决心，那将是对您的鲁莽偏执最有效的回复。

亨利–乌尔班·德·贝乐嘉

纽曼把便条装进口袋，继续在这家名叫法兰西部队的客栈的大厅里来回踱步，在过去的一个星期里，他大部分时间都是这样来回踱着步子。他不停地踱步测量大厅[①]的长度直到天色渐晚，于是他就动身去与布莱德太太约定的地点。去山顶废墟的路很容易找，纽曼很快便到了山顶，他走过废弃城墙那破败的拱门时，在夕阳的余晖中环顾了下四周，试图寻找一位穿黑衣服的老妇人。城堡的前院空荡荡的，但教堂的门开着，纽曼走进教堂正厅，里面愈加昏暗。不过，圣坛上点着几支长蜡烛，借着闪烁的烛光，他可以看到一个柱子旁坐着一个人影，走近才看清那是布莱德太太，她今天穿得出奇显眼，头戴一顶很大的黑色丝绸包头软帽，上面绑着令人印象深刻的黑丧章蝴蝶结，黑色旧绸缎连衣裙衬得她的身形若隐若现，她觉得这种场合适合穿这种庄重的服装。她一直坐在那儿，双眼盯着地面，但当纽曼走到她面前时，她抬起头看着纽曼，然后站了起来。

“布莱德太太，您是基督徒吗？”他问。

“不是，先生，我是英国国教徒，非常底层的教徒。”她答道，“但我觉得在这里比在外面更安全，我以前从来没有晚上出来过，先生。”

“我们应该去更安全的地方，”纽曼说，“这样就不会有人听到我们的谈话内容了。”纽曼领着布莱德太太回到城堡的院子里，然后沿着教堂旁边的小路前进，纽曼确信这条小路会通向废城堡的另一侧，事实确实如此，这条小路沿着山顶蜿蜒盘旋，尽头是另一段废弃的城墙，墙中间有一个高低不平的豁口，是一个废弃的城门。纽曼穿过这

① 原文为法语：salle。

个豁口，发现一个特别适合秘密谈话的角落。也许除了他们之外，这里还是相爱情侣或其他乱七八糟的人的相会之地。山坡在这里变得突然陡起来，山顶还散落着两三块大石头。山下的平地上暮色苍茫，透过暮色，可以看到不远处城堡里两三盏忽明忽暗的灯光。布莱德太太摸索着慢慢跟在纽曼身后。最后，纽曼找到了一块牢靠的落石，示意她坐到上面，她小心翼翼地遵从了他的建议，他自己则坐到离她很近的另一块石头上。

# 第二十二章

“非常感谢您来赴约，”纽曼说，“希望不会给您带来什么麻烦。”

“我想没人会想起我来的，老夫人这些日子并不喜欢我在她的身边。”布莱德太太说这话时显得既兴奋又热心，这更增加了他劝说这位老太太说出秘密的信心。

“从一开始，您知道，”他说道，“您就很关注我的未来，您是站在我这边的，说实话，我对此非常感激。现在，既然您已知道他们是怎么对待我的，我相信您会更加支持我了。”

“我得说他们做得不对，”布莱德太太说，“不过，您不能责怪可怜的伯爵夫人，他们对她逼得太紧。”

“我愿意花一百万美金搞清楚他们究竟对她做了些什么！”纽曼大声说道。

布莱德太太神情呆滞地坐着，眼睛斜睨着城堡的灯光。“他们利用了她的感情，知道这会让她就范。她在感情上非常脆弱，他们让她觉得自己很坏，但她只是太善良了。”

“啊，他们让她觉得自己很坏，”纽曼缓慢地说着，然后又重复道，“他们让她觉得自己很坏……让她觉得自己很坏。”此刻，这句话在他看来似乎形象地刻画了那个歹毒的诡计。

“正是因为她心地太善良，所以她选择了放弃您，……可怜的甜心夫人！”布莱德太太补充说。

“可她对他们比对我好。”纽曼说。

“她很胆小，”布莱德太太很确定地说，“她向来胆小怕事，或者至少有很长时间她都很胆小。先生，这是真正的麻烦。我可以说，她就像一只近乎完美的蟠桃，只有一个斑点，她只有一个令人难过的小缺陷。先生，您将她推到阳光下，那缺陷几乎就要消失了，但他们又将她重新带回阴影之中，很快那缺陷就开始扩散。在我们发现之前，她已经离开了。她是个脆弱的孩子。”

她说德·辛特雷夫人很脆弱，虽然这种说法很奇怪，但这让纽曼的伤口重新疼痛起来。“我明白了，”他立即说，“她清楚她母亲做的坏事。”

“不，先生，她什么也不知道。”布莱德太太说着，头僵硬地抬着，眼睛一直盯着城堡微光闪烁的窗户。

“那就是她猜到了什么，或者有所怀疑。”

“她害怕知道真相。”布莱德太太说。

“但不管怎样，您是知道的。”纽曼说。

她慢慢把自己发呆的眼神转向纽曼，放在膝盖上的双手紧紧攥在一起。“先生，您不讲信用，我原以为您让我来这里是要和我说关于瓦伦汀先生的事情的。”

“噢，那我们就来谈瓦伦汀的事，越多越好。”纽曼说，“这正是我叫您来的目的。我对您说过，在他生命最后的时刻，我就在他的身边。他当时很痛苦，但他很清醒，您知道那意味着什么，他那时仍旧聪明睿智，活泼开朗。”

“噢，先生，他总是那么聪明睿智，”布莱德太太说，“他知道您遭遇的问题吗？”

“是的，他自己已经猜到。”

“那他说了什么？”

“他说这是他家门的不幸——但这也不是第一次了。”

“天啊，天哪！”布莱德太太喃喃道。

“他说他母亲和哥哥曾经一起合谋做了更糟糕的事。”

“先生，您不应该听到这些话的。”

“也许不应该，但我确实听到了，而且不会忘记。现在，我想知道他们到底做了些什么。”

布莱德太太轻轻嗟叹了一声：“于是您就把我骗到这个奇怪的地方，想让我告诉您那件事？”

“别担心，”纽曼说，“我不会说任何惹您不开心的话。如果您觉得合适，并且时机成熟，就请告诉我。请记住那是瓦伦汀先生最后的遗愿。”

“他说了那样的话吗？”

“他咽下最后一口气的时候是这样说的：告诉布莱德太太，是我让您去问她的。”

“为什么他自己不对您说？”

“对一个将死之人，这个故事太长了，他几乎都快说不出话来了。他只能说他希望我知道这件事——因为我是冤枉的，所以我有权利知道这件事。”

“可是，先生，这对您有什么帮助呢？”

“这要由我来决定。瓦伦汀先生相信它可以帮到我，这也是为什么他要我找您的原因，您的名字几乎是他向我吐露的最后字眼。”

听完纽曼的话，布莱德太太显然怔住了，她上下慢慢挥动着紧扣的双手。“原谅我，先生，”她说，“请恕我冒犯，您说的这些都是真的吗？我必须这样问您，可以吗，先生？”

“不存在冒犯的问题，我说的都是真的，我庄重承诺。要是瓦伦汀先生自己能说话，他当然会告诉我更多的情况。”

“噢，先生，要是他了解更多情况的话！”

“难道您认为他了解的情况不多？”

“很难说他了解了什么情况。”布莱德太太轻轻地摇了摇头说，“他聪明过人，即使他不了解的事情，他也会让您相信他很了解；他不认识的那些他本不该认识的人，他也会让您相信他认识。”

“我怀疑他知道关于他哥哥的一些内幕情况，所以侯爵才对他那样客气。”纽曼旁敲侧击道，“他让侯爵感觉到他存在的威胁，现在他想让我取代他的那个位置，给我一个机会让侯爵也能感觉到我的威胁。”

“上帝啊，请宽恕我们吧！”这位老女仆大声疾呼，“我们都太邪恶了！”

“我不清楚，”纽曼说，“当然，我们中有些人肯定非常邪恶，这让我很愤怒，很痛苦，也很难过，但我不清楚我是否算邪恶。我在感情上受到了极大的伤害，他们让我出离愤怒，我想报复他们。我并不否认这点，相反，我要坦白告诉您，这就是我要利用您的秘密的目的所在。”

布莱德太太屏住了呼吸：“您想把那些秘密公之于众？想羞辱他们？”

“我想击垮他们——让他们崩溃，崩溃，崩溃！我要扭转劣势，转败为胜，把我受到的羞辱原封不动地奉还给他们。他们把我高高举起，在世人面前丢丑现眼，却背后突袭，将我推入万劫不复的深渊，让我落得如今以泪洗面、咬牙切齿的惨状！我在他们的亲友面前遭到愚弄，但我会让他们承受更恶劣的羞辱。”

一腔愤怒如高山瀑布一般倾泻而出，这是纽曼第一次有机会将心中积郁的怒火大声发泄出来，布莱德太太专注的双眼似乎也被这怒火点亮。“先生，我想您有权利为此生气，但请想想您这样做也会让德·辛特雷夫人蒙羞。”

“德·辛特雷夫人被活埋了。”纽曼大声说道，“对她来说光荣或羞辱又有什么意义呢？此刻墓门已在她身后紧紧关上了。”

“是的，这是最令人难受的。”布莱德太太哀叹道。

“她已经像她弟弟瓦伦汀一样离开了人世，这似乎是天意所为，让我有更大的运作空间。”

“一定是这样的。”布莱德太太说，显然被纽曼的这番新奇的想法所打动。她沉思良久，然后补充道，“您会把老夫人交上法庭吗？”

“法庭不会在乎她是不是贵妇。”纽曼回道，“如果她犯了罪，在法律面前她就什么也不是，只是一个恶毒的老妇人罢了。”

“那他们会绞死她吗？先生？”

“这取决于她到底做了什么。”纽曼紧紧地盯着布莱德太太。

“这会把这个家族彻底毁灭了，先生！”

“这个家族是时候该彻底毁灭了！”纽曼说完，冷笑了一声。

“而我呢？到了这个年纪，却要落得无家可归了，先生！”布莱德太太叹了口气。

“噢，我会照看好您的！您可以来和我一起生活，做我家的总管，或任何您喜欢的工作。我会供您养老金，让您晚年无忧。”

“我的天啊！天啊！先生，您早已经想好了一切。”她似乎陷入了沉思。

纽曼看了她一会儿，然后突然说：“啊，布莱德太太，您太喜爱您家老夫人了！”

她立即望着他说：“先生，您不能说那样的话。我并不认为喜爱老夫人是我职责的一部分，我已经诚心诚意地服侍她这么多年了。如果她明天死掉，苍天在上，我想我不会为她掉一滴眼泪。”接着，她停顿了一下，“我没有理由爱她！”她补充道，“她对我最大的恩德就是没有将我赶出家门。”纽曼察觉出他的这位同伴的决心越来越坚定了，似乎那些贵族的奢华辉煌早已烟消云外，在这偏僻的乡村夜晚，这场预谋的谈话让她心灵得到慰藉，原来警戒的心房已然放松，面对眼前这位百万富翁，她可以畅所欲言了。纽曼那美国人特有的精明告诉他，他只需要给她时间——让此时的情境感染她，一切就会水到渠成。所以他一言不发，只是温和地看着她。布莱德太太坐在那里抱着自己瘦削的肩膀。“老夫人曾经做了件对我很不公平的事。”她最后说道，“她一生气就会口不择言。那是很多年以前的事了，但我仍然无法忘怀。我从未对任何人提起过，但一直耿耿于怀，您可以说我居心不良，不过这种怨恨却一直伴随着我，可以说这怨恨的滋长对我并没有什么好处，但它一直藏在我的心中，也许直到我离开人世那天，它才会消逝，绝不会提前离开！”

“那么，您到底怨恨什么呢？”纽曼问道。

布莱德太太垂下眼帘，犹豫了：“先生，如果我是局外人，告诉您对我来说不会有什么影响，但对我这样一个体面的英国女人来说，要对您说出我的怨怼却异常艰难。然而，有时我觉得自己不经意间习得了太多与我本性不相符的处事方式。那时我还很年轻，容貌和现在也大不一样。先生，如果您愿意相信的话，那时我穿的衣服色彩都很鲜艳，而且我是个聪明的女仆。老夫人那时也很年轻，已故的侯爵是我们当中最年轻的——我是说他的行为举止，先生，他总是充满了活力，是个英俊健硕的男人，像大多数法国人一样喜欢享乐，必须承认，为了享乐他有时甚至都不惜降低身份。我的老夫人是个妒意很强的女人，先生，如果您愿意相信我的话，我很荣幸地甚至遭到过她的嫉恨。有一天，我在我的帽子上系了条红丝带，老夫人见后却勃然大怒，非要让我把它解下来。她说我这是想吸引老侯爵的注意，那时我不知道何谓无礼莽撞，像任何正直的女孩那样公然反驳她，口无遮拦。的确，那只是一条红丝带！好像老侯爵只会盯着我的红丝带看一样！后来，老夫人知道我纯良正直，但她从未对我说她相信我的品格。而老侯爵却亲口对我说了他相信我。”过了一会儿，布莱德太太又补充道，“我把红丝带取下来，放进抽屉里，一直就那样保留到了今天，它已经褪色了，变成了浅粉色，但它仍然原地未动。我对老夫人的怨恨也逐渐褪色了，红的色泽已经消退，但怨恨依然未散。”布莱德太太用手指戳着她的黑色绸缎束胸马甲。

纽曼饶有兴致地听着她得体的讲述，似乎布莱德太太的记忆之门已经打开。接着，她一直沉默不语，似乎沉浸在对自己纯良正直的品格的回忆里，纽曼冒险尝试直入主题，于是说：“我明白了，老夫人是个嫉妒心很强的女人，而老侯爵爱慕漂亮女人，不顾等级身份。我想我们不必苛责他什么，因为很少有人能像您这样表现得如此正直守礼。不过，多年以后，这嫉妒之心也不至于让德·贝乐嘉老夫人变成一个杀人犯吧。”

布莱德太太疲惫地叹息道：“先生，我们不该用这样可怕的字眼来指责老夫人，但我现在已经不在乎了。我明白您有您的想法，而我没有任何愿望。我把瓦伦汀和克莱尔视作自己的孩子，他们的愿望就是我的愿望，然而，现在我已经失去了他们。我可以说，他们俩都已经死了。我活着还有什么可在乎的呢？现在那个家里的所有人于我有什么意义呢？而我于他们又有什么意义呢？老夫人不喜欢我——她这三十多年来一直都不曾喜欢过我。我从来没有照顾过现在的侯爵，那时我太小，他们不放心我，不过，我本以为对年轻的德·贝乐嘉夫人还有一些价值，可她曾对她的女佣克拉丽斯小姐说过对我的看法，您也许会想听听，先生。”

“噢，当然想听听。”纽曼说。

“她说，如果我到她孩子的班上做个拭笔器还是不错的！她这样把我贬得一钱不值，我想我也就不用讲究客套礼节了。”

“绝对不用，”纽曼说，“继续说下去，布莱德太太。”

然而，布莱德太太又一次陷入了困顿的沉思里，纽曼只能抱着双臂等待，最终她好像理清了记忆。“那时已故的侯爵已经老了，大儿子已经结婚了两年，克莱尔小姐也到了谈婚论嫁的时候。您知道，先生，这里的人都是这样说的。老侯爵的身体很差，已是苟延残喘。老夫人挑选了德·辛特雷先生作为克莱尔的对象，我看不出她这样选择的理由，也许有我不了解的原因，可能只有您这样走南闯北的人才能理解他们。老辛特雷先生的头衔很高，老夫人甚至觉得他的头衔可以和她自己的匹敌，故而是一桩好买卖。乌尔班先生一如既往地站在母亲一方。我认为主要原因是当时其他绅士要的彩礼很多，但老夫人不愿意陪什么嫁妆，只有辛特雷先生符合条件。辛特雷先生后来在遗书中说他一生就犯了这么一个错误。他可能生来自命不凡，行礼说话自是傲气十足，但那是他唯一了不起的地方。我觉得他就像我听人说过的丑角，即使我从未见过丑角，但我知道他一定给自己的脸上了油彩，他尽可以抹得油头粉面，但他绝不会让我喜欢他！老侯爵也不喜欢他，他公开说让克莱尔小姐嫁给这样的人还不如让她单身一辈子。他和老夫人大吵了一架，甚至在我们仆人待的房间都能听到他们争吵的声音。说实话，这不是他们第一次吵架，他们不是一对恩爱夫妻。不过，他们很少交流，我认为原因是他们俩都认为对方的所作所为不值得多费口舌。老夫人早已过了吃醋的年纪，心似止水。我得说他俩在这点上倒是般配默契。老侯爵性情随和，脾性最是温文尔雅。他一年只生一次气，但那必是气急败坏。他通常生完气便直接上床休息了，但我说的这次，虽然他像往常一样躺下了，但从此就没再起来。

恐怕这位可怜的绅士为他年轻时的放浪形骸付出了代价，难道不是这样吗？先生，他们大部分到老年时真的都会是这样的结果吧？老夫人和乌尔班先生对此保持缄默，但我知道她给辛特雷先生写了信。老侯爵的病情愈来愈重，医生都已表示无力回天，我们的老夫人也无可奈何，不过，如果要说实话，她的无可奈何里还掺杂着暗自窃喜。一旦没了这块拦路石，她就可以随心所欲处理女儿的婚事了，按部就班将我那可怜的无辜孩子转手给辛特雷先生。先生，您不知道我们小姐那时是怎样的状态，她是全法国最年轻甜美的可人儿，对身边的一切一无所知，就像屠夫手里待宰的羔羊一般。我那时经常照看老侯爵，总是待在他的房间里。那年秋天，就在此地的福乐里雷。我们从巴黎请来了一位医生，他在这里待了两三个星期。接着，又请了另外两名医生，他们三位一起进行了会诊，如我前面所说，后来的两位医生宣布老侯爵已无法挽救了，于是他们便领了钱离开了。但原来的那位医生留了下来，尽其所能对老侯爵进行医治。老侯爵本人一直喊着自己不会死，他不想死，他要活着照看他的女儿。克莱尔小姐和子爵（您知道就是瓦伦汀先生）都在家中。那位医生是个聪明人，我自己能看出来，我认为他相信侯爵可能会好转。我们两个人都对病人悉心照料。有一天，正当老夫人几乎要为老侯爵准备后事时，他突然开始康复了。他恢复得愈来愈好，医生说他已经脱离了危险。让他痛苦难受的是他胃里那可怕的阵痛，但阵痛一点一点消失了，可怜的老侯爵又开始开起了玩笑。医生找到了一种让他缓解阵痛的药，那是一些白色粉末，我们将其装进放在壁炉架上的一只大玻璃瓶里。我常用玻璃管给病人服下，这能让他感觉舒服些。医生告诉我如果病人感觉不好，就给他服用那种药，然后他就离开了。那之后又从普瓦捷来了个小医生，他每天都来。当时家里就只有我、老夫人和她丈夫以及他们的三个孩子。年轻的德·贝乐嘉夫人带着她女儿回了娘家，您知道她非常活跃，她的女仆告诉我她不喜欢待在一个有人将死之地。”布莱德太太停了会儿，然后又继续语气平静地说，“先生，我想您已经猜到了，老侯爵开始好转后，我们的老夫人很失望。”她又一次停了下来，注视着纽曼，她的脸在夜色的笼罩下显得更加苍白。

纽曼迫不及待地听着，其迫切之情甚至比他俯身贴耳倾听瓦伦汀的临终遗言都要有过之而无不及。布莱德太太不时抬头看着他，这让他想起了古代传说中的虎斑猫，它会拖延对美味牛奶的享受。她对胜利的掌控拿捏有度，恰当得体，喜怒不形于色。过了会儿她继续说道："一天深夜，在西面塔楼的红色大卧房里，我当时正坐在老侯爵的病床旁，他一直在唉声叹气，我给他喂了一汤匙药剂。老夫人前半夜在房间陪护，她在床边坐了一个多小时，后来就离开了，只留下我一个人。午夜过后，她又回到房间，是和长子一起进来的。他们来到床边，看着老侯爵。老夫人握起了他的手，然后转头对我说他情况不妙。我记得当时老侯爵躺在那里瞪眼看着她，一句话也没有说。彼时，我能看见床帷之间大黑床上那张苍白的脸。我说我认为他的情况并不太糟。她让我下去休息，说要自己陪他坐一会儿。老侯爵看到我要离开，呻吟了一声，并大声喊我不要离开他，但乌尔班先生已经为我打开了房门，示意我出去。现在的这位侯爵——也许您也注意到了，先生——颐指气使，令行禁止，我没办法，只得听从命令。我回到自己的房间后，心里惴惴不安，我也说不清为什么。我衣服也没有脱，坐在那里一边等着传唤，一边听着动静。先生，您问为什么？我也说不清楚，按道理讲，一位可怜的绅士与他的妻子和孩子待在一起可能是最让人放心的，然而，好像我却期待听到侯爵再次呻吟呼唤我，我竖起耳朵听，却什么也没有听到。那是一个非常安静的夜晚，我还从来没有遇到过那么安静的夜晚。终于，那寂静本身似乎吓到了我，我走出自己的房间，蹑手蹑脚下了楼。在老侯爵卧室的前厅里，我看到乌尔班先生来来回回走着。他问我来做什么，我说我回来换老夫人去休息，他说他会替换老夫人的，并且命令我回去休息。但是，就在我站在那里不愿转身离开时，里面的房门开了，老夫人走了出来。我注意到她脸色煞白，很奇怪的样子。她看了一会儿乌尔班先生，又看看我，然后向她儿子伸出手臂。他走到他母亲的身旁，然后她靠在了他的身上，将脸埋了起来。我绕过老夫人迅速进到屋里，来到老侯爵床边。只见他躺在那里，面色惨白，双目紧闭，像具死尸。我抓起他的手和他说话，感觉他就像是个死人。接着，我转过身，只见老夫人和乌尔班先生也进了房间。'我可怜的布莱德，'老夫人说，'侯爵先生已经去了。'乌尔班先生跪倒在床边，轻声说，'我的父亲，我的父亲[①]。'我觉得这真是太奇怪了，问老夫人到底发生了什么，为什么她不叫我。她说什么也没有发生，她一直安静地坐在老侯爵床边，那会儿她闭上了眼睛，她想她可能要睡着了，她确实睡着了，不知道自己睡了多久。当她睁开眼时，老侯爵已经死了。'这就是死亡，我的孩子，是死亡。'她对乌尔班先生说。乌尔班先生说他们必须马上请普瓦捷的医生来，他要骑马动身去请。他亲吻了父亲的脸颊，然后又吻了母亲，于是便离开了。老夫人和我站在床边。我看着可怜的老侯爵，突然，想到他应该没有死，只是处于一种昏厥之中。可老夫人却不断重复道：'可怜的布莱德，他死了，他是死了。'我说：'是的，老夫人，他确实死了。'我心口不一，这是我一时兴起的念头。接着，老夫人说我们必须等医生来，我们就坐在那里等着。有很长一段时间，可怜的老侯爵既没有任何动静也没有任何转变。'我以前见过人死亡。'老夫人说，'和眼下状况非常相像。''没错，老夫人。'我说，同时继续思考着。夜已很深，可乌尔班先生还没有回来，老夫人开始感到恐慌，她担心他在黑暗中会发生什么意外，或是遭遇强人。最后，她变得异常焦虑不安，决定下楼去院子里等待儿子的归来。我就独自坐着，老侯爵还是没有任何动静。"

布莱德太太说到这里又停住了，最会讲故事的人也做不出她这样的效果，纽曼动了动身子，就好像是翻过了小说的一页。"那么就是说他的确死了！"他大声道。

"三天后他躺进了坟墓。"布莱德太太言简意赅，"过了一会儿，我来到前门向院子里张望，很快，我看到乌尔班先生独自一人骑马归来。我等了片刻，想听他与他母亲上楼的声音，但他们一直待在下

---

① 原文为法语：Mon père，mon père。

面，没有上来，于是我就又回到老侯爵的房间。我走到床前，举着蜡烛靠近他，可不晓得为什么烛台掉到了地上。这时，我看到老侯爵的眼睛睁开了——睁得很大！那双眼睛瞪着我。我跪在他身旁，握着他的双手，求他以神迹的名义告诉我，他究竟是活人还是死人。他仍然那样看着我，过了许久，他示意我将耳朵贴近他。'我要死了。'他说，'我快要死了，是侯爵夫人杀了我。'我全身颤抖，听不懂他在说什么。我搞不清他现在的状况，先生，您可以想象，他看起来既像活人又像死尸。'先生，可您现在会好起来的。'我说。接着，他又气若游丝地低声道，'即使给我一个王国，我也好不起来了，我将不再是那个女人的丈夫。'然后他又说了些话，他说是她谋害了他。我问他她对他做了什么，但他只是答道：'谋杀，谋杀。她还会杀了我女儿。'他说，'我那可怜不幸的孩子。'他求我阻止老夫人，接着，他又说他要死了，就快要死了。我不敢动他也不敢离开他，这时，我觉得自己也快死了。突然，他让我去找支铅笔替他记录，我不得不告诉他我不会写字。于是他让我把他扶起来，他自己来写。我说他绝无可能坐起来写字，但似乎某种恐怖给了他力量，他坐了起来。我在房中找到一支铅笔、一张纸和一本书，我将纸放在书上，把笔递到他手中，并将蜡烛移近。先生，您会觉得这一切很奇怪，也的确是奇怪。而最奇怪的是一方面我相信他即将死去，另一方面我又急切地想帮他写字。我坐到床上，从后面用手臂将他扶坐起来。我感到自己力大无比，我想我都能将他抱起来背在背上了。他怎么能写字呢，但他确实做到了，用他的大手涂写着，整个身体几乎贴在了纸上。他似乎写了很长时间，我想足有三四分钟的样子，这期间他一直痛苦地呻吟着。接着，他说写完了，我扶他躺下，头枕在枕头上。他把纸条递给我，让我折好，藏起来，把它交给那个能妥善处理的人。'您是指交给谁呢？'我问，'谁是那个能妥善处理这张纸条的人呢？'但他只能呻吟作答，他因为太虚弱而无法说话了。过了几分钟，他让我去看看壁炉架上的瓶子，我知道他说的是什么瓶子，他是说那个装有对他的胃有好处的白色物体的瓶子。我去看了看，那个瓶子空空如也。我再回到床边，他睁眼瞪着我，但很快就闭上了双眼，再也没说一句话。我把那张纸藏在裙子里。先生，尽管我不会写字，不过识字还是没问题的，但我没有看纸上写了什么。我靠床坐着，差不多过了半小时，老夫人和儿子才走进来。老侯爵看起来和他们离开时一样，而我对刚才发生的事情只字未提。乌尔班先生说医生被人叫出去给人接生去了，但他答应会立即出发来福乐里雷。又过了半小时，医生到了，一做完检查，他就说是我们大惊小怪了。可怜的老侯爵虽然气息微弱，但他仍然活着。医生这样说的时候，我注意观察老夫人和她儿子，想看看他们是否会互相看对方，但我不得不承认他们并没有那样做。医生说老侯爵没有理由会死去，他一直恢复得挺好。接着，他想了解老侯爵的病情是怎么突转急下的，因为他是极其放心才离开他的。老夫人又说了一遍刚才对我和乌尔班先生说过的那个小故事，医生看着她，什么话也没有说。医生留下来第二天一整天都待在城堡里，几乎一步也没有离开过老侯爵。我也一直待在病人房间里。小姐和瓦伦汀先生来看望他们的父亲，但他还是没有任何动静，那真是奇怪而又致命的昏迷。老夫人也一直侍候左右，脸色和她丈夫的脸一样煞白。她看起来十分傲慢，我见过她那副表情，那是在有人违背了她的命令或愿望时才有的表情，仿佛可怜的老侯爵惹恼了她，她的那副样子让我害怕。来自普瓦捷的医生白天一直陪着老侯爵，我们等着另一位来自巴黎的医生，就是我之前对您说过的那位医生，他此前一直是待在福乐里雷的。他们早上给他拍了电报，晚上他就到了。他和来自普瓦捷的医生在房间外商讨了一会儿，然后一起进来看老侯爵。我和乌尔班先生待在房间里。老夫人接待完来自巴黎的医生后，没有和医生一起进房间。那医生坐在老侯爵身旁，我能看到他将自己的手放在老侯爵的手腕上，乌尔班先生则在一旁手拿放大镜观察着。'我确信他现在好些了。'来自普瓦捷的小个子医生说，'我相信他会醒过来的。'他说完这话不久，老侯爵睁开了眼睛，好像刚刚醒来，挨个打量着我们。我看到他看着我，可以说看我的目光很温柔。这时，老夫人蹑手蹑脚地走了进来，她来到床边，从我和乌尔班先生之间伸出了她的脑袋。老侯爵看到她时，发出一声长长的、最惊世骇俗的哀号。他说了些什么，但是我们没有听懂；他似乎全身痉挛，身体抽搐着，然后闭上了眼睛。医生跳将起来，抓住了老夫人，他是那样有些粗鲁地抓着她，过了一会儿，老侯爵真的完全死去了，如同一块硬石头！这次在场的每个人都知道了结果。”

纽曼感觉好像是就着星光读了一份关于一起特大谋杀案的重要证据报告。“那张纸呢——那张纸！”他激动地说道，“上面写了什么？”

“我不能告诉您，先生，”布莱德太太答道，“我看不懂上面的文字，他是用法语写的。”

“但是就没有别人能读懂它吗？”

“我从来没有问过其他任何人。”

“没有人见过那张纸条？”

“如果您看到那张纸条，您就是第一个看到它的人。”

纽曼双手抓起老妇人的手抓在自己手中，用力握了握。“太感谢您了，”他大声说，“我想成为第一个看到那张纸条的人，我想要独自拥有它，不给任何其他人！您是全欧洲最明智的老太太。您是怎么处理那张纸条的呢？”这条信息顿时让他信心倍增，“快把它给我吧！”

布莱德太太庄重地站起身。“事情可不是那么简单，先生，如果您想要那张纸条，您必须等待。”

“可您知道等待太可怕了。”纽曼催促说。

“我确信我一直等待着，已经等了这么多年了。”布莱德太太说。

“那没有错，您一直在等我。我不会忘记这点的。但是，您为什么没有按照德·贝乐嘉老侯爵的指示去做，把那张纸条给别人看呢？”

“我该把它给谁看呢？”布莱德太太悲凄地回答道，“要找到那个人并非易事，很多个夜晚我为此彻夜难眠。半年后，他们把克莱尔小姐嫁给那个恶毒的糟老头时，我几乎就要把那张纸条拿出来了。虽然我认为自己有责任处理那张纸条，但我还是害怕极了。我不知道纸条上写的是什么，或写的内容到底有多恶劣，我没有值得信任的人可以咨询。对我来说，让小姐知道她父亲写了些让她母亲蒙羞的话，我猜这大概是他的用意所在，这似乎对我的这位年轻的甜心来说是残忍的好意。我想她宁愿不开心地与她丈夫在一起也不愿意因为亲人反目而不开心。正是为了她和我亲爱的瓦伦汀先生，我才保持沉默。我称之为沉默，但是对我来说这沉默令人身心疲惫。这让我感到十分担忧，并且完全改变了我。但是，我对他人仍然缄口不言，直到现在也没有人知道我与可怜的老侯爵之间的这个秘密。”

“但是显而易见，还是有人怀疑。”纽曼说，“瓦伦汀的想法是从哪里受到启发的呢？”

“是那个来自普瓦捷的小个子医生。他非常不满意，说了一大通。他是个机警的法国人，每天都来这个家里，我想他所看到的远比他看起来看到的要多。而且，可怜的老侯爵一看到老夫人就把脸转开的方式，确实让任何人都会觉得不可思议。那个巴黎来的医生更加随和，他让那个普瓦捷医生不要张扬出去。尽管如此，瓦伦汀先生和小姐还是有所耳闻，他们知道自己父亲是非自然死亡。当然，他们不能指控他们的母亲，正如我对您所说，我闭口不说，像石头人一样。瓦伦汀先生过去有时会看着我，眼睛似乎扑闪扑闪的，仿佛想要问我一些情况。我特别害怕他说话，于是我总是躲开他的目光，做我自己的事去了。如果我告诉他，我确信他以后会恨我的，那是我永远也无法承受的事情。有一次，我擅作主张去找他，亲吻他就像他小时候我吻他那样。‘先生，您不应该看起来如此忧伤，’我说，‘请相信您可怜的老布莱德，如此英勇潇洒的年轻男士没有什么可以为之悲伤的。’我想他是理解我的，知道我是在请求他不要再追问了，于是他以自己的方式做了决定。他脑中带着未问出的问题行事，就如我带着未说出的故事行事一样，我们都害怕让这个伟大的家族蒙羞。同样，小姐也是这么想的。她不知道家里发生了什么情况，她也不想知道。老夫人和乌尔班先生也没有问我，这是因为他们压根儿就没有提问的理由。我就像老鼠一样匍匐不动。我年轻时，老夫人认为我是个贱妇，现在她则当我是个傻瓜，我怎么会有任何想法呢？”

“但是，您说那个普瓦捷小个子医生大吵了一通。”纽曼说，“没有人接着追问下去吗？”

“先生，我没有听到任何风言风语。您可能也注意到了，这个国家的人喜欢搬弄是非、散布丑闻，我想有人会对德·贝乐嘉老夫人指指点点。但毕竟他们又能说什么呢？老侯爵生病是事实，死也是事实，死亡是不可逃避的自然规律。医生不能说他不是真的在抽搐。那之后的第二年，小个子医生离开了这个地方，他在波尔多买了一间诊所。即使有任何流言蜚语，慢慢地也就被人们淡忘了。而且，我认为也不会有多少人愿意听到关于老夫人的流言蜚语，她很受大家敬重。”

听到这最后表示肯定的一句话，纽曼突然爆发出一阵夸张的大笑。布莱德太太开始从坐着的地方起身离开，他帮着她从城墙的豁口处通过，一起踏上回家的路。“是的，”他说，“老夫人的名望实在荒唐可笑，她的光辉形象一定会轰然倒塌！”他们来到教堂前的空地，在那儿停了一会儿，互相看着对方，脸上溢出一对亲密战友的神态——像是两个团结合作的同谋。“但真相是什么呢？”纽曼说，“她对她丈夫做了什么呢？她没有刺杀他，也没有用毒药毒死他。”

“我不知道，先生。没有人亲眼见到。”

“除了乌尔班先生。您说他在病人房间外走来走去，也许他从钥匙孔里看到了。不过，也不会，我认为他是绝对相信他母亲的。”

“您可以放心，我常常在思考这个问题，”布莱德太太说，“我确信她的手没有触碰过老侯爵，我在他身上各处都没有看到任何蛛丝马迹。我认为事情应该是这样的：他感到一阵剧烈疼痛，于是让她去取药，她没有给他药，相反却把药在他面前倒掉了。于是他明白了她的意图，加上当时他已经虚弱无力又孤独无助，他受到了惊吓，感到十分恐惧。‘您想杀了我。’他说。‘是的，侯爵先生，我想杀了您。’老夫人说着，坐下来，盯着他看。您知道老夫人的眼神，我想，先生，她就是用她那双眼睛杀了他；她的眼神里带着她那邪恶而强烈地想置他于死地的决心，那就像花朵被蒙上了一层霜冻。”

“好吧，您真是个非常聪明的女人；您非常谨慎细心，”纽曼说，“我会非常看重您作为女管家的工作能力。”

他们开始下山，布莱德太太一直走到山脚下都一言未发。纽曼轻轻地迈着步子走在她的身旁，他仰头看着星空，觉得自己似乎是在银河中怀着复仇的信念遨游。“因此，先生，您是认真的吗？”布莱德太太轻声问。

“您是说为我管家？噢，那是当然，我要为您养老送终。您不能再和那些人一起生活了。而且，您知道，我们今天谈话后，您也不应该再和他们一起生活了。您把那张纸条给我，然后就搬出来。”

“在我这个年纪调换东家，似乎显得很轻浮。”布莱德太太悲哀地说，“但如果您要把这个家给掀个底朝天，我宁愿搬出去。”

“噢，”纽曼胜券在握，用轻松的口气说，“我想我不会让警察介入此事的，可能这也是您的意图所在。不管德·贝乐嘉老夫人做了什么，恐怕法律都不能制裁她。不过，这也正是我高兴的地方，一切都由我来处理！”

“先生，您真是一位勇敢大胆的绅士。”布莱德太太小声说着，从她宽边软帽的边缘看向纽曼。

他将她送回城堡，宵禁的钟声已经为白天劳碌的福乐里雷村民敲响，街上已经熄了灯火，空无一人。她向他保证半小时后他会拿到老侯爵写的那张纸条。布莱德太太没有从正门进去，他们沿着一条蜿蜒小径，绕到公园围墙边的后门，她有门上的钥匙，这样她就从城堡后门进去了。纽曼与她商定，他等着她进去取那张他觊觎已久的纸条。

她进去后，在昏暗的小巷等待的半小时对他来说似乎特别漫长，不过，这让他有充分的时间进行思考。终于，后门打开了，布莱德太太站在那里，一只手扶着门闩，一只手递过来一张叠得很小的纸条。他立即接过来，将它放进上衣口袋里。“到巴黎来找我，”他说，“您知道的，我会安顿好您的将来。我会将可怜的德·贝乐嘉老侯爵写的法语翻译给您看。”他从未有过像此刻这样对尼奥什先生充满了感激之情，正是他教会了自己法语。

布莱德太太呆滞的双眼一直盯着那张纸条，直到它从自己眼前消失，然后重重地叹了口气。“好吧，先生，您已经做了您想对我做的事情，我想您还会再做的。从现在开始您得照料我了。您是个非常积极乐观的绅士。”

“刚才，”纽曼说，“我还是个急不可耐的绅士呢！”他向她道了晚安，然后快步走回客栈。他让人准备好回普瓦捷的车辆，然后关上卧室房门，跨步走到点着蜡烛的壁炉架旁边。他把纸条拿出来，快速打开。那上面满是铅笔字迹，在微弱的烛光下，起初似乎看不清楚。然而，纽曼强烈的好奇心促使他从这些颤抖的笔迹中读出了意义，其英文大意如下：

我妻子已经试着要杀死我，并且已经采取了行动。我就要死了，就要可怕地死去了。置我于死地的原因是她要将我可爱的女儿嫁给辛特雷先生，而我坚决反对这桩婚事——阻止它的发生。我精神正常——可以问医生，问布太太……今夜我在这里是多么地孤单，她攻击了我，置我于死地。如果有谋杀的话，这就是谋杀。问医生就知道一切了。

亨利·乌尔班·德·贝乐嘉

# 第二十三章

纽曼在与布莱德太太会面后的第二天回到了巴黎。在普瓦捷的翌日，他反复阅读藏在皮夹子里的那张小纸条，思考怎么应对这一情况。他不觉得普瓦捷是一个令人愉快的地方，但在那儿时间过得似乎特别快。他再次在豪斯曼大道安顿下来，然后来到了大学路，询问德·贝乐嘉老夫人的女门房，老夫人是否已经回来。女门房告诉他老夫人和侯爵先生前天就回来了，并透露他们都在家中，如果他想见他们，可以进去。这个脸色苍白的小老太说这话时从德·贝乐嘉府邸昏暗的门房里探出头来瞪着他，露出不怀好意的微笑，那笑容在纽曼看来似乎是在说："胆大就进来吧！"显而易见，她对这个家庭目前发生的一切都了如指掌，她所在的位置让她能够感受到这个家任何脉搏的跳动。纽曼站了一会儿，捻了捻胡须，望着她，突然转身走了。不过，这并不是因为他不敢进去——当然，如果他要进去，他也怀疑自己是否能够不受任何阻拦地见到德·辛特雷夫人的至亲。羞耻心——也许是极度的羞耻心——还有极度的犹疑让他望而却步。他在思考着自己的雷霆计划，他太爱这个计划了，不愿放弃。他似乎在电闪雷鸣里正高高将它举向空中，举过自己牺牲品的头顶，仿佛能看见那些仰起的苍白面孔。天底下很少有这样的面孔，我已经暗示过的那苍白的亮光，让他如此亢奋，他要从容地啜饮这令人回味的雪耻佳酿。还须补充的是，他并不明确该如何设法亲眼见证自己这个计划的实施，给德·贝乐嘉老夫人递送名片反而是画蛇添足，她看后定然不会见他。可是他又不能直接强行冲到她的面前，他对此甚是头疼，最后他想到也许只有采用没有多少把握的写信方式了，他只好自我安慰地想，写信有可能让他们见上一面。他回到家，感觉精疲力竭——必须承认，处心积虑策划雪耻是一个相当辛苦的过程，在无数个方案中才能找到一个令人满意的。他倒在一张铺有锦缎的太师椅上，伸开腿，双手插在兜里，望着反射在豪斯曼大道对面豪华屋顶的夕阳渐渐褪去，开始慎重地构思写给德·贝乐嘉老夫人的书信。正在他全神贯注凝思之时，仆人推开门彬彬有礼地说：“布莱德太太来了！”

纽曼振作起精神，心里又燃起了希望，不一会儿，就看到与他在星光闪烁的福乐里雷山顶相谈甚欢的受人敬重的那位女士正站在自家门口。布莱德太太这次拜访穿的服装和上次他们见面时穿的完全一样。看到她高雅的外表，纽曼心里一怔。此时，家里还没有掌灯，借着薄暮的亮光，布莱德太太神情凝重地从她宽大的软帽阴影下注视着他，纽曼觉得很难把眼前这个人和她仆人的身份联系起来。他非常温和地向她问好，请她进来坐下，让她有种如沐春风的感觉。在这温暖和煦的旧式客套里可能既有愉快也有忧伤的情绪，她尽力遵循指令照办。她并不是不屑于自己受到的礼遇，那只会让人觉得可笑，她在努力让自己这样一个出身卑微的人表现得有教养，对她来说，局促不安会显得矫情。不过，显而易见，她做梦也没想到自己会有机会来到这栋位于新大街的富丽堂皇的住所，在暮色中拜访一位友善的单身绅士。

“先生，我真的希望自己没有记错这个地方。”她喃喃道。

“记错？”纽曼大声道，“为什么？您没记错，就是这个地方，您知道。您已经为我工作了，作为管家的工资两星期前就开始计算了。我告诉您我的家需要有人管理！为什么不脱掉软帽安顿下来呢？”

“脱掉我的软帽？”布莱德太太显然有些胆怯地说，“噢，先生，我没有工作用的帽子。对不起，先生，我不能穿着我最好的衣服打扫卫生。”

“别在意您的衣服，”纽曼意兴盎然地说，“您将来会有比这更好的衣服。”

布莱德太太表情严肃地盯着他，双手护着自己早已褪色的缎纹裙子，生怕有人要立即抢走似的。“噢，先生，我喜欢我自己的衣服。”她喃喃道。

“不管怎么说，我希望您已经摆脱了那些讨厌的人。”纽曼说。

“当然啦，先生，我不是已经到这里来了嘛！”布莱德太太说，“我能告诉您的就是，坐在您眼前的就是可怜的凯瑟琳·布莱德，看到这个地方我觉得有点儿怪怪的，我都不认识自己了，想不到我会这么胆大，不过，的确，先生，我的勇气都超出了我自己的想象。”

“噢，好吧，布莱德太太，”纽曼亲切地说，“不要有不自在的感觉，现在是放松自己来让自己高兴的时候了，您知道的。”

她又开始说话，声音里带着一丝颤抖。“我想我会更体面，要是我能……要是我能……”她声音颤抖得说不下去了。

“要是您能放弃现在拥有的一切？”纽曼好心地补充道，猜测她是想说关于养老的事。

“要是我能放弃一切，先生！我唯一想要的是一个体面的新教徒葬礼。”

“葬礼！”纽曼大声说了一句，随即爆发出一阵大笑，“为什么？现在谈葬礼未免令人伤感，言之过早了，只有不诚实的人才会想要把自己葬得体面，像你我这样的老实人好活的时间还长着呢——让我们一起好好地生活吧。好啦！您有带行李吗？”

“我的箱子上了锁，用绳子捆起来了，不过，我还没有对老夫人讲。”

“那就对她讲吧，讲完后，希望您还是能来！”纽曼大声说。

“会的，先生。我已在老夫人的更衣室里待了好几个小时。不过，接下来将是最长的一次了，她会指责我忘恩负义的。”

“噢，”纽曼说，“那您可以指责她谋杀——”

“噢，先生，我不会的，我才不会干那样的事。”布莱德太太叹了一口气。

“您不打算说有关她的任何事？留下跟我说更好。”

“如果她说我是忘恩负义的老女人，”布莱德太太说，“我也没什么好说的，不过，那样更好，”她轻轻补充道，“她永远都是我的老夫人，那将是更体面的事。”

“我等着您回来，成为您的绅士，”纽曼说，“那样也还是很体面的！”

布莱德太太起身，低眉站了一会儿，然后抬头望着纽曼的脸，慌乱之下又恢复了彬彬礼仪。她全神贯注地看着纽曼，那么专注，时间长得让他觉得都有些尴尬了，终于她轻声说道：“先生，您脸色有些不大好。”

“那是自然的，”纽曼说，“我感觉什么都不好，狂热与冷漠、快活与无趣、活跃与腻烦这些强烈的感觉会同时出现……唉，整个是相当的紊乱。”

布莱德太太无声地叹了口气。“如果您不怕再乱，我想告诉您一件让您感觉更不开心的事，是关于德·辛特雷夫人的。”

“什么事？”纽曼问道，“是说您没有见到她？”

她摇了摇头：“的确是，先生，可能再也见不到了，那是让人黯然神伤的事，包括老夫人和德·贝乐嘉先生都见不到她了。”

“您的意思是说她把自己封闭起来了。”

“封闭，封闭。”布莱德太太声音很低地说。

片刻，这两个字像铁锤一样敲击着纽曼的心脏，他向后靠了靠，盯着眼前的老太太：“他们试过去看她，而她不愿……不能？”

“她拒绝了……是永远拒绝！我从老夫人自己的侍女那里听来的，”布莱德太太说，“而她是听老夫人亲口讲的，她对侍女讲这个事时一定很震惊，德·辛特雷夫人现在不想见他们。现在老夫人只有一次机会，过了这会儿，她就再也没有机会了。”

“您意思是说别的女人——那些母亲、女儿、姐妹，她们怎么称呼？——是她们不允许辛特雷夫人见自己的亲人？”

“她们称之为教规，或者是勋爵士团规则，我想，”布莱德太太说，“加尔默罗教没有如此严格的规定，管教所里的坏女人与她们相比算是好女人了。她们披的棕色斗篷——是女管理员[①]告诉我的——破烂得您都不会用来做鞍褥。可怜的伯爵夫人是那么喜欢柔软的衣

① 原文为法语：femme de chambre。

服，她从来就讨厌僵硬的材质！她们睡在地上，”布莱德太太继续说道：“她们还不如……还不如……”——她犹豫着用谁来打比方——“她们还不如修补匠的妻子，她们放弃了一切，甚至连她们可怜的奶妈呼唤她们的乳名都不要了。她们抛弃了父母、兄弟姐妹——更不要说其他人了，”布莱德太太详细地补充道，“在斗篷之下，她们随便裹些衣物，腰间拴根绳子。冬天夜间起床，走到冰冷的地方向圣母马利亚祈祷。圣母可真是一个铁石心肠的女人！”

布莱德太太详细讲述着那些骇人听闻的真实情况，只见她双目无神，面色苍白，两手紧握着藏在她的缎纹裙摆里。纽曼悲叹一声，身体前倾，双手抱着额头。很长一段时间，两个人不再言语，只有壁炉架上那只镀金大钟的“嘀嗒”声时不时地打破宁静。

“那个地方在哪儿？……那个修道院在什么地方？”纽曼终于抬起头问道。

“我发现有两家修道院，”布莱德太太说，“我想您会想要知道——尽管它们很糟。一家位于摩西拿大街[1]，他们打听到德·辛特雷夫人就在那里。另一家在地狱街，多么可怕的名字，我想您清楚它意味着什么。”

纽曼站起身，走到房间的另一头。当他再走回来时，布莱德太太已经起身，双手交叠着站在炉火旁，“告诉我，”他说道，“我可以接近她吗？——哪怕不见她？我可以在她所在的地方透过栅栏或类似的方式看她吗？”

据说所有的女人都喜欢痴情的男人，虽然布莱德太太清楚自己的本分，身在仆人的“位置”，就像运行在轨道的行星（布莱德太太还从未有意识地把自己比作行星），但此时她身上更添了几分母性的忧伤。她侧头凝视着自己的新雇主，一时间也许觉得好像自己四十年前也曾把眼前的这个男人揽在怀中。“没用的，先生，那样只会让她似乎越离越远。”

---

① 摩西拿大街（the Auenue de Messine），位于塞纳河右岸，离豪斯曼大道纽曼的公寓不远。

“不管怎样，我要去那里，”纽曼说，“您是说摩西拿大街吗？她们自己怎么称呼那个地方？”

“加尔默罗。”布莱德太太回道。

“记住了。”

布莱德太太犹豫了一会儿，然后说：“我有责任告诉您，先生，”她继续道，“修道院有个小教堂，有些人可以在礼拜天进去做弥撒。您是看不见关在那里的可怜的人儿的，不过有人告诉我您可以听见她们唱歌。她们还有心情唱歌，那可真是个奇迹！我会抽个礼拜天大胆去试试，我似乎有一半的把握能分辨出她的声音。”

纽曼非常感激地看着眼前这位客人，然后伸出手，和她握了一下。“谢谢您！”他说，“如果能进去，我也会去。”过了会儿，布莱德太太恭敬地表示告退，但是纽曼拦住了她，并交给她一支点燃的蜡烛。“这儿有五六间空房，”说着，他指向一扇敞开的门，“去看看那些房间，您自己挑一个最喜欢的房间住。”一开始听到这个机会，布莱德太太有些不知所措，想要推辞，但架不住纽曼温柔而又鼓励的催促，就拿着晃晃悠悠的蜡烛走向那昏暗的房间。她去了大约一刻钟，这个时候纽曼就在房间来回踱步，时不时停下望着窗外豪斯曼大道上的灯光，然后又踱起步来。显然，布莱德太太越看越有兴致，不过，最终她还是回来了，把烛台放在壁炉架上。

“喂，选好了吗？”纽曼问。

“选一间？先生，那些房间对我这样一个脏老太婆来说都太好了，没有一间不是镀金的。”

“只是些金箔，布莱德太太，”纽曼说，“您住进去，金箔不久就会磨掉的。”说着，他抑郁地一笑。

“噢，先生，那镀金很厚，不是那么容易脱落的！”布莱德太太回道，摇了摇头，“刚才去的时候，我四处看了看，先生，我估计您还不知道，墙角是可怕的地方。您的确需要一位管家，太需要了，而且是一位整洁的擅长做家务的英国女管家。”

纽曼表示赞同她的意见，说自己毫不怀疑整个家脏乱差极了，她的能力足以承担整理任务。布莱德太太又高高举起那只烛台，同情地环顾客厅四周，然后表示接受这项任务，可恰恰是因为这种认真的个性导致她与德·贝乐嘉老夫人的决裂。说完，她屈膝行礼告退了。

第二天，她便带着自己的物品回到了豪斯曼大道的新家，纽曼走进客厅，发现她正跪在沙发前缝补一些脱落的流苏。纽曼问她离开自己的前女主人有什么感受，她说与其待在她的身边惶恐不安，离开要轻松多了。“先生，我是一个非常客气的人，但是上帝告诫我好女人不必惧怕坏女人。”

“一点儿没错！”纽曼大声道，“那么她知道您来我这儿了吗？”

“她问我去什么地方，我提到了您的名字。”布莱德太太回道。

“那她又怎么说？”

“她非常冷漠地看着我，然后脸涨得通红，叫我离开。我已经做好了离开的准备，让那个英国马车夫把我仅有的箱子搬到楼下，并为我叫辆马车。可我下到楼下门口时，发现大门锁了。老夫人下令让门卫不要我出去，同时指派门卫的老婆——那个又丑又奸诈的老东西——乘马车去俱乐部叫德·贝乐嘉先生回来。”

纽曼拍了下自己的大腿。“她害怕了！她害怕了！”他开心地喊道。

“我也被吓到了，先生，”布莱德太太说，“不过，当时我也是气愤至极，对门卫大发脾气，问他有什么权利如此粗暴地对待一个正派的英国女士，而我在这个家已经生活了三十年，他那时还不知道在什么地方呢。噢，先生，我当时气势如虹，彻底让他折服，他拉开门闩，放我出去了。我承诺给赶车人一些好处，让他把车赶得快些，可马车走得慢极了，好像我们永远也到不了您这里的幸运之门。我现在还感到浑身发抖，刚才用了五分钟才把针线穿上。”

纽曼听完哈哈大笑，告诉她如果愿意，她可以找个年轻侍女替她穿针。离开时，他还自言自语嘀咕说那个老女人吓到了——她被吓到了！

回到巴黎后，尽管纽曼见了特里斯特拉姆太太好几次，但他并没有给她看自己藏在皮夹子里的小纸条。特里斯特拉姆太太说他行事似乎变得比较古怪——甚至比他可悲的境况应该造成的行为方式还怪。他真的绝望了吗？他看起来像是一个要生病的人，但她从没有见过他如此活跃，一刻也停不下来。有时候他坐在那里垂着头，看起来好像下定决心再也不会张口笑了；而在另一些时候，他又极不恰当地纵情大笑，胡乱开自己的玩笑。如果他这样做是为了忘掉自己的痛苦，那就真的有些太过分了。她请求他什么都可以做，但就是不要那样“怪异”。因为觉得自己对这件给他带来伤害的情事有几分责任，她实在不能容忍他的怪诞举止。只要他愿意，他可以悲伤，或者恬淡寡欲，可以生气，可以向她发脾气，责问她为什么胆敢干预他的命数。她自己向来都是屈服于命运的，容忍命运的任何安排。看在上帝的分上，只是不要让他这样神魂颠倒，那太让人讨厌了，就像是说梦话的人，总是让她惊骇不已。特里斯特拉姆太太表示这件事让她背负了沉重的道德包袱，问自己是否有充分的资格取代德·辛特雷夫人，这样她才会觉得内心稍有慰藉。

“噢，”纽曼说，“我们现在扯平了，最好不要又开新的账户！你可以某一天来埋葬我，但永远别嫁给我，那太让人难堪了。总之，我希望，”他补充道，“这件事没有什么不合逻辑的，下个礼拜天，我想去摩西拿大街的加尔默罗小教堂。你认识其中的一个天主教牧师——那个修道院院长，是吗？你知道，我在这里见过他，那个系着大腰带的慈母般的老绅士。请问问他我是否需要特别的许可才可以进入那个修道院，如果需要，请他为我搞张特别许可证。”

特里斯特拉姆太太喜形于色。“我很高兴你有求于我！”她大声说道，“除非那个院长被解职了，否则你进那个教堂毫无问题。”两天后，她告诉他一切安排妥当，院长很高兴为他效劳，只要他出现在修道院门口，进去没有任何困难。

# 第二十四章

距离周日还有两天，但纽曼已是急不可耐，于是他就走到摩西拿大街，盯着德·辛特雷夫人现在住地的白色外墙，来让自己获得一些慰藉。有些游客会记得，摩西拿大街毗邻巴黎最漂亮的一角，即蒙梭公园，那里到处是现代建筑，设施便利，似乎完全不同于人们想象中的禁欲之地。纽曼心情沉闷地看着新修的没有窗户的高墙大院，想着自己心爱的女人发誓在那里度过余生，心里既担心又无奈。整个环境给他的印象是修道院进行了现代化改造，虽然隐居的大格局没有打破，仍然单调乏味，但不同于那种苦行僧式的煎熬沉思，可能会有某种愉快的色彩。不过，他知道真实情况可能正好与这表象相反，只是现在自己看到的不是真相而已。如果真相如他所想，那就太奇怪、太捉弄人了，就像从浪漫小说中撕下一页，与他现实生活中的人生经历绝不一样。

礼拜天早晨，按照特里斯特拉姆太太所说的时间，纽曼摁响了白墙上的门铃，大门应声而开，出现在他面前的是一个干净清冷的庭院，远处一座灰暗简朴的高大建筑俯视着他。从门房间走出一位笑嘻嘻的壮硕的杂役修女，听完纽曼说明来意，她指了指小教堂敞开的大门。那个小教堂占了庭院的右半侧，前面有一段阶梯。礼拜仪式还没有开始，里面灯光若隐若现，他一时分辨不清南北东西。过了一会儿，他才看清房间被一张巨大狭长的隔板分割成大小两个空间，隔板的这侧是祭坛，祭坛和大门之间摆了几条凳子和几把椅子，三四把椅凳上影影绰绰有些人影，一动不动，过了会儿，他才看清那些人影是些女人，只见她们全神贯注，非常投入。这地方在纽曼看来似乎非常冷清，熏香本身也是冷冷的。此外，房间还布置了一些灯光摇曳的小蜡烛，照得五彩玻璃发出亮光。纽曼坐下来，祈祷的女人们背对着他，不动声色。他看出来那些人和他一样都是游客，于是就特别想看看她们的正面。这些女人是另外一些诸如德·辛特雷夫人之类无情出家女人的母亲和姐妹，她们心情沉痛，一脸肃穆。但她们的情况好过纽曼，至少她们和那些牺牲自我的女人们的信仰是一致的。又有三四个人走了进来，其中两个是年长的绅士，每个人都很安静。纽曼紧盯着祭坛后的隔板，那后面就是修道院，真正的修道院，是德·辛特雷夫人生活的地方。然而，他什么也没看见，隔板上的裂缝连光也没能透过来。他起身蹑手蹑脚走近隔板，想要朝里面看，但那后面一片漆黑，寂然无声。于是，他只好回到原来的座位。这时，一个牧师和两个祭坛男童走了进来，开始做弥撒。

纽曼怀着冷冷的敌意望着他们屈膝转圈，仿佛他们就是德·辛特雷夫人遁世的帮手和教唆犯，此刻正在诉说吟唱着自己的胜利。牧师冗长沉闷的吟诵刺激着他的神经，加剧了他的怒火，那晦涩难懂的内容和讲话人慢吞吞拖长声调的方式对纽曼来说无不是一种挑衅，这一切似乎只有他自己清楚。突然，从教堂深处、坚不可摧的隔板背后，传来奇怪悲伤的女声吟唱吸引了他的注意。那声音刚开始很轻柔，随后越来越大声，声音愈高愈悲戚、哀伤，那是加尔默罗修女在吟唱，是她们唯一的显示人类特点的说话方式，她们吟唱的挽歌讲述了对情感的埋葬和世俗欲望的虚空。纽曼一开始对那奇异的声音感到困惑不解，几乎有些震惊。当他理解了歌曲的含义后，却听得入了神，心脏开始怦怦地跳动起来。他用力听辨德·辛特雷夫人的声音，从刺耳的和声中心想象已经听出了她的声音。（我们不得不说他错了，因为德·辛特雷夫人显然还没来得及成为这个看不见的修女会会员。）吟唱还在继续，机械而又单调；反反复复，令人悲伤；旋律节奏，令人绝望。那声音令人惊骇，叫人毛骨悚然，纽曼越听越觉得自己需要使出浑身的自制力才不致慌乱。他变得越来越心神不宁，热泪盈眶，最终，他凝神想到这令人不解、没有人情味的哀鸣正是德·辛特雷夫人留给他或这个世界的唯一纯净的声音，他觉得自己再也无法忍受，于是陡然起身，夺路而出。走到门口时他停了下来，再次听了听那单调枯燥的旋律，然后慌忙走下台阶来到院子里。这时，他看到那位允许他进来、面色红润、留着扇形发式的快乐修女正在门边和走进来的两个人说话，再看却发现那两人正是德·贝乐嘉老夫人和她的长子，他们也打算用同样的方式来靠近德·辛特雷夫人，而纽曼早已发现这种慰藉方式何其荒唐可笑。就在他要穿过院子时，德·贝乐嘉先生认出了他，这位侯爵先生正带着自己的母亲走向台阶，老夫人也看了纽曼一眼，两个人的眼神一模一样。他们的脸上明白无误地写着尴尬不安，那种忧伤的谦恭是纽曼以前从来没有见过的。显而易见，他吓到了这两个贝乐嘉人，他们一时显得手忙脚乱起来。纽曼急忙擦身而过，恨不得一下子跳出修道院院墙来到大街上。他走到门口，大门自动打开，于是他大步跨过门槛，门在自己身后关上。这时，一辆看上去早已停在那里的马车正准备从人行道掉头，纽曼直愣愣地看了一会儿，接着，从眼前浮动的晨曦薄雾中，他发现坐在马车里的一位太太正在向他欠身致意。纽曼并没有认出那位女士是谁，马车已经掉头离去，那是一种旧式敞篷四轮马车，有一半蓬是打开的。那位太太的欠身致意是善意的，因为她面带微笑，她的身旁坐着一位小姑娘。纽曼举起自己的帽子，然后女士让车夫停了下来。

马车再次靠人行道边停下，那位女士坐在车中向纽曼示意——那是乌尔班·德·贝乐嘉夫人热情优雅的示意。纽曼并没有立即回应她的示意，而是犹豫了一会儿，这期间他大骂自己的愚蠢，以致让那两个人在自己眼皮底下溜走。他一直在考虑如何才能接近他们，可就在那时那地他却没有拦下他们，自己是多么愚蠢啊！还有比他们把他快乐的希望交给那个监狱更好的地方吗？他刚才患得患失没有拦住他们，但现在他已准备好就在门口等着他们。乌尔班夫人显得有些不耐烦了，再次向他示意，这次纽曼听话地朝马车走去。她身子向外侧着伸出一只手，面带笑容温和地看着他。

“啊，先生，”她说道，“您不会把我也作为恼怒的对象吧？我可是跟这件事没有任何关系。”

“噢，我相信您没有从中作梗！”纽曼回道，语气中并没有故意献媚的意思。

“您所言极是，我和这件事没有任何利害关系，影响甚微。总之，我原谅您了，因为您刚才看起来就像是看见了鬼魂。”

“我的确是见到了鬼魂！”

“那太好了，幸亏我没有跟着德·贝乐嘉老夫人和我丈夫进去。您一定见过他们，嗯？你们的会面友好吗？您听见了里面的吟唱吗？他们说是像地狱里的鬼魂在哀号，我是不会进去的，进去就得听到那样的声音。可怜的克莱尔——身上裹着白布，披着棕色大披风！您知道，那就是加尔默罗教的统一装束[①]，不过，她一直都很喜欢那些修长宽松的衣物。我还是不要提她的好，我唯一想说的是，向您表示歉意，假如我能帮您的话，我肯定愿意帮，我觉得每个人都很不光彩。您知道，我很害怕鬼魂，它还没来，我就觉得它在空中盘旋有两个星期了。在我婆婆的舞会上，看到您一副满不在乎的样子，我就觉得您仿佛在自己的坟墓上跳舞，可我能做什么呢？我只有祝愿您一切顺利，您会说那远远不够！是的，他们确实很卑鄙，我一点儿也不怕这样说，我向您保证人人都这样想，我们并不是都像他们那样想。抱歉我不会再见您了，您知道我认为您是一个非常好的伙伴，为了证明这一点，我可以邀请您上车同行一刻钟，在我等我婆婆的这段时间。要知道一切都过去了，每个人都知道您已经被拒绝了，一旦有人看到我们在一起，他们就会认为我做得太过分了，即使我也不行。不过，我会抽时间见您的——地点，嗯？您知道，”——这句话是用英语讲的，“我们有一个小小的消遣计划。”

纽曼手扶着马车车门，站在那里听着这些宽慰人的轻言软语，眼里并没有闪出亮光，他不知道年轻的德·贝乐嘉夫人都说了些什么，只意识到她徒劳地絮絮叨叨个没完。突然，一个念头闪进他的脑海，有一个办法让她漂亮的表白产生实效，她可以帮助自己接近那个老女人和侯爵。“他们就要回来了——您的同伴，”他问道，“您在等他们？”

“他们听完弥撒就会出来，不会停留多长时间的，克莱尔已经拒

① 原文为法语：toilette。

绝与他们会面。”

“我想同他们交流下，”纽曼说，“您可以帮我，帮一下我，好吗？晚回来五分钟，给我个机会接近他们，我就在这儿等他们。”

年轻的德·贝乐嘉夫人双手紧握，面带愁容地说：“我可怜的朋友，您想要他们怎么样？求他们回心转意？那是多费口舌，他们永远不会回头的！”

“但我还是想同他们沟通，请按我说的做吧，离远点儿，给我五分钟时间，您不必害怕，我不会使用暴力，我会很平静的。”

“好吧，您看起来很平静！要是他们有一颗慈悲心[①]，您会打动他们，可是他们没有！不过，我要做得比您提议的更好，我不会回来接他们，而是陪我女儿去蒙梭公园散散步，我婆婆也很少来这块儿，正好也可以利用这个机会呼吸呼吸新鲜空气。我们可以去公园等他们，我丈夫会把老太太带来的。跟着我，到了公园后，我会下车，您就坐在某一个安静的角落等候，我会把他们带到您身边的，我能做的就这样了！剩下就看您自己了[②]。”

这个计划似乎让纽曼甚为满意，它复活了他那萎靡的精神，他认识到乌尔班夫人并不是像看起来那样是一只大笨鹅。他立即承诺自己会赶上她的马车，去公园等候。说完，那辆马车就驶走了。

蒙梭公园风景如画，相当漂亮，但纽曼进去后无心欣赏那些充满着春天清新气息的裁剪精致的植物。他很快找到了年轻的德·贝乐嘉夫人，发现她正坐在此前提到的一个安静的角落里，在她面前，她那个可爱的小女儿正在马车夫和哈巴狗的跟护下，在林间小径来来回回地走着，仿佛是在学习行为仪态课程。纽曼在她妈妈身边坐下来，她说了很多，按他理解的意思，显然是有意让他相信可怜的克莱尔并不是最迷人的那种女人。她又高又瘦，执拗而且冷漠；她的嘴太宽，鼻子太窄，脸上没有一处酒窝；而且她乖僻古怪，冷血无情，她终究是

---

① 原文为法语：le coeur tendre。

② 原文为法语：Le reste vous regarde。

一个英国女人。纽曼听得极不耐烦，一直数着他在等的那两个人什么时间会再次出现，他靠着拐杖默默地坐着，茫然而麻木地看着眼前的小侯爵夫人。最后，她终于说要去公园门口迎接自己的那两位同伴，但走前在拨弄了一会儿自己袖口的蕾丝花边之后，她再次把眼睛落在了纽曼身上。

“您记得，”她问道，“三周前您给我许下的承诺吗？”纽曼苦思冥想也回忆不起来是什么承诺，不得不承认说自己忘了。于是她提醒道，当时他曾给了她一个非常奇怪的回复，那个回复从连续性的角度来看，她有正当理由为之生气。“您答应我您结婚后带我去布里艾舞会跳舞的，‘您结婚后’是一个重要的点，三天后您的婚事泡汤了。您知道，听到这个消息后，我对自己讲的第一句话是什么吗？‘噢，上帝啊，他不会带我去布里艾舞会了！’我开始真正想知道您是否不曾料到事情会闹到这个地步。”

“噢，我亲爱的女士。”纽曼小声嘀咕着，低头去看那两个人是否沿路走来。

“我会耐心等待，”小侯爵夫人说道，“对一个与修女谈恋爱的绅士不可要求太多，而且，我们都处于忧伤之中，我不可能在这种时候去布里艾舞会。不过，我并没有放弃，计划[①]都做好了，如果您高兴，我会叫上我的骑士蒂普米尔勋爵！他已回到了他心爱的都柏林，但此后的几个月，只要我确定具体的舞会时间，他就会专程从爱尔兰赶过来，那就是我所说的骑士精神！”

说完，小侯爵夫人和她的小女儿就离开了。纽曼坐在原处，觉得时间似乎特别漫长，他在修道院教堂停留的一刻钟让他的怒火燃烧得如此猛烈。虽然小侯爵夫人让他等了很久，但她并没有食言，她终于和自己的小女儿以及车夫再次出现在路口，身边跟着缓步而行的丈夫，丈夫的手挽着自己的母亲。他们走了很长时间，纽曼坐着一动不动。尽管他情绪很激动，但他有一个特别厉害的本领，能像调低火焰

① 原文为法语：partie。

摇曳的煤气喷嘴那样调节自己的情绪。他天生冷静、精明、从容，一辈子尊崇言必行、行必果的信条，在这件事上采取行动要像对待野兽和陌生人一样，所有这些促使他认识到正当的报复行为并不愚蠢，也并不是什么暴行。所以当德·贝乐嘉老夫人和他儿子走过来时，他站起来，觉得自己特别高大，一身轻松。他一直坐在灌木丛旁边，远处不容易看见，但显然德·贝乐嘉先生已经认出他了。德·贝乐嘉老夫人和他儿子继续朝前走，但纽曼大步流星走到他们面前，他们不得不停下脚步。纽曼抬了抬自己的帽子，看了他们一会儿，只见那两个人面色苍白，现出吃惊和厌恶的表情。

“请原谅我拦下你们，”他低声说道，“但我不得不利用这个时机，我有几句话要对你们讲，不知你们愿不愿意听？”

侯爵怒目注视着他，然后转向自己的母亲说：“纽曼先生能有什么值得我们听的话吗？”

“我保证有，”纽曼说，“而且，我有义务讲出来，这是通告，也是警示。”

“您有义务讲？”德·贝乐嘉老夫人说着，薄薄的嘴唇像烤焦的纸片一样微微向上卷起，“那是您的事，与我们无关。”

这时，乌尔班夫人紧紧拉住她的小女儿，摆出一副吃惊且不耐烦的架势，纽曼也颇为惊讶，那架势和他的话语一样起到了戏剧性的效果。“假如纽曼先生要公开大吵大闹，”她嚷道：“我还是把我可怜的孩子带离这个吵闹现场[①]吧，她太小，不便目睹这种粗俗场面！”说完，她立即朝前走去。

“你们最好听我说说，”纽曼继续道，“无论你们听与不听，我说的事情都会让你们不愉快，不过，至少你们会有心理准备。”

“我们已经听说了您的威胁，”侯爵说，“您清楚我们的意见。”

“您的想象力太过丰富，等等，”为回应老夫人的慨叹，纽曼补充道，“我充分理解我们现在是在公共场合，您看我很冷静，不会将您

① 原文为法语：mêlée。

的秘密告诉路人，我会首先讲给特定选择的对象听。旁观者会认为我们在友好交谈，以为我在赞美夫人您那令人肃然起敬的美德。”

侯爵突然用拐杖在地面轻轻敲了三下，嘘声道：“我命令您让开道路！”

纽曼立即照做了，德·贝乐嘉先生和母亲迈步向前，这时只听纽曼说道：“半小时后，德·贝乐嘉老夫人就会后悔没有准确理解我所说的意思。”

老侯爵夫人已经走了几步，听到这些话后，她停了下来，用两只像亮闪闪冰珠一般的眼睛盯着纽曼。“您就像据货待售的小摊贩。”她说着，发出一声冷笑，勉强掩饰住说话声音的颤抖。

“噢，不，不是销售，”纽曼回道，“我是无偿赠予。”说着，他走近德·贝乐嘉老夫人，两眼直直地看着她。“您谋杀了亲夫，”他低声说道，“也就是说，您尝试过一次，但失败了。接着，在您放弃尝试的情况下，却成功了。”

德·贝乐嘉老夫人闭上眼睛，轻咳一声作为掩饰，这让纽曼觉得实在有些夸张。“亲爱的母亲，”侯爵说，“这些蠢话让您觉得很好笑吗？”

“余下的部分会更好笑，”纽曼说，“你们最好不要错过。”

德·贝乐嘉老夫人睁开双眼，眼神的光亮消失了，眼光变得呆滞麻木，但她微张窄小的嘴唇，优雅地笑了笑，重复着纽曼说过的话：“好笑？我杀过人吗？”

“我并没有把您女儿包括在内，”纽曼说，“但我是可以那样认为的！您丈夫知道您所做的一切，我有证据，您看了一定会相信它是真的。”说着，他转向面色苍白的侯爵，那惨白的脸比纽曼见过的任何一张照片上的人脸还要白。“这张字条是手写的，签的名字是亨利-乌尔班·德·贝乐嘉，写这张纸条的时间是在您（夫人）留下来等着他死，您（侯爵先生）不急不忙找医生的这段时间。”

侯爵看了看自己的母亲，她转身茫然地看着四周，“我得坐下来。”她低声说着，然后朝纽曼刚才一直坐的凳子走去。

“难道不能对我单独讲吗?”侯爵神情怪异地对纽曼说。

“噢，可以，但我得确认我也可以单独对您母亲讲，”纽曼答道，“然后我再找您，就可以跟您讲了。”

德·贝乐嘉老夫人气定神闲地从儿子手臂中抽回自己的手，走过去坐在长凳上，纽曼称之为“勇气”，那是冷铁一般的意志，真是天纵奇才。她双手交叠放在膝上，直视着纽曼，脸上的表情纽曼一开始错以为是在微笑，但他走过去站在她面前时，才发现那漂亮的容貌因为激动而产生扭曲。但同时他又看到她在拼尽所有不容改变的意志抗拒着自己的激动，在她冷酷的凝视中没有任何害怕或者屈服。她的确受了惊吓，但她并不畏惧。纽曼大感恼火，自己仍然占不了上风，他不得不承认自己可能已经被眼前这样一位寸步不让的女人（不论是有罪还是怎样）打动了。德·贝乐嘉老夫人瞥了儿子一眼，意思是命令他不要开口，听任自己处理。侯爵两只手背在身后，站在她的旁边，看着纽曼。

“您说的纸条是什么纸条?”老夫人问道，装出来的镇定就连技艺高超的老演员都会为她鼓掌。

“就是我刚才告诉您的那张纸条，”纽曼说，“是在您留下来等您丈夫死去到您返回他房间之前几个小时里他写下的纸条，您清楚他有这个时间，您不应该离开那么久。那纸条清清楚楚地说明了妻子的谋杀意图。”

“应该让我看看。”德·贝乐嘉老夫人说道。

“我想过您也许会想看，”纽曼说，“我带了份副本。”他从马甲口袋里取出一张折叠的小纸片。

“把它交给我的儿子，”德·贝乐嘉老夫人说。纽曼把纸条递给侯爵，他母亲扫了他一眼，简单地说:“看看。”德·贝乐嘉先生眼里透着掩饰不住的渴望，他手上戴着浅色手套，用手指拿过纸片，然后打开。他看信的时候，大家都不言语。他读了很长时间，但什么也没有说，只是呆呆地看着。“原件在哪里?”德·贝乐嘉老夫人问道，声音不急不躁。

“在一个非常安全的地方，我当然不能让您知道，”纽曼说，“您可能想要得到它，”他有意识阴阳怪气地补充道，“不过，这是一份非常精确的副本，当然，字体可能不一样，我要留下原件给其他人看。”

德·贝乐嘉先生终于抬起了头，眼里仍然充满渴望，“您的意思是要给谁看？”

“噢，我目前想先给公爵夫人看，”纽曼说，“就是我在您舞会上看到的那个胖女人，您知道她要我去看她。我想到时候我没有什么可对她讲的，但那份小文件会为我们提供谈资。”

“儿子，您最好留下这份文件。”德·贝乐嘉老夫人说。

“请务必，”纽曼说，“收好，回家后给您母亲看。”

“您把那份文件给公爵夫人看后，又会怎么处理？”侯爵问道，折起那张纸片，然后藏了起来。

“噢，接着给公爵们看，”纽曼说，“然后是伯爵和男爵们，你们曾在所有这些人面前刻毒地诋毁了我的声誉，我已经列好了名单。”

好一阵儿，德·贝乐嘉老夫人和她儿子都不说一句话。老夫人坐着，眼睛看着地面，德·贝乐嘉先生翻着白眼盯着她的脸。接着，她看着纽曼，问道：“您都说完了吗？”

“不，我还想再说几句。我想说我希望你们真正理解我的意图，你们知道我这是在报复。你们以前举行舞会都有明确的目的，对待我就好像我配不上你们，我要向世人表明，无论我多么差，但你们绝不是人们通常说的那样好。”

德·贝乐嘉老夫人再次陷入沉默，过了会儿，她又打破沉默，仍然特别沉着镇定。“我无需问您谁是您的同谋，布莱德太太告诉我您已雇用了她。”

“不要指责布莱德太太的唯利是图，”纽曼说，“她把您的秘密保守了这么多年，延缓揭露您的秘密的时间够长了，您丈夫就是在她的眼皮底下写了那份文件的，他把它交到她的手中，郑重命令她将文件公之于众，她心地太善良，并没有利用这份文件。”

老夫人似乎犹豫了一小会儿，然后轻声说：“她是我丈夫的情人。”这是她为了自卫屈尊作出的唯一一个让步。

“我表示怀疑。”纽曼说。

德·贝乐嘉老夫人从凳子上站起来。“我不是来听取您的意见的，如果除了您讲的那些，再没有别的东西需要告诉我，我想这次奇怪的谈话可以结束了。”说着，她转向侯爵，再次扶着他的胳膊。“儿子，”她说道，“讲点什么吧！”

德·贝乐嘉先生低头看着自己的母亲，手掠过前额，然后温柔而亲切地问道：“我说什么呢？”

“只有一点要说，”侯爵夫人说道，“为这事打断我们的散步真是不值得。”

但侯爵觉得他还可以改进下母亲所说的话。“您的文件是伪造的。”他对纽曼说。

纽曼镇定地微笑着摇了摇头，“德·贝乐嘉先生，”他说道，“您母亲做得比您好，从我第一次认识您，她就一直做得比您好。夫人，您是一个拥有非凡勇气的女人，”他继续道，“可惜的是您把我逼成了您的敌人，我本应该是最倾慕您的人之一。”

“亲爱的，[①]”她用法语对自己的儿子说，就好像没有听到纽曼说的话，“您得马上把我带回到马车上去。”

纽曼退后一步，让他们离去，他望着他们的背影，过了会儿，乌尔班夫人带着她的小女儿从侧道走出来与他们会合，老太太弯腰亲了亲自己的孙女。“见鬼，她太有勇气了！”纽曼说，于是带着一点受挫的感觉朝家里走去，她太目中无人了！不过，反复掂量后，他判断自己亲眼所见并不是说老太太就真的稳如泰山，更不是真的无辜，而只是一种非常高傲的厚颜无耻而已。“等她读了那份文件再看！”他自言自语道，并断定他应该很快就会收到她的消息。

他很快就得到了消息，比他预想的还快。翌日上午，还不到正午，他正准备要人给他送早餐来，德·贝乐嘉先生的名片就送来了。

---

① 原文为法语：Mon pauvre ami。

“她已经看了那份文件，度过了一个难熬的夜晚。”纽曼说。他立刻让人请客人进来，那客人是以一种大国使臣会见犯上作乱的野蛮部落代表的神态出现的。不管怎样，这个使臣昨夜过得并不舒坦，完美细致的装束略微缓解了他眼里冷冷的怨恨，还有脸上装腔作势的神态。侯爵在纽曼面前站了一会儿，呼吸急促，看到主人指着一把椅子，他迅速摇了摇食指。

“我要来说的很快就说完了，”他声明道，“不必客套。”

“说多说少我都可以，随您的便。”纽曼说。

侯爵扫视了一圈房间，然后说：“什么条件下您才会出让那张小纸条？”

“什么条件也不会出让！”纽曼侧着头，双手背在身后，感觉侯爵浑浊的眼神凝视着自己，他又补充说，“当然，这并不值得坐下来谈。”

德·贝乐嘉先生沉思了一会儿，好像没有听到纽曼的拒绝。“我母亲和我，昨天晚上，”他说道：“讨论了您所说的情况，您也许会感到吃惊，我们认为您那份小文件是一份，”他顿了顿，“真实的文件。”

“您忘记了，对于你们，我已经习惯吃惊了！”纽曼笑着感叹道。

“出于我们对父亲的记忆最起码的尊重，”侯爵继续道，“让我们希望他不至于写出那种恶毒攻击妻子名誉的话，而那个妻子唯一的错误就是长期忍受了无尽的伤害。”

“噢，明白了，”纽曼说，“那都是您父亲的错。”他觉得逗乐时会会心一笑，那是一种无声的笑，双唇是紧闭的。

但是，德·贝乐嘉先生的表情依然很庄重：“我父亲有几个很特别的朋友，他们要是得知……这点……这个消息……将会是真正的不幸，比如说，我们有医学证据支持我们的推测，他一定是发高烧烧坏了脑子，当然，这还有疑点①，至多说明他病了，病得很重！”

“不要尝试什么医学证据，”纽曼说，“不要接近医生，他们就不

① 原文为法语：il en resterait quelque chose。

会接近您。我不介意让您知道我还没有给他们写信。”

纽曼以为他看到了德·贝乐嘉先生脸色变化的迹象，与他刚才讲的信息绝对相关，但那可能只是他的想象，因为侯爵仍然非常雄辩。“比如您昨天提到的德·奥特雷维勒夫人，”他说，“我可以想象没有什么东西是能吓倒她的。”

“噢，您知道，我已经准备好了要让德·奥特雷维勒夫人大吃一惊，已经列在卡片上了，我期望让很多人都感到惊吓。”

德·贝乐嘉先生检查着手套背面的刺绣，过了会儿，他没有抬头。“我们不会给您钱的，”他说，“我们认为那没有必要。”

纽曼转身，在房间里转了几个来回，然后又走回来。“那你们给我什么？我要根据你们提出的条件作出我宽宏大量的决定。”

侯爵把两只胳膊垂在身边，头抬得更高了一点儿。“我们给您的是一个机会，那是绅士应该接受的机会，要避免抹黑玷污一个人的记忆，这个人固然有错，但他并没有做对不起您的事。”

“有两件事需要说道说道，”纽曼说，“第一件是关于接受您的‘机会’，可您并不认为我是绅士，那是您的主要观点，您很清楚，所以那是个互相矛盾的坏主意。第二件是——好吧，总之一句话，您说的全是废话！”

我前面已经说过，处于极度痛苦中的纽曼在人前一直保持着冷静，避免说话过分，但当他说完这些话后，他立刻意识到自己太过刻薄，后悔不已。不过，他很快注意到侯爵并不像预期的那样暴跳如雷，他就像仪态高贵的大使，继续采取无视对手任何无礼言行的对策。他注视着对面墙上镀金的蔓藤图案，过会儿又把视线转移到纽曼身上，好像他也是十分粗俗的家装体系中庞大而古怪的图案。“我猜您知道，于您自己而言，那绝对行不通。”

“您是什么意思？”

“咳，您当然是在毁掉您自己，不过，我想那是您计划中的一部分。您向我们身上泼脏水，您相信、您希望，其中有些会溅到我们，而我们则很清楚根本不可能，”侯爵思路清晰地解释道，“但您这么做了，无论如何都想表明您自己的手也不干净。”

“这个比喻不错，至少有一半很好，”纽曼说，“我选择了这样一件黏黏糊糊的事，但我的手却很干净，我只是用指尖来处理这件事的。”

德·贝乐嘉先生朝自己的帽子看了会儿。“我们的朋友都是支持我们的，”他说道，“我们怎么做，他们就会怎么做。”

“我要听到他们这样说，才会相信，同时，我认为人性都是向善的。”

侯爵又看了看自己的帽子。“德·辛特雷夫人非常爱她的父亲，如果她知道您打算用那张纸条上的几句话来造谣中伤，她会为了她的父亲，傲慢地要求您交出来，然后看也不看地毁掉它。”

“那的确非常可能，”纽曼回道，“不过，她不会知道。我昨天到过那个修道院，知道她现在在干什么。上帝啊，救救我们！您可以猜猜我是否选择宽恕！”

德·贝乐嘉先生似乎已经黔驴技穷，但他依然站在那儿不动，坚定而高贵，就像一个人相信，只要他本人出现，他就有说服人的价值。纽曼望着他，自己在主要问题上当然要寸步不让，但感到一时间的善念冲动，违心地帮对方体面退出这种僵局。

“您瞧，您这次来访没有成功，”他说，“因为您给的条件太少了。”

“那么您来说说看。”侯爵说。

“你们怎么把德·辛特雷夫人从我身边抢走，还照原样把她还给我。”

德·贝乐嘉先生的头一下子耷拉了下来，脸色刷白。“永不可能！”他说道。

“你们不可以这样！”

“即使我们能做到，也不会那样做！什么也不能改变我们反对她这门婚事的态度。”

“‘反对’得好！”纽曼大声道，“您来这儿只是告诉我你们并不为自己感到羞愧，这一点儿意义也没有，我早已猜到了！”

侯爵朝门口缓步走去，纽曼跟在后面，为他开了门。“您的提议令人非常不快，”德·贝乐嘉先生说，“显而易见，看来是没有其他办法了。”

“在我看来，”纽曼回道，“那已经足够了！”

德·贝乐嘉先生盯着地面站了会儿，仿佛在绞尽脑汁寻找其他方法来挽救自己父亲的声誉。接着，他冷冷地叹息一声，似乎表示自己非常遗憾，只能拱手让老侯爵接受他自己奸邪所带来的惩处。他近乎不经意地耸了耸肩，从门厅仆人手中接过自己那把干净的雨伞，迈着绅士的方步走出大门。纽曼一直站在原地，直到听到大门关上，他才慢慢大声说出：“好吧，我现在应该开始感到满意了！”

# 第二十五章

纽曼去拜访了风趣的公爵夫人，发现她正好在家。只见一位高鼻梁、手拿金头手杖的绅士正在向她道别，因为那人的告退，害得纽曼颔首行礼等了很久，他猜想那人一定是自己曾在德·贝乐嘉老夫人舞会上握过手的神秘达官显贵中的一员。公爵夫人坐在扶手椅里纹丝未动，她的一侧摆放着一只大花盆，另一侧放着一堆粉色封面的小说，一大块绣花锦缎从她的膝盖垂下，正面显得大气而华丽。公爵夫人慈祥谦和，她的一举一动没有一处让纽曼感到局促胆怯。他们一起谈花，谈书，谈戏剧，谈美国稀奇古怪的机构，谈巴黎的潮湿，谈美国女士漂亮的皮肤，谈他对法国的印象和他对女性的看法，两个人谈话风趣机智，十分投机。不过，他们交谈中的精彩长篇大论都是由公爵夫人完成的，和许多法国女人一样，她的思维特征是一味地肯定，而不是质疑；她自己创造词汇[①]，然后在谈话中反复使用；她擅长鼓励您发表一个小小的看法，然后干净利落地用恰如其分的法语成语如口吐莲花般将之裹挟而去。纽曼本来是满怀苦衷来找她的，但发现自己身处的氛围根本无法倾诉任何不满情绪，那样的情绪只会让这里的氛围扫兴，这里似乎只有温馨甜蜜和永不消散的知性的芳香。他在贝乐嘉家暗藏危机的舞会上见到德·奥特雷维勒夫人时的感觉又回来了，在他眼中，她是喜剧中令人愉快的老太太，特别积极乐观。他很快注意到她从不问关于他们共同朋友的任何问题，从不暗示他讲述任何详情，对那些情况的变化既不佯装不了解，也不因为那些变化而向他表示安慰。她只是微笑、谈话，比较她挂毯上的柔软淡色羊毛，就仿佛贝乐嘉家族和他们的邪恶不存在似的。“她非常内敛！”纽曼心里想着，作出这个判断后，他立即进一步观察她如何继续这种漠不关心。她做

---

① 原文为法语：mots。

得天衣无缝，在那双清澈、顾盼流连的小眼睛里，让人看到的是妩媚可爱，没有一丝虚情假意；纽曼侵入她的禁区，她也没有丝毫怪罪的意思。“她的确做得好极了，”他默默感慨道，“他们都是勇敢团结在一起的，不管别人是否相信，他们自然会互相信任。”

此时，纽曼对公爵夫人优雅的言谈举止佩服得五体投地，他精准地体会到如果他的婚姻仍然有希望，她也不会对自己有更多的礼貌，反之，她也不会对自己有多么粗俗无礼。发生了那些事之后，他是怀着目的前来拜访，公爵夫人早已料到，尽管天知道他来干什么了。总而言之，公爵夫人有那么半小时还是相当迷人的[①]，不过，她下次再也不会见他了。纽曼发现找不到机会讲他的事情，就以超乎预期的冷静态度沉思默想着她说的事情，他像往常一样伸着腿，甚至心怀感激暗自轻轻地笑了笑。接着，公爵夫人又从一句警句讲到她母亲对拿破仑大帝的怠慢，纽曼突然想到她讲的这些有趣的法国野史也许正是特别照顾他感受的结果，也许这正是公爵夫人的细致体贴而不是她的精明世故。他下定决心还是要利用这个时机给她说说自己的事情，就在他正要张口说时，仆人进来通报来了新的客人。那是一位意大利王子，公爵夫人听说了名字，不易察觉地噘了噘嘴，连忙对纽曼说：“请您留下来，我希望他的来访时间不会太长。”听到这里，纽曼暗忖德·奥特雷维勒夫人其实还是想要和他一起讨论讨论贝乐嘉一家人的事。

那位王子身材矮胖，头大得不成比例，肤色黝黑，眉毛浓密，眼神中透着固执和那么点儿挑衅，似乎是在向大家含沙射影说他头重脚轻发起挑战。从公爵夫人对纽曼照顾有加来看，王子并不受夫人欢迎，但她流畅的谈话中一点也没流露出这个意思。她又是一阵妙语连珠，措辞得体地发表了她对意大利知识分子以及索伦托[②]服饰品位的看法，预测了意大利王国的终极未来（她很厌恶来自撒丁岛的国王对

---

① 原文为法语：charmante。
② 索伦托（Sorrento），意大利南部休养城市。

整个半岛和教皇神权的残暴统治与彻底颠覆），最后她又讲了某某王妃的恋爱历史。这段话引发了王子的异议，他在说的时候，其实他对那件事也并不十分清楚。纽曼没有心情参与他们的对话，也没有嘲笑他脑袋的大小或别的任何方面，王子感到非常满意，于是与公爵夫人开始了热烈的争执。因为公爵夫人一开始就不太欢迎这位王子，所以她对这场争执并没有做好准备。两人关于某王妃情史的讨论最后演变成了对佛罗伦萨一般贵族的道德情感讨论，公爵夫人曾在佛罗伦萨待过五个星期，所以对这个话题颇为了解，当然，讨论中也融合了对意大利个人情感道德的讨论。公爵夫人的观点独辟蹊径，别开生面，她认为意大利人是她见过的最迟钝的人，并且讲了很多他们缺乏同情心的例子，最后她宣布意大利人是铁石心肠。王子听后勃然大怒，奋起反驳，这让他的拜访变得非常迷人。纽曼自然无法插话，他坐在那里，微微侧头看着两位讲话的人。公爵夫人一边说话，一边频频微笑地看着他，仿佛是用法国人颇有魅力的方式提示他也参与话题讨论，但纽曼什么也没有说，最后他的思想开始游离于他们的谈话之外。一种奇特的感觉袭上他的心头，他突然觉得自己此行是多么愚蠢。毕竟，他到底有什么必要非得同公爵夫人讲？他告诉她贝乐嘉家族都是背信弃义的人，老夫人是谋杀犯，他又能从哪一点上在这场交易中获得好处呢？他似乎在道义上做了一百八十度的转变，因此发现事情看起来完全不同了。他突然觉得自己的决心不再那么坚定，而克制冷静的意识却在复苏。他幻想公爵夫人能帮他的时候，让她把贝乐嘉家族看得很坏来获得安慰的时候，他究竟怎么想的呢？公爵夫人对贝乐嘉家族的看法与他有什么关系呢？只有一个差别，那就是贝乐嘉家族带给她的娱乐成分要比她的看法更重要。至于找公爵夫人帮他，那个冷漠的、肥胖的、愚蠢的、虚伪的女人会帮他吗？在刚才他们二十分钟的谈话时间里，她是那么自以为是，已经在他们之间建了一堵客套之墙，他连门都找不着。难道结果不是他正在向自以为是的人寻求支持，在自己并不认同的地方恳求怜悯吗？他把自己的胳膊放在膝盖上，坐在那里盯着自己的帽子看了几分钟，这时，他觉得自己的耳朵一阵刺痛，自己差点儿做了一件愚蠢的事，不管公爵夫人是否愿意听他的故事，他都不会告诉她了，为了揭露贝乐嘉家族，他还要再坐半小时吗？贝乐嘉家族已经被判了绞刑！突然，他站起身，跨步向前和女主人握手。

“不能再多待一会儿吗？”她和蔼可亲地问道。

“恐怕不行了。”他说。

她犹豫了一会儿，然后说道：“我好像记得您有什么特别的事要对我讲的。”

纽曼看着她，觉得有点儿眩晕，此时他的脑子似乎又在旋转一百八十度。那个意大利矮个王子连忙上来救急。“啊，夫人，谁说过那个话？”他轻声叹息道。

“不要教纽曼先生说*胡话*[①]，”公爵夫人说，“他不知道撒谎，那是他的优点。”

“是的，我不知道怎么说*胡话*，”纽曼说，“我也不想说让别人不高兴的事。”

“您真是太体贴了。”公爵夫人微笑着说，点头示意道别，于是纽曼告辞了。

来到大街上，他在人行道站了一会儿，思忖没把那件事讲出来是不是一种愚蠢行为。接着，他确定无论对谁讲贝乐嘉家族的事都会让他非常不开心，在这种情况下，最让自己开心的事是把那些想法赶出自己的大脑，再也不想它们。迄今为止，纽曼并不是一个优柔寡断的人，所以他并没有思考太久，这之后三天，他没有或至少试图不去想贝乐嘉家族的事。他和特里斯特拉姆太太一起吃饭，当她提起他们的名字时，他差不多很严肃地请她停止说下去，这让汤姆·特里斯特拉姆获得了垂涎已久的机会来安慰纽曼。

他身体前倾，将手放在纽曼的肩上，抿紧嘴唇，摇了摇头。“我亲爱的朋友，你瞧，事实是您从一开始就不应该卷入这件情事，这不

---

① 原文为法语：fadaises。

是您的问题，我知道，都是我妻子干的，如果您想责备她，我会回避的，您想怎么严厉批评她，都可以。您知道她这一生当中还从来没有受过我一个字的指摘，我想她需要这方面的教育。您为什么不听我的呢？您知道我不相信那种事，那顶多是一种讨人喜欢的幻觉。我不会自诩唐璜或大色鬼[①]那种人，这您是知道的，但我敢说我对捉摸不透的异性还是有所了解的。我喜欢的女性最后证明都还是不错的，比如，丽莎就从来没有骗过我，我总是对她保留怀疑态度。不管对我现在的境况有什么看法，至少我得承认我是处于警戒状态的。现在设想您和德·辛特雷夫人的关系进入这种状态，她现在变得冷酷无情，您要随机应变。说实在的，我想不出您能从什么地方找到安慰，侯爵那儿不可能，我亲爱的朋友，他不是那种随和、明白事理的人，您找他谈没用。他曾试过和您单独见面吗？他有过某天晚上要您和他一起抽支雪茄或在您拜访太太们时邀您一起吃点什么吗？我想您从他那儿是得不到什么支持的。至于那位老夫人，她给人们的印象就是一味非同寻常的浓烈苦药。您知道，这里的人有一个很好的说法，叫作‘物以类聚’，一切都是以类分聚的——或者应该说，那德·贝乐嘉老夫人的同情心像芥末瓶一样。总之，他们都是非常——非常冷血的那一类人，我在他们的舞会上就感觉到了，在那里我就像是在军火库、在伦敦塔来回走动一样，真是令人嫌恶至极！我亲爱的兄弟，我这样讲，不要以为我粗俗残忍，您要从这个角度想想，他们希望从您那儿得到的就是您的金钱，我对此略知一二，我能讲出来人们在什么时候想要别人的钱！为什么他们停止要您的钱？我不知道，我想是因为他们可以不用那么费力从别人那里搞到钱。找出原因来没有多大意义，很可能并不是德·辛特雷夫人首先食言，极有可能是那个老女人唆使她这样做的。我觉得她们母女之间的关系非常紧密，是吧？你幸好全身而退，我的孩子，快做出决断吧。如果我说得过头了，那只是因为我非常爱您。从这个观点来看，我可以说一想到那位苍白的高高在上的女

---

① 塞万提斯的《堂吉诃德》中无情浪荡子的典型。

士，就让我联想到协和广场的方尖塔碑。”

在特里斯特拉姆先生长篇大论的时候，纽曼坐在那里用没有生气的眼神凝视着他，他对平等友谊的理解似乎还从来没有完全达到汤姆·特里斯特拉姆认识的高度。特里斯特拉姆太太瞥了一眼丈夫，眼神中闪烁着更多的火花，然后略带勉强地微笑着转向纽曼。“您至少一定要客观公正地看待，”她说道，“特里斯特拉姆先生矫正一位热心妻子轻率行为的措辞十分得体恰当。”

但即使没有汤姆·特里斯特拉姆慷慨陈词的怂恿，贝乐嘉家族也已经重新占据纽曼的脑海了。只有他不去想自己的损失和煎熬时，才不会想到他们，日子一天天过去，但这种痛苦并没有减轻。特里斯特拉姆太太徒劳地劝他振作起来，并郑重告诉他，她看到他的面容憔悴就感到难受。

“我怎样可能不想？”他声音颤抖地问道，“我感觉自己就像一个鳏夫，一个甚至都不能去站在妻子坟墓旁边获得安慰的鳏夫，没有权利穿上丧服向妻子表示哀悼。我感觉，”过了会儿他又补充道，“仿佛有人谋杀了我的妻子，而杀人犯却逍遥法外。”

特里斯特拉姆太太没有立即回应，但她最终还是微笑着开了口。因为那笑是挤出来的，所以和她平时漾在嘴唇上的微笑有天壤之别，她问道：“您很确定您会幸福吗？”

纽曼瞪眼看了她一会儿，然后摇了摇头。“很渺茫，”他说，“将来不会了。”

“唉，”特里斯特拉姆太太带着一种胜利的姿态说，“我不相信您会有幸福的感觉。”

纽曼笑了笑。“那就是说我本就应该体会这痛苦，我应该喜欢痛苦的感觉，而不是幸福的感觉。”

特里斯特拉姆太太开始若有所思地说：“我当时应该是很好奇，觉得您的感觉很奇怪。”

“您是出于好奇心才鼓励我去尝试娶她的吗？”

“有一点儿。”特里斯特拉姆太太说，语气变得更加放肆。纽曼生气地看了她一眼——他迟早会这样做的。然后他转过脸，拿起自己的帽子。特里斯特拉姆太太看了他一会儿，然后说："听起来很残忍，但事实并非如此。我做的每一件事都有好奇心的成分，首先，我非常想看看这种婚姻是否真的能成功，其次，如果你们真的喜结良缘了，又会出现什么情况。"

"所以，其实您是不相信我们能喜结连理的。"纽曼愤愤地说。

"不，我当时是相信的，相信您会成功，您会幸福。否则，基于我的那些推断猜测，那我也太无情了。不过，"她继续说道，同时把一只手放在纽曼的胳膊上，壮起胆子，庄重地微笑着，"那是大胆的想象飞得最高的一次！"

说完，她建议纽曼离开巴黎出去旅游三个月，换个环境或许对他有好处，一旦看不见曾经见证过这段情感的景物，他也许很快会忘掉自己的不幸。"我真的觉得，"纽曼回道："好像离开您至少会对我好些，而且不用那么费力。您越来越玩世不恭了，这令我震惊，也让我痛苦。"

"很好，"特里斯特拉姆太太好脾气地或最有可能被认为是玩世不恭地说道，"我肯定会再次见到您的。"

纽曼非常愿意离开巴黎，他在幸福时光里穿行过的那些色彩艳丽的街道，当时似乎是在用更加艳丽的色彩向他的幸福致意，而现在则已洞悉他失败的秘密，并用其光鲜亮丽嘲弄他的失意。他要去一个地方，无所谓什么地方，他为此做起了准备。接着，一个偶然的上午，他驱车前往踏上去布洛涅[①]转往不列颠海岸的列车，在列车滚滚向前的轰鸣声中他自问自己的复仇计划怎么办，他能说的就是现在只能将它束之高阁，保存在极安全的地方，直到需要的时候再拿出来。

他抵达伦敦的时候正是英国最好的季节，对他而言，他似乎首先可以在这儿把自己从沉重的心理包袱中解脱出来。他在英国一个人都不认识，但是，大都市壮观的场面把他从冷漠中唤醒过来，任何庞然

① 布洛涅（Boulogne），位于法国北部英吉利海峡沿岸加来海峡省的港口城市。

大物通常都会得到纽曼的青睐，英国林林总总的能源和工业在他的沉思中搅动出隐隐的快活涟漪。此时的天气是英国有史以来空气质量最好的时候，他步行至很远的地方，从各个方向考察伦敦；他坐在肯辛顿公园靠近大马路的地方，用大把大把的时间看着熙熙攘攘的人流和车马，还有面容姣好的丽人、穿着时髦的花花公子以及一身制服打扮的仆人。他去看了歌剧，发现这儿的歌剧比巴黎的好看，听了戏剧中他能理解的最精彩的对话后，他发现戏剧有一种令人吃惊的魅力。在旅馆侍者的推荐下，他去乡下游玩了几次，因为诸如此类的缘故，他和侍者建立了互相信赖的关系。他在温莎森林观赏了梅花鹿，在里士满山欣赏了泰晤士河，在格林威治品尝了银鱼、黑面包和黄油，在坎特伯雷大教堂的绿荫下散步。他还参观了伦敦塔和杜莎夫人蜡像馆。有一天，他想到去谢菲尔德，但转念一想又放弃了。他为什么要去谢菲尔德？他感觉连接自己和刀具制造业潜在投资的纽带已经断裂了，他无意“探究”任何成功的企业，不愿投入哪怕最少的资金和最精明的监工去洽谈最“辉煌的”商业细节。

一天下午，他散步走进海德公园，慢慢挤过公园大道旁熙熙攘攘的人流，路上车流也很密集。看到一些豪华的车辆载着奇异肮脏的塑像来到户外，他像往常一样惊叹不已，那些塑像让他想起了他曾经在书上看到的东方和南方国家，在那些地方，有时会把稀奇古怪的神物偶像抬出寺庙，用金色战车运到国外向民众展览。在穿过挤得几近崩溃的人群时，他看到女士们用长羽毛装饰的帽子下那漂亮的脸蛋。坐在高大庄严的树木下小椅子上，他注意到有许多眼神恬静的少女，这似乎让他眼前一亮，他原以为这种美的魔力已经随德·辛特雷夫人在这个世上消失了，从其他的年轻女人眼里再也看不到那恬静的眼神。不过，那些眼神不值一提，她们非但不能安慰他，简直就是对慰藉的一种讽刺。有时，夏天的微风从身前吹过，他就那样不停地走着。他听到身旁有人说话，他的耳朵能够分辨出那人讲的是生动的巴黎方言，讲话的声音似乎让他更是觉得似曾相识。他把视线转过来，看到和他走在同一个方向的年轻女士那司空见惯的优美的发梢和肩膀。显然，尼奥什小姐已经来到了伦敦寻求更快更高的发展，他再一瞥，意识到对方也看见了自己。一位绅士正走在她的身旁，专心致志地听着她讲话，因为太入迷而双唇紧闭。纽曼没有听到他的声音，但从他的背影可以知道是一位衣着考究的英国人。尼奥什小姐非常引人注目，经过她身旁的女士都要回头审视她那完美的巴黎装束。她衣裙上巨大的荷边装饰似瀑布般从腰间落下，直扑到纽曼的脚前，为了避免踩上，他只得侧身站到一旁。他这样做完全是出于本能反应，因为即使这不太完美的一瞥也让他低落的心情为之一震。她仿佛是一块大自然的脸颊上令人作呕的污点，他希望她在自己面前消失。他想到瓦伦汀·德·贝乐嘉尸骨未寒，而正是这个厚颜无耻的荡妇掐灭了他年轻的生命。这个年轻女人鲜艳服装上的香水让他恶心，他扭头准备掉换自己的路线，但拥挤的人群迫使他在她的旁边多待了几分钟，于是他听到了她说的话。

"啊，我肯定他会想我的，"她喃喃道，"我离开他真是太残忍了，恐怕您会认为我是一个非常无情的人，也许他和我们一起来就完美了，我觉得他现在一定很难过，"她补充道，"在我看来，今天他不是很开心。"

纽曼不清楚她说的是谁，正好这时旁边有人腾出空间，他就顺势离开了，不过，他心里想也许她是遵从英式礼仪，学习体贴挂念她的爸爸，那个可怜的老头儿还在追随她的邪恶之路吗？他还在向她传授自己因恋爱经历获得的好处吗？他渡过英吉利海峡来做她的翻译了吗？纽曼紧走几步，然后又开始折回，并小心翼翼不要和尼奥什小姐的路线交叉。终于他在树下看到一些座椅，但椅子上已经坐满了人，他正准备离开，这时看到一位绅士从座位上站起来，纽曼不顾四周的游客，就在那个座位上坐了下来。他在那儿坐了一会儿，心无旁骛地沉浸在因刚刚看见尼奥什小姐旺盛得离谱的活力而产生的烦躁和痛苦之中。但过了一刻钟，他一低头，发现一只狮子狗蹲坐在离他很近的小路上，那只狗体型很小，不过是非常纯种的那类狗。它从他身边走过，用它黑色的小鼻孔嗅了嗅这时髦的世界，它的脖子上套着一条蓝色的带有玫瑰花饰的大狗绳，牵在纽曼邻座的一个人手里，绳子很长，所以狗可以四处来回走动。纽曼将注意力转移到邻座这个人身上，立即意识到他是这位邻座的唯一目标，而他正在用那双一动不动的白色小眼睛抬头看着自己。纽曼一下子认出了这双眼睛，他已经在尼奥什先生旁边坐了一刻钟了，刚才他就隐隐约约感到有人在盯着自己，尼奥什先生还在望着他，他看上去想离开，甚至要避开纽曼那一瞥之间的眼神。

“天哪！”纽曼说，“您也在这儿？”他看着与自己比邻而坐的人，从来没见他如此慌乱无措。尼奥什先生戴了顶新帽子和一双山羊皮手套，他的衣服样式似乎比以往的老款式更新了点。他的胳膊上搭着一件女式小披风，那披风是用轻薄亮丽的材质做成的，边饰白色蕾丝流苏，很明显是别人交给他保管的。他的手紧紧挽着蓝色狗绳，脸上除了略微僵滞的恐惧以外，没有任何认出熟人的表示，或者根本什么表情也没有。纽曼看了看狮子狗和蕾丝披风，然后再次对上那位老人的目光。“您认识我，我知道，”他继续说，“您以前还和我说过话。”尼奥什先生仍旧什么也不说，但似乎对纽曼而言，他的眼睛开始有点儿泛起泪光，“我没想到，”纽曼继续说道，“在离开故国餐厅如此之远的地方能见到您。”老人仍旧不吭声，但毫无疑问纽曼已经触动了他的泪腺。这位邻座的老人就那样望着他，纽曼补充道：“怎么回事，尼奥什先生？您过去很能说啊，难道您忘记教我法语会话的事儿了吗？”

听到这一句话，尼奥什先生决定改变态度，他弯腰抱起狮子狗，举到脸前，在它柔软的小背上擦拭着自己的眼睛。“我害怕同您讲话，”过了会儿，他越过宠物的肩头看着对方说，“我希望您没有注意到我，我应该早点走掉，但我担心我一动，您就会注意我，所以我就坐着不动了。”

“我怀疑您良心变坏了，先生。”纽曼说。

老人放下小狗，并小心地将它抱在怀中。然后，他摇了摇头，眼睛仍然盯着对方。“不，纽曼先生，我良心很好。”他喃喃道。

“那您为什么想要从我面前溜走？”

“因为……因为您不理解我的处境。”

“噢，我想您有一次对我解释过，”纽曼说，“不过，似乎您的处境有所改善。”

“改善！”尼奥什先生压低嗓音抗声道，“您把这叫作改善？”他扫了一眼怀中的宝贝。

“难道不是吗？您可以到处旅游，”纽曼回道，“这个季节来伦敦旅游，当然是日子过得很红火的迹象。”

为了回应这句残忍的嘲讽，尼奥什先生又把宠物举到脸前，用他无神的小眼珠窥视着纽曼，这个动作显得有些弱智。纽曼不知道他这是在以一种不合理但实用的方式假装逃避，还是真的黔驴技穷表示接受侮辱。对于这个愚蠢的老人，相比较后一种情况，他更同情前一种境遇中的他。不管负不负责任，他都同样是他那可憎的恶毒的女儿的帮凶。纽曼正准备突然离开，这时老人茫然地凝视中出现一缕哀求的眼神，“您要离开吗？”他问道。

“您想让我留下来？”纽曼问。

“我应该让您离开——出于敬重，但您以这样的方式离开，让我的自尊备受折磨。”

“您有什么特别的事要对我讲吗？”

尼奥什先生四处望望，见没有人在听，就用非常低而清晰的声音说：“我没有原谅她！”

纽曼短促地大笑一声，但老人似乎此刻并没有注意到，他怅然若失地凝视着远方自己难以平抚的虚幻形象。“您是否原谅她并不重要，”纽曼说道，“我向您保证总有不原谅她的人。”

“她做了什么？”尼奥什先生再转过身低声问道，“您清楚，我并不知道她做了什么。”

“她做了可怕的伤天害理的事，至于什么事，并不重要，”纽曼说，“她是红颜祸水，应该阻止她。”

尼奥什先生悄悄伸出手轻轻放在纽曼的胳膊上，“阻止她，好，”他低声说，“对极了，立即阻止，她正在潜逃——必须阻止。”然后，他停了会儿，看看四周。“我的意思是阻止她，”他继续道，“我只是在等待我的机会。”

“我明白，”纽曼说着又短促地大笑了一声，“她在逃跑，您在追赶，您已经追了很久了！”

但尼奥什先生执着地盯着对方。“我会阻止她！”他低声重复道。

他再没说什么，这时，他们前面的人群被某股冲击力分开了，好像是在为重要人物让道。过了会儿，从人群分开的口子，尼奥什小姐走上前来，纽曼刚刚注意到的那位绅士陪在旁边，现在他看到了绅士的面庞，认出了蒂普米尔勋爵那不匀称的身形，那不怎么正常的肤色，以及那和蔼可亲的表情。这时，纽曼像尼奥什先生一样从座位上站了起来，诺埃米小姐突然发现自己与纽曼正面相逢，瞬间迟疑了一下，然后她轻轻点了点头，就好像昨天刚见过他似的。接着，她温柔地微笑着说：“天啊[①]，我们怎么老是见面！”她看上去完美无瑕，连衣裙的前襟也是一件令人惊叹的工艺品。她走向父亲，伸开双手，父亲温驯地把小狗放在她的怀中，她边吻着小狗边轻声埋怨道：“想到单独丢下他——他一定认为我是一个多么缺德、多么可恶的人！他已经很不开心了。”她补充道，扭头动情地给纽曼作出解释，眼睛里迸发出令人作呕的厚颜无耻的火花，像针尖一样刺人：“我觉得他很不喜欢英国的气候。”

“他似乎异乎寻常地喜欢他的女主人。”纽曼说。

“您是说我？对我还是老样子，谢谢您，”诺埃米小姐表示并不赞成，“但他更喜欢老爷[②]，”说着，她向跟上来的同伴抛了一个媚眼，“这样子情况，谁能够淡定呢？”她坐在她父亲坐过的位置，开始整理玫瑰花饰。

因为在这儿与一位情敌不期而遇，恐使他这位不列颠人变成陪衬而有失颜面，蒂普米尔勋爵感到有些难堪，他脸涨得通红，点点头，

---

① 原文为法语：Tiens。
② 原文为法语：milord。

突然迅速咕哝一声算是打了招呼，纽曼本来就听不太懂英国人说话，所以也没搞清那声咕哝是什么意思，而蒂普米尔勋爵则是借此和那没什么用的小狗争风吃醋。那位年轻人手叉在髋部，故意咧嘴笑着，疑惑地站在那里盯着诺埃米小姐。突然，他似乎恍然大悟，然后转向纽曼说："噢，您认识她？"

"是的，"纽曼说，"我认识她，我相信您并不了解她。"

"哎呀，我当然了解她！"蒂普米尔勋爵说，又咧嘴笑了一下，"我在巴黎认识的她——通过我可怜的堂兄瓦伦汀认识的，您知道，他认识她，可怜的小伙子，不是吗？您知道，她正是导致那个不幸事件的原因。太令人伤感了，不是吗？"年轻人继续说着，难堪也随着他率直个性的显露而消失了。"他们编排了一些有关教皇的谎言，有关别人诋毁教皇道德的谎言，您知道，他们总是那样做。他们扯上教皇，是因为瓦伦汀曾经当过轻骑兵，可谎言是有关她的道德的——她就是那教皇！"蒂普米尔勋爵继续说着，一双因这些玩笑话变得兴奋发亮的眼睛盯着诺埃米小姐，她正姿势优美地俯身看着宠物狗，显然对谈话听得入迷。"我敢说您会认为我继续与诺埃米小姐来往相当奇怪，"年轻人继续道，"不过，她自己也无法控制，您知道。瓦伦汀只是我的第二十一个堂兄，我敢说您会认为这很无耻，我带着她逛海德公园，在那里还没有人认识她，她的身材如此之美……"蒂普米尔勋爵说完把眼睛转向那位年轻的女士，投去求证的目光。

纽曼转身离开，他已经再也无法忍受她了。尼奥什先生已经走过去站在女儿的身边，离她很近，俯视地面。在他和纽曼之间，他还从来没有像现在这样无法原谅自己的女儿。就在纽曼将要离开之时，尼奥什先生仰起脸朝他走去，纽曼意识到老人有特别的话要说，就低头等了一会儿。

"您有一天会在报纸上看到它的。"尼奥什先生低声说。

纽曼敛起笑容道别。尽管报纸是纽曼主要的阅读方式，但自这天之后，他再也没有读到过这个口头声明的下文。

# 第二十六章

英国生活的大场面我也有所接触，从门外汉的观察来看，可以猜想纽曼度过了许多无聊的日子，但他就喜欢这种无聊的日子，他的悲伤就像康复中的伤口一样正在进入第二阶段，有点刺激，令人惬意的愉快。过去他总想着交朋结友，现在他谁也不想，没有任何结识朋友的欲望，汤姆·特里斯特拉姆送他的几份引荐短函他动也没动。他心中思念德·辛特雷夫人，有时像是进入禅定状态一样，每次一刻钟，差不多像一个健忘的老人。他又回忆起曾经经历的幸福时光，那些像珍珠项链一样串起来的屈指可数的日子，这样的回忆效果显然极佳，那些午后的拜访让他的精神陶醉在愉悦的心情当中。做完这些白日梦之后，他回到现实，隐约感到有些诧异，开始觉得有必要接受无法改变的现实。在另一些时候，现实又变得丑陋不堪，无可改变的尔虞我诈，为此他暴跳如雷，直到精疲力竭。但总体上他陷入了反思的情绪之中，有意无意地试图剖析导致自己不可思议的不幸遭遇的原因。在他平静的时候，他常常自问是不是因为从前的自己太注重经商，而忽略了享乐。我们知道他来到欧洲寻找美的消遣就是抗拒自己过度商业化的一种强烈反应。因此，就可以理解他能够想象一个人可能会太过商业化，他也非常愿意承认这一点。但就他自己的情况而言，他做出的让步并不是因为任何沉重的羞耻感而导致的。如果他曾经太重商业利益，他会乐意忘记这点，因为他没有做出任何有损别人而又无法挽回的事情。他严肃冷静地反思，至少人们还不能给他贴上“自私卑鄙”的标签，如果说他和商业的联系天然在他与一位美丽女郎的关系上投下了阴影或甚至导致他们关系破裂，他宁愿永远淡出商业领域。毫无疑问，他无法像有些人那么敏感地察觉到，似乎几乎不值得展开想象的翅膀去产生这样的念头，但这种可能性足以让他仍有必要作出牺牲。至于现在要作出什么样的牺牲，纽曼在一面白墙前稍停，有时能看到那上面影影绰绰的形象，他幻想自己的生活能如所愿那样梦想成真，要是能得到德·辛特雷夫人，他愿意为她做任何她喜欢的事情。如果是这样，那自然就不存在牺牲了，但这种希望是十分渺茫的。这是一种孤独的自娱自乐，非常像一个没有同伴的人在镜子前自说自话，然而，这个想法让纽曼获得了好多个小时无声的喜悦。许多次，在英国不朽的暮色里，他就那样坐着，手插在兜里，腿伸着，面前摆着昂贵但质量低劣的晚餐的残羹剩汁。当然，如果他的商业想象力就此消失，他觉得也没什么不光彩的，他照样可以坦然面对现实。他很庆幸自己曾经发达过，做过大商人，而不是一般的普通商人，他对自己的财富十分满意。他不会一时冲动卖掉所有的东西分给穷人，或者幻想节俭和禁欲，他为自己的富裕和年轻而庆幸，如果因为是考虑了太多的生意问题，那么就别去想它们，过好日常生活总是利大于弊。咳！他现在应该想什么呢？纽曼反复只能想到一件事，他的思绪总是又回到那上面。这时，服务员已离开房间，他感到自己情绪一阵波动，一时似乎急促得喘不过气来。他身子前倾，双肘撑在桌面，捂住了自己那张苦恼的脸。

他在英国一直待到仲夏，在乡下玩了一个月，常常徜徉在教堂、城堡和古迹之间。好几次，他从客栈走到牧场和公园，停在旧木门前，在年久失修的教堂塔楼旁，整个傍晚看着燕子密集盘旋的昏暗景象，尚记得这或许是他蜜月消遣的一部分。他从来没有如此孤独过，甚至连意外和别人谈话都没有。特里斯特拉姆太太建议他的休养时间终于结束了，他自问现在应该怎么办，她已经给他写信，邀约他一起去游比利牛斯山，但他并没有心情返回法国。最简单的就是去利物浦，搭乘第一艘美国造蒸汽船，于是他来到了这个海港大都市，弄到了一张铺位。起航前一天晚上，他坐在旅馆房间里，茫然而又疲惫地低头看着一只打开的旅行箱，那上面有一些他一直打算查看的文件，有一些方便时应该销毁掉的，但最后他把它们凌乱地揉成一团，塞进旅行箱一角，那都是些商业文件，他也没有心情筛查一下。接着他取出皮夹子，从中抽出一张比他处理的文件还小一号的纸，没有展开，只是坐着看那张纸的背面，如果说他瞬间有一闪念想要销毁它，那这个念头很快就失效了。这张纸代表的是他深埋心间的感情，任何重生的快乐都无法与之比拟，总而言之，他觉得自己是被冤枉的好人。有了这张纸，就可以满心希望贝乐嘉家族惶惶不可终日，不知道他下一步会做出什么，这张纸存世越久，他们就会越慌张！是的，他曾经犹豫过，也许以他现在不寻常的精神状态，他又会犹豫不决。但他又把那张小纸条小心翼翼地放进皮夹子，一想到贝乐嘉家族的焦虑，他感觉好多了。他在夏日的海洋上航行时，每每想到那张纸条，他都会觉得好受一些。他在纽约登岸，穿过大陆到达旧金山，一路所见所闻却并未削弱他是一个被冤屈的好人的感觉。

他见到了许多好伙伴——他的老朋友，但他对谁也没有讲自己所遭遇的捉弄，他只是简要地说他准备迎娶的女士改变了想法，当有人问他是否也变心了的时候，他答道："让我们换个话题吧。"他对朋友们说，自己没有从欧洲带回来什么"新思想"，他的行为在他们看来也许是创造力衰退的有力证据，他没有兴趣聊自己的私事，无意查看账目，有时问五六个问题，就像那些名医问诊一样，让人看出他还知道他在说些什么，但他并不评论，也不做任何指示。他的这些表现不仅让证券交易所的绅士们大惑不解，而且他自己也为自己的冷漠程度感到吃惊。因为这种冷漠情绪似乎在加剧，所以他尽力抗争，试图激发自己的兴趣，继续从事自己的老行当，但那一切在他面前失去了真实性，做着所做的一切，他却无法相信它们。有时他开始感到害怕，担心是不是自己脑子出了毛病，大脑出现退化现象，以前强健的机能走到了终点，这个想法以难以抵抗的力量回到了他的身上，他成了一个无望又无助的懒汉，对别人一无所用，让自己心生厌恶，这就是贝乐嘉家族的背叛给他造成的影响。他怀着焦虑懒散的心情，从旧金山回到了纽约，在宾馆大堂坐了三天，从一面巨大的平板玻璃墙关注着外面来来往往的漂亮姑娘，她们身着巴黎流行式样的服装，袅袅婷婷，三五成群，精心呵护着自己灵巧匀称的身材。三天后，他回到了旧金山，回到了他曾经希望远离的地方。他无所事事，失去了事业，似乎再也找不着了。有时候他自言自语地说，他在这儿无事可做了，但在大洋彼岸他还有事未了，是他故意尝试性地、投机性地搁下没去做，目的是想看它能否得到自己满意的结果。然而，结果却差强人意，那件事依然拨动着他的心弦，猛击着他的理智，在他的耳边嘀咕，一直在他的眼前盘旋，在所有新的决定和行动之间穿插搅动，像是冥顽不化的幽灵，默默地等待了结。除非解决了那件事，否则他永远不可能去做别的事情。

冬天快结束的一天，他收到了好久没有给他写信的特里斯特拉姆太太的来信，很明显她是出于善意，想分散他的注意力才给他写了信，她讲了很多巴黎的小道传闻，谈到了帕卡德将军和凯蒂·厄普约翰小姐，列举了戏院上演的新戏，说内附有她丈夫的便条，她丈夫南下去尼斯玩了一个月，接下来就是她的签名，之后还有附言。附言是这样写的："三天前我从我朋友奥博特神父那儿得知，德·辛特雷夫人上周入了加尔默罗教作了修女，那天是她二十七岁生日，她用了她的女庇护人圣·维罗妮卡的名字，维罗妮卡修女开启了新的人生！"

这封信是上午收到的，晚上纽曼就出发去巴黎了。他的伤口第一次猛烈地疼痛起来，在漫长而单调的旅途中，他始终想着德·辛特雷夫人的"人生"，她的人生就要在监狱的高墙下度过了，而他也许还可以站在外面观望。现在他打算在巴黎永久定居，知道她还在那里，至少困住她的石冢还在那里，他就能获得一种满足。他没有提前通知，突然造访了布莱德太太，就是那位他找来独自看守豪斯曼大道上空空如也的大房间的管家。那些房间干净整洁，布莱德太太唯一做的事就是擦掉房间内一粒一粒的尘埃。不过，她从不抱怨自己的孤独，因为她认为仆人只是神秘设计的机器，管家指责绅士不回家就像挂钟批评发条不工作一样，是不可理喻的。布莱德太太认为没有哪个时钟能够留住所有的时间，没有哪个仆人能够享受辛苦的主人事业成功传递出的所有欢乐，不过，她还是冒险表达了谦恭的希望，那就是纽曼是否可以在巴黎待上一段时间。纽曼握住她的手轻轻摇了摇，说："我要永久待在巴黎。"

见过布莱德太太之后，他又去拜访特里斯特拉姆太太，他之前已给她拍过电报，她正在等着他的到来。她看了他一会儿，摇了摇头。“这样不行，”她说道，“您回来得太早了。”他坐下来，问了问她丈夫和小孩的情况，甚至还问了朵拉·芬奇小姐的情况。这时候，他突然问道：“您知道她在什么地方？”

特里斯特拉姆太太犹豫了一会儿，显然他问的不是朵拉·芬奇小姐。接着，她会心地答道：“她去了另一家修道院——在地狱街上。”纽曼面露忧色，又坐了一会儿之后，她继续说道：“您并不像我原来想的那样好，您更……您更……”

“更什么？”纽曼问道。

“更无情。”

“天啊！”纽曼大声道，“您期望我原谅这一切吗？”

“不，并不是，我都没有原谅，您当然更不会了，但您可以遗忘！您的情绪比我想象的还要糟糕，您看上去心怀恶意——看上去很吓人。”

“我可能看起来很吓人，”他说，“但我并无恶意。不，我不是一个心怀恶意的人。”他起身要走，特里斯特拉姆太太邀请他回来吃晚饭，他答道自己不能保证及时赶回来，哪怕就他一个孤独的客人。晚上稍晚点，如果可能，他会回来的。

他沿着地狱街方向，在这座塞纳河畔的城市里穿街过巷。早春气温已变得很柔和，但天气还是那样阴沉潮湿。纽曼发现自己来到了不太熟悉的巴黎城区——一个到处是修道院和监狱的地区，街道两旁是长长的沉闷的高墙，路上见不着任何行人。在两条街的交叉路口，耸立着加尔默罗修道院，那是一幢昏暗简朴的大楼，四周是齐肩高的白墙。站在墙外面，纽曼可以看见大楼上层的窗户、高高的屋顶和烟囱，但从这些看不出这里有人类生活的迹象，整个地方看起来像一个聋哑人，死气沉沉，毫无生机。暗淡、沉闷、褪色的高墙一直延伸到空荡荡的街道一侧，那条街道一眼望出去看不到一个人影儿。纽曼在那儿站了许久，并无一人从旁边经过，他想怎么观察都可以，似乎这就是他此行的目标，他就是为这个而来的，这是一种非常奇特的满足，但又是一种真正的满足，他自己徒劳的期盼仿佛在周围沉闷无趣的宁静中得到释放。这地方告诉他关在里面的女人永远消失了，未来的日日夜夜、岁岁年年会像那巨大的不可移动的墓碑一样在她身边垒起，这样的日子和岁月在这个地方会永远是这样阴暗而又沉寂。突然，他想到贝乐嘉家族的人会再次看到他站在这里，他的兴致完全消失了。那样的话，他就再也无法站在这里了，心中无缘无故升起一种恐惧的感觉。于是，他怀着沉重的心情转身离开了，但毕竟心情还是比来时要好受多了。

做完所有这些，终于他也能够稍事休息。他穿过狭窄蜿蜒的街道，再次走到塞纳河边，看见了河岸上巴黎圣母院众多线条柔和的塔楼。他跨过一座桥，在大教堂前空荡荡的广场上站了一会儿，然后从刻有很多雕像的正门下走进去，他在教堂正厅逛了一圈，在朦朦胧胧的光线里坐下来。他坐了很长时间，听到远处的钟声间隔很久才响一下，声音绵延悠长。他非常疲倦，此处是最适合他休息的地方；他没有做祈祷，也没有祈祷可做；没有任何需要感恩的东西，也没有任何需要询问的事情，没有事情需要询问是因为现在他必须照顾好自己。大教堂提供了各种各样的服务，纽曼坐在自己的位子上一动不动，虽然他人坐在那里，但他的思想已经离开了这个世界。可以说，发生在他身上的最不愉快的事情已经正式告一段落，他可以合上那本书，把它收起来了。他把头长时间抵在前面的椅背上，抬起头时，他觉得原来的自己又回来了，在他思想的某个地方，一个很牢固的结似乎已经解开了。他想到了贝乐嘉家族，却几乎什么也记不起来，只记得是些他本来想对他们做什么事的人，等到想起要做什么，他长叹一声，觉得原来的想法令人十分扫兴，突然，最终他想到了放弃报复。到底是基督的仁慈，还是顽固不化的仁厚在他的灵魂深处起了作用，我不想假装自己可以那么肯定，但纽曼最终的想法就是决定放过贝乐嘉家族。

如果让他大声说出来，他会说他不想伤害他们，他为自己曾经想要伤害他们而感到羞愧。他们已经伤害了他，但他做不出那样的事情。最后，他起身走出了昏暗的教堂，并不像一个赢得胜利或下定决心的人那样步履轻盈，而是像一个仍然心怀内疚、心地善良的人那样步履沉重。

回到家，他对布莱德太太说，他得麻烦她把昨晚从行李箱取出来的东西全部放回去，他那温顺的女管家用有点儿迷茫的眼神看着他。“天哪，先生，”她大声说道，“我还以为您说过您要一直待下去呢。”

“我的意思是要永远离开。”纽曼和蔼地说。自从第二天他离开巴黎后，他的确再也没有回去过了。我在书中经常提到的金碧辉煌的套房随时准备着迎接他，但它们只用作了布莱德太太的宽敞住宅，她总是从一个房间逛到另一个房间，调调窗帘的流苏，收取自己的工资，工资是定期由一位银行职员带来放在客厅壁炉架上的粉色塞夫勒产大花瓶里。

夜间稍晚时分，纽曼又回到了特里斯特拉姆太太家，发现汤姆·特里斯特拉姆正坐在火炉旁。“很高兴您回到巴黎，”这位绅士说道，“您知道这是适合白人生活的唯一地方。”特里斯特拉姆先生表示了友好的欢迎，根据自己美好的感悟，给纽曼简要介绍了过去半年里美法之间的一些小道传闻。最后他站起身说自己要去俱乐部半小时。“我想一个在加利福尼亚待了半年的男人一定想要来场充满感性谈话，那就让我妻子来做这件事吧。”

纽曼和男主人诚心诚意握了手，但并没有请他留下，然后就又坐回到特里斯特拉姆太太对面的沙发上。过了一会儿，女主人问他离开她后都做了些什么。“没有什么特别的。”纽曼说。

“您给我的感觉是，”她回应道，“您的心中谋划着一个秘密，看起来好像您要去做一件不好的事，您走后，我一直在想我是否应该让您离开。”

“我只是去了河的对岸——去了加尔默罗修道院。”纽曼说。

特里斯特拉姆太太看了他一会儿，然后微笑道：“您在那里做什么？想攀墙越户？”

“什么也没有做，我在那个地方看了几分钟，就离开了。”

特里斯特拉姆太太同情地瞥了他一眼。“您没有碰巧遇到德·贝乐嘉先生？”她问道，“他也在无望地盯着那堵修道院的高墙呢，有人告诉我他妹妹的决定对他打击很大。”

“没有，我没有遇到他，我可以肯定地说。”纽曼顿了下回道。

“他们都在乡下，”特里斯特拉姆太太继续说，“那个地方……叫什么名字？……哦，福乐里雷。您离开巴黎的时候，他们回到那里的，一直在那里过着与世隔绝的生活。小侯爵夫人一定很享受，我期望听到她和她女儿的音乐教师私奔的消息！”

纽曼虽然眼睛盯着明亮的炉火，但他还是蛮有兴致地听着。最后他说：“我打算再也不要提到那些人的名字了，不想听到关于他们的任何事情。”然后，他取出皮夹子，从中抽出一片纸，看了一会儿，起身站到炉火旁。“我要烧掉这张纸，”他说，“我很高兴有您作证，让它烧掉吧！”说着，他把纸片扔进了火中。

特里斯特拉姆太太坐着，拿着绣花针的手悬在半空。“那张纸写着什么？”她问道。

纽曼靠着壁炉架，伸了伸胳膊，深深吸了口气，等了一会儿才说：“现在我可以告诉您了，那是一张写有贝乐嘉家族秘密的纸，如果让人知道，足以毁掉他们。”

特里斯特拉姆太太扔下手中刺绣的活儿，带有责备的口气埋怨道：“唉，您为什么不给我看看呢？”

“我想到过给您看——想到过给所有的人看，想到过用那样的方式报复贝乐嘉家族，所以我告诉了他们，恐吓了他们。如您所说，他们一直待在乡下，避免曝光，但我已经放弃了。”

特里斯特拉姆太太又慢慢开始刺起绣来：“您确定已经放弃？”

“噢，是的。”

“那个秘密，很坏吗？”

“是的，非常坏。”

“对我而言，”特里斯特拉姆太太说，“我很遗憾您放弃了，我很想看看那张纸条，您知道，作为您的支持者和介绍人，他们也冤枉了我，我也可以用那张纸条来进行报复。您是怎么得到那个秘密的？”

“说来话长，但不管怎样，我说的都是真的。”

“他们知道您是那张纸条的主人吗？”

“是的，我告诉过他们。”

“天啊，多么有趣的事！”特里斯特拉姆太太大声道，“您把他们踩在脚下羞辱了他们？”

纽曼沉默了一会儿。“没有，绝对没有，他们假装不在乎……不担心，但我知道他们肯定在乎……肯定担心。”

“你确定吗？”

纽曼愣了一会儿说：“是的，我确定。”

特里斯特拉姆太太又开始慢慢刺绣：“他们挑衅了您，嗯？”

“是的，”纽曼说，“就是那么回事。”

“您试图通过威胁曝光让他们让步？”特里斯特拉姆太太追问道。

“是的，但他们并没有让步。我给了他们选择，他们选择利用机会虚张声势以摆脱指控，宣告我有欺诈罪，但他们确实被吓到了，”纽曼补充道，“我已实现了我想要的报复。”

“最让人生气的是，”特里斯特拉姆太太说，“听您说到‘指控’，而您却把指控的证据烧掉了，那不就毁掉了吗？”她瞥了一眼炉火问道。

纽曼向她确保什么也没有留下。

“那么好吧，”她说道，“我认为您或许并没有让他们感到很不安，这样说也无关紧要。我的想法是这样的，因为如您所说，他们挑衅您是因为他们相信您终究不会真的去揭露他们。他们相互串谋之后，其自信并非来自他们的天真，也非善于虚张声势，而是相信您惊人的好脾气！您瞧他们做对了。”

纽曼本能地转头去看那张小纸片是否真的烧掉了，却只看到什么也没有留下。

# 后　记

◎李和庆

经过四年多的努力，这套“亨利·詹姆斯小说系列”终于付梓出版，与读者朋友们见面了。借此后记，一是想感谢读者朋友的厚爱，二是希望读者朋友了解和理解译事的艰辛。

二〇一五年初，我向九久读书人交付拙译《美妙的新世界》稿件后，跟著名翻译家、上海海事大学教授吴建国先生和九久读书人副总编邱小群女士喝下午茶时，邱女士说九久读书人有意组织翻译亨利·詹姆斯的作品，问我有没有兴趣和勇气做这件事。说心里话，我当时眼睛一亮，一方面是因为长期以来她给予我的信任着实让我感动，另一方面是为自己能得到一次攀译事高峰的机会感到高兴，但同时，我心里也有些忐忑。众所周知，詹姆斯的作品难译，自己是否有足够的能力去承担如此重任？我虽然此前曾囫囵吞枣地看过詹姆斯的《一位女士的画像》和《黛西·米勒》，但对他和他的作品一直缺少深入的了解和认识。回家后，我便利用现代化的网络拼命补课，结果发现，国内乃至整个华人世界对亨利·詹姆斯作品的译介让人大失所望，中文读者几乎没有机会去全面领略詹姆斯在小说创作领域的艺术成就。三个月后，在吴教授和邱女士的“怂恿”下，我横下心来决定要去啃一啃外国文学界和翻译界公认的“硬骨头”。

无可否认，亨利·詹姆斯是十九世纪末至二十世纪初美国继霍桑、梅尔维尔之后最伟大的小说家，也是美国乃至世界文学史上举足轻重的艺术大师，被誉为西方心理现代主义小说的先驱，“在小说史上的地位，便如同莎士比亚在诗歌史上的地位一般独一无二”（格雷厄姆·格林语）。詹姆斯是一位多产作家，一生共创作长篇小说二十二部、中短篇小说一百一十二篇、剧本十二部。此外，他还写了近十部游记、文学评论和传记等非文学创作类作品。面对这样一位艺术成就如此之高、作品如此庞杂而又内涵丰富的作家，要想完整呈现他的艺术成就，无疑是一项浩大而又艰巨的系统工程。要将这样一位作家呈献给中文读者，选题便成了相当棘手的问题。此后近一年的时间里，经过与吴教授和邱女士反复讨论，后经九久读书人和人民文学出版社领导审批立项，选题最终由我们最初准备推出的亨利·詹姆斯小说作品全集，逐渐浓缩为亨利·詹姆斯小说作品精选集。

说到确定选题的艰难历程，有必要先梳理一下詹姆斯小说作品在我国的译介情况。国内（包括港台地区）对詹姆斯的译介始于二十世纪八十年代，现今我们看到的詹姆斯作品的译本以中篇小说居多，其中包括《黛西·米勒》（赵萝蕤，1981；聂振雄，1983；张霞，1998；高兴、邹海仑，1999；张启渊，2000；贺爱军、杜明业，2010）、《螺丝在拧紧》（袁德成，2001；高兴、邹海仑，2004；刘勃、彭萍，2004；黄昱宁，2014；戴光年，2014）、《阿斯彭文稿》（主万，1983）、《德莫福夫人》（聂华苓，1980）、《地毯上的图案》（巫宁坤，1985）和《丛林猛兽》（赵萝蕤，1981）；长篇小说有《华盛顿广场》（侯维瑞，1982）、《一位女士的画像》（项星耀，1984；唐楷，1991；洪增流、尚晓进，1996；吴可，2001）、《使节》（袁德成、敖凡、曾令富，1998）、《金钵记》（姚小虹，2014）、《波士顿人》（代显梅，2016）和《鸽翼》（萧绪津，2018）。此外，新华出版社于一九八三年出版过一部《亨利·詹姆斯小说选》（陈健译），其中包括《国际风波》《黛西·米勒》和《阿斯帕恩的信》[①]三个中篇小说；湖南文艺出版社于一九九八年出版过一部《詹姆斯短篇小说选》（戴茵、杨红波译），其中包括《四次会面》《黛西·米拉》[②]《学生》《格瑞维尔·芬》《真品》《螺丝一拧》[③]和《丛林怪兽》七个中短篇小说[④]。纵观上述译本，

① 即《阿斯彭文稿》（*The Aspern Papers*）。

② 一般译为《黛西·米勒》。

③ 一般译为《螺丝在拧紧》。

④ 此译本虽然命名为“短篇小说选”，但学界一般认为《黛西·米勒》《螺丝在拧紧》均为中篇。

我们发现，国内翻译界对詹姆斯中长篇小说的译介基本是零散的，缺少系统性，短篇作品则大多无人问津。

鉴于此，选题组在反复研究詹姆斯国内译介作品的基础上，决定首先精选詹姆斯各个时期的代表性作品，最终确定了首批詹姆斯译介的精选书目，共涵盖了六部长篇小说：《美国人》(1877)、《华盛顿广场》(1880)、《一位女士的画像》(1881)、《鸽翼》(1902)、《专使》(1903)和《金钵记》(1904)，四部中篇小说：《黛西·米勒》(1878)、《伦敦围城》(1883)、《螺丝在拧紧》(1898)和《在笼中》(1898)，以及各个时期的短篇小说十八篇。读者朋友从选题书目上可以看出，此次选题虽然覆盖了詹姆斯各个时期的作品，但主要还是将目光放在了詹姆斯创作前期和后期的作品上，尤其是他赖以入选一九九八年美国“现代文库”“二十世纪百部最佳英语小说”榜单、代表其最高艺术成就的三部长篇小说《鸽翼》《专使》和《金钵记》。詹姆斯的其他重要作品此次虽然没有收入，但我们相信，这套选集应该足以展示詹姆斯各创作时期的写作风格。此外，这套选集中的长篇小说《美国人》、中篇小说《在笼中》《伦敦围城》以及绝大多数短篇小说均属国内首译，以期弥补此前国内詹姆斯作品译介的空白，让中文读者能更好地认识这位与莎士比亚比肩的文学大师。

选题确定后，接下来的任务便是组建译者队伍。我们首先确定了组建译者队伍的基本原则：译者必须是语言功力深厚、贯通中西文化、治学严谨、勇于挑战的“攻坚派”。本着这样的原则，我们诚邀海峡两岸颇有影响的专家、学者，最后组建了现在的译者队伍，其中既有大名鼎鼎的职业翻译家，也有上海交通大学、华东理工大学、上海海事大学、上海电机学院等国内高校的专家、教授。他们不仅在日常的教学科研工作中治学严谨、成绩斐然，而且在翻译实践领域也是秉节持重、著作颇丰，在广大读者中都有自己忠实的拥趸。

说起亨利·詹姆斯，外国文学界和翻译界有一种不言自明的共识，那就是：詹姆斯的作品“难译”。究其原因，詹姆斯作品的艺术风格与酷爱乡土口语的马克·吐温截然不同。詹姆斯开创了心理分析小说的先河，是二十世纪小说意识流写作技巧的先驱。他的小说大多以普通人迷宫般的心理活动为主，语句冗长晦涩，用词歧义频生，比喻俯拾皆是，人物对话过分精雕，意思往往含混不清。正因如此，他在世时钟情于他的美国读者为数不多，他的作品一度饱受争议，直到两次世界大战前美国出现“第二次文艺复兴”时，作为小说家和批评家的詹姆斯才受到充分的重视。

面对这样一位作家和他业已历经百年的作品，该如何向生活在一个世纪之后的现代读者再现詹姆斯的艺术成就，便成了译者队伍共同面对的问题。翻译任务派发后，各位译者先是阅读和研究原著，之后又通过各种方式和渠道，多次探讨译著该如何再现原著风格的问题。虽然译者队伍年龄不同，阅历不同，研究方向不同，学术造诣不同，对原著文本的把握也有差异，但大家最后取得的共识是：恪守原著风格的原则不能变。我曾在一次读者见面会上见到翻译界的老前辈章祖德先生，并就翻译詹姆斯作品的种种困难以及如何克服等问题虔心向章老请教。章老表示，虽然詹姆斯的作品晦涩难懂、歧义频现，现代读者可能很难静下心来去阅读，但翻译的任务就是要再现原作的风采，不然，詹姆斯就成了通俗小说家欧文·华莱士和丹·布朗了。在翻译詹姆斯作品的过程中，章老的教诲我时刻铭记在心，丝毫不敢苟且。

说起做翻译，胡适先生曾说过：“译书第一要对原作者负责，求不失原意；第二要对读者负责，求他们能懂；第三要对自己负责，求不致自欺欺人。”胡适先生的观点，也是此次参与詹姆斯小说作品译介项目的译者们的共识。

翻译詹姆斯的作品，能做到胡适先生提出的前两重责任已经是非常困难的了。胡适先生提出的“求不失原意”，其实就是严复的“信”和鲁迅先生的“忠实”。对译者来说，恪守这一点是译者理应秉持的态度，但问题是译者应该如何克服与作者间存在的巨大时空差距，做到“对原作者负责”。詹姆斯的作品大都语句烦琐冗长，用词模棱两可，语义晦暗不明，译者要想厘清“原意”，需挖空心思、绞尽脑汁、字斟句酌、反复推敲。在很多时候，为了准确理解一句话，译者需要前后反复映衬，甚至通篇关照。为了“不失原意”，译者必须走进作品，进入角色的内心世界，既做“导演”又做“演员”，根据作品的文本语境和时空语境，去深入体味作品中每个人物角色的心理活动，根据角色的性别、性格、年龄、身份、地位和受教育水平，去梳理作家通过这些角色意欲向读者传达的意图和意义。

胡适先生提出的“对读者负责”，其实就是严复的“达”和鲁迅先生的“通顺”的要求，用当代学术语言说，就是译文的接受性问题。詹姆斯的作品创作于十九世纪七十年代到二十世纪初，其小说当然是以那个时代欧美社会的物质生活和精神生活为背景的，小说的语言风格也是维多利亚时代的文风。一百多年过去了，在物质生活已经极其丰富、生活方式已经发生质变、意识形态和伦理道德均已大异其趣的今天去翻译他的作品，该如何吸引生活在当今数字化、信息化时代的读者去读詹姆斯的作品，而且让读者“能懂”作者的意图，是译者面临的巨大挑战。对此，译者们的态度是，在“不失原意”、恪守原作风格的前提下，在文本处理上，适当关照当代读者的阅读感受。比如，詹姆斯的作品中往往大量使用人称代词和替代，在很多情况下，为了厘清原著中的指代关系，读者往往需要返回上文，但更多的则是要到下文中很远的地方去寻找，这种“上蹿下跳”式的阅读方式无疑会严重影响读者的阅读体验。为此，在翻译过程中，译者根据上下文所指，采取明晰化补充的处理方式，目的就是照顾中文读者的阅读感受，省却“上蹿下跳”的阅读努力。本质上说，这种处理方式也是恪守译文必须“达”和“通顺”的要求，而“达即所以为信”。

就翻译而言，译者如能恪守前两重责任，似乎已经足够了，可胡适先生为什么还要提出第三重责任呢？这一点胡适先生没有详述，但对一个久事翻译的人来说，无论是从事文学翻译，还是非文学翻译，都必须具有高度的职业责任感和历史使命感，对译事必须“不忘初心”，始终如一地怀有敬畏之心。换句话说，在翻译过程中，译者自始至终都要用心、动情，不可苟且。只有“用心”，译者拿出来的译文才能经得起时间的考验。“用心”是译者“对原作者负责”和“对读者负责”的前提，也是当下物欲蔽心、人事浮躁的大环境下，对一个优秀译者的基本要求，也是最根本的要求。

培根说过，“书有可浅尝者，有可吞食者，少数则须咀嚼消化”。詹姆斯的作品概属“须咀嚼”方能“消化”的，对译者而言如此，对读者朋友来说何尝不是这样呢？培根还说，“读书足以怡情，足以博彩，足以长才”（王佐良译）。“怡情”也好，“博彩”“长才”也罢，相信读者朋友读詹姆斯的作品自会各有心得。

在结束这篇后记之前，我要借此机会感谢以各种方式为这套选集翻译出版做出重大贡献的同志们。首先，感谢九久读书人和人民文学出版社的领导，是他们慧眼识金，使得这套选集能呈现在读者朋友面前。其次，感谢吴建国教授和邱小群副总编，是他们取之不尽、用之不竭的智慧，使得这套译著有望成为真正意义上的“精选”。再次，感谢这套译著的所有编辑和译审，对他们一丝不苟、“吹毛求疵”的敬业精神和“为人做嫁衣”的无私奉献，我表示由衷的感谢。此外，还要感谢所有译者几年来夜以继日、不避艰难的笔耕，以及他们的家人所给予的莫大支持。最后，要衷心感谢作为读者的您，如蒙不啻辛劳、不避讳言地批评指正，译者会备感荣幸。

2020 年 6 月于滴水湖畔